Rainer Wekwerth
Das Labyrinth jagt dich

Rainer Wekwerth,
1959 in Esslingen am Neckar geboren, schreibt aus Leidenschaft.
Er ist Autor erfolgreicher Bücher, die er teilweise unter Pseudonym veröffentlicht und für die er Preise gewonnen hat. Er ist verheiratet und Vater einer Tochter.
Der Autor lebt im Stuttgarter Raum.
www.wekwerth.com

Weitere Bücher von Rainer Wekwerth im Arena Verlag:
Das Labyrinth erwacht
Das Labyrinth ist ohne Gnade
Damian. Die Stadt der gefallenen Engel
Damian. Die Wiederkehr des gefallenen Engels

Rainer Wekwerth

Das Labyrinth jagt dich

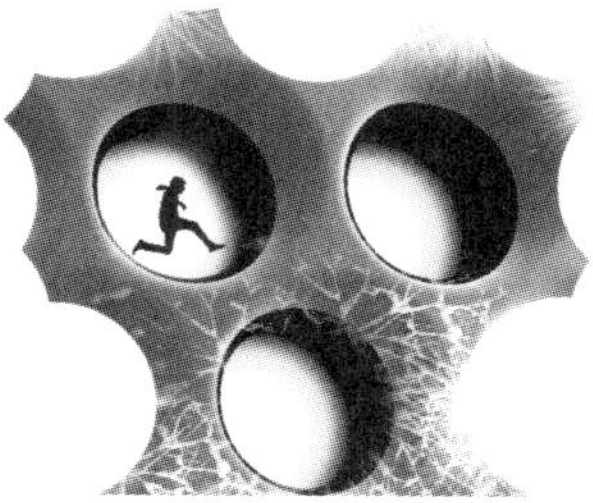

Arena

Für Achim

FSC
www.fsc.org
MIX
Papier aus verantwortungsvollen Quellen
FSC® C110508

3. Auflage 2014

Ein Projekt der AVA international GmbH
Autoren- und Verlagsagentur (www.ava-international.de)
Cover: Frauke Schneider
Gesamtherstellung: Westermann Druck Zwickau GmbH
ISBN 978-3-401-06789-6

www.wekwerth-labyrinth.de
www.arena-verlag.de
Mitreden unter forum.arena-verlag.de

1. Buch

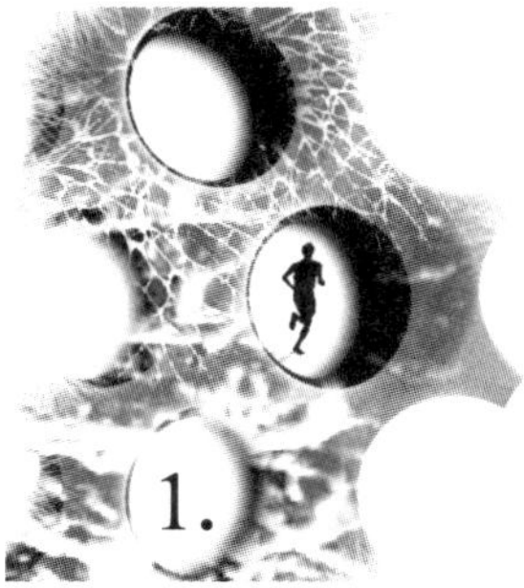

León ging zwei Schritte und prallte gegen eine Wand. Verdutzt hielt er sich die Stelle an der Stirn, mit der er gegen die Begrenzung gestoßen war. Ein dumpf pochender Schmerz breitete sich in seinem Kopf aus.

Mist. Das gibt eine ordentliche Beule.

Er war auf vieles gefasst gewesen, nachdem er die eisige Stadt verlassen hatte, aber auf einen geschlossenen Raum war er nicht vorbereitet. Langsam ließ León die Hand sinken und blickte sich um. Er befand sich in einem ungefähr vier mal vier Meter großen, fensterlosen Raum ohne Möbel. Eine nackte Leere umgab ihn: nichts als perfekte weiße Wände, glatt und ohne Fugen.

Obwohl keine Lichtquelle erkennbar war, herrschte keine Dunkelheit. Der Raum war in weiches weißes Licht getaucht, das von der Decke und dem Fußboden auszugehen schien. León schloss die Augen und atmete tief ein.

Es war still hier drin. Absolut still. Nur sein Atem durchbrach diese Stille, als gehöre er nicht hierhin. *Wo bin ich?*

León schlug die Augen wieder auf und betrachtete verwundert die Zahlenreihen, die über die nackten Wände liefen. Sie ergaben keinen Sinn, darum beachtete er sie nicht weiter. Er legte beide Handflächen auf die Wand vor ihm und strich darüber. Es waren keine Unebenheiten zu spüren. León tastete die Wände der Reihe nach ab. Klopfte mit den Fingerknöcheln gegen das unnatürlich glatte Mauerwerk. Nichts. Das Echo war stets gleich. Dumpf und massiv verriet es ihm, dass es keine versteckten Türen oder irgendwelche Hohlräume dahinter gab.

Drängender als die Frage, wo er war, wurde die Frage, wie er hier rauskommen sollte. Und wo die anderen waren. Jenna, Jeb, Mary und Mischa.

León rief ihre Namen. Zunächst zurückhaltend, dann immer lauter, schließlich brüllte er sie heraus. Zwischendurch hielt er immer wieder inne und lauschte. Aber da war nichts.

Keine Antworten. Nur der Klang seiner eigenen Stimme, die von den kahlen, leeren Wänden zurückgeworfen wurde.

Schließlich gab er auf.

León setzte sich in der Mitte des Raumes auf den nackten Boden, kreuzte die Beine zum Schneidersitz, presste die Hände gegen seine Schläfen und dachte nach.

Vor wenigen Tagen war er in einer fremden Welt erwacht. Zunächst war er allein gewesen, aber dann hatten ihn andere Jugendliche gefunden, die sich in der gleichen Situation wie er befanden. Am schlimmsten war für ihn der Moment gewesen, als Tian beim Überqueren der Schlucht in die Tiefe gestürzt war. Tian war tot, ermordet von Kathy, die sichergehen wollte, dass es für sie ein freies Tor in die nächste Welt gab. Kathy, diese Bitch, die sich dann so plötzlich und unerwartet für Mary eingesetzt hatte. Aus Kathy wurde er einfach nicht schlau. Am Ende war sie in der Eiswelt zurückgeblieben. Tot, erfroren, verrückt geworden. Er knirschte geräuschvoll mit den Zähnen. Was auch immer ihr zugestoßen war, diese *puta* hatte nichts anderes verdient.

Nun waren sie noch zu fünft. León wusste nicht, ob die anderen ebenfalls hier aufgetaucht waren, *en la nada*. Im Nichts. Und er hatte keine Ahnung, wie er sie erreichen sollte, falls sie in der Nähe waren.

Mierda, was für eine Scheiße ist das wieder?

Wenn die anderen nicht hier erschienen waren, gut. Gut für ihn, denn dann würde es keinen Kampf um freie Tore geben. In jeder kommenden Welt würde ein weiteres Tor auf ihn warten und er würde früher oder später heimkehren. Zumindest hoffte er das, denn was auch immer sein Zuhause war, er hatte keine genaue Erinnerung daran. Aber das Problem, dem er momentan gegenüberstand, war einfach. Er befand sich in einem fensterlosen Raum, aus dem keine Tür hinausführte. Ganz zu schweigen von irgendwelchen Portalen, die ihn von hier wegbringen konnten.

Im Augenblick konnte er nichts tun. León spürte, dass dieser Raum ein Geheimnis barg, und er würde es lüften. Niemand sperrte ihn wie ein Tier ein. Niemand.

León hatte die Jacke ausgezogen und zur Seite gelegt. Hier drin herrschte eine gleichmäßige Temperatur. Es war weder warm noch kalt, er würde die Jacke nicht mehr brauchen. Die Füße untergeschlagen, starrte er an die gegenüberliegende Wand. Irgendwann würde sich etwas ändern. Er war bereit.

Während er seinen Blick gegen die leeren Wände richtete, überkam ihn langsam die Erschöpfung. Die Augen fielen ihm zu und sein Kinn sackte auf die Brust. Entschlossen riss er den Kopf hoch. Er musste wach bleiben. Wachsam.

Doch bald forderte sein Körper den Tribut für die Anstrengungen, noch am Leben zu sein.

Jenna war außer sich vor Wut. Wild hämmerte sie mit den Fäusten gegen die nackten weißen Wände. So glatt und makellos wie sie auch waren, bald schon bluteten Jennas Knöchel und hinterließen rote Schlieren auf der makellosen Fläche.

Sie war gefangen, aber schlimmer noch, allein. Wo war Jeb? Der Junge, der sich in dieser kurzen Zeit so tief in ihr Herz geschlichen hatte, dass es sich anfühlte, als müsste sie ihn schon viel länger kennen. Jeb, der sein Leben riskiert hatte, um sie in der ersten Welt zu retten. Jeb, den sie brauchte und ohne dessen schiefes Lächeln sie nicht mehr leben wollte.

»Warum tut ihr mir das an?«, brüllte sie in die weiße Leere des Raumes. »Habe ich nicht schon genug gelitten, ihr verdammten Arschlöcher? Macht es euch Spaß zuzusehen, wie ich noch mehr leide?«

Ihr Gesicht glühte vor Zorn. Sie trat zwei Schritte zurück und warf sich mit ihrem gesamten Körpergewicht gegen die Wand. Noch mal und noch mal. Sie rief Jebs Namen, doch nur die Stille schrie zurück.

Erschöpft und atemlos vor Wut ließ sie sich zu Boden sinken und weinte. Blöderweise verschluckte sie sich an ihren eigenen Tränen und fing an zu husten. Das brachte sie wieder zur Besinnung und sie versuchte, ihre Situation zu beurteilen.

Sie war eingesperrt und musste raus, um Jeb zu suchen. Wer auch immer dafür gesorgt hatte, dass sie hier gelandet war, wollte sie sicher nicht in einem nackten Raum verhungern oder verdursten lassen. Das ergab keinen Sinn. Ihren Tod, den Tod aller hätte er schon früher haben können. Oder, wenn dieser Jemand die Tore einfach hätte verschwinden lassen, dann wäre keiner von ihnen je lebend in der nächsten Welt gelandet. Nein, nein, nein, dies alles diente nicht dazu, sie alle einfach zu töten, so viel war Jenna klar. Das wäre zu simpel.

Fuck you, dachte sie. Wer immer sich diesen höllischen Spaß ausgedacht hatte, sie würde sich nicht unterkriegen lassen.

Ich komme aus diesem Raum raus, finde Jeb, auch wenn es das Letzte ist, was ich tue.

Die blinde Wut war verflogen, hatte einem berechnenden Zorn Platz gemacht, der Jenna half, sich zu konzentrieren.

Such den Raum ab, irgendwo gibt es einen versteckten Mechanismus, der eine nicht sichtbare Tür öffnet.

Sie klammerte sich an dem Gedanken fest, dass es hier und jetzt nicht vorbei sein konnte. Etwas anderes ergab keinen Sinn, es musste weitergehen, sie musste weiterkämpfen. Darauf allein kam es jetzt an: dass sie nicht aufgab. Vielleicht hatte sie etwas übersehen. Zuversicht keimte in ihr auf und sie blickte sich noch einmal aufs Neue um.

Dann wurde es plötzlich vollkommen dunkel.

Mary kauerte in der äußersten Ecke des Raumes, so weit wie möglich entfernt von der Tür, die einen Spalt offen stand, durch den ein Lichtschein in das finstere Zimmer fiel.

Alle Empfindungen, all ihr Denken war fortgespült, davongetragen von der Angst, IHM ausgeliefert zu sein.

Irgendwo da draußen war er. Sie konnte seine Schritte hören.

Die Tür würde sich etwas weiter öffnen, nicht ganz, nein, das nicht. Sein lang gezogener Schatten würde sich über den Boden ausbreiten und mit der Dunkelheit des Zimmers verschmelzen.

Ihre Mutter ahnte von alldem nichts, oder wollte sie nicht wissen, was nachts in diesem Zimmer geschah?

»Du bist eine verwöhnte Göre, die nicht weiß, was sich gehört«, schimpfte sie oft. »Immer muss man dir alles hinterhertragen, weil du zu faul bist.«

Aber das stimmte nicht, ihr Vater nahm ihr, ohne zu fragen, alles ab. Immer war er zur Stelle, trug ihr den Schulranzen, hob ihre Bücher auf, wenn sie auf den Boden fielen, so als wolle er wiedergutmachen, was er in der Nacht zuvor verbrochen hatte.

All die Bilder und Erinnerungen, von denen sie gehofft hatte, sie könne sie vergessen oder verdrängen, waren mit einem Schlag zurück. Alles war weg. An nichts sonst konnte sie sich aus ihrem früheren Leben erinnern, nur *daran*.

Plötzlich stoppten die Schritte. Doch er kam nicht herein. Dafür hörte Mary etwas anderes. Ein leises Schluchzen. Ganz schwach, als hätte die Angst, die darin lag, keine Flügel.

»Papa, bitte nicht. Bitte.«

Mary begann, unkontrolliert zu zittern. David. Das war seine Stimme. Ihr Körper bäumte sich auf, sie zuckte zusammen, als stünde sie unter Strom. Ein Würgen stieg ihr in den Hals und der Ekel, den sie empfand, erbrach sich auf den nackten Boden. Sie keuchte, bitterer Speichel rann aus ihrem Mundwinkel. Hinter ihren geschlossenen Lidern tanzten blutrote Flecken und mit einem Mal wurde ihr schwindelig.

»Bitte.«

Nur ein Wort. Ein Flehen, in dem pure Angst lag.

Mary wischte sich mit dem Ärmel ihrer Jacke über den Mund. Langsam stand sie auf. Ihre Beine waren zittrig, weigerten sich, auf den Lichtschein zuzugehen, der von draußen hereinfiel, doch sie zwang ihre Füße, einen Schritt zu gehen.

Dann noch einen.

Ihr Herz klopfte bis zum Hals, aber sie zögerte nicht mehr.

Es war an der Zeit, dem allem ein Ende zu setzen.

Mischa starrte an die Wand vor ihm. Er sah nichts. Eben war es noch hell gewesen, nun hockte er in vollständiger Finsternis. Der Raum machte ihm keine Angst. Alles war klar und übersichtlich und ihm drohte keine unmittelbare Gefahr. Es herrschte weder glühende Hitze noch eisige Kälte, er hatte keine Schmerzen, keinen Hunger und keinen brennenden Durst. Das alles war eine simple geometrische Form, deren Rätsel er lösen würde.

Während er abwartete, wurde es wieder heller im Raum. Langsam wurde aus dem undurchdringlichen Schwarz ein trübes Grau, dann ein fahles Weiß. Woher das Licht kam, konnte er nicht ausmachen, aber viel interessanter war der Umstand, dass die Wände nicht mehr einfach nur weiß waren. Nun wanderten in scheinbar ungeordneten Bahnen Zahlen in blasser grauer Schrift darüber. Von links nach rechts und umgekehrt, von unten nach oben und andersherum.

Kleine Zahlen, große Zahlen.

Mischa blickte geradeaus auf die Wände und da erinnerte er sich. Zahlen und Formen, das war seine Vergangenheit. Sein Leben vor dem Labyrinth. Zahlen hatten darin eine große Rolle gespielt. Er liebte Zahlen, die Mathematik. Sein Herz machte einen Sprung. War er wieder heimgekehrt?

Nein. Mit dieser Umgebung verband er keine Erinnerungen. Alles hier fühlte sich fremd an. Kalt. Aber die Zahlen waren ihm vertraut.

Und dann begriff er. Dies alles war ein Rätsel und seine Lösung verbarg sich in den wandernden Zahlen. Wenn er sich auf das Spiel einließ und das Rätsel löste, würde er aus diesem Raum herauskommen und die anderen finden.

Irgendwo hinter diesen weißen Wänden befanden sich Portale, die ihn weiterführen würden, ihn seinem wahren Leben ein Stück näher brachten.

Die Zahlen! Was war an ihnen besonders?

Mischa beobachtete, wie sie über die Wände glitten, ihr Geheimnis aber gaben sie nicht preis. Sie waren unterschiedlich lang, hatten mal zwölf Stellen, mal nur vier oder jede Anzahl dazwischen, aber ihnen allen war etwas gemeinsam, das er nicht fassen konnte.

Ruhig und beständig wie das Meer, das Wellen an Land spült, bewegten sich die Zahlen über die Wände.

Mischa war verwirrt.

Er wusste, dass er des Rätsels Lösung in sich trug. Er musste sich nur erinnern. Erinnern an den, der er gewesen war vor dem Labyrinth, der er vielleicht immer noch war. Immer mehr Zahlen erschienen vor ihm und nun wirkten die Zahlen plötzlich nicht mehr vertraut, sondern bedrohlich. Unvermittelt tauchte eine neue Zahl auf, größer als die anderen, in roter Schrift. Sie erschien in der Mitte jeder Wand. Diese Zahl blieb dort regungslos stehen, die anderen glitten darum, so als wichen sie ihr aus.

24:00

Die Zahl blinkte langsam auf, wie eine Aufforderung, aber wozu? Dann veränderte sie sich. Mischa beobachtete sie beharrlich.

23:59
23:58
23:57

Dann verstand Mischa. Hier wurde ein Countdown angezeigt. Zeit wurde gemessen. Zeit, die verstrich. Irgendetwas würde geschehen, wenn der Zähler die Null erreicht hatte, und es würde nichts Gutes sein. Er knirschte mit den Zähnen.

Vierundzwanzig?

Vierundzwanzig Stunden.

Zeit, die ihm verblieb, um was zu tun?

Er musste nicht darüber nachdenken.

Vierundzwanzig Stunden Zeit, um aus diesem Raum herauszukommen und die Tore zu finden, die ihn in die nächste Welt brachten.

Verdammt!

Wo waren die anderen?

Jeb bekam keine Luft. Seine Kehle war zugeschnürt, seit er in dem Raum gelandet war. Er presste die Fäuste abwechselnd gegen den Brustkorb und auf seinen Mund, schnappte nach Luft, pumpte Sauerstoff durch die Lungen, mehr, immer mehr, und trotzdem hatte er das Gefühl zu ersticken.

Die Enge. Keine Fenster, keine Türen. Eingeschlossen zu sein, hatte seinen Tatendrang erstickt. Woher diese Angst gekommen war, wusste er nicht, aber während er zitternd auf dem Boden hockte, überwältigten ihn Bilder der Vergangenheit. In rasend schneller Abfolge tauchten Erinnerungsfetzen vor seinem inneren Auge auf.

Sein Vater, der betrunken seine Mutter beschimpfte. Die Enge des kleinen Hauses, in dem sie lebten. Freiheit fand er nur in den umliegenden Wäldern, zu Hause hüllte er sich in stille Verzweiflung, die jede Ritze seiner Kindheit auszufüllen schien.

Das Bild seiner Mutter tauchte in seinem Geist auf. Das ehemals glänzende schwarze Haar nun so grau und stumpf wie der Blick in ihren Augen. Er sah die Hoffnungslosigkeit darin, wenn sie nach vierzehn Stunden harter Arbeit heimkehrte und die leeren Schnapsflaschen hinaus in den Mülleimer trug. Gebeugt von der Last ihres Lebens bezahlte sie den Preis dafür, sich in diesen Mann verliebt zu haben.

Warum gehst du nicht?, hatte er sie jeden Tag stumm angeschrien. Warum verlässt du ihn nicht?

Sie war geblieben, seinetwegen. All die Jahre. Und nun war es zu spät, um noch einmal von vorn anzufangen.

Ich habe so viele Fragen an dich, Mutter, und jetzt fühle ich mich, wie du dich jeden Tag gefühlt haben musst. Ist das hier meine Strafe, dass ich dich im Stich gelassen habe?

Jebs Atem ging stockend. Er fühlte, wie sich seine Lunge verkrampfte, sich sein Brustkorb scheinbar zusammenzog. Heiser röchelte er. Mit den Händen umklammerte er seinen Hals, so als könne er ihn zwingen, sich zu öffnen.

Dann wurde es um ihn herum plötzlich dunkel. Schlagartig verengte sich seine Kehle. Keuchend versuchte er in der Finsternis, Luft zu holen, doch sosehr er auch verzweifelt seinen Brustkorb heben wollte, um erlösenden Sauerstoff in seine Lunge zu lassen ... es fehlte ihm jede Kraft. Es war, als ob sein Körper gegen ihn selbst rebellierte, als ob er Jeb ersticken wollte. Er hätte gern geschrien, brachte aber keinen Ton heraus.

Als es wenig später wieder heller wurde, lag Jeb reglos am Boden.

Er sah nicht die Buchstaben und Zahlen, die nun über die Wände wanderten. Er nahm den auftauchenden Countdown nicht wahr, seine verkrampften Finger hatten versucht, sich in den nackten Boden zu krallen. Er rührte sich nicht.

Plötzlich veränderte sich das Licht zum zweiten Mal und ein rotes Leuchten erfasste die Wände. Ein jaulender Ton erklang. Jeb zuckte zusammen, er hob den Kopf, seine Lippen formten beständig stumme Worte. Sein Blick war verschwommen, doch er spürte, was geschah.

Langsam versanken lautlos die Wände um ihn herum im Boden. In jede Richtung breitete sich eine scheinbar endlose, leere Fläche aus, über der ein helles Licht zu schweben schien. Jeb spürte, wie Sauerstoff in seine Lungen drang, sein Kopf war leer, er war unfähig zu denken. Über allem lag das Rauschen des Blutes in seinen Adern. Aber etwas trieb ihn an, sich zu bewegen, aus diesem Gefängnis zu fliehen. Mühsam und ächzend schob er seinen Körper ein Stück vorwärts. Wie ein verletztes Tier kroch er dem Licht entgegen.

2.

León erwachte. Ein seltsamer Ton hatte ihn geweckt. Als die Wände sich bewegten, sprang er blitzschnell auf die Füße und stellte sich in der Mitte des Raumes auf. Er drehte sich um seine eigene Achse, mit den Augen suchte er instinktiv alle Richtungen nach Feinden oder Gefahren ab. Doch da war nur Leere, eine weiße Fläche. Er machte einen Schritt vorwärts, und als nichts geschah, ging er zu der Stelle, an der eine der Wände im Boden verschwunden war. Er bückte sich, fuhr mit den Fingern über den glatten, fast makellosen Fußboden. Es war nichts zu spüren. Es war, als hätten ihn nie Wände umgeben.

León richtete sich wieder auf und sah sich langsam und sorgfältig um.

Eine leere Fläche, die sich in alle Richtungen vor ihm ausbreitete. Es schien keinen Horizont zu geben oder eine Wand jenseits dieser Fläche. *La nada.* Nein, das hier war mehr als nichts. *El infierno blanco.*

Leóns Gedanken drehten sich im Kreis. Was hatte diese leere Fläche zu bedeuten? War sie schon immer da gewesen, hinter den Mauern seines Raumes? Oder gab es vielleicht sogar noch mehr Räume, die er jetzt nur nicht sehen konnte, weil ihre Wände fehlten?

Während er sich ratlos um die eigene Achse drehte, entdeckte er in der Ferne eine Bewegung. Eigentlich war es mehr ein Schatten, der ein winziges Stück von rechts nach links gewandert war, aber instinktiv wusste León, dass dort in der Ferne ein Mensch war. Vielleicht sogar jemand aus der Gruppe? León legte beide Hände um den Mund und rief, so laut er konnte. »Hallo!«

Keine Reaktion.

Er brüllte noch einmal aus vollem Hals.

Sinnlos, so würde er nicht weiterkommen. León rannte los. Er jagte auf den Schemen zu.

Woher willst du wissen, dass dieser Schatten kein Feind ist? León schüttelte den Gedanken ab, während er Meter um Meter zurücklegte. Einer ihrer Jäger, seiner Feinde. Wie hatte Mary sie einmal genannt, Seelentrinker? Nein, die Verfolger aus der Steppe waren ihnen nicht in die letzte Welt gefolgt, warum sollten sie plötzlich hier in dieser seltsamen Umgebung erscheinen?

Es musste jemand aus der Gruppe sein. León hoffte, dass es jemand aus der Gruppe war.

Es kam ihm so vor, als ob er schon hundert Meter und mehr zurückgelegt hatte, aber dem Schatten kam er nicht näher. Er warf einen Blick über die Schulter, um festzustellen, ob er überhaupt vorwärtskam. Doch er wusste nicht mehr, von wo aus er losgelaufen war. Er versuchte, Einzelheiten vor sich auszumachen, aber das Bild zitterte durch seine Bewegungen und wurde einfach nicht deutlich. Sein Atem kam inzwischen stoßweise und sein Puls raste vor Anstrengung. Schweiß lief ihm in die Augen und machte es noch schwieriger, etwas zu erkennen.

Aber dann ...

... bewegte sich die Gestalt.

León brüllte, so laut er konnte, und der Schatten wandte sich um, schien ihm entgegenzusehen.

Diese verhuschte Art, diese sanfte Bewegung ... das ist Mary. Es muss Mary sein.

Er rief ihren Namen, da ertönte erneut der seltsam klagende Laut, der das Verschwinden der Wände angekündigt hatte.

León ahnte, was das zu bedeuten hatte. Er rannte schneller. Wo würden die Wände diesmal entstehen? Wände ohne Fenster und Türen: sein Gefängnis. Aber er konnte nichts dagegen tun, wusste nicht, was er machen sollte, also blieb er keuchend stehen und schaute sich um. Tatsächlich, aus dem Boden erhoben sich neue Mauern, sie strebten unaufhaltsam nach oben, unzählige Mauern in unterschiedlichsten Abständen und Winkeln.

Keine Zeit für Überlegungen, nur Zeit zu reagieren. León sprang über eine Mauer, die ihm bereits bis zu den Knien reichte, und stellte sich in die Mitte des neu entstehenden Raumes. Fasziniert und gleichzeitig fassungslos sah er zu, wie sich zu allen Seiten die Wände erhoben und mit einer Raumdecke vereinigten, die plötzlich am oberen Ende einer Wand erschien, sich herausschob und kurz darauf mit allen Wänden einen abgeschlossenen, hellen Raum bildete. Sein Gefängnis.

Er fluchte. Die Scheiße, in der er steckte, war dabei, über seinen Kopf zu schwappen und er hatte nicht die leiseste Ahnung, was hier ablief.

Aber er hatte Mary entdeckt und er wusste, die Wände seines Gefängnisses konnten verschwinden. Dieser Umstand beruhigte ihn ein wenig. Aber er hatte keinerlei Kontrolle über das, was mit ihm hier drin geschah. Und er hasste dieses Gefühl. Dieses Ausgeliefertsein. Das Gefangensein.

Was sollte er tun, wenn das nächste Mal die Wände verschwanden? Falls sie das überhaupt taten, würde er Mary wiederfinden? Wann würden diese verfluchten Mauern das nächste Mal im Boden versinken? Wo waren Jeb, Mischa und Jenna? Er hatte sie nicht gesehen, obwohl er weit in jede Richtung hatte sehen können.

León seufzte und sah sich zum ersten Mal richtig in dem neuen Raum um. Er unterschied sich kein bisschen von dem vorherigen. Es fühlte sich fast so an, als hätte er sich keinen Millimeter von der Stelle bewegt. Schweiß tropfte von seiner Stirn, seine Lippen schmeckten salzig und erinnerten ihn daran, dass er schon lange nicht mehr getrunken hatte. Seine Oberschenkel zitterten. Er grinste. *Ich war schon mal besser in Form.*

León stellte sich in der Mitte des neuen Raumes auf. Beim nächsten Mal wäre er bereit, so viel war sicher. Sein Kampfgeist war ungebrochen.

Ich komme hier raus. Nichts und niemand wird mich aufhalten.

Er legte den Kopf in den Nacken und brüllte seinen Zorn hinaus: »Wer immer mir das antut, ich werde dich finden, *cabrón,* das schwöre ich!«

Plötzlich spürte er eine Bewegung in seinem Rücken. León wirbelte herum. Kampfbereit hob er die Fäuste.

»Wen willst du finden, alter Rebell?«, lachte Mischa und betrat durch eine Öffnung den Raum. Eine Öffnung wie eine Tür. Eine Tür, die vorher noch nicht da gewesen war, das hätte León schwören können. Doch da war er, Mischa, und er kam durch diese Tür in seinen Raum.

León spürte, wie ein Lächeln über sein Gesicht glitt.

Zuerst wusste Mischa nicht, wie er reagieren sollte, aber dann ließ er sich Leóns Umarmung gefallen und genoss seine Nähe. Nicht in den kühnsten Träumen hatte er sich ausgemalt, diesen unnahbaren Jungen zu berühren, ihn fest im Arm zu halten.

Diese Umarmung kam so unerwartet und Mischa hielt den Atem an, um den Moment nicht zu stören, er spürte Leóns Arme, die fest und kraftvoll um seine Schultern lagen, während seine Hände einmal kurz über dessen Rücken strichen.

León trat einen Schritt zurück und strahlte. »Mann, tut das gut, dich zu sehen«

»Gleichfalls.«

Nur widerstrebend hatte Mischa ihn losgelassen. Obwohl er noch Leóns Berührung auf seinem Körper spürte, sehnte er sich bereits wieder nach seiner Nähe.

»Hast du die anderen gesehen?«, unterbrach León seine Gedanken.

Er schüttelte den Kopf. »Du? Hast du jemand entdeckt?«

»Ich glaube, ich habe Mary gesehen, als die Wände heruntergefahren sind. Ich bin auf sie zugerannt, habe ihren Namen gerufen, aber sie hat mich nicht bemerkt, glaube ich.«

»Die Wände sind was?!«, fragte Mischa erstaunt.

In Leóns Gesicht zeichnete sich Verblüffung ab. »Wie bist du überhaupt hier reingekommen?« Sein Blick wanderte zu der Wand, durch die Mischa den Raum betreten hatte, aber die Tür darin war verschwunden. Perfekt und glatt widersetzte die Wand sich seiner Suche.

Er zuckte mit den Schultern. »Mathematik.«

»Hä?«

Mischa deutete auf die Wände um sie herum, über die immer noch pausenlos Zahlenkolonnen wanderten. »Das Rätsel ist in diesen Zahlen verborgen und die Lösung ganz einfach, wenn man weiß ...«

»Da sind Rätsel?«, unterbrach ihn León verblüfft und zog seine Augenbrauen hoch. Seine tätowierte Stirn legte sich in ebenmäßige Falten, Schweißtropfen legten sich dazwischen. Gerne hätte Mischa die Hand ausgestreckt, um mit den Fingern über die blauschwarzen Linien zu fahren.

Da bemerkte Mischa, dass León ihn immer noch neugierig anschaute, und verdrängte den so unwillkürlich aufgekommenen Wunsch. »Ja, wenn man sie sehen kann. Mathematische Rätsel.«

»Und du kannst sie natürlich lösen, du verrückter Professor, und dadurch Türen öffnen, die sonst nicht da sind.«

»Richtig. Keine Ahnung, warum, aber irgendwie liegen mir Zahlen. Mathe scheint mein Ding zu sein. Als ich die Zahlen sah, waren die Erinnerungen und das Wissen plötzlich da.«

»Das ist gut, das ist ...«, sagte León.

»... mehr als gut, denn ich kann uns hier rausbringen.«

»Wir werden hier irgendwo die Portale finden.«

»Ja, alles andere macht keinen Sinn. Das hat doch Jebs Botschaft deutlich gesagt. Sechs Welten, die es zu durchlaufen gilt, dies ist erst die dritte. Wenn die Botschaft lügt ... wozu dann der Aufwand? Wer oder was immer auch hinter alldem steckt, es geht garantiert bis zum bitteren Ende. Jemand, etwas will sehen, wie wir leiden, uns umbringen, ums Überleben kämpfen.«

León schaute ihn bei diesen letzten Worten durchdringend an, dann wandte er sich ab. »Was machen wir jetzt?«

Mischa klopfte ihm betont locker auf die Schulter. »Was wohl, wir wandern von einem Scheißraum zum nächsten, bis wir die Tore finden.«

»Und die anderen?«

»Versuchen vermutlich wie du, mit dem Kopf durch die Wand zu gehen.«

»Warum habe ich dich nicht gesehen, eben, auf der Ebene?« Er beäugte Mischa kritisch.

»Weiß ich nicht, ich war ja mit dem Zahlencode beschäftigt.« Mischa versuchte sich an einem verhaltenen Lächeln, um Leóns jetzt wieder offenes Misstrauen zu durchbrechen.

Doch León hatte sich längst wieder einer der Wände zugewandt. »Wie sollen wir hier die anderen finden? Das ist unmöglich.«

»Wir finden sie, unterwegs.«

»Und wenn nicht?«

Mischa dachte darüber nach, wie es sein würde, wenn sie alle die Tore erreichten. Diesmal würde es zum Kampf kommen, wenn unterwegs nicht jemand ... aufgab.

Jeb würde sich mit Jenna verbünden, León wahrscheinlich Mary beschützen, so wie er es schon die ganze Zeit tat, dachte Mischa bitter.

Und er? Für einen Moment hoffte er, mit León an seiner Seite weitermachen zu können – war diese innige Umarmung wirklich nur der Wiedersehensfreude geschuldet? Mischa wusste, sobald Mary auftauchte, wäre es damit wieder vorbei. Irgendwie war León ihr zugeneigt, und das, obwohl sie ihn ständig abblitzen ließ.

León hatte Mary aus einer furchtbaren Lage gerettet. Und ja, der Weg von Dankbarkeit zu Liebe war nicht weit. Aber war ein so verschlossener Kerl wie León zu echten Gefühlen überhaupt fähig? Würde er, Mischa, weiterhin bangen müssen, ob sich der tätowierte Junge im entscheidenden Moment gegen ihn wandte?

Mischa hoffte, die Tore zu finden, ohne vorher Jeb, Jenna oder Mary zu begegnen, aber das musste León nicht wissen.

»Wir werden sie schon irgendwo hier drin auftreiben«, sagte er stattdessen. »Diese Welt kann ja nicht endlos sein und wenn ich uns weiter Türen öffne, ist es nur eine Frage der Zeit, bis wir wieder alle vereint sind.«

»Und du kannst wirklich diese Scheißtüren herbeizaubern?«

Mischa grinste. »Weißt du, was Fibonaccizahlen sind?«

»Keine Ahnung, wovon du da redest.«

»Schau her. Fibonaccizahlen beginnen bei 1, jede weitere Zahl ergibt sich aus der Summe der beiden Vorgängerzahlen. 1, 2, 3. 1 + 2 ergibt in der Summe 3. Also wäre der nächste Schritt, die Zahlen 2 und 3 zu addieren, um die nächste Fibonaccizahl zu erhalten.«

»Also 5, oder?«

»Richtig. Es hat eine Weile gedauert, bis ich darauf gekommen bin, aber eigentlich ist es ganz einfach.« Mischa deutete auf die Wand. »Das alles sind Fibonaccizahlen, und um hier rauszukommen, muss ich die Zahlenfolge nur um eine weitere Zahl fortführen.«

»So einfach ist das?«

»Wenn man es erst mal raushat, ja. Aber ich denke, so einfach wird es nicht bleiben, denn mit Fibonaccizahlen kann man Hunderte von Rätseln stellen. Eines ist komplizierter als das andere. Das hier ist wahrscheinlich nur zum Warmwerden.«

León schwieg einen Augenblick. »Ohne dich wäre ich allein und hier drin gefangen.«

»Nicht ganz. Du meintest doch, dass die Wände verschwinden können. Was hast du da gesehen?«

»Wenig. Die Wände versanken im Boden und vor mir lag eine endlos wirkende, weiße, leere Ebene. Weit und breit keine Gegenstände, keine Orientierungspunkte oder sonst was. Nichts.«

»Aber du hast Mary gesehen.«

»Ich glaube es zumindest. Sie hat sich nicht bewegt und nicht auf meine Rufe reagiert.«

»Und Jenna und Jeb?«

»Keine Spur von ihnen. Ich verstehe nicht, warum du nicht gesehen hast, wie die Wände verschwanden. Wo warst du?«, wollte León wissen.

Mischa machte eine Handbewegung. »In einem Raum wie diesem. Seit ich hier aufgetaucht bin und das Rätsel mit den Zahlen geknackt habe, wandere ich von Raum zu Raum. Alle Räume waren leer. Ich bin immer weitergezogen, denn ehrlich gesagt, ich habe einen Wahnsinnshunger und Durst habe ich auch.«

León sah ihn eindringlich an. »Frag mich mal. Das ist der nächste Punkt, der mich misstrauisch macht. Bisher haben wir immer Ausrüstung, Kleidung, Nahrung und Wasser gefunden, aber hier – nichts. Nicht mal Waffen gibt es. Das Messer, das ich hatte, ist weg. Wir sind vollkommen wehrlos.«

Mischa nickte. *Aber zum Glück gab es bisher auch noch keine tödliche Gefahr. Wir sind uns selbst ausgeliefert, einander.* Er verdrängte jeden weiteren Gedanken daran, was war, wenn sie sich gegeneinander wenden mussten, um zu überleben. Auch wenn Mischa keinen Zweifel daran hatte, dass es dazu kommen würde.

Stattdessen versuchte er, hoffnungsvoll zu klingen, als er sagte: »Vielleicht finden wir in den anderen Räumen etwas. Mir kommt die ganze Sache wie eine Versuchsanordnung aus dem Labor vor, bei dem man Ratten durch ein Labyrinth jagt, die den Ausgang oder Futter suchen sollen.«

»Mann, Mann, Mann, *compañero,* du hast echt eine perverse Fantasie.« Leóns linker Mundwinkel zog sich nach oben, dann hielt er inne. »Aber du könntest recht haben, ein bisschen erinnert mich das hier an ein Straßenviertel zu Hause, angeordnet wie ein Schachbrett. Nur wer sich dort auskennt, wird so schnell nicht gefunden.«

»Na ja, so ähnlich. Und wieder eine Erinnerung mehr. Also?«

»Was also?«

»Gehen wir die Sache an?«

León nickte und Mischa wandte sich einer Wand zu. Sein Blick huschte über die Zahlen. Dann drehte er sich um die eigene Achse und betrachtete die anderen drei Wände.

»Das hier ist einfach«, sagte er schließlich. »Die beiden höchsten Fibonaccizahlen sind 89 und die 144, was in der Summe die neue Zahl 233 ergibt.«

Er trat vor und berührte die Stelle an der Wand, über die gerade eine Zwei wanderte. Die Zahl schien aufzuglühen, blieb abrupt stehen und verharrte auf der Stelle. Das Gleiche vollführte Mischa mit zwei Dreien. Nun blinkte die ganze Zahl und geräuschlos öffnete sich ein Durchgang an dieser Wand.

»Sag ich doch«, meinte Mischa achselzuckend. »Ganz einfach.«

León grinste. »Du bist ein verdammtes Genie.«

Sie betraten einen Raum, der dem vorherigen bis auf ein einziges Detail glich.

Der Unterschied lag vor ihnen, in der Mitte des Raumes. Ein brauner Rucksack.

»Was meinst du? Essen?«, fragte Mischa und hätte sich am liebsten sofort daraufgestürzt.

León hielt ihn mit ausgestrecktem Arm zurück. »Pass auf, das könnte eine Falle sein. Besser, wir sind auf alles gefasst.«

Dann trat er auf den Rucksack zu, hob ihn auf und untersuchte ihn. Als er aufblickte, erschauerte Mischa vor dem entsetzten Ausdruck in seinem Gesicht.

»Weißt du, was das ist?«, fragte León, seine Stimme klang rau.

»Was denn?«

»Das ist der beschissene Rucksack, den ich am ersten Tag auf der Ebene verloren habe. Und jetzt verrat mir verdammt noch mal, wie der hierherkommt.«

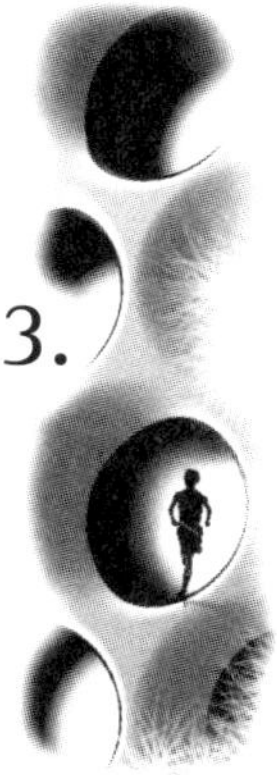

3.

Der Gang, der vor Mary lag, war in Düsternis gehüllt. Nur ein schwaches Licht hinter ihr, am Ende des scheinbar endlosen Flures, leitete sie. Sie bewegte sich mechanisch darauf zu.

Wieder hatte die Angst sie gepackt und zu jedem Schritt musste sie sich zwingen. Mit der Hand stützte sie sich an der Wand ab, während sie zögerlich und langsam vorwärtstappte. Schlurfend folgte sie den jetzt wimmernden Hilferufen ihres kleinen Bruders in die Dunkelheit. Eine Finsternis, in der viel zu große, grobe Hände regierten. Ihr Vater würde dort sein. Sie musste David vor ihm bewahren.

So soll es sein, dachte Mary. *David ist so zart wie ein kleiner Vogel. Vater wird ihm die Flügel brechen, sodass er niemals fliegen kann. Nein, nein, niemals! – und wenn ich dabei sterbe.*

Aber da war die alles umfassende Angst. Klammernd hielt sie Mary in ihren Fängen, sie raubte ihr den Atem und ließ sie zittern.

Das Schluchzen ihres Bruders schien nun den ganzen Gang zu erfüllen, hallte von allen Seiten wider. Es zerriss Mary das Herz. Sie presste fest die Zähne aufeinander, richtete sich auf und erhöhte ihr Schritttempo. Und obwohl ihre Füße am Boden zu kleben schienen, die Furcht vor dem, was sie sehen würde, an ihr zog, Mary machte einen weiteren Schritt.

David, halte durch. Ich komme. Gleich ist alles vorbei.

Ihre Füße klatschten kraftlos auf den Boden. Mary spürte, dass sie immer schneller lief. Bald rannte sie schließlich, doch das Licht am Ende des Ganges schien sich immer weiter zu entfernen. Erschöpft blieb Mary stehen. Ihr Atem keuchte. Was passierte hier?

»Mary!«, rief ihr Bruder kläglich aus der Finsternis.

Mary hob den Kopf an, das Licht war verschwunden. Entschlossen streckte sie ihre Arme aus, ging ein paar Schritte geradeaus und traf auf eine solide Wand. In einem Anflug von Panik dachte sie, sie wäre in einer Sackgasse gelandet, doch als sie über die Wand tastete, bemerkte sie, dass der Gang sich vor ihr teilte. Ein Weg führte nach links, der andere in die entgegengesetzte Richtung. Beide unterschieden sich durch nichts. Beide lagen in tiefer Dunkelheit. Wohin sollte sie jetzt gehen? Sie zwang ihren Atem zur Ruhe und lauschte.

Links wisperte die Stimme ihres Bruders. Rechts ebenso, nur dass sie aus diesem Gang auch noch andere Geräusche vernahm.

Dann hörte sie von rechts den schweren Atem eines Mannes. Ein schwaches Stöhnen drang zu ihr. *Vater!* Und ... war da nicht ein blasser Lichtschimmer?

Mary spürte, wie ein kaltes Lächeln über ihr Gesicht zog. Es war so weit. Sie würde *ihm* gegenübertreten. Ihre Beine drohten erneut aufzugeben und Marys Hände zitterten unkontrolliert, aber dieses Mal würde sie der Angst keine Macht über sich geben.

Mary biss sich auf die Lippen, ein metallischer Geschmack erfüllte ihren Mund.

Vater, ich bin bereit.

Ohne weiteres Zögern schritt sie in den rechten Gang hinein.

Sie hatte keine Kraft mehr für ihre Wut. Wenn das ein Spiel war, dann wollte Jenna die Regeln erlernen. Daher war sie nicht einfach blindlings losgegangen, als die Wände im Boden versunken waren, sondern hatte die Umgebung abgesucht. Und es gab tatsächlich einen winzigen Unterschied in all der weißen Gleichförmigkeit. Zuerst hatte sie sie kaum wahrgenommen, aber wenn man sie erst einmal entdeckt hatte, waren sie kaum zu übersehen.

Im Boden waren schwache Markierungen angebracht, von denen Jenna glaubte, dass sie Begrenzungslinien für die Mauern waren, die später an dieser Stelle einen Raum bilden würden. Jenna war auf die Knie gegangen und den Linien gefolgt, bis sie auf zwei parallel laufende Linien stieß, die einen gleichmäßigen Abstand von ca. zwei Metern zueinander hielten und weit in die Ferne zu führen schienen.

Ein Gang, war es ihr durch den Kopf geschossen. *Gänge führen irgendwohin. Womöglich zu einem Ausgang.*

Bevor die Wände wieder hochgefahren waren, hatte sie sich zwischen die Linien gestellt und sich von den Wänden umschließen lassen. Sie war tatsächlich in einem Gang gelandet.

Und diesem folgte sie nun. Immer tiefer führte er sie in diese ... Konstruktion. *Oder auch heraus,* dachte Jenna, auch wenn sie versuchte, ihre Hoffnung zu zügeln.

Die Luft hier drin war angenehm kühl und trocken. Aber Jenna hatte ein anderes Problem: brennenden Durst und Hunger. Da sie aber keinerlei Vorräte gefunden hatte, blieb ihr nichts anderes übrig, als weiterzumarschieren und zu hoffen. Sie musste Jeb finden und die anderen.

Jeb war wahrscheinlich wie sie hier drin gefangen, aber Jeb war stark, er hatte in mehr als einer Situation bewiesen, dass er aus eigener Kraft überleben konnte. Trotzdem war sie unruhig. Auf seinen Schutz konnte sie verzichten, nicht aber auf seine Nähe.

Wenn du nur wüsstest, was ich für dich empfinde.

Jenna schwor sich, wenn sie ihn finden würde, ihm ihre Gefühle zu gestehen. Er sollte wissen, wie es um ihr Herz stand.

Jenna war so tief in Gedanken versunken, dass sie gar nicht bemerkt hatte, dass es im Gang heller geworden war. Sie konnte keine direkte Lichtquelle entdecken, aber eindeutig hatte das Weiß der Wände an Kraft gewonnen, sie schienen jetzt fast von innen zu leuchten.

Makellos, fast blendend hell lag der Gang vor ihr, ohne Türen oder Fenster.

Makellos?

Etwas störte die weiße Fläche der Wände. Zunächst schien es nur ein Flirren zu sein, aber nachdem Jenna näher getreten war und die Wand rechts von ihr untersuchte, begriff sie, dass diese Wand alles andere als makellos war.

Jemand hatte mit krakeliger Schrift etwas in die Wand gekratzt.

Jenna hielt die Luft an.

Kathy war hier!

León glotzte immer noch auf den Rucksack. »Ich fass es nicht!«

»Bist du sicher, dass es dein Rucksack ist?«, fragte Mischa.

»Ich würde das Scheißding unter Millionen erkennen.« León fuhr sich über seinen glatten Schädel und schaute auf. Irgendwie beruhigte ihn diese Geste, aber trotzdem wurde er nicht schlau daraus, was der Rucksack zu bedeuten hatte.

Mischa schaute ihn unverwandt an. »Ist noch was drin?«

»Nein, nichts mehr. Nur die Socken, die ich nie angezogen habe.«

León zeigte Mischa nicht, wie sehr ihn dieser Fund beunruhigte. Wenn es möglich war, dass der Rucksack in dieser Welt wieder ans Tageslicht kam – konnte das auch jedem anderen

Gegenstand gelingen? Wurden sie doch verfolgt, ohne dass sie es bis jetzt bemerkt hatten? Wie zum Teufel kam der Rucksack hierher?

León wusste: Ab sofort mussten sie mit allem rechnen. Selbst auf Feinde musste man sich vorbereiten. Und sie hatten nichts. Nicht mal Waffen.

»Was machen wir jetzt?«, unterbrach Mischa seine Gedanken.

»Weitergehen, was sonst.«

Mischa trat einen Schritt heran. Beinahe sanft legte sich seine Hand auf Leóns Schulter. Ein unangenehmer Schauer durchlief Leóns Körper. Er mochte es nicht, berührt zu werden, nicht auf diese Art und schon gar nicht von einem Mann. Trotzdem ließ er Mischa gewähren, er meinte es vermutlich gut. Wollte ihn trösten, warum auch immer. Aber schließlich hielt León es nicht mehr aus und drehte sich weg, tat so, als blicke er sich im Raum um.

»Wie viele von diesen beschissenen Räumen gibt es eigentlich?«

Mischa zuckte mit den Schultern. »Spielt es eine Rolle?«

»Ja, tut es.«

»Bisher hat das Labyrinth oder wo auch immer wir gelandet sind, uns eine faire Chance gegeben, der Welt zu entkommen, in der wir gelandet sind.«

»Kampf ums Überleben nennst du fair?«

»Okay, sagen wir, eine realistische Chance. Warum sollte es jetzt anders sein?« Mischa blickte ihn entspannt an und León verstand nicht, woher seine Gelassenheit kam. »Wir werden uns durch diese Welt kämpfen, bis wir auf die Tore stoßen, um dann eine weitere Welt zu entdecken.«

León schüttelte den Kopf. »Das klingt zu einfach. Und wenn ich eins weiß, dann, dass etwas nie einfach ist. Was ist zum Beispiel mit den anderen?«

»Sie werden hier irgendwo sein, früher oder später finden wir sie.«

»Du klingst nicht so, als wäre es dir besonders eilig damit. Und überhaupt: Woher willst du das wissen?«

»Was ist denn mit dir los?«, wollte Mischa wissen. Sein Gesicht hatte einen unwilligen Ausdruck angenommen. »Du warst doch immer der Einzelkämpfer, hast gedroht, die Gruppe zu verlassen, um dich allein durchzuschlagen. Warum hast du es bisher nicht getan? Warum bist du geblieben, obwohl wir dich doch anscheinend bloß aufhalten?«

Mary, dachte León. Ich bin wegen Mary geblieben und wegen der Einsamkeit, die ich nicht mehr ertragen kann, seit ich Gemeinschaft gefunden habe.

»Ist doch egal, warum, ich bin geblieben und fertig.«

»Mary! Sie ist der Grund, stimmt's?« Mischa sah ihn herausfordernd an.

»Was soll das jetzt wieder?«, knurrte León.

»Du kannst es ruhig zugeben«, meinte Mischa. Die Intensität in Mischas Augen bei dieser harmlosen Frage ließ León stutzen. Etwas gefiel León nicht im Blick seines Gegenübers.

»Wirst du dich auf ihre Seite stellen?«

»Ich stehe auf keiner Seite von irgendwem. Was soll die blöde Fragerei?«

»Wir werden immer weniger, der Kampf um die Tore wird härter. Und du willst mir erklären, dass du nicht auf irgendjemandes Seite stehst?«

»Was willst du damit sagen?«

»Angenommen wir finden die anderen und wir alle erreichen die Tore, was, glaubst du, passiert dann?«

»Wir werden um die Tore losen müssen.« León ahnte, worauf Mischa hinauswollte. Doch wenn er es laut zugab, wäre er dann nicht angreifbar, würde ihn das nicht schwach machen?

Mischa lachte auf. Seine Augen blitzten. »Selbst wenn wir losen, meinst du, dass Jeb Jenna zurücklässt oder andersherum?« Mischa schüttelte energisch den Kopf. »Am Anfang waren wir sieben und die Chance gering, vom Los getroffen zu werden. Das Schicksal der anderen war uns egal. Jetzt ist das anders.«

León wollte etwas einwenden, doch Mischa hob die Hand. »Du weißt, wie es laufen wird, und ich weiß es auch. Ob was zwischen dir und Mary ist, weiß ich nicht genau. Du hast in der letzten Welt dein Leben riskiert, um sie zu retten. Und was sagt mir das?« Er beugte sich ein wenig vor, bis seine Nasenspitze dicht vor Leóns Gesicht war. »Werde ich eine faire Chance bekommen oder stehe ich jeweils zwei von euch entgegen?« Mischa richtete sich wieder auf. »Versteh mich, León, ich will einfach wissen, woran ich bin.«

León sah ihn ernst an. »Ich verstehe dich, aber da ist nichts zwischen mir und Mary.«

»Und das soll ich glauben?«

Nun beugte sich León vor. »Glaub es oder lass, das ist mir egal.«

León hatte keine Lust mehr auf Mischas Fragen, seinen bohrenden Blick. In einem anderen Leben hätte er ihn vermutlich einfach stehen gelassen. Oder er hätte ihm eine reingehauen. Seinen Körper sprechen lassen, ja, das konnte er. Worte hingegen waren noch nie seine bevorzugten Mittel zur Verteidigung gewesen. Er spürte, dass etwas anderes hinter Mischas Fragerei steckte, aber er konnte sich keinen Reim auf den anderen machen.

Er wusste nur, dass er sich in dessen Gegenwart zunehmend unwohl fühlte. Und dass Mischa nützlich war, um hier herauszukommen. Das war es, was zählte.

Mischa hingegen schien es nicht gerade darauf anzulegen, die anderen zu finden. León bezweifelte, dass Mary, Jeb oder Jenna ähnliche Fähigkeiten besaßen. Das hieß, dass sie alle von Mischa abhängig waren, ob sie wollten oder nicht.

Das kann noch ganz schön heiß werden.

León beäugte seinen Wegbegleiter von der Seite. Gerade versuchte Mischa, ein weiteres mathematisches Rätsel an der Wand zu lösen. Da fiel ihm plötzlich auf, dass Mischa nicht mehr über seine verletzten Rippen sprach.

War die Verletzung schon abgeheilt? Oder biss Mischa einfach nur die Zähne zusammen?

León starrte ihn an, wie der andere ruhig und kontrolliert die Hand über die Zahlen fliegen ließ, so als hätte ihre Auseinandersetzung eben gar nicht stattgefunden.

»Sag mal, Mischa«, fragte er betont ruhig. »Was machen eigentlich deine Rippen? Noch Schmerzen?«

Erst reagierte Mischa nicht. Dann drehte er sich um, ein verblüffter Ausdruck huschte über sein Gesicht. »Nein«, sagte er schließlich und ließ probehalber den Arm kreisen. »Alles okay. Merkwürdig, bis gerade eben habe ich gar nicht mehr daran gedacht. Scheint schon alles verheilt zu sein. War wohl nicht so schlimm.«

Oh doch, das war es. Ein oder zwei deiner Rippen waren mindestens stark geprellt und jetzt willst du davon nichts mehr spüren?

»Dann ist ja gut«, meinte León.

Eine Tür erschien in der Wand, vor der Mischa stand. Ohne zu zögern, schritt er hindurch. León folgte ihm.

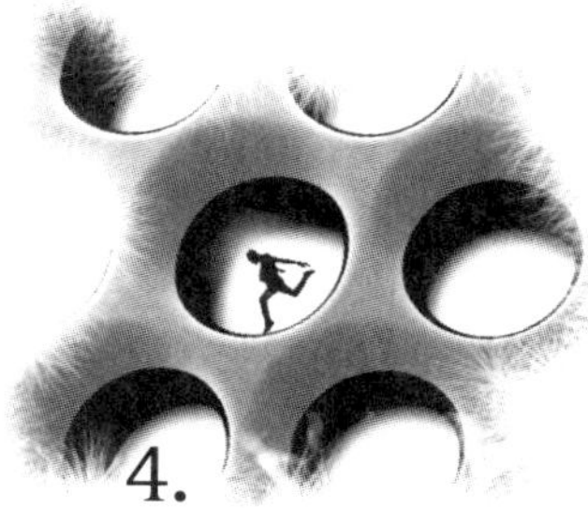

4.

Jennas Hand fuhr über die tief eingekratzten Buchstaben. Immer und immer wieder. Wie konnte das sein? War es Kathy tatsächlich gelungen, in die nächste Welt zu kommen? Gab es etwa noch andere Wege oder weitere Portale?

Kathy war hier.

War das eine Botschaft an die Gruppe? Wollte sie ihnen Angst machen, ihnen drohen?

Das war nicht auszuschließen. Niemand wusste so genau, wie es Kathy ergangen war, nachdem sie aus der Gruppe ausgeschlossen worden war. Niemand wusste, ob Kathy noch lebte. Aber konnte das überhaupt sein? Kathy war zurück? Ohne Portal gab es keinen Weg hierher, das zumindest hatte ihnen Jebs geheimnisvolle Nachricht aus seinem Rucksack weismachen wollen. Was, wenn alles auf Anfang war? War Tian dann auch unter ihnen?

Aber warum sollte Jebs Botschaft eine Lüge gewesen sein?

Falls Kathy zurück war, so viel war Jenna schlagartig klar, hatten sie ein Problem. Was hatte sie vor?

Kathy war zu allem fähig.

Kathy war hier.

Sie *war* hier. Es klang so, als stünde die Botschaft schon länger dort, als könnte Kathy bereits vor ihnen in diesem Labyrinth gefangen gewesen sein. Aber ... das konnte doch nicht sein?

Vielleicht hat jemand diese Botschaft in die Wand gekratzt, um mir Angst einzujagen.

Dieser Gedanke beruhigte sie ein wenig. Es sind nur Buchstaben, sagte sich Jenna immer wieder. Nur Buchstaben. Sie seufzte, warf einen letzten Blick auf die unheilvolle Botschaft und ging weiter. Scheinbar endlos wand sich der Gang vor ihr her. Ihre Gedanken schweiften zurück in die Vergangenheit. Der gleichmäßige Rhythmus ihrer Schritte und die Eintönigkeit der weißen Wände machten es ihr leicht, sich davon treiben zu lassen.

»Sie wollen es wirklich tun?«, fragte eine Stimme, die einem Mann gehörte, dessen Gesicht verschwommen blieb.

»Ja«, antwortete sie heiser.

»Man hat Sie über das Risiko aufgeklärt?«

»Ich habe ein Dokument unterschrieben, indem ich versichere, dass ich umfassend über mögliche Risiken aufgeklärt wurde und dass dieser Versuch auf meinen eigenen Wunsch hin ausgeführt wird.«

»Versuch? Der Begriff trifft es nicht einmal ansatzweise. Was Sie vorhaben, hat niemals zuvor ein Mensch gewagt, und ich bezweifele sehr, dass es ohne Folgen bleiben wird.«

Sie schwieg.

»Es ist sehr wahrscheinlich, dass Sie irreparable gesundheitliche Schäden davontragen werden. Das alles ist Neuland, müssen Sie wissen.«

»Ich weiß.«

»Gut, dann sind Sie also bereit«, sagte der Schemen. »Ich gebe Ihnen jetzt eine Beruhigungsspritze. Sie werden nur noch vage mitbekommen, wie wir Sie vorbereiten. Später werden wir Ihnen eine Infusion legen, die Sie mit allem versorgt. Und dann geht es los.«

»Werde ich bei Bewusstsein sein, wenn Sie die Apparate einschalten?«

»Nein. Sie werden tief und fest schlafen.«

»Also keine Schmerzen.«

»Voraussichtlich nicht, aber wie gesagt ...« Er zuckte mit den Achseln. »Auch wir betreten Neuland.«

»Und wenn alles gut läuft ...«

»... holen wir Sie zurück«, vollendete er den Satz. »Sind Sie bereit?«

»Ja.«

Dieses eine Wort war das Letzte, woran sich Jenna erinnerte. Obwohl die Szene deutlich vor ihr stand, konnte sich Jenna nicht erklären, was das Gespräch zu bedeuten hatte. *Was habe ich getan?*

Es war von einem Versuch die Rede gewesen, von Apparaten, von Risiken und davon, dass sie etwas wagte, was kein Mensch vor ihr getan hatte.

Aber was?

War sie krank? Oder war sie hypnotisiert worden? Hatte sie an einem Experiment teilgenommen? Freiwillig? Aber wozu? Was sollte erforscht werden? War sie ausgewählt worden und wenn ja, von wem?

Nein, das klang selbst in ihren Ohren zu absurd. Nein, das konnte nicht sein. Niemals hätte sie sich dieser Gefahr ausgesetzt, wenn sie darüber Bescheid gewusst hätte. Wozu das alles? Es wäre blanker Selbstmord, von den unabsehbaren Folgen ganz zu schweigen.

In der Botschaft, die Jeb gefunden hatte, war davon nicht die Rede gewesen. Und überhaupt, was hatte das mit Mischa, Jeb, Tian, León, Kathy und Mary zu tun? Wo lag die Erklärung für dieses sogenannte Labyrinth, wie es in Jebs Botschaft geheißen hatte?

Nein, nein, nein. Hinter der Sache steckte etwas anderes. Irgendjemand, etwas, hatte sie und die anderen in diese Lage gebracht und sah ihnen nun zu, wie sie um ihr Leben kämpften.

Jenna war so in Gedanken versunken, dass sie beinahe über ihre eigenen Füße stolperte, als sie einen dunklen Gegenstand vor sich auf dem Boden entdeckte. Aus Angst draufzutreten, machte sie einen ungelenken Sprung zur Seite und stützte sich an der Wand ab. Dann erst konnte sie es in Ruhe betrachten.

Es war ein Stück Stoff.

Sie hob es auf und schaute es verdutzt an. Das Muster darauf kam ihr bekannt vor. Der Stoff war an beiden Enden zusammengeknotet. Kurze Zipfel ragten aus dem Knoten hervor.

Jenna starrte auf die losen Fäden, die überall herunterhingen. Dieser Stoff war nicht sauber mit einer Schere herausgetrennt worden, jemand hatte ihn irgendwo rausgerissen.

Und er war blutdurchtränkt. Deswegen erkannte sie auch erst jetzt, dass es das Muster von einem der Hemden war, die sie und die anderen trugen.

Ihr Atem stockte.

Das Stück Stoff, das sie in der Hand hielt, war ein selbst gebasteltes Stirnband. Kathy hatte es für Tian angefertigt, damit er die Schreie der Verfolger nicht mehr so laut hörte.

Wie kam es hierher?

Jenna richtete sich auf, blickte sich in beide Richtungen um, aber es war niemand zu sehen.

Kathy, bist du da?

Jeb taumelte durch die Gänge, die sich vor ihm öffneten, ohne ein Ziel zu verfolgen. Als die Wände verschwunden waren, war es ihm kurzfristig besser gegangen und er hatte wieder Luft bekommen. Trotzdem war er so schwach gewesen, dass er eine Weile auf allen vieren vorwärtsgekrochen war. Schnell hatte er erkannt, dass er so nicht vorankommen würde. Irgendwann hatten sich die Wände um ihn herum erhoben und einen Gang gebildet, dem er nun orientierungslos folgte.

Sein Kopf war leer. Jegliche Gedanken nur noch ein weit entferntes Echo in der Halle seiner Ängste. Die Beklemmung kam in Wellen und inzwischen war er darauf vorbereitet, aber er konnte ihr so gut wie nichts entgegensetzen. Seine Widerstandskraft war gebrochen. Jeb hatte sich kraftlos der Angst ergeben.

Die meiste Zeit hielt er die Augen geschlossen, tastete sich halb blind an den Wänden entlang. Er wusste noch, dass er dringend irgendwohin musste, aber er hatte nicht den blassesten Schimmer, was das war, und schon gar nicht, wo. Er versuchte, sich zu erinnern, was war, verspürte aber nur ein sehnsuchtsvolles Ziehen in seiner Brust. Er musste sich um irgendetwas kümmern, es gab jemanden, um den er sich Sorgen machte. Er gab es auf, darüber nachzudenken, als sich erneut alles in ihm zusammenzog und er einen erneuten, lähmenden Angstzustand erlebte. Kalter Schweiß stand ihm auf der Stirn, seine Hände waren klamm und zitterten. Jeb wartete keuchend ab, bis die Angst mit all ihrer zermürbenden Macht über ihn hinweggefegt war. Er hatte alle Hoffnungen fahren lassen. Aber etwas trieb ihn voran. Einfach nur weiter. Seine Beine trugen ihn vorwärts, ohne dass er es ihnen befohlen hatte.

Jeb wusste nicht, wie schnell die Zeit verging. Ob es überhaupt noch so etwas gab wie Zeit. Er fühlte, dass er noch ewig so weitergehen könnte, ohne überhaupt zu ahnen, was er da tat, als der Gang vor ihm plötzlich dunkler wurde. Er spürte die Veränderung hinter seinen geschlossenen Lidern und blieb auf zittrigen Beinen stehen. Er öffnete die Augen, doch alles blieb verschwommen. Kaum nahm er die Umgebung wahr, doch da merkte er, dass sich zu seiner Rechten etwas veränderte. Er drehte sich in diese Richtung. Ein Teil der Wand zog sich zurück, legte eine Glasfläche frei, die vom Licht des dahinterliegenden Raumes nur spärlich erleuchtet wurde.

Jeb taumelte dem Licht entgegen und stieß schmerzhaft mit dem Kopf gegen die Scheibe. Der unerwartete Schmerz ließ ihn zurücktaumeln und weckte ihn gleichzeitig aus seinem Dämmerzustand. Zum ersten Mal seit Stunden nahm Jeb seine Umgebung wahr.

Zäh kam ihm die Erkenntnis, wo er sich befand und wie er hierhergekommen war.

Jenna.

Ein Wort. Ein Name. Dann wurde ein Gesicht daraus. Ihr Gesicht. Ein Lächeln.

Wo bist du?

Nach und nach ordneten sich seine Gedanken und er erinnerte sich wieder an das, was seit seinem unerklärlichen Erwachen in der ersten Welt geschehen war.

Jenna, Mischa, León, Mary. Tian tot. Kathy tot.

Die Tore.

Er wusste es wieder. Erleichterung durchflutete ihn. Diesen Jeb, der die Gruppe durch die Abgründe der ersten Welten geführt hatte, den kannte und mochte er.

Eine Bewegung hinter der Glasscheibe erregte seine Aufmerksamkeit. Das Licht im Raum wurde heller und er erkannte etwas.

Mühsam setzte sein Geist das Bild vor ihm zusammen.

Ein Zimmer. Weiße Wände. Ein Tisch mit zwei Stühlen. Ein Nachttisch neben einem Bett auf Rollen. Alles weiß.

Das ist ein Krankenzimmer.

Ein Mann saß auf der Bettkante, hielt die Hand einer Frau, sprach Worte, die nicht durch die Scheibe drangen.

Das Gesicht der Frau. Ausgemergelt. Ausgezehrt von der Krankheit.

Schwarzes Haar, das strähnig auf dem Kopfkissen lag. Ehemals bronzefarbene Haut, die sich in ein blasses Gelb verwandelt hatte, und Augen voller Schmerz.

Mom?

Jeb brüllte das Wort heraus: »Mom!«

Seine Faust hämmerte gegen die Glasscheibe, aber die beiden Gestalten im Zimmer nahmen ihn nicht wahr.

Als Jeb innehielt, erkannte er, wer da am Bett seiner sterbenden Mutter saß. Sein Vater!

Es war der Teil seines früheren Lebens, an den er sich schon in der ersten Welt erinnert und von dem er Jenna erzählt hatte. Was er sah, war eindeutig. Es waren die letzten Augenblicke im Leben seiner Mutter, kurz nachdem er aus dem Raum gestürmt war, weil er ihr Sterben nicht hatte ertragen können.

Jeb legte beide Handflächen auf die Glasscheibe. Der Kopf sackte nach vorn, seine Stirn legte sich an das kühle Glas. Tränen liefen ihm über das Gesicht, er schmeckte Salz. Er war hier, endlich, aber seine Mutter bemerkte es nicht einmal.

Jeb sah, wie sich sein Vater vorbeugte, mit der Hand sanft über das Gesicht der Sterbenden strich. Er sagte etwas und Jeb konnte es von den Lippen lesen. *Ich liebe dich. Hab keine Angst. Ich bin bei dir.*

Seine Mutter erwiderte etwas. *Ich liebe dich auch.*

Dann ein Wort. *Jeb.*

Ich bin hier, wollte Jeb brüllen. Schau her, Mom. Ich bin bei dir. Aber sein Mund blieb stumm.

Sein Vater antwortete etwas, das Jeb nicht verstand, aber das Gesagte schien seine Mutter zu beruhigen.

Es ist so weit, las er von ihren Lippen. *Ich muss gehen.*

Sein Vater beugte sich noch einmal vor und nun sah Jeb, dass er hemmungslos weinte. Mit beiden Händen umfasste er das Gesicht seiner Frau und küsste sie ein letztes Mal. Ein Lächeln erschien auf den Lippen seiner Mutter, dann wurden ihre Züge weich und alle Anspannung wich aus ihrem Körper.

Jeb beobachtete, wie sein Vater ihre Augen schloss, ihre Hände faltete, dann legte er seinen Kopf auf die Brust der Toten. Sein Oberkörper bebte. Fast glaubte Jeb, das Schluchzen zu hören. Kraftlos ließ er sich zu Boden sinken.

Auch dich habe ich allein gelassen.

Bitte verzeih mir.

Er fühlt sich elend. Die einzige Erinnerung an sein früheres Leben, die ihm geblieben war, machte ihn traurig. Enttäuscht war er. Vor allem von sich selbst.

Es ist alles sinnlos.

Dieser Kampf ums Überleben.

Wofür?

Seine Mutter war tot. Seinem Vater hatte er in diesem Moment nicht beigestanden. Wenn er jemals in seine Welt zurückkehren sollte, gäbe es nichts. Niemanden, der auf ihn wartete. Vielleicht war er zu Recht hier. Vielleicht war das die Buße für sein Versagen. Wenn dem so war, dann wollte er die Bitterkeit bis zum letzten Tropfen auskosten.

Ich werde nicht mehr kämpfen.

Dieser Entschluss ließ ihn augenblicklich ruhig werden. Das Zittern im ganzen Körper ließ nach.

Ich werde nicht mehr kämpfen.

Irgendwie sorgte dieser Gedanke für so etwas wie Frieden in ihm. Seit einer gefühlten Ewigkeit war er endlich wieder Herrscher über seinen Körper und seine Gedanken.

Jenna?

Was wird aus dir?

Seine Augen schlossen sich. Die Antwort war wie ein Stein, den man in einen Teich warf. Immer weitere Kreise zogen sich über das Wasser.

Sie hat etwas Besseres verdient.

Doch bevor dieser Gedanke zur Gewissheit werden konnte, trieb Jebs Geist davon. Dorthin, wo es keine Schmerzen gab.

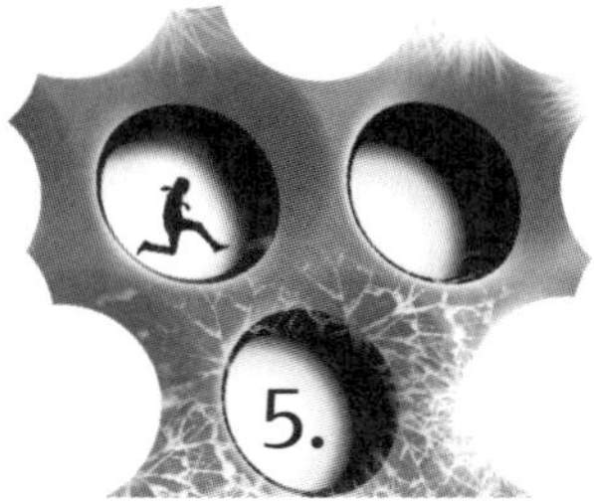

Aha«, meinte Mischa, der vor der nächsten Wand stand, während seine Augen über die Zahlen flogen. »Mal etwas Neues. Das sind Palindromzahlen. Weißt du, was das ist?«

León verzog das Gesicht. Mischas Klugscheißerei ging ihm schon seit geraumer Zeit auf die Nerven. In jedem der vielen Räume, die sie durchquert hatten, musste er sich einen Vortrag über die Genialität der mathematischen Aufgaben anhören. Und im Stillen schwang da natürlich das Loblied auf die Genialität von demjenigen mit, der sie lösen konnte. Zum Kotzen.

Er hatte erfahren, dass die Summe der Quadrate zweier benachbarter Fibonacci-Zahlen ohne Ausnahme stets eine Fibonacci-Zahl war. Irgendwas hatten auch Primzahlen damit zu tun. Mischa hatte etwas von einer goldenen Zahl gefaselt und von einer Annäherung an die Genauigkeit von irgendwas gesprochen. León hatte kein Wort verstanden und es war ihm auch völlig gleichgültig. Für ihn allein zählte, dass Mischa in der Lage war, nicht sichtbare Türen zu öffnen. Mehr interessierte ihn nicht. Mehr brauchte er nicht.

»Weißt du es?«, fragte Mischa.

»Was?«

»Was eine Palindromzahl ist.«

»Nein. Und ich will es auch nicht wissen.«

Doch Mischa fuhr unbeirrt mit seinem Geplapper fort. »Palindromzahlen sind natürliche Zahlen, die von vorne oder hinten gelesen den gleichen Wert haben. Zum Beispiel 421124, von ...«

Mierda! León hätte sich am liebsten die Ohren zugehalten oder, besser noch, Mischa gezeigt, wie man jemanden dazu bringen konnte, die verdammte Klappe zu halten. Aber sosehr er hasste, es sich einzugestehen: Er brauchte Mischa. Zumindest noch. Besser, ihn bei Laune zu halten – und eben nicht zusammenzuschlagen.

Es kostete León viel Überwindung, doch dann schaffte er es. Er atmete tief durch die Nase ein, dann zwang er sich abzuschalten. Er ließ den Blick durch den Raum schweifen. Sie sahen immer gleich aus. Ohne Ausnahme.

Ich habe Durst und ein Scheißloch im Bauch. Und diesen irre gewordenen hombre de los nombres *an der Backe.* León musste grinsen. *Der* nombrero *braucht wahrscheinlich nichts, so glücklich ist der mit seinen Zahlen.*

Während er sich weitere schwachsinnige Spitznamen für Mischa ausdachte, um bloß nicht ans Essen zu denken, weil das seinen Magen erst recht knurren ließ, veränderte sich etwas auf der Wand ihm gegenüber. Eine neue Zahl tauchte auf. Im Gegensatz zu den anderen Zahlen bewegte sie sich nicht, sondern stand fest in der Mitte der Wand. Die Zahl war durch einen Doppelpunkt geteilt und begann nun zu blinken. Dann veränderte sie sich.

19:23

19:22

»Mischa«, rief er über die Schulter.

»Stör mich nicht, die Sache ist diesmal ganz schön verzwickt«, meinte der andere, ohne sich umzudrehen. »Wenn man nämlich ...«

»Das solltest du dir mal ansehen«, unterbrach ihn León, noch immer die Zahl vor ihm fixierend.

»Was denn?« Mischa klang verärgert, trotzdem wandte er sich endlich um. Ein kurzer Blick schien ihm zu genügen, denn nach nicht mal einer Sekunde sagte er ruhig: »Ach, der Countdown. Er zeigt vermutlich die Zeit, die uns bleibt, um die Tore zu finden. Neunzehn Stunden und zweiundzwanzig Minuten.«

»Du hast davon gewusst??«, fragte León verblüfft. »Und hast mir nichts davon gesagt?«

»Hab's vergessen.«

»Vergessen?! Verdammt, wie irre bist du eigentlich! Hier geht es nicht um deine bekloppten Zahlenrätsel, sondern darum, dass uns weniger als zwanzig Stunden bleiben, um die anderen und die Portale zu finden. Wir wissen weder, wo die anderen sind, noch, wo sich die Tore befinden. Es gibt keinen beschissenen Stern, der uns führt, wir haben nichts, rein gar nichts mit diesen Türen, die du eine nach der anderen öffnest, gefunden, und du machst einen auf gelassen?!« León merkte, wie die vorhin kaum verdrängte Wut wieder in ihm aufstieg.

»Reg dich ab, wir haben genug Zeit.«

»Und woher willst du das wissen, Professor?«

»Ich fühle es.« Mischa sah ihn achselzuckend an.

Allein diese kleine Geste ließ León fast ausrasten. Mühsam brachte er zumindest halbwegs ruhig eine Antwort hervor. »Aha, du *fühlst* es.« Den verächtlichen Tonfall konnte er nicht abstellen.

»Ja. Ich werde die Zahlenrätsel lösen und uns hier rausbringen.«

»Und ich habe gesagt: Was, wenn deine ach so genialen Rätsel uns überhaupt nirgendwohin führen? Oder wenn du ihnen irgendwann nicht mehr gewachsen bist, was dann, hä? Schon mal daran gedacht, Professor?«

»Das wird nicht passieren.«

»Und kannst du jetzt auch noch in die Zukunft sehen, haben die dir deine Zahlen geflüstert, oder was?« León fixierte ihn mit seinem Blick. »Oder verschweigst du mir vielleicht noch etwas, das ich wissen sollte?« Mischas Gesicht wurde starr. »Ich habe dir nichts verschwiegen, ich ...«

»Ja, ich weiß, du hast es nur *vergessen«*, unterbrach ihn León unwirsch. »Also, was weißt du noch, was ich nicht weiß?«

»Nichts.« León bemerkte den herausfordernden Blick in Mischas Augen.

»Und da bist du dir sicher? Hast du auch nichts *vergessen?«*

»Leck mich!«, fuhr ihn Mischa an.

Das brachte die blutrote Wut in León zum Überkochen. Seine Hand zuckte nach vorn, packte Mischa am Hemdkragen und zog ihn zu sich heran. »Was hast du gesagt!?«, zischte er.

»Du hast mich doch gehört.« Mischa reckte das Kinn, die Lippen zu einem schmalen Streifen gezogen. »Ich tue wenigstens irgendwas. Was tust du denn Großartiges, um hier rauszukommen, hm?«

Das nahm die Anspannung. León grinste. »Du hast recht. Soll nicht wieder vorkommen.«

»Dann lass mich los.«

León strich über Mischas Hemd, so als wolle er Fusseln vom Stoff streichen. »Hier, du kannst weiterrechnen.«

Mischa zog ohne ein weiteres Wort sein Hemd gerade, dann ging er zurück zu der Wand mit den Zahlen.

Jetzt ist er auch noch eingeschnappt.

León nahm sich vor, sich bei nächster Gelegenheit bei Mischa zu entschuldigen. Wenn sie hier raus waren. Oder vor den Toren, falls sie sie erreichten. Aber nicht jetzt.

Mischa wischte inzwischen an der Wand herum, tippte mit seinem Finger irgendwelche Zahlen an.

Eine Tür erschien.

»Wir können gehen.«

In dem Moment, als sie den Raum verlassen wollten, erklang ein Ton, der León nun schon allzu gut bekannt war. Die Wände begannen, in rotem Licht zu leuchten.

León wollte gerade ansetzen, Mischa zu erklären, was vor sich ging, doch da sprang der mit einem Satz nach hinten und prallte gegen León. Mischas Gesicht war eine starre Maske, mit weit aufgerissenen Augen begann er zu hecheln und zu keuchen.

»Was ist los, Mischa?«, fragte León beunruhigt.

»Sie kommen! ... Sie wollen mich töten ...«

»Mischa. Da ist niemand. Die Wände verschwinden und vorher gibt es dieses Signal, das ist alles. Es besteht keine Gefahr.«

»Ich sehe sie!«, brüllte Mischa.

León wirbelte herum. Da war niemand. Die Wände versanken langsam und geräuschlos im Boden. Mischa *konnte* gar nichts sehen. Denn da war nur die bekannte weite Leere.

»Da ist *nichts!*«

»Sie wollen meinen Vater ... er ist im Auto ... der Chauffeur sagt mir, ich soll mich auf den Boden legen ...«

León sprang vor, packte Mischa an den Schultern und schüttelte ihn. »Mischa, *compañero*. Ich schwöre, da ist niemand. Wir sind allein. Das Signal bedeutet keine Gefahr.«

Aber Mischa hörte ihn nicht, sondern starrte über Leóns Schulter hinweg auf die nackte Ebene, die sich nun vor ihnen auftat.

»... ich ... sie kommen auf mich zu. Männer mit schwarzen Masken. Sie haben Maschinenpistolen ... ich sehe die Kugel in die Windschutzscheibe einschlagen ... sie treffen mich nicht ... aber der Lärm. Alle schreien oder brüllen ... zwei Leibwächter draußen, sie werden sofort erschossen ... Stille ... ein einzelner Mann kommt auf das Fahrzeug zu. In seiner Hand hält er etwas ... Er nimmt die Maske ab ... Er grinst mich an und ich weiß, dass ich jetzt sterbe. Dann eine Explosion ... alles wird rot ...«

Plötzlich sackte Mischa in sich zusammen. Es ging so schnell, dass León keine Gelegenheit hatte, seinen Fall zu bremsen. Hart knallte Mischa mit dem Hinterkopf auf den Boden.

Mierda! Scheiße, verfluchte!

León kniete sich neben den Bewusstlosen. Mischas Augen waren offen, reagierten jedoch nicht. León legte seine Finger auf die Halsschlagader, fand in der Aufregung den Puls nicht. Er beugte sich zu Mischas Lippen herunter und lauschte, ob er noch atmete.

Das tat er, schwach zwar, aber Mischa war noch am Leben. Er richtete sich auf und noch ein Fluch verließ Leóns Lippen, aber es war niemand da, der seine Verzweiflung hören konnte. Der einzige Mensch, der in der Lage war, die rätselhaften Türen zu öffnen, lag bewusstlos am Boden.

Er musste einen anderen Weg hinaus finden. León redete sich ein, dass er sich würde beruhigen müssen, um einen klaren Gedanken zu fassen, da spürte er etwas Warmes an seiner Hand, mit der er sich neben Mischa abstütze. Er sah auf seine Hand, sie war rot vor Blut.

Erschrocken sah er, wie sich das Blut um Mischas Kopf herum ausbreitete. Dunkel floss es hervor und bildete einen kleinen roten See auf dem makellosen weißen Boden.

Die Rufe ihres Bruders, die sie die ganze Zeit geführt hatten, waren verstummt. Ratlos stand Mary vor einer weiteren Abzweigung des Ganges. Was sollte sie jetzt tun? In welche Richtung gehen? Links oder rechts?

Sie lauschte angestrengt. Nichts, kein Ton zu hören.

»David?«, rief sie. Dann noch einmal. »David?«

Mary legte ihre rechte Hand hinter das Ohr. Sie bemühte sich, leise und flach zu atmen.

»Wo bist du? Sag etwas!«

Kein Ton. Zum ersten Mal nahm sie ihre Umgebung richtig wahr. Wie in einem Traum war sie auf der Suche nach ihrem Bruder durch die Gänge gestolpert, aber nun drehte sie sich verblüfft in beide Richtungen.

Das muss die neue Welt sein. León hat mich in der Eisstadt gerettet, dann sind wir durch die Tore und ... wo bin ich hier?

Sie befühlte die hellen Wände und den Boden. Alles war so ganz anders als die letzte Welt, die nur aus Ruinen, Schutt und Asche bestanden hatte.

Wo sind die anderen? Wo ist León?

Der Gedanke an den tätowierten Jungen versetzte ihr einen Stich. Natürlich vermisste sie auch die anderen, aber ihre Gedanken waren bei León.

Warum tut es weh, an ihn zu denken? Ich kann ihn doch gar nicht leiden.

Sie dachte an sein breites Grinsen, seine lebendigen braunen Augen, an die Momente, in denen er ihr nahe gewesen war. Sein Kuss, in der Morgendämmerung auf einer schneebedeckten Straße. Ganz unvermittelt. Sein Kuss sollte sie zornig machen, sie anspornen. Und es hatte funktioniert. Dann ihre Ohrfeige, aber León hatte nur gelächelt. Damals hatte sie nur Wut geschmeckt, aber nun legte sie unwillkürlich die Finger auf ihre Lippen. Dort war er bei ihr gewesen, ganz nahe. Und nun war sie vollkommen allein an einem fremden Ort.

Mary schaute nochmals die Gänge hoch und runter. Alles hier war so nüchtern, leblos und kalt. Wo war der Stern, der sie führen sollte? Wo die Tore? Würde sie hier jemals wieder rausfinden oder einsam und allein sterben?

Woran soll ich erkennen, wie die Zeit vergeht, und wie viel Zeit bleibt mir noch?

Verzweiflung machte sich in ihr breit, aber sie schob das Gefühl resolut zur Seite.

Alles, was bisher war, habe ich überlebt. Ich bin stark, ich werde auch hier durchhalten.

Woher diese innere Kraft kam, wusste sie nicht, vielleicht war es der Gedanke an León. Irgendwo in diesem Labyrinth war er. Sie würde ihn finden und gemeinsam würden sie diese Welt verlassen.

Sie war erwacht und stand nun auf zittrigen Beinen in einem langen Gang, der von einer nicht sichtbaren Lichtquelle erhellt wurde. Sie schaute sich um, aber da war nichts von den anderen, keine Spur.

Wie war sie hierhergekommen?

Ich müsste doch tot sein.

Sie erinnerte sich noch gut an die letzten bewussten Momente. Da waren die Männer gewesen, die sie gejagt hatten. Bis auf das Dach eines mehrstöckigen Hauses hatten die Fremden sie verfolgt. Als es keinen Ausweg mehr gab, hatte sie sich in die Tiefe gestürzt. Angst hatte sie keine mehr gehabt. Der Sturz schien endlos zu dauern. Einen Aufprall hatte sie nicht gespürt.

Bin ich im Himmel?

Sie kniff sich fest in die Wange und stöhnte auf. Nein, sie konnte nicht tot sein und das hier war auch nicht der Himmel. Es war nur eine weitere dieser beschissenen Welten, in die es sie verschlagen hatte.

Ich habe kein Portal benutzt. Wie komme ich also hierher? Ich kann gar nicht hier sein.

»Jeb! Jenna!«, rief sie laut. »Mischa, Mary, León?«

Sie lauschte.

»Hört mich jemand?«

Keine Antwort.

Was sollte sie jetzt machen? Auf eigene Faust die Tore suchen? Ohne den Stern als Orientierung, in geschlossenen Räumen, war die Sache aussichtslos. Oder eine Herausforderung. Und sie liebte Herausforderungen, denn sie war eine Gewinnerin.

Wohin also führen diese verdammten Gänge?

Plötzlich fiel ihr auf, dass sie etwas in der Hand hielt.

Ein großes, blutverschmiertes Messer. Das, mit dem sie in der letzten Welt einen der Jäger getötet hatte.

Erschrocken ließ sie es fallen. Das Klirren dröhnte unendlich laut in dem stillen Gang.

Das Messer habe ich auf dem Dach zurückgelassen – aber warum ist es jetzt hier?

Sie blickte auf den Boden, sah das getrocknete Blut an der Klinge und wich zurück. Nein, sie würde es nicht noch einmal benutzen. Sie war auf sich allein gestellt und sie brauchte niemanden. Sie war bereit, was auch immer sie erwartete. Entweder sie erreichte die Tore vor ihnen oder sie würde mit Jenna, Jeb, Mischa, León und Mary darum losen. Sie wollte diesmal eine ehrliche Chance haben.

Oder ich sterbe.

Noch etwas unsicher machte Kathy die ersten Schritte. Sie folgte dem Gang, der schnurgerade auf eine fahle Dunkelheit zustrebte, Kathy konnte nicht erkennen, was dahinterlag. Sie hoffte, dass nichts Grausames auf sie wartete.

Die Zeit zog sich endlos, auch am zurückgelegten Weg konnte sie nicht ausmachen, wie weit sie gekommen war oder ob sie überhaupt in die richtige Richtung lief, die sie irgendwohin führen würde. Dann endlich stieß sie auf die Abzweigung. Sie hatte nun zwei Möglichkeiten, links oder rechts. Kathy rief in beide Gänge hinein und lauschte. Niemand antwortete.

Welcher war der richtige Gang? Gab es überhaupt Richtig oder Falsch? Führten vielleicht alle Wege ans Ziel?

Nein, daran glaubte Kathy nicht. Die nackten weißen Wände, der glatte weiße Fußboden. Nirgends Hinweise oder Zeichen. Keine Gegenstände, die einem helfen konnten, und auch keine anderen Personen.

Nein, nein, nein, Kathy fühlte, sie war sich sicher, dies war eine weitere Prüfung, nur diesmal ohne jeglichen Orientierungspunkt. Sie war getrennt von den anderen. Sie war hungrig, durstig und sie trug noch immer die Sachen aus der Eiswelt. Kein Anhaltspunkt auf die noch verbleibende Zeit.

Also wohin nun? Links oder rechts?

Hatte nicht mal jemand gesagt, wenn man sich verlaufen habe und auf Abzweigungen stoße, solle man immer den rechten Weg wählen. So war die Wahrscheinlichkeit am größten, wieder herauszufinden.

Wer hat mir das erzählt?

Sie wusste es nicht, aber der Ratschlag klang logisch, denn wenn sie an jeder Abbiegung die Richtung wechselte, war die Gefahr groß, dass sie sich verirrte.

Also dann nach rechts.

Mary folgte dem Gang mit müden Schritten, die Stimme ihres Bruders hatte sie schon länger nicht mehr gehört. Plötzlich hielt sie inne und starrte auf den Boden.

Dort lag ein Messer.

Bedrohlich wirkte es. Die Klinge schimmerte matt im Licht. Sie erkannte es sofort.

Kathys Messer. Damit hat sie mich befreit.

Mary hob das Messer auf und betrachtete es. Schwer und kalt lag es in ihrer Hand. Sie sah die eingetrockneten Blutspuren auf der Klinge, ein Schauer lief ihr über den Rücken. Es gab nur eine Erklärung für das Messer, hier an diesem Ort.

Kathy war zurück. Irgendwie hatte sie überlebt. Der Kampf um die Tore würde erneut beginnen. Allen und allen voran Kathy war ohnehin klar, dass sie, Mary, die Schwächste der Gruppe war.

Aber warum hat sie mich dann in der letzten Welt gerettet?

Warum sie das getan hatte, war Mary immer noch ein Rätsel, aber Kathy war wie der Wind, er konnte jederzeit umschlagen. Wer wusste schon, was in ihrem Kopf vorging? Wenn Mary nur an die andere dachte, spürte sie die Würgemale auf ihrem Hals, die Kathy ihr beigebracht hatte.

Kathy ist verrückt, sie wird mich finden und umbringen. Und die anderen sind diesmal nicht da, um mich zu beschützen.

Die Worte hallten wieder und wieder in ihre Gedanken.

Kathy wird mich finden und umbringen.

Mit jedem Mal war Mary mehr und mehr davon überzeugt, dass es so kommen musste. Eine andere Möglichkeit gab es für sie nicht: *Kathy wird mich finden und umbringen.*

Mary schluckte. Alle hielten sie für schwach, als ob sie nichts aushalten könnte. Sie hatte schon viel zu viel erlitten. Diesmal würde es anders laufen. Mary biss die Zähne aufeinander und umschloss das Messer mit ihrer Hand.

Zwar bin ich diesmal allein, aber ich bin bewaffnet. Ich werde dich zuerst finden. Und dann wirst du schon sehen, du Biest.

Mary richtete sich auf. Irgendwo in diesem Labyrinth war ihre Feindin.

Die Jagd konnte beginnen.

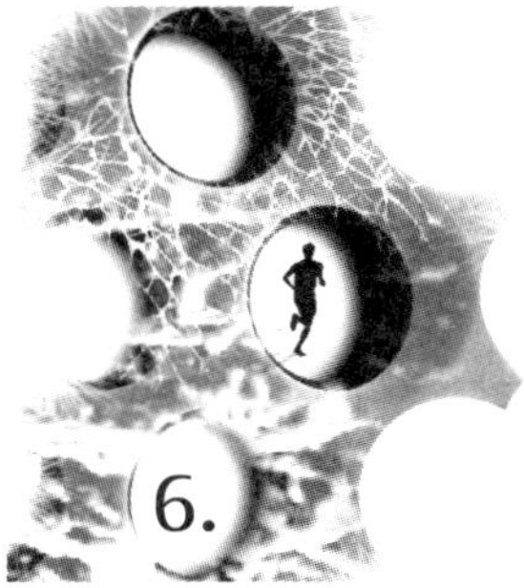

6.

León hatte Mischa schnell in Sicherheit gebracht, als die Wände aus dem Boden kamen, um erneut einen abgeschlossenen Raum um sie herum zu bilden.

Nach den anderen zu suchen, dafür war keine Zeit geblieben, denn zuerst musste er das Blut stillen, das unaufhörlich aus Mischas Hinterkopf sickerte. León presste ein Stück Stoff von Mischas Hemd auf die Kopfwunde. Er hoffte, dass er so die Blutung würde stoppen können.

Nun saß er auf dem nackten Boden und Mischas Kopf ruhte in seinem Schoß. Der Atem des blonden Jungen war kräftiger geworden. Doch er war blasser denn je. Er atmete ruhig und gleichmäßig, aber er erwachte nicht.

León rief leise seinen Namen, bat ihn aufzuwachen, aber die Lider des anderen blieben geschlossen. Im Versuch, nicht den Mut zu verlieren, hob León den Kopf und betrachtete die Zahlen, die unablässig über die Wände huschten, ohne ihm zu verraten, wie er ihr Rätsel lösen konnte.

Warum habe ich Mischa nicht besser zugehört, als er mir die Sache erklärt hat?

Aber natürlich wusste León, dass diese Rätsel für ihn unlösbar waren, egal, wie oft er ihm das System erklärt hätte. Selbst

Mischa hatte am Schluss mehrere Minuten gebraucht, um eine weitere Tür zu öffnen.

Was mache ich jetzt?

Es gab nichts, was er tun konnte. Nur warten, dass zwei Möglichkeiten eintraten: Entweder erwachte Mischa und brachte sie hier raus oder die Wände verschwanden wieder im Boden und er würde Mischa weiterschleppen, zu den Toren oder zu den anderen. Mischa zurückzulassen, kam für ihn nicht infrage. Zusammenhalt bedeutete alles, so viel hatte er hier inzwischen gelernt. Erst wenn alle Hoffnung verloren war, würde er sich allein durchschlagen, so wie er es noch vor wenigen Tagen in der Steppe verkündet hatte. Mischa war der Einzige, der von seiner Gang übrig war, und niemals ließ man jemanden aus der Gang im Stich.

Er seufzte. So oder so waren ihre Chancen schlechter geworden. Vermutlich verdiente er es nicht anders. Nein, er wusste, er verdiente genau das hier. Dies war seine Strafe, davon war León mittlerweile überzeugt. All das hier war seine Buße für den Tod des Jungen, den er erschossen hatte.

In einem anderen Leben, in einer anderen Zeit.

Da waren Bilder. Verzerrt. Undeutlich. Aber er sah sie vor sich, deutlich.

Und dann war er dort.

Er spürte die flimmernde Hitze über Asphalt, der niemals richtig abkühlte. Der Geruch der Straße. Teer, Benzin, Abfall und Urin. Den Geruch der Armut. Der Geruch von zu Hause.

Warum werde ich so müde?

León blickte mit schweren Lidern an sich herab. Seine Hände ruhten schlaff auf Mischas Brust, nicht einmal die Kraft, ihn zu stützen, hatte er.

Was ist mit mir? Erschöpfung allein ist das nicht. Es ist ...

Die Augen fielen ihm zu.

Er riss sie wieder auf.

Aber irgendwann konnte er sich nicht mehr dagegen wehren. Warum sollte er Kraft aufwenden, sich dagegen zu sträuben? Nur einmal kurz die Augen schließen, der Alarm würde ihn ohnehin wecken, wenn die Wände wieder im Boden verschwanden. Falls die Wände noch einmal verschwanden. Falls sie überhaupt eine neue Chance bekämen weiterzukämpfen. Doch León wollte nicht mehr kämpfen, nur für einen kurzen Moment.

León gab den letzten Widerstand auf und nickte ein.

Als er erwachte, wusste Mischa nicht, was geschehen und wie viel Zeit vergangen war. Verwirrt richtete er sich auf. Sein Kopf pochte schmerzhaft, stechend, dumpf, wie nach einem schweren Fall. Noch ganz benommen nahm Mischa wahr, dass Leóns Hand von seiner Brust gerutscht war. Reflexartig drehte Mischa den Kopf und bereute es sofort wieder. Durch die Schmerzen wurde ihm kurz schwarz vor Augen. Nachdem er sich gesammelt hatte, sah er zu León auf. Er schlief, das Kinn ruhte auf seiner breiten Brust.

Seine Gesichtszüge wirkten entspannt, das ließ die Tätowierungen auf seiner Haut weicher und weniger bedrohlich erscheinen.

Lange saß er León gegenüber und betrachtete ihn. In seinem Inneren breitete sich eine wohlige Wärme aus, trotz der Schmerzen fühlte er Ruhe in sich. Als er sich mit den Händen über den Kopf fahren wollte, entdeckte er den provisorischen Verband. Zaghaft tastete er darüber, spürte das verkrustete Blut auf dem Stoff.

Ich muss ohnmächtig geworden und auf den Hinterkopf gefallen sein. Aber jetzt scheint alles okay zu sein.

Vorsichtig nahm Mischa den notdürftigen Verband ab. Der karierte Stoff war von Blut durchtränkt, aber wenigstens gab es keine feuchten Stellen mehr. Mischa befühlte noch mal seinen Hinterkopf. Das getrocknete Blut machte es ihm unmöglich abzuschätzen, wie groß seine Wunde war. Dankbar sah er zu León.

Du hast mich versorgt. Dich um mich gekümmert. Du empfindest mehr für mich, als du zugibst.

Mischa strich mit seiner Hand vorsichtig über Leóns Wange, ohne dass dieser erwachte. Seine Haut fühlte sich rau an, aber zugleich war sie nachgiebig und geschmeidig. Er ließ seine Finger über die Zeichnungen am Hals wandern.

Mischa hatte so viele Bilder von León im Kopf.

León, der sich elegant erhob, sich streckte. Das Muskelspiel unter seiner Haut, die Geschmeidigkeit eines heranschleichenden Raubtiers, mit der er sich bewegte.

Und dieses wilde Grinsen. Dieses Grinsen, das nur so vor Kraft strotzte und der Welt zeigte, dass er, León, sich jedem in den Weg stellte.

Mischa sah ihn im Lichtschein des Feuers sitzen, das Flackern des Feuers auf seiner olivfarbenen Haut. Die Schatten auf seinem Gesicht, als sie die Steppe in Brand gesetzt hatten. Sein entschlossener Gesichtsausdruck in der Eisstadt.

Mischa imponierte Leóns Stärke, seine Verbissenheit und sein scheinbar grenzenloser Überlebenswille. Und Mischa wusste auch, dass er noch mehr für León empfand.

Mischas Gesicht glühte bei der Gewissheit, sein Herz schlug wie wild, noch bevor er seine Gefühle hätte in Worte fassen können.

Noch einmal strich er über Leóns Gesicht, seinen kahl rasierten Kopf, fester noch als gerade.

Ohne den Blick von León zu wenden, beugte er sich vor.

León träumte. Er ging mit Mary durch einen nächtlichen Park. Die Hitze des Tages hatte nachgelassen und ein Windhauch vom Meer brachte angenehme Kühlung. Marys Sommerkleid bewegte sich im Luftzug wie ein Schmetterlingsflügel. Das schwarze Haar umwehte sie und ihre Augen waren so groß und so dunkel, dass man sich darin verlieren konnte.

León beobachtete, wie sie sich im Licht einer Laterne bückte und etwas aufhob. Mit einer kleinen Blume, die sie gepflückt hatte, kam sie zu ihm. Sie streckte ihre Hand aus.

»Für dich«, sagte sie leise.

»Für mich?«, fragte er und lächelte. »Sollte es nicht anders herum sein und ich den Kavalier spielen?«

Sie lachte. »Das stimmt, du bist das nächste Mal dran. Wir haben alle Zeit der Welt.«

Er nickte und lächelte sie an. »Ja, die haben wir.« León konnte sich selbst nicht erklären, woher er diese Gewissheit nahm. Aber hier und jetzt wusste er: Mit Mary spielte Zeit keine Rolle. Nur dass sie zusammen waren.

Er nahm eine Haarsträhne in die Hand und spielte damit. Ihr Haar roch nach Sommer, nach Unbeschwertheit, nach Freiheit. Nach allem, wonach er sich sehnte.

Sie hatte die Augen geschlossen, lächelte, ihre Lippen waren leicht geöffnet.

Sein Atem schien sie zu kitzeln, denn sie kicherte. Dann flüsterte sie: »In uns liegt die Kraft, weißt du? Wir müssen sie nur finden.«

León nickte, ohne zu verstehen, was sie meinte. Denn sein Blick hing an ihren Lippen, während sie die rätselhaften Worte formten, die in diesem Moment so viel Sinn zu ergeben schienen.

León schloss die Augen und seine Lippen fanden Marys. Dann versank die Welt um ihn herum in ihrem Kuss.

Plötzlich war der Moment vorüber. Etwas hatte alles zerstört und schlagartig kam er wieder zu sich. Mischas Gesicht war ganz nah, direkt vor seinem Gesicht. Zuerst verstand er nicht, aber dann wurde ihm bewusst, was geschehen war. Mit einem wilden Aufschrei stieß León den anderen weg.

Mischa fiel nach hinten, war aber sofort wieder auf den Beinen. León sprang ebenfalls auf, nun hellwach. Kein Traum war so real, dass man ihn auf seinen Lippen schmecken konnte. Vor seinen Augen tanzten rote Lichter und Wut erfüllte ihn. Wut, die nur mit Blut gestillt werden konnte. Stumm stürzte sich León auf Mischa. Seine Faust traf mit dem ersten Schlag. Mischa wurde gegen die Wand geschleudert und blieb für einen Augenblick dort liegen.

In León tobte ein Sturm. Den Schmerz in seiner Faust nahm er kaum wahr und er ließ seine Knöchel knacken, während Mischa sich wieder aufrichtete. Verletzt und verwirrt schaute er León an. Aus seiner Nase floss hellrotes Blut. Er machte einen Schritt auf León zu.

»Komm mir nicht zu nahe«, knurrte León.

Mischa hob die Hand, beschwichtigend vielleicht, vielleicht um ihn erneut zu berühren. León stürmte mit gesenktem Kopf auf Mischa zu, doch dieser parierte seinen Angriff, indem er sich zur Seite drehte und Leóns Oberkörper umklammerte. Fast erstaunt über Mischas Verteidigung versuchte León, sich von ihm wegzustoßen. Mischa sollte nicht glauben, dass er ihn einfach berühren durfte. Keiner durfte das, keiner.

Doch er hatte keine Chance. León versuchte, sich aus Mischas Griff um seinen Oberkörper zu befreien. Die beiden wanden sich stumm, aber keiner der beiden bekam die Oberhand. Da holte León mit seinem Kopf aus. Mit aufeinandergebissenen Zähnen rammte er Mischa seinen Schädel an die Schläfe. Eine Methode, die immer funktionierte und seine Gegner meist völlig unvorbereitet traf.

Und tatsächlich. Keuchend warf sich Mischa nach hinten und stieß im selben Moment León von sich. Leóns Rücken krachte auf den Boden und der Schmerz presste ihm für einen kurzen Moment die Luft aus den Lungen.

Grimmig schaute er zum anderen. Seine Hände öffneten und schlossen sich krampfhaft. Sein ganzer Körper zitterte. Er hatte sich auf die Zunge gebissen, wütend spuckte er auf den Boden zwischen ihnen aus.

Er wollte sich aufrappeln, aber da war Mischa schon über ihm. Mit jedem Schlag wurde das Rauschen in seinen Ohren lauter.

Schlag um Schlag donnerte auf ihn herab und León war voll damit beschäftigt, Mischas Schläge gegen seinen Kopf abzuwehren. Doch die Schläge wurden schwächer und León wusste, der Zorn, der in ihm tobte, gab ihm Kraft. Nicht nur, um die Schläge zu ertragen, denen er nicht ausweichen konnte. Sondern auch, um im richtigen Moment den einen, letzten Schlag zu landen.

Sich nicht mehr auf den Beinen haltend, lag Mischa nun in voller Länge auf ihm. Ekel und Zorn schwappten über León zusammen und mit einer fast übermenschlichen Anstrengung stieß er Mischa zur Seite. Keuchend, aber ohne einen Ton, lagen die beiden nebeneinander.

Doch die Pause währte nur kurz.

Langsam erhoben sich beide vom Boden. León sah sein Blut auf den weißen Wänden, auf dem Boden. Die hellroten Schlieren waren überall. Die Blutlache, in der Mischa noch vor wenigen Stunden nach seinem Fall gelegen hatte, hatte dagegen eine dunkle Färbung angenommen. León bemerkte, dass sich Mischas Wunde am Hinterkopf wieder geöffnet zu haben schien. Seine rot unterlaufene Nase stand schief in seinem Gesicht.

Mit zitternden Beinen lehnte sich Mischa gegen eine der Wände. León spürte das Adrenalin in seinem Inneren toben. Mit der

Zunge fuhr er über seine brennenden Lippen. Er schmeckte Blut. Doch er spürte keinen Schmerz. Nur Zorn. Er war noch lange nicht fertig mit Mischa. Er bleckte die Zähne.

Mary vermutete, dass Kathy in der Nähe war, daher musste sie ganz besonders vorsichtig sein. Sie zog ihre Stiefel aus, band sie an den Schnürsenkeln zusammen und hängte sie sich um den Hals. Lautlos schlich sie auf Socken weiter, das Messer in der rechten Faust.

Du entkommst mir nicht.

Mary ging weiter, langsam. Vor ihr machte der Gang eine Biegung und sie linste vorsichtig um die Ecke, doch bevor sie etwas erkennen konnte, wurde sie von einer Hand an der Kehle gepackt. Eine zweite Hand schloss sich um ihr rechtes Handgelenk, das mit dem Messer, und ihr Angreifer presste sie gegen die Wand. Sie zerrte und schüttelte sich, aber der Griff lockerte sich nicht. Mary hielt inne, riss den Kopf herum, um ihren Angreifer zu sehen.

Kathy.

Hasserfüllt starrten sich die beiden an, wenn auch in Kathys funkelnden Augen fast so etwas wie Erstaunen lag. Oder war es Kampflust?

»Warum schleichst du mir hinterher?«, zischte Kathy. »Und du hast dir ja sogar deine Stiefel ausgezogen. Spielst du etwa Detektivin? Du weißt doch, kleine Mädchen sollten nicht mit Messern in der Hand herumrennen. Das ist gefährlich.« Kathys Mundwinkel zogen sich nach oben. Spöttisch, herablassend.

»Du kannst mir keine Angst einjagen«, keuchte Mary. »Nicht mehr.«

»Ich werde dir nichts tun, wenn du mir nichts tust. So einfach ist das«, sagte Kathy ruhig.

»Spar dir den Scheiß, ich glaube dir kein Wort.«

Kathy schüttelte den Kopf und lächelte Mary an. Fast freundlich, fast ehrlich sah dieses Lächeln aus. Aber Mary wusste nur zu gut: Alles an Kathy war falsch.

»Lass das Messer fallen, bitte, Mary, dann können wir reden.«

Mary hätte am liebsten laut aufgelacht. *Für wie blöd hältst du mich eigentlich?*

Sie versuchte, ihr Handgelenk zu befreien, aber Kathys Griff wurde noch fester. Dieses Mädchen hatte eine Kraft, die man ihr nicht ansah.

»Hör auf mit dem Gezappel und lass endlich das Messer los«, sagte Kathy jetzt. »Ich weiß, was du denkst. Tians Tod, ja, das war meine Schuld. Das kann ich nicht ungeschehen machen, aber habe ich nicht dein Leben gerettet? Wir sind quitt, okay?«

Mary wusste nicht, ob sie Kathy trauen konnte. Wahrscheinlich nicht. Aber wenn Kathy sie hatte umbringen wollen, hätte sie das auch schon in der letzten Welt tun können. Sie hätte Mary sogar jetzt und hier schon längst das Messer abnehmen können, wenn sie nur das im Sinn gehabt hätte. Mary traute Kathy ohne Weiteres noch einen kaltblütigen Mord zu – aber es war ohne Zweifel, dass sie es jetzt nicht darauf anlegte.

»Mary, ich will nur eines der Tore erreichen, genau wie du. Was du machst, was die anderen machen, ist mir egal.«

»Klar, Kathy.« Mary schnaubte verächtlich und versuchte, Kathys Überzeugungskraft etwas entgegenzusetzen. »Aber Schlange bleibt Schlange. Du bist skrupellos, du hast Tian umgebracht und mich wolltest du auch töten. Ich glaube kaum, dass wir jemals quitt sein können.«

»Du hast recht, okay. Aber brauchen wir nicht alle eine zweite Chance?«, sagte Kathy. »Du nutzt deine, ich meine. Lass du mich in Ruhe und ich lass dich in Ruhe.«

»Ich glaube dir kein einziges, beschissenes Wort.« Die Ruhe, die Kathy ausstrahlte, machte Mary Angst. Sie erinnerte sich, wie kaltblütig Kathy den Strick durchgeschnitten hatte, an dem Tian hing. Sie *durfte* Kathy nicht trauen. Niemals.

Kathys Gesicht kam näher, ihre Stimme bekam etwas Flehendes. »Ach, Mary, glaub mir doch endlich. Ich erzähl dir das doch nicht alles, weil ich so ein großes Mitteilungsbedürfnis habe. Also wirst du jetzt endlich das Messer loslassen?«

Mary spuckte Kathy ins Gesicht. »Fuck you!«

Kathy erstarrte. Wut blitzte in ihren grünen Augen auf. Alles in Kathy drückte Verachtung aus und die kannte Mary nur allzu gut. Sie schauderte. Ihre rechte Hand kribbelte, so fest hatte sie Kathy in ihre Faust gezwängt.

Doch Kathy lächelte sie an. »Dann eben nicht, kleine Mary.«

Mary begann zu schreien.

Jenna folgte noch immer dem Gang auf der Suche nach Jeb und den anderen. Sie wusste nicht, wie viel Zeit vergangen war, aber sie wusste, dass sie sich besser beeilen sollte.

Wo bist du, Jeb?

Sie hatte schon viel zu viel Zeit in diesen endlos langen Gängen verloren. Ohne Anfang, ohne Ende. Und dazwischen Jeb, immer wieder Jeb. Die Bilder von ihm ließ Jenna noch schneller gehen. Was, wenn ihm etwas passiert war? Sie musste ihn finden.

Ihre Zunge klebte inzwischen am Gaumen und ihre Lippen blieben trocken, egal wie oft sie auch darüberleckte. Ihre ganze Kehle brannte inzwischen wie Feuer vor Trockenheit. Jenna drängte Durst und Schmerzen zur Seite und lief weiter.

Wo ist der Ausgang aus diesem Labyrinth? Wo die Tore? Gibt es überhaupt eine Möglichkeit, hier herauszukommen?

Zweifel nagten an ihr und sie war kurz davor, die Hoffnung aufzugeben, denn nichts in ihrer Umgebung ließ darauf schließen, dass sie vorankam, irgendwo ein Ziel war, das sie erreichen musste. Alles sah gleich aus, es war, als ob nicht sie, sondern die Wände sich bewegten – und sie dabei stets auf der Stelle lief. Aber das war Blödsinn, redete sie sich ein, und die Aussicht, Jeb zu finden, trieb sie an. Sie musste durchhalten.

Wieder einmal rief sie nach ihm, aber wie immer kam keine Antwort, nur das Echo ihrer Worte hallte durch den Gang, als wolle es vor ihr fliehen. Dann war es plötzlich wieder still – wie in einem luftleeren Raum. Wie in einem Vakuum.

Doch sie gab die Hoffnung nicht auf, dass er sie hören würde. Während sie nach Jeb rief, fiel ihr Blick immer wieder nach unten auf ihr Handgelenk, auf die Innenseite.

Da war sie wieder.

Diese merkwürdige, sternenförmige Tätowierung, die auftauchte, dann wieder verblasste und verschwand, als hätte es sie nie gegeben.

Warum verschwindet diese Tätowierung immer wieder? Mal ist sie da und nur wenig später ist meine Haut glatt und unversehrt, die Tätowierung verschwunden.

Das war auch der Grund, warum sie bisher mit niemandem darüber gesprochen hatte. Was sollte sie auch sagen? Sollte sie ihr nacktes, unberührtes Handgelenk zeigen und etwas von einem Stern faseln, der dort tätowiert war?

Sie hatte ja zuerst selbst ihren eigenen Augen nicht getraut. Und jetzt war niemand da, dem sie es erzählen konnte.

Wann und wo habe ich mir diese Tätowierung stechen lassen? Was soll sie bedeuten?

Sie versuchte, sich zu erinnern, aber die Bilder blieben verschwommen. Da waren nur leise Worte. Es war *ihre* Stimme, die sagte: »Dieser Stern ist ein Zeichen unserer Liebe, er wird mich zu dir führen, wo immer du auch bist.«

Zu wem hatte sie diese Worte gesagt? Und warum? Sie wusste keine Antwort.

Gab es jemanden in ihrem Leben, den sie vergessen hatte? Jemanden aus der Zeit vor dem Labyrinth, den sie liebte und der sie vielleicht auch liebte? Aber wenn er so wichtig war, wie konnte sie ihn vergessen?

Der Gedanke machte Jenna Angst. Falls sie jemals wieder hier herauskam, wer wusste schon, ob die, die sie liebten, ihre Familie, wer auch immer, auf sie warten würde. Vielleicht wäre sie zwar zu Hause, aber allein, so wie hier. Sie spürte, wie sie für einen kurzen Moment alle Kraft verließ, und musste sich an der Wand abstützen.

Nein, ich darf nicht aufgeben. Ich bin nicht allein – da ist Jeb und da ist eine Geborgenheit, an die ich mich erinnere. Was immer danach kommt, es ist besser als das hier.

Den Gedanken an Jeb und an die Entscheidung des Labyrinths, dass nur einer von ihnen überleben würde, schob Jenna weit von sich. Und setzte erneut einen Schritt vor den anderen. Nicht aufgeben, weitermachen.

Jennas Gedanken kreisten ununterbrochen weiter. Wie konnte man sich nicht an einen Menschen erinnern, für den man so viel empfand, dass man sich tätowieren ließ, um dieser Liebe ein Bild zu geben.

Und warum habe ich mich in Jeb verliebt, wenn es irgendwo einen anderen Jungen gibt, der auf mich wartet?

Dieser Stern war schlichtweg die Dummheit eines Mädchens, das glaubte, mit so einem Symbol würde ihre Liebe noch stärker. Vielleicht war diese Liebe schon längst vorbei und das Tattoo ein Überbleibsel davon. Es war reine Zeitverschwendung, darüber nachzudenken – das alles lag hinter ihr. Und hinter einem Vorhang des Vergessens.

Hier und jetzt gab es nur diese verfluchten Gänge und sie musste Jeb und die anderen finden. Jenna machte größere Schritte und fiel dann in einen leichten Trab. So bewegte sie sich ziemlich lange vorwärts. Eine ganze Weile fühlte sie sich gut. Der Puls pochte in ihrer Kehle, sie lief mit kräftigen Schritten voran und Schübe von Energie jagten durch ihren Körper. Sie würden hier rauskommen. Seit Tagen hatte Jenna nicht mehr so viel Zuversicht gespürt. Alles würde gut werden, das *musste* es einfach.

Sie lief weiter, so lange und so schnell sie konnte. Als sie schließlich das Tempo nicht mehr halten konnte, hatte sich die Umgebung immer noch nicht geändert. In die Hüfte hatte sich ein stechender Schmerz gebohrt, der sie zwang anzuhalten.

Sie keuchte. Jenna beugte sich nach vorn und stützte die Hände auf den Knien ab. Seitenstechen. Ihr Brustkorb pumpte bei jedem Atemzug. Als sie sich aufrichtete, wurde der Schmerz in ihrer Seite schlimmer und sie musste sich wieder vorbeugen.

Sie dachte an Mischa, der mit gebrochenen Rippen eine Felswand bestiegen hatte, um danach durch eine feindliche, im tiefen Schnee liegende Welt zu stapfen. Nun erfuhr sie am eigenen Leib, was er durchgemacht haben musste. Zumindest fast.

Schließlich habe ich nur Seitenstechen und bin noch nicht einmal verletzt.

Wie es Mischa wohl erging? Ob er gerade auch diesen endlosen Gängen auf der Suche nach einem Weg hinaus folgte? Und die anderen? León? Der würde wahrscheinlich die Wände einreißen, auf der Suche nach einem Ausgang.

Mary? Sie traute sich selbst nichts zu, war aber ganz schön zäh. In allen Welten hatte sie am meisten unter den Strapazen gelitten, sich aber dennoch tapfer vorangekämpft. Nein, Mary durfte man nicht unterschätzen.

In diesem Moment erklang ein Schrei. Ein wilder, langer Schrei.

Jenna erkannte die Stimme sofort.

Mary.

Sie war in Gefahr, das war Jenna sofort klar. Mary kämpfte um ihr Leben.

Jenna vergaß all ihre Schmerzen und ihre Erschöpfung und rannte los.

7.

Sie hockten sich gegenüber, jeder mit dem Rücken an eine Wand gelehnt. Mischa war übel zugerichtet. Sein ganzer Körper schmerzte, als hätte jemand ihn mit einem Hammer zertrümmert. So ähnlich war es ja auch gewesen. Seine Rippenprellung war wieder erwacht und machte ihm das Atmen schwer. Mischa öffnete die Augen und blickte zu León hinüber.

León hatte den Kopf in den Nacken gelegt. Blut floss ihm aus der Nase und schien nicht zu stoppen zu sein. Trotz der Tätowierungen in seinem Gesicht konnte Mischa erkennen, dass es León nicht besser als ihm selbst ging. Er sah aus, als wäre er von einem Bus überrollt worden.

Sie hatten ohne Rücksicht, ohne Skrupel und mit voller Kraft aufeinander eingeprügelt, bis sie zu schwach für die nächste Runde gewesen waren. Keiner hatte den Sieg über den anderen errungen, aber darum war es auch nicht gegangen.

Hin und her gerissen zwischen dem Wunsch, León zu berühren, meinetwegen auch wehzutun, und angestachelt von dem Hass des anderen, hatte Mischa auf León eingedroschen. León mochte ihn hassen, doch Mischas Gefühle waren stärker. Denn er begehrte ihn. Leóns Reaktion hatte ihn nicht überrascht, er flüchtete sich in das, was er kannte – Gewalt. Und das hatte Mischa in Kauf genommen, denn wenigstens waren die Dinge zwischen ihnen – und mit ihm selbst – jetzt im Reinen. Ihr Kampf hatte alle Konflikte offen zutage gebracht, jetzt wusste er, woran er bei León war. Mischa veränderte seine Position und stöhnte auf, als der Schmerz wie grelle Blitze durch seinen Körper fuhr. Jeder Atemzug zerriss ihm fast den Brustkorb. Sofort senkte León den Kopf und starrte ihn an.

»Ich hoffe, du bist jetzt zufrieden, Arschloch«, knurrte León.

Mischa erwiderte seinen Blick. »Ich kann das erklären.«

»Da gibt's nichts zu erklären.« León presste die Worte wie unter Schmerzen heraus.

»... ich kann doch nichts für meine Gef...«

»*Mierda,* halt verdammt noch mal die Fresse!« León fletschte die Zähne, blieb aber sitzen. »Wehe, du nimmst nur ein weiteres Wort in den Mund, um irgendwelche Scheißgefühle zu beschreiben. Das ist doch krank!«

»Nein, deine Liebe zur Gewalt, die ist krank. Als ob du es genießen würdest, dass man dich schlägt.«

León glotzte ihn an. Sein rechtes Auge begann zu zucken. »Pass auf, was du sagst, Mischa, sonst krieche ich zu dir rüber und hau dir so lange auf die Fresse, bis du dir alle deine Zähne anschauen kannst.«

»Du machst mir keine Angst mehr. Schau dich an, du kannst dich kaum noch rühren. Das hast du nicht erwartet, was? Dass dir jemand standhalten kann und nicht gleich nach dem ersten Schlag in die Knie geht. Ich erinnere mich, dass ich lange Zeit in einem Internat gelebt habe. Irgendwas an mir zog den Hass der anderen auf mich, da lernt man, sich zu wehren.«

»Ich kann mir gut vorstellen, warum die anderen dich gehasst haben.«

»Nein, kannst du nicht. Sie haben mich wegen meines Vaters gehasst. Das haben sie mich spüren lassen. Mehrfach wurde ich windelweich geprügelt, aber immer so, dass es bis auf ein paar blaue Flecken keine Hinweise darauf gab, was sie mit mir machten. So ging das die ersten Jahre lang. Aber ich wurde größer, trieb viel Sport und meldete mich im Boxklub an. Und dann kam der Tag, an dem ich zurückgeschlagen habe. Einen nach dem anderen. Alle habe ich sie besiegt.«

»Was für eine schöne Geschichte«, ätzte León, aber Mischa ließ sich davon nicht beeindrucken.

Mischa spuckte aus. Sein Speichel war voller Blut.

»Ich weiß, was du und die anderen in mir sehen. Schaut mal, der nette Mischa, immer gut drauf, ständig ein Lächeln für die anderen und stets hilfsbereit, so ein *netter* Junge.« Er zögerte kurz. »Ich kann auch anders. Also spar dir deine Drohungen, sie ziehen bei mir nicht.«

»Bist du jetzt fertig?«

Mischa schwieg. Er musste zusehen, dass er die Schmerzen in den Griff kriegte und schnell wieder zu Kräften kam. Die Jagd durch das Labyrinth ging weiter. Womöglich hatte sie gerade erst richtig begonnen und auf León konnte er sich nicht mehr verlassen. Ich werde mich notfalls alleine durchschlagen, dachte er entschlossen. Vor einem Endkampf bei den Toren hatte er keine Angst mehr, er hatte soeben alles verloren, was ihm in diesem Leben etwas bedeutete.

Der alte Mischa ist tot, ab jetzt denke ich nur noch an mich. Komme, was will, ich werde kämpfen, egal gegen wen.

Mischa starrte auf die Wände. Dort lief unbeeindruckt vom übrigen Geschehen der Countdown ab.

15:43

15:42

15:41

Die Zeit verging, aber er konnte sich immer noch nicht rühren. Als er den Kopf drehte, sah er, dass León die Knie angezogen und den Kopf daraufgelegt hatte. Er schien zu dösen.

Gut, dachte Mischa.

Denn ich bin noch nicht mit dir fertig.

Mary spürte nur noch kalte Wut in sich. Und Angst, doch ihre Wut war stärker. Sie warf sich herum und biss Kathy ins Handgelenk. Kathy schrie auf, zuckte zurück. Mary zögerte nicht lange, sondern stieß blindlings mit dem Messer zu. Jetzt, da sie endlich eine Waffe hatte, fühlte sie sich stark. Kathy hatte Glück, dass sie dem ersten Stich ausweichen konnte, der zweite aber saß. Tief bohrte sich die Klinge in Kathys Bauch.

»Was hast du getan?«, hauchte Kathy, ihre Gesichter waren nur wenige Zentimeter voneinander entfernt, ihre Nasenspitzen berührten sich beinahe. Kathy krümmte sich zusammen, ihre Hände legten sich auf Marys Faust, die noch immer um den Griff des Messers lag.

Mary verstand nur langsam, was geschehen war. Das Entsetzen über ihre Tat war so groß, dass sie nun bereitwillig das Messer losließ.

»Das wollte ich nicht«, flüsterte sie leise. Fast unhörbar.

Kathy sah ungläubig an sich hinab. Sie umfasste das Messer und verzog das Gesicht schmerzhaft, weil sich das Messer in ihr bewegte. Dann – mit einem Schrei – riss sie es heraus und warf es auf den Boden. Das Scheppern des Metalls gellte in Marys Ohren.

Was habe ich getan?

Mary sah das hellrote Blut aus der Wunde hervorsprudeln, beobachtete, wie Kathys Kleidung davon durchtränkt wurde.

»Das wollte ich nicht«, formte sie mit den Lippen, doch kein Ton drang aus ihr heraus.

Kathy presste beide Hände auf die blutende Stelle. Sie war ruhig, atmete nicht einmal schwer, sondern sah Mary nur still an. Ihre grünen Augen waren weit aufgerissen, sie sah fast überrascht aus und weniger erschrocken. Ein müdes Lächeln erschien auf ihrem Gesicht.

Sie fühlt, dass sie sterben wird. Und ich sehe ihr dabei zu, ich Möderin. Wie konnte ich nur ...?

»Kathy ...« Die Worte kamen nicht über ihre Lippen und sie schaute zu ihren Händen hinab. Diese Hände hatten Kathy das Messer in den Bauch gerammt. Es würde ihr niemand mehr helfen können.

Als Jenna um die Ecke bog, fand sie Mary auf dem Boden kauernd. Ihr Blick war auf ihre Handflächen gerichtet, die nach oben zeigten, so als halte sie etwas, aber da war nichts.

»Mary?«, fragte Jenna vorsichtig.

Mary hob den Kopf und sah sie bittend an. »Ich wollte das nicht, wirklich nicht.«

»Was wolltest du nicht?«

»Kathy, ich wollte nicht ... dass sie ...«

Ein merkwürdiges Kribbeln machte sich in Jennas Magen breit. Wovon sprach Mary?

»Bist du ihr begegnet? Ist sie wirklich hier?«

Mary streckte Jenna eine Hand entgegen, mit der anderen deutete sie vor sich auf den Boden. »Siehst du nicht das Blut? *Ich* habe das getan, ich habe sie umgebracht!«

Jennas Kehle schnürte sich zu. Marys Hände waren makellos. »Mary, da ist nichts.«

»Rot, so rot wie Rosen ... und dann hatte ich ... das Messer, als sie vor mir stand ... sie hat mich bedroht ... und dann plötzlich das ganze Blut, rot wie Rosen ...«

Mary blickte erneut auf ihre Hände. Plötzlich schien sie wie aus einem Traum zu erwachen. Sie sprang mit einem Satz auf die Füße und Jenna wich zurück. Marys Gesicht war bleich, sie zitterte am ganzen Körper. Entsetzt hielt sie sich die Hände vors Gesicht, drehte sie immer wieder um und stammelte: »Das kann nicht sein! Das kann nicht sein!«

Jenna fasste sie am Arm. »Was ist passiert? Du hast dir das alles nur eingebildet, Mary. Wieso glaubst du, dass du Kathy umgebracht hast?«

Marys Blicke huschten von Jenna zum Boden und wieder zurück. »Ich habe sie erstochen, wirklich! Da war dieses ganze Blut, alles war ... rot und ...« Mary schrie auf. »Die Leiche? Wo ist die Leiche? Und das Messer!«

»Was denn für ein Messer?«, hakte Jenna nach.

»Es gehörte Kathy. Sie muss es aus der letzten Welt mitgebracht haben und dann habe ich es gefunden.«

Jenna zuckte zusammen. Was, wenn es wirklich ein Messer gab? Wem gehörte es? Und vor allem: Wer hatte es jetzt?

Sie hatte die Kratzer in der Wand gesehen und Kathys Stirnband gefunden. Sie fasste in ihre Tasche, um es hervorzuholen, aber dann fiel ihr ein, dass sie das Stück Stoff angewidert zu Boden hatte fallen lassen. Es gab keinen handfesten Beweis, dass es Kathy tatsächlich bis zurück ins Labyrinth geschafft hatte. Und somit gab es keine plausible Erklärung für Marys sonderbares Verhalten.

Es war ein Traum, es muss ein Traum gewesen sein. Mary würde vielleicht auf Rache hoffen, aber wurde sie ... könnte sie jemanden umbringen?

Sie war sich nicht sicher, ob sie Mary solch eine Tat zutraute. Aber wie dem auch sei, wenn Kathy wirklich zurück war, mussten sie auf der Hut sein. Jenna sah sich um. Da war kein Messer. Kein

Blut, auch nicht an Marys Händen. Wenn sie Kathy tatsächlich erstochen hätte, wären hier doch Spuren!

Jenna packte Mary mit beiden Händen an den Oberarmen und schaute ihr direkt in die Augen. »Mary, wo war das? War das hier?«

»Ja ... hier ... ich ... ich verstehe das alles nicht ... meine Hände ... da war überall Blut. Wo ist Kathy?« Marys Tonfall wurde immer kläglicher und Jenna konnte sie nur zu gut verstehen: Wenn das alles stimmte und Kathy überlebt haben sollte, schwebte Mary in Gefahr.

Jenna zwang sich und Mary zur Ruhe. Es gab keinen Grund, vor Gespenstern davonzulaufen, redete sich Jenna ein. »Da ist nichts und niemand. Bitte konzentriere dich und sag mir, was geschehen ist, seitdem du hier aufgetaucht bist.«

Mary blinzelte, dann wurde ihr Blick klar. »Ich war in einem Raum. Es war dunkel, nur durch einen Spalt fiel Licht herein. Dann hörte ich die Rufe meines Bruders und ich bin los, um ihn zu suchen. Da war aber nur ein leerer Gang, vielleicht habe ich mir alles nur eingebildet. Ich hätte David doch schon längst finden müssen. Und dann habe ich Kathys Messer entdeckt. Wie eine Warnung. Kathy war also wieder zurück und ich war mir sicher, sie würde versuchen, mich umzubringen.«

»Aber Kathy ... sie ist doch in der Eiswelt zurückgeblieben, hat sich für dich geopfert.«

Mary schüttelte verständnislos den Kopf. »Aber wie ist sie dann hierhergekommen?« Marys Augen blitzten.

Jenna zuckte mit den Schultern.

»Also bin ich ihr gefolgt. Als ich um die Ecke bog, wartete sie schon auf mich. Es kam zum Kampf und ... ich habe sie erstochen.«

»Mary, schau mich an«, befahl Jenna, als das schwarzhaarige Mädchen den Kopf wieder sinken ließ und zu weinen begann.

»Das kann nicht sein. Da ist keine Leiche, kein Blut und kein Messer. Wenn es also nicht woanders ...«

»Es war hier!«

»Dann hast du sie nicht umgebracht.«

Wie sagt man jemandem, dass er Wahnvorstellungen hat? Noch dazu, wenn man glaubt, selbst welche zu haben?

Auf keinen Fall würde sie Mary von der Schrift an der Wand und dem blutigen Halstuch erzählen. Wahrscheinlich würde es Mary den Rest geben und sie wäre nur noch ein Nervenbündel. Und ein Nervenbündel wäre keine gute Verbündete in einer fremden Welt.

Jenna bemühte sich, ihre Stimme fest und bestimmt klingen zu lassen. »Das alles war nicht real.« Jenna konnte die Befürchtung, dass jemand das alles hier kontrollierte und ein perfides Spiel mit ihnen spielte, jedoch nicht mehr aus dem Kopf verbannen. Vielleicht waren sie unter Drogen gesetzt worden? Aber wie? In diesem Labyrinth hatte sie weder gegessen noch getrunken ..., wie ...?

Ein Gedanke blitzte auf. Konnte es sein, dass die Luft vergiftet war? Rief sie Halluzinationen hervor? Das konnte sie nicht glauben. Ja, es gab hier Dinge, die nur schwer nachzuvollziehen waren, und doch fühlte sich Jenna absolut klar im Kopf. Bei Mary sah die Sache allerdings anders aus, da war sich Jenna sicher, so labil wie sie wirkte.

Wir müssen hier raus und wir müssen Jeb und León und Mischa finden. Zumindest habe ich Mary gefunden, das heißt also, dass auch Jeb, Mischa und León hier sein müssen.

Ihr Mund fühlte sich trocken an. Die Lippen waren rissig, ihre Zunge ein Stück ausgedörrtes Leder.

Mary schaute sie abwartend an.

Sie seufzte. »Mary, denkst du, du kannst weitergehen? Wir müssen die anderen suchen.«

Mary nickte.

Mischa wartete, bis er sich sicher war, dass León eingeschlafen war. Als er die gleichmäßigen Atemzüge des anderen hörte, erhob er sich vorsichtig. Sofort zuckte ein heftiges Stechen durch seine Seite.

Diesmal sind sie endgültig gebrochen. Ich habe wahrscheinlich Glück, dass keine der Rippen die Lunge durchstoßen hat.

Er biss sich auf die Lippen und humpelte, so leise er konnte, zur nächsten Wand, über die unentwegt Zahlen wanderten. Etwas tropfte auf seine Hand. Erstaunt blickte Mischa auf seinen Handrücken, über den langsam ein Blutstropfen lief. Seine gebrochene Nase hatte wieder begonnen zu bluten. Ärgerlich wischte er mit dem Ärmel seines Hemdes über sein Gesicht.

Dieses Arschloch hat mich ganz schön zugerichtet. Aber das wirst du mir büßen, León.

Als er vor der Wand stand, entwich ihm ein Stöhnen. Hastig drehte er sich zu León um, aber der hatte sich nicht gerührt, sondern schlief mit rasselndem Atem weiter. Zufrieden registrierte Mischa das Geräusch. León war mindestens ebenso schwer verletzt wie er.

Wenn du aufwachst, wird dir alles genauso wehtun wie mir, und genau das hast du verdient.

Mischa grinste, aber selbst das verursachte ihm Schmerzen. Die Hand in die Rippen gepresst, stand er gebeugt da und betrachtete das Zahlenrätsel. Es war schwerer als die vorherigen Rätsel und zunächst erkannte er nicht, was hier von ihm verlangt wurde. Dann plötzlich hob sich der Schleier und er hörte eine Stimme in seiner Erinnerung: »Wenn man den Zahlenwert einer beliebigen Primzahl auf die Stelle in der Fibonacci-Folge überträgt, dann ist diese Fibonacci-Zahl ebenfalls immer eine Primzahl.«

Okay, aber welches war die geforderte Primzahl und welches ihre Stelle in der Fibonacci-Folge?

Seine Hand schwebte suchend über den wandernden Zahlen, dann sah er sie. Mischa warf noch einen schnellen Blick auf León, dann tippte er die entsprechenden Zahlen an. Seine Berührungen hinterließen blutige Fingerabdrücke an der Wand und sofort glitt geräuschlos eine Tür auf. Erneut sah er zu León und erschrak.

León hatte die Augen aufgerissen und starrte ihn an. Wahrscheinlich hatte ihn der Luftzug geweckt. Mist!

Hastig machte Mischa einen großen Schritt durch die Türöffnung. Im gleichen Augenblick rappelte sich León auf die Füße und fluchte.

»Du Schwein, willst ... ohne mich abhauen. Aber daraus wird nichts!« Mit geballten Fäusten stand León an die Wand hinter ihm gelehnt.

Mischa hatte inzwischen die unsichtbare Schwelle übertreten und stand wie gebannt auf der anderen Seite der Tür. Er betete, dass sich die Tür wieder schloss.

Gerade als León die Türöffnung erreichte, glitt die Wand zu und Mischa war in Sicherheit.

Er lauschte. Bestimmt brüllte León seine Wut heraus, aber es war nichts zu hören.

Schalldicht, dachte er.

Er schaute auf die weiße Wand, die ihn nun von dem Jungen trennte, der ein absolutes Gefühlschaos in ihm auslöste. Er war erleichtert und traurig gleichzeitig. Fühlte er Reue in sich, dafür dass er León zurückgelassen hatte?

Nein, León hat nichts anderes verdient. Wir hätten gemeinsam das Labyrinth besiegen können, aber er hat sich gegen mich entschieden.

Mischa seufzte laut. Er ließ sich auf die Knie sinken, fühlte die Erschöpfung in allen Gliedern, aber er musste weiter, Abstand zwischen sich und León bringen, für den Fall, dass die Wände erneut verschwanden. Er gönnte sich einen Moment, dann erhob er sich schwerfällig.

Sein Körper pochte und zitterte, er fühlte sich ausgelaugt, innerlich war er tot, abgestumpft. Er musste weitergehen. Immer weiter. Bis er die Tore zur nächsten Welt fand.

Mischa hatte sich durch acht weitere Räume geschleppt, als ihn die Erschöpfung doch zu Boden zwang. Wenigstens hatte seine Nase aufgehört zu bluten, aber dafür plagten ihn jetzt höllische Kopfschmerzen. Seine Nase war zugeschwollen und er bekam nur noch durch den Mund Luft. In den letzten beiden Räumen hatte er sich kaum auf die Rätsel konzentrieren können und mehr nach Intuition als nach Wissen gehandelt, aber es hatte funktioniert. Auf sein mathematisches Können war Verlass.

Nun saß er da und befühlte seine gebrochene Nase. Fremd und dick saß die Nase in seinem Gesicht. Schon bei der kleinsten Berührung jagte ein rasender Schmerz in die Stirn hinauf.

Er führte die Hand zur Nase und ließ sie wieder sinken, die Angst vor dem Schmerz war zu groß. Er versuchte, sich in den weißen Wänden zu spiegeln, aber nicht mal seinen eigen Schatten konnte er ausmachen. Es war, als verschluckten die Wände jedes Bild und jeden Ton.

Erneut nahm er die Hand hoch. Er zählte innerlich bis zehn, hielt die Luft an ... In einer einzigen Bewegung packte er seine Nase mit Daumen und Zeigefinger und riss sie nach links. Ein greller, schmerzender Blitz durchzuckte ihn. Er hörte sich schreien.

Dann wurde alles schwarz.

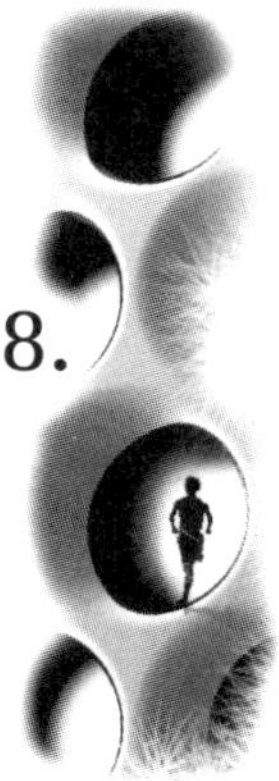

8.

León betrachtete wütend die Zahlen, die unermüdlich über die Wände glitten und ihn zu verhöhnen schienen. Er verfluchte Mischa und malte sich aus, was er ihn spüren lassen würde, wenn er ihn wiedertreffen würde. Doch dann erkannte er, dass ihn sein Zorn auf Mischa hier nicht herausbringen würde.

Unter Schmerzen ging er die Wände ab, starrte auf die vorbeihuschenden Zahlen, aber sie sagten ihm nichts.

Was konnte er tun?

Nichts. Allein würde er es niemals hier heraus schaffen. Er musste warten, bis die Wände wieder im Boden verschwanden.

Mierda! Und dann kann ich mich gerade mal ein paar Meter weiterschleppen, bevor ich wieder eingeschlossen sein werde.

Alles wegen Mischa. Was war nur in ihn gefahren?

In beiden Welten hast du dich kameradschaftlich verhalten, hast dein Leben riskiert an der Schlucht, um uns zu retten. Und nun das?

Mischa hatte wirres Zeug gesprochen, das Eingesperrtsein zwischen den Wänden musste ihn vollkommen durcheinandergebracht haben. Noch in der Erinnerung an Mischas Gestammel und sein seltsames Verhalten geriet León erneut in Rage. Das ging einfach nicht, das ging einfach gar nicht.

Wie kann ein Mann so weiche Lippen haben?

Wütend spuckte er auf den Boden.

Verdammt, wie es hier aussieht. Fast könnte man meinen, hier wäre ein Schwein geschlachtet worden.

Aber hier war kein Tier verendet, eine Kameradschaft, die weit über das übliche Maß hinausging, war zerbrochen. Für immer.

León begann, so etwas wie Reue zu verspüren. Ein Gefühl, das er nicht kannte.

Was hätte ich denn tun sollen? Man weiß doch einfach, wo man hingehört! Scheiße, nein!

Die Stimme in seinem Inneren verklang und León musste erkennen, dass er einen gewaltigen Fehler gemacht hatte. Das Leben war ein Kampf und Herausforderungen begegnete man mit Gewalt, aber Mischas Geste war keine Herausforderung gewesen, er hatte es aus – beinahe würgte León – Zuneigung getan. Und Hilflosigkeit.

Wenn ich könnte, würde ich dich um Verzeihung bitten.

Aber León spürte, dass er das niemals über die Lippen bringen würde und ihm Mischa nicht verzeihen würde.

Sie waren bloß noch Feinde und er musste sich darauf einstellen, dass Mischa alles tun würde, um ihm zu schaden. Doch damit konnte León umgehen. Außerdem war der erste Schritt in diese Richtung schon getan, Mischa hatte ihn zurückgelassen. León wollte sich gar nicht vorstellen, zu was der blonde Junge noch fähig war. Dass in ihm ein skrupelloser Kämpfer steckte, hatte er bereits bewiesen. Was würde ihn erwarten, wenn er Mischa noch einmal begegnete, sie um ein Tor kämpfen müssten?

Er durfte von Mischa kein Mitleid und keine Gnade mehr erwarten.

Und er kann die Räume durchqueren, wie er will, während ich hier tatenlos herumsitze.

León fluchte erneut.

Wann gehen endlich diese verdammten Wände runter?

Jeb lag zusammengekrümmt auf dem Boden. Es war ihm, als sei er aus einem tiefen Traum erwacht. Er hatte mit einem Mädchen im Bett gelegen und jetzt beim Aufwachen hatten ihn ihre langen Haare gekitzelt. Warm und geborgen fühlte er sich, bereit, alles zu tun, um dieses Mädchen zu schützen. Die ganze Nacht hatte er sie sicher im Arm gehalten, nie würde er zulassen, dass ihr etwas zustieß. Er liebte sie über alles und sie war seit Langem das Beste, was in seinem kläglichen Leben passiert war. Wieder kitzelte ihn etwas an der Nase, seine Hand zuckte. Speichel lief ihm aus dem Mund. Er hielt die Augen geschlossen, er war noch zu müde, um aufzustehen, und er wollte diesen Moment nicht stören, aber er schlief jetzt nicht mehr. Er dachte nichts und sein Geist trieb davon, verloren in den Bildern seiner Erinnerung.

Das Licht im Gang war schwächer geworden und hatte begonnen zu flackern. Ein Knistern erfüllte die Luft, so als sei sie statisch geladen.

Und dann plötzlich begannen sich die Wände zu bewegen. Sie versanken nicht im Boden, sondern schienen an- und abzuschwellen, in einem gleichmäßigen Rhythmus zu pulsieren, als wären es keine Mauern, die einen Gang bildeten, sondern Blutadern, die sich zusammenzogen und wieder öffneten.

Von alldem bekam Jeb nichts mit.

Und dann war es genauso schnell wieder vorbei. Öde und leer erstreckte sich der Gang in beide Richtungen. Das Licht flackerte nicht mehr, sondern strahlte stumpf auf Jeb herab.

So lag er da, eingehüllt in bleierne Finsternis.

Nach einer Weile änderte sich eine Winzigkeit in seiner Umgebung. Ohne dass er sich dessen bewusst war, schlug Jeb die

Lider auf. Zunächst war sein Blick verschwommen, aber dann fokussierten sich seine Augen auf etwas Kleines, das sich vor seinem Gesicht bewegte.

Jeb brauchte minutenlang, um zu erkennen, was es war.

Eine Ameise!

Das winzige Insekt lief unruhig kreuz und quer, so als suche es etwas, vielleicht eine Duftspur. Immer wieder blieb es stehen, hob den gepanzerten Kopf an. Dann bewegten sich eifrig die Fühler, aber es fand nicht, was es suchte, und setzte seinen ziellosen Marsch fort.

Eine Ameise!

Jeb beobachtete das Tier in seinem vergeblichen Bemühen. Langsam kehrte seine Erinnerung zurück. Er war im Labyrinth und die Ameise war es auch.

Wie kommst du hierher?

Die Ameise kümmerte sich nicht um ihn und ihm selbst fiel das Denken viel zu schwer, als dass er eine Lösung gefunden hätte. Er wollte in seinen weichen müden Kokon der Ahnungslosigkeit zurück, aber das Tun der Ameise hielt ihn gefangen.

Du bist wie ich. Suchst einen Weg aus diesem Labyrinth. Nur dass du noch eine Chance hast, ich habe aufgegeben. Gib du nicht auf, kleine Ameise.

Der letzte Satz erinnerte ihn an ein Kinderlied, aber weder kam er auf den Text noch auf die Melodie.

Plötzlich ertönte ein leiser Pfiff. Jeb versuchte, das Geräusch zu ignorieren. Er hatte das Interesse an der Ameise verloren und alles andere war ihm sowieso egal, er wollte nur eines – schlafen.

Wieder pfiff jemand. Jeb drehte mühsam seinen Kopf und entdeckte in wenigen Metern Entfernung einen menschlichen Schemen. Es war ein Mann, nicht besonders groß. Jeb blinzelte gegen das Licht, aber die Einzelheiten blieben ihm verborgen.

Alles, was er sah, war ein schwarzer Umriss vor einem diffusen Hintergrund.

»Warum liegst du da?«, fragte eine Stimme.

»Großvater?«, fragte Jeb.

»Warum liegst du da?«

»Ich weiß nicht, Großvater.«

»Warum stehst du nicht auf?«

»Ich habe keine Kraft. Bin so schwach, möchte schlafen.«

»Warum fallen wir?«

Jeb ächzte. Er verstand den Sinn dieser Frage nicht. Sein Geist war dabei abzudriften und seine Augen fielen zu.

»Sieh mich an«, befahl die Stimme ärgerlich.

Jeb riss die Augen auf.

»Warum fallen wir?«

»Ich habe keine Ahnung«, krächzte Jeb.

»Wenn du nicht aufstehst, wirst du sterben.«

»Ist mir egal.« Jeb ließ sich zu Boden sinken. Der Schemen verschwand aus seinem Blick.

»Warum fallen wir?«

Damit wir lernen können, wieder aufzustehen.

Mühsam und mit zitternden Gliedern richtete sich Jeb auf, lehnte sich mit dem Rücken gegen die Wand und atmete tief ein. Es war nur ein Gedanke, nein, viel mehr, es war eine Erinnerung und das war mehr, als er in den letzten Stunden hatte. Und sie gab ihm Trost. Und Hoffnung. Die Frage, warum man fällt, hatte ihm sein Großvater gestellt, als er noch ein kleiner Junge gewesen und gestürzt war. Weinend, am Boden liegend, hatte er sich dem Schmerz hingegeben. Dann war sein Großvater neben ihm erschienen. Eine schwielige Hand streckte sich ihm entgegen und zog ihn auf die Füße.

Warum fallen wir, Jeb?

Jeb hatte ihn nur mit großen Augen angesehen.

Damit wir lernen können, wieder aufzustehen.

Nach der Wahrheit dieser wenigen Worte hatte er fortan sein Leben ausgerichtet. Wenn ihm etwas misslang, versuchte er es erneut. Unerbittlich gegen sich selbst, hatte er stets die Zähne zusammengebissen und weitergekämpft.

Aber nun sitze ich auf dem Boden, jammere und lass mich gehen.

Er betrachtete seine Hände, die zitterten. Nun, da er wieder bei Bewusstsein war, schlichen sich auch die klaustrophobischen Gedanken wieder an ihn heran und lähmten ihn. Du wirst gleich sterben. Du bekommst einen Herzinfarkt, dann ist es vorbei.

Jeb schaute den Gang entlang und die Wände verschwammen vor seinen Augen. Aber diesmal gab er nicht nach, sondern zwang sich, die Augen offen zu halten. Die Wände tanzten und ihm wurde schwindelig.

Ich darf jetzt nicht nachgeben! Ich muss aufstehen, Großvater.

Wider alle Vernunft stützte er die Hände ab und schob sich hoch, bis er keuchend auf seinen Füßen stand. Der Boden schien sich inzwischen in ein gigantisches Trampolin verwandelt zu haben.

Jeb machte den ersten vorsichtigen Schritt. Mit der rechten Hand an der Wand tastete er sich langsam vorwärts. Noch immer flutete die Angst in Wellen über ihn hinweg. Seine Hände zitterten, als er sie vor seine Augen hob. Sein Atem kam stoßweise, so als presse jemand seinen Brustkorb zusammen und hindere ihn daran, frei zu atmen. Und dann war da dieses Schwindelgefühl, das alles um ihn herum verschwimmen ließ. Jeb blickte den Gang entlang. Die Wände waren so dicht aneinandergerückt, dass nicht einmal ein Kind mehr hindurchgepasst hätte.

Das ist nicht real. Du bildest dir das nur ein.

Er konnte nicht mehr unterscheiden, was richtig war: Das, was seine Augen ihm zeigten, oder das, was er sich selbst einredete. Wenn die Wände noch weiter zusammenrückten, würde er zwischen ihnen zerquetscht werden.

Das ist nicht real.

Jeb biss die Zähne zusammen, bis sie knirschten.

Es kann nicht real sein. So etwas gibt es nicht. Dein Gehirn spielt dir etwas vor, schließ die Augen, blende alles aus und konzentriere dich nur auf dich selbst. Du bist stark, hast Jenna durch die Ebene getragen und mit ihr die Eiswelt durchquert. Irgendwo, vielleicht gar nicht weit von dir entfernt, wartet sie darauf, dass du zu ihr kommst.

Der Gedanke gab ihm Kraft und half ihm, Atem zu schöpfen. Eine Weile konzentrierte er sich darauf, seinen Körper wieder wahrzunehmen, den Boden unter seinen Füßen zu spüren, und als er schließlich die Augen öffnete, konnte Jeb wieder klar sehen. Er schnaufte, fühlte sich schwach, aber auch unheimlich befreit, so als habe jemand ihm eine schwere Last abgenommen.

Siehst du, alter Junge, es geht doch.

Jeb spürte, wie ein Lächeln über sein Gesicht glitt. Er war noch immer schwach, hatte wenig Kraft und keine Ahnung, wie er aus dem Labyrinth herauskommen konnte.

Langsam kehrten seine Instinkte wieder zurück. Während er sich mühsam fortbewegte, versuchte er sich zu sammeln. Von den anderen fehlte jede Spur und auch die Tore waren nicht zu sehen. Nichts war geschafft und womöglich nahmen die Schwierigkeiten noch zu, aber jetzt und hier war er fast so etwas wie glücklich. Er stand auf seinen Füßen und konnte sich dem Labyrinth stellen. Schluss mit dem Jammern und dem Kriechen. Er legte seine Hände trichterförmig um den Mund.

»Jenna?«, rief er, so laut er konnte. Immer und immer wieder.

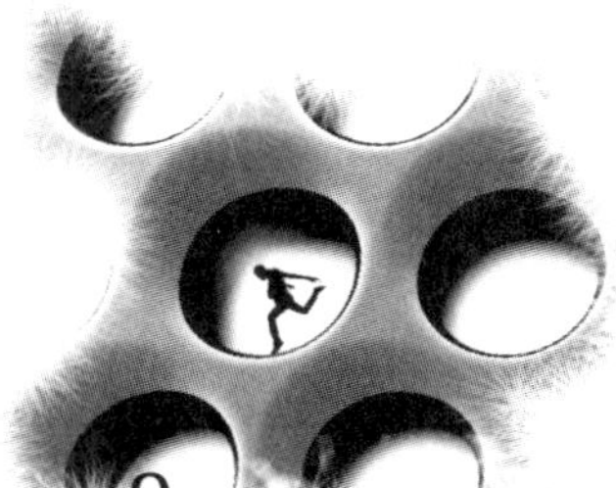

9.

Hast du das gehört?«, fragte Jenna und blieb abrupt stehen.

»Was gehört?«, meinte Mary.

»Na, den Ruf. Als riefe jemand meinen Namen.«

Jenna drehte sich langsam im Kreis und sie dachte mit einem Schauern zurück an die Ebene. Auch dort hatte jemand nach ihr gerufen – jemand, der ihre Stimme hatte, der aussah wie sie.

Doch diesmal klang die Stimme anders, sie klang wie ... Mit einem Mal durchflutete Jenna eine ungeheure Erleichterung. »Das ist Jeb. Jeb! Leise und weit entfernt. Aber das muss er sein. Er ruft nach mir!« Jenna lachte befreit auf.

»Ich höre gar nichts.« Mary hielt inne und lauschte.

»Doch, doch, doch. Das ist er, ich bin mir ganz sicher.« Jenna rief, so laut sie konnte, Jebs Namen, doch als sie wieder innehielt, waren die Rufe verstummt. »Ob er mich gehört hat?«

Noch einmal rief sie nach Jeb.

»Okay, und was machen wir nun?«, fragte Mary

Jenna sah sie erstaunt an. »Was wohl? Wir folgen natürlich den Rufen! Sie kamen irgendwo aus dem Gang vor uns.«

»Und wenn das wieder eine Täuschung ist? So wie bei den Schritten und Davids Hilferufen.« Mary sah Jenna unsicher an. »Sonst müsste ich es doch auch gehört haben.«

Jenna wandte sich in die Richtung, aus der sie die Stimme gehört hatte. Sie runzelte die Stirn. Da war was dran, musste sich Jenna eingestehen. Eigentlich müsste Mary Jebs Rufe ebenfalls hören, denn so leise waren sie nun auch wieder nicht. Konnte es wirklich sein, dass sie sich täuschte? Dass ihr etwas vorgespielt wurde?

Plötzlich tauchten wieder Bilder in ihrem Kopf auf. Merkwürdige Bilder, so ganz anders als alles andere, an das sie sich erinnerte. Alles war wie im Nebel, zäh hinter Schleiern verborgen. Da war eine weiße Decke über ihr, an der in regelmäßigen Abständen Leuchtstoffröhren befestigt waren, die ein kaltes, nüchternes Licht auf sie warfen. Offensichtlich lag sie auf dem Rücken und konnte sich nicht bewegen. Sie hörte leises Stimmengemurmel, verstand die Worte aber nicht und sah auch niemanden, der sie sprach. Obwohl sie sich nicht regen konnte, bewegte sie sich dennoch vorwärts, denn die Lampen an der Decke zogen an ihr vorbei. Dann war da eine große Tür, deren beide Flügel aufschwangen und sie verschluckten.

Jenna schüttelte sich, um die Bilder zu vertreiben. Sie wusste nicht, wie sie die Erinnerung einordnen sollte. Sie lauschte nochmals, aber Jeb rief nicht mehr nach ihr. Jenna sah Mary an und traf eine einfache Entscheidung.

»Eigentlich ist es egal, ob da etwas ist oder nicht, wir können sowieso nur dem Gang folgen. Früher oder später werden wir Jeb finden.«

»Was, wenn wir vorher auf die Tore stoßen?«, wollte Mary wissen. »Wir wissen nicht, wie viel Zeit vergangen ist. Möglicherweise müssen wir uns rasch entscheiden.«

»Ich gehe nicht ohne Jeb.«

Mary blickte sie an. »Du liebst ihn so sehr?«

»Mehr als mein Leben.«

»Und wenn das bedeutet ...?« Mary sprach es nicht aus.

»Dass ich hierbleiben muss?«, beendete Jenna den Satz. »Dann werde ich es tun. Hauptsache, wir zwei sind zusammen.«

»Ich beneide dich um deine Gewissheit«, sagte Mary leise. Sie schwieg einen Moment, dann fragte sie zaghaft: »Jenna, kann ich dich etwas fragen?«

»Klar, immer.«

»Glaubst du, jeder darf lieben?« Mary knotete ihre Finger ineinander und schaute Jenna nun mit großen Augen an.

»Mmh … ich meine, kann man sich das Recht verwirken auf seine große Liebe?«

Jenna sah sie lange an. »Was für ein großes Gewicht lastet bloß auf deinen Schultern? Wer hat dich so klein gemacht? Weißt du, ich würde diese Leute am liebsten …«

»Beantworte meine Frage!« Mary klang fast wütend, sodass Jenna überrascht innehielt.

»Ich glaube, jeder hat es selbst in der Hand, ob er es zulässt, dass man liebt oder nicht.«

Mary blickte sie traurig an. »Das kannst du nicht wissen.«

»Was denn? Was ist denn passiert?«

»Ich habe ihm eine runtergehauen.«

»León?«, fragte Jenna verblüfft nach.

»Er hat mich geküsst.«

»Und deswegen verpasst du ihm eine?« Jenna musste lachen, sie konnte einfach nicht anders. Es steckte eben doch so viel mehr in Mary, als sie selbst sich eingestehen wollte.

»Es ist einfach so geschehen. Ich war so wütend und so erschöpft.«

»Kein guter Start für eine Beziehung«, meinte Jenna und zwinkerte Mary zu.

»Ich weiß«, gab Mary kleinlaut zu. »Wenn er doch nur jetzt da wäre, dann könnte ich ihm sagen …« Sie brach ab.

Jenna sah sie eindringlich an. »Wir dürfen die Hoffnung nicht verlieren. Niemals. Ich muss an die Liebe glauben, denn sonst drehe ich durch.«

»Aber das Labyrinth ... die Tore ... es wird nur einer von uns überleben. Was ist danach?«

Jenna nickte. »Darum muss ich hoffen. Hoffen, dass wir einen Weg finden, wir alle und Jeb und ich. Dass wir nicht alle sterben, aber vor allem, dass nicht die sterben, für die wir leben.«

Mary schwieg einen Moment, dann sagte sie: »Ich glaube, ich könnte es. Mich für jemanden opfern, meine ich. León das Tor überlassen und selbst zurückbleiben. Ohne ihn wäre ich schon lange tot.«

»Vielleicht hättest du ihm keine scheuern sollen«, sagte Jenna und musste grinsen.

Über Marys Gesicht zog ein zartes Lächeln.

Mischa erwachte aus seiner Ohnmacht und rappelte sich auf. Zu schnell, denn sofort meldeten sich die Schmerzen. Er stöhnte. Instinktiv ging seine Hand zur Nase, aber mit einem Aufschrei ließ er sie sofort wieder los. Zurück blieb ein dumpfes, betäubendes Pochen, das alle Winkel seines Schädels ausfüllte.

»Mir geht's beschissen«, krächzte er und lachte über seine raue Stimme, die so gar nicht nach ihm, sondern nach einem alten Mann klang. Aber wahrscheinlich war das sogar richtig, denn so fühlte er sich, wie ein alter Sack.

Gerade wollte sich Mischa dem nächsten Rätsel zuwenden, da verschwanden die tanzenden Zahlen plötzlich von den Wänden, machten Platz für bewegte Bilder.

Überlebensgroß erschien ein Mann, trat selbstbewusst hinter ein aufgestelltes Mikrofon und begann zu sprechen. Da es keinen Ton zu den Bildern gab, wusste Mischa nicht, was der Mann sagte, aber es wirkte so, als hielte er eine Rede, denn seine Hände gestikulierten und hin und wieder hämmerte er mit seiner Faust auf das Pult, hinter dem er stand.

Mischa betrachtete ihn genauer. Irgendetwas an diesem Mann kam ihm bekannt vor.

Und dann wusste er es.

Das ist mein Vater!

Der dunkle Anzug, das weiße offene Hemd, die schlanke Figur, das ausdrucksstarke Gesicht mit den harten Wangenknochen, millimeterkurz geschnittene Haare, die in eine Halbglatze übergingen. Alles war ihm vertraut.

Er ist es!

Für einen Moment vergaß Mischa sogar seine Schmerzen. Dann verschwand das Bild plötzlich und machte Platz für neue Aufnahmen.

Die Kamera richtete sich auf ein brennendes Autowrack. Daneben standen andere Fahrzeuge, von Kugeln durchsiebt. Qualm lag über der Szenerie, trotzdem konnte man die Toten auf der Straße sehen. Ein halbes Dutzend Männer lag dort – erschossen.

Eine Nachricht wurde unterhalb des Bildes eingeblendet:

Der Präsident ist tot!

Die Worte brannten sich in sein Gehirn, aber es dauerte, bis er begriff. Der Mann, der zuvor eine Rede gehalten hatte, war tot. Sein Vater war tot.

Und er war der Sohn des russischen Präsidenten.

Mein Name ist Mischa Olegejow. Ich bin siebzehn Jahre alt und wurde im Kaukasus geboren. Meine Mutter ist seit vielen Jahren tot. Von einem russischen Gefreiten erschossen bei einem

Attentat auf meinen Vater. Er hat überlebt, aber diesmal haben sie ihn gekriegt.

Mischa blieb bei diesen Gedanken ganz ruhig. Denn mit der Erinnerung war auch sein Hass auf seinen Vater zurückgekommen.

Du bist schuld an Mamas Tod. Sie wollte nicht zur Einweihung der Militärbasis mitkommen, aber du hast sie gezwungen, gesagt, es wäre ein öffentlicher Auftritt und diene zur Beruhigung des Volkes, das unter dem seit Jahren anhaltenden Krieg in Tschetschenien litt. Ölpreise und die Kosten für Nahrungsmittel waren auf einem Rekordhoch, die Menschen froren und hungerten und du hast sie mit wunderbar klingenden Reden satt machen wollen. Statt Essen gab es von dir Durchhalteparolen.

Bis es einem von ihnen reichte.

Andrejew Gregori Anaschenko.

Er stand in der Parade, zog seinen versteckten Armeerevolver hervor und zielte auf dich, traf aber Mutter. Der Lauf war verzogen und so tötete er die Sonne Russlands, wie Mama vom Volk genannt wurde. Du hast überlebt. Dafür hasse ich dich.

Doch nun, Jahre später, bist auch du tot und ich allein.

Mischa legte den Kopf in den Nacken und vergaß beinahe zu atmen. Er hatte ein Leben, er hatte eine Vergangenheit. Er war nicht nur irgendein Junge in einem leeren Labyrinth voller Wände mit Zahlen.

Ich war dabei. Bin mit einer Limousine hinter dir und dem Verteidigungsminister hergefahren. Ihr habt im Auto eine Besprechung zur Lage abgehalten. Auf einer Straße zum Flughafen haben sie uns gestoppt.

Ein quer gestellter Lieferwagen blockierte unser Weiterkommen und zwei schwarze Kleinbusse mit getönten Scheiben schoben sich hinter uns.

Männer sprangen heraus, eröffneten sofort das Feuer. Handgranaten wurden geworfen. Dann kam der Tschetschene auf mich zu. Ein Lächeln im Gesicht, eine Granate in der Hand. Danach nichts mehr. Bin ich an diesem Tag gestorben? Ist das hier das Jenseits?

Mischa schüttelte heftig den Kopf, was ihm sofort neue Schmerzen einbrachte. Das konnte nicht sein. Er war nicht tot. Wäre er tot, hätte er keinen Körper mehr und folglich auch keine Schmerzen. Nein, nein, nein, das hier war etwas ganz anderes. Er hatte überlebt. Doch wie lange noch?

Vielleicht haben mich die Attentäter entführt und unter Drogen gesetzt?

Nein, das erklärte nicht, woher Jeb, Jenna und die anderen kamen. Mischa war sich inzwischen sicher, die Jugendlichen niemals zuvor gesehen zu haben. Die anderen waren keine Russen und wie Diplomatenkinder sahen sie auch nicht aus. León schon gar nicht.

Bei dem Gedanken an den tätowierten Jungen spuckte er wütend auf den Boden. León schien der Hölle selbst zu entstammen. Nicht einmal richtig lesen konnte er. An Jeb würde er sich erinnern, wenn er ihm schon mal begegnet wäre. Das Gleiche galt für Kathy. Bei den anderen Jugendlichen konnte er es nicht beschwören, war sich aber relativ sicher.

Ich habe überlebt, bin aber an einem Ort, der nicht meinem bisherigen Leben entstammt. Nur die Mathematik ist Teil meiner Vergangenheit und jetzt bin ich in einem Labyrinth gefangen. Das Labyrinth. So hatte es Jeb vorgelesen.

Auf der Wand war inzwischen ein Bild erschienen, das seinen Vater in jungen Jahren zeigte. In tadellos sitzender Uniform hatte er die flache Hand zum militärischen Gruß an die Stirn gelegt. Orden prangten auf seiner Brust. Dann erlosch das Bild und machte Platz für den Countdown.

11:26

11:25

11:24

Die Zeit lief ihm davon. Mischa drehte sich um seine eigene Achse. Wo waren die Zahlen? Sie waren verschwunden.

Und dann erklang ein Alarmton.

Mischa fluchte. Inzwischen wusste er, was das bedeutete. Gleich würden die Wände herunterfahren. Dann musste er wieder mit León rechnen. Er müsste mit allem rechnen.

Ich werde es ihm so schwer wie möglich machen.

Als die Wände im Boden versanken, war León bereit. Er entdeckte Mischa sofort. Vielleicht fünfzig Meter entfernt stand er da und glotzte in seine Richtung.

Er sieht erbärmlich aus. Was habe ich nur getan?

Selbst auf diese Distanz erkannte León, wie schlimm er den anderen zugerichtet hatte.

Das ehemals kantige Gesicht war angeschwollen und verwandelte Mischa in ein Monster. Getrocknetes Blut hatte eine Spur von der gebrochenen Nase bis zum Halsansatz hinterlassen.

Ein Auge war zugeschwollen, gab Mischas Gesicht etwas Trauriges. Der ganze Anblick war eine einzige Anklage.

León wollte den Arm heben, Mischa seine friedlichen Absichten anzeigen, aber der blonde Junge drehte sich steif um und hastete humpelnd davon. Der Abstand vergrößerte sich.

»Mischa!«, brüllte León. Vielmehr dachte er, dass er seinen Namen rief, aber es war nichts zu hören. Noch einmal schrie er den Namen des anderen. Nichts zu hören. Kein Laut.

Bin ich plötzlich taub geworden?

Er kam sich vor wie eine Figur aus einem Stummfilm.

Haben mich Mischas Schläge so verletzt, dass meine Trommelfelle geplatzt sind?

Nein, das konnte nicht sein. Den Warnton vor dem Verschwinden der Wände hatte er ja auch vernommen. Versuchshalber schnippte er mit den Fingern. Klar und deutlich war das Geräusch zu hören.

Er schrie erneut.

Ich bin stumm.

León tastete nach seinem Hals, befühlte seinen Adamsapfel. Alles schien okay zu sein. Keine Verletzung, keine Schmerzen an dieser Stelle. Soweit er sich erinnern konnte, hatte ihn Mischa da auch nicht erwischt. Zum Glück, denn ein einziger, gezielter Stoß gegen den Kehlkopf konnte tödlich sein. Warum zum Teufel kann ich meine Stimme plötzlich nicht mehr hören?

Mischa!

Er blickte zu dem blonden Jungen, der inzwischen weitere dreißig Meter zwischen sich und León gebracht hatte.

Verdammte Scheiße, bleib doch stehen! Ich will dir nichts tun.

Unbeirrt hastete Mischa humpelnd weiter. Er machte dabei kleine Hüpfer, so als wäre sein rechtes Bein steif.

Ich brauche deine Hilfe, wenn die verdammten Wände wieder hochfahren.

León nahm die Verfolgung auf. Schon der erste Schritt jagte einen flammenden Schmerz von seinen Fußsohlen bis in seinen Schädel.

Kleine rote Punkte begannen hinter seinen Augen zu tanzen und für einen kurzen Moment verlor er Mischa aus dem Blick. Kurz darauf sah er ihn wieder. Der Abstand hatte sich kaum verringert. León schob die Schmerzen beiseite und versuchte, schneller zu laufen. Endlich schien es so, als käme er Mischa näher, der gerade einen Blick über die Schulter warf.

León rief erneut, aber seine Stimme blieb stumm und er begann, wild mit den Händen zu fuchteln. Daraufhin beschleunigte der andere und der gerade verringerte Abstand vergrößerte sich wieder.

León war klar, dass er für Mischa so aussah, als wäre er ein wütender Irrer, der ihm nachjagte und ihm mit dem Tod drohte.

Wenn ich ihm zurufen könnte, dass ich nicht vorhabe, ihn noch mal zusammenzuschlagen.

Aber dieser Gedanke war Zeitverschwendung. Er konnte es nicht, fertig, aus, basta. Also musste er versuchen, Mischa einzuholen. León beschleunigte sein Tempo. Ächzend, schnaufend und alle paar Meter Blut ausspuckend rannte er Mischa hinterher.

Noch vierzig Meter.

Dann nur noch dreißig.

Mischa drehte sich erneut um. Sein Gesicht war angstverzerrt, das eine, nicht zugeschwollene Auge weit aufgerissen. Er blieb stehen. Mit hängenden Armen erwartete er León.

Leóns Herz machte einen Jubelschrei. Gleich würde er bei Mischa sein, ihn um Verzeihung bitten, sich um seine Verletzungen kümmern. Wenn er hier etwas gelernt hatte, dann dass er kein Einzelkämpfer und kein herzloser Idiot war. Und falls er Mary je wiedersehen würde, dann wollte er ihr ohne schlechtes Gewissen ins Gesicht sehen können. Er konnte Mischa ein guter Freund sein. Mischa würde das einsehen, erkennen, dass ...

Der Warnton erklang. Das grelle Jaulen raste durch Leóns Ohren und er blieb abrupt stehen. Fieberhaft suchten seine Augen den Boden ab. Jede Sekunde würden die Wände wieder hochfahren. Er musste bereit sein, wenn er an der falschen Stelle stand, würden ihn die Mauern zerschmettern.

Und da kamen sie auch schon. Lautlos glitten sie aus dem Boden, machten aus der freien Landschaft wieder ein Gefängnis. Er hüpfte wahllos über einige der hochfahrenden Wände. Noch einmal begegneten sich ihre Blicke, während Mischa sich rückwärtsgehend von ihm entfernte.

In Mischas Augen stand der blanke Hass, aber auch Zufriedenheit. Langsam hob er seine Hand und zeigte León den Mittelfinger.

Ohne Rücksicht auf seine Schmerzen warf sich León gegen die Wand, die sie trennte. Und auf die Wände – und seine Schmerzen – war Verlass. León wurde vom Abprall zu Boden geschleudert, sein lädierter Körper schrie auf und stumm brüllte León seine Wut und all seine Verzweiflung hinaus. Er hatte Mischa fast erreicht.

Doch jetzt war er wieder von ihm getrennt, konnte ihm nicht sagen, wie leid ihm das alles tat.

León war wieder allein.

Und auf den Wänden erschienen die nimmermüden Zahlen.

Mischa atmete tief auf, als die Wände sich wieder um ihn schlossen. Das war knapp gewesen. Dieser Irre hätte ihn beinahe erwischt.

Was hatte er für Fratzen gezogen?, dachte Mischa. Aus dieser sicheren Entfernung hätte er León noch ewig anschauen können. Wie er da hinter der Mauer stand, alle Muskeln angespannt, die sich deutlich unter der Haut abzeichneten. Die Kraft und Ausstrahlung von León elektrisierte ihn.

Traurigkeit stieg in ihm auf, aber sogleich verwandelte sie sich in Wut.

Du wirst mich nicht kriegen, León. Bei allem, was mir heilig ist, ich werde die Tore vor dir erreichen, und solltest du es schaffen, mir zu folgen, werde ich in der nächsten Welt auf dich warten. Und du wirst keine Chance haben.

Mischa beschloss, nur noch an sich zu denken. Alle anderen sollten ihm egal sein. Von León hatte er sowieso nur noch Gewalt zu erwarten und Jeb, Jenna und Mary würden füreinander einstehen und wären sicher bereit, sich gegen ihn zu stellen. Vier gegen einen, dachte Mischa, aber der eine kann etwas, was ihr nicht könnt.

Erneut waren Zahlen erschienen, doch Mischa meinte immer noch, das Bild seines Vaters im Hintergrund erkennen zu können. Auch von ihm war er im Stich gelassen worden, warum also sollte er sich je wieder auf jemanden verlassen? Nur die Zahlen, die waren beständig. Sie betrogen ihn nicht.

Mischa folgte ihrem Verlauf auf den Wänden, aber dieses Mal wollte sich die Lösung nicht einstellen. Er begann zu schwitzen. Seine Schmerzen waren vergessen. Er starrte auf die Wand, bis ihm die Augen tränten.

Nichts!

Los, Mischa! Was ist dieses Mal anders?

3 1 3 8 6 0

Es sind weniger Zahlen als sonst, viel weniger, aber was kann ich damit anfangen? Mit Fibonacci-Zahlen hat das Ganze nichts zu tun. Oder doch?

Langsam kristallisierte sich eine Lösung heraus. Mischa lachte krächzend auf. Es ging um die *Goldene Zahl*, um die Zahl *Phi*, die außergewöhnlichste aller Zahlen. Sie fand sich erstaunlich oft in der Natur wieder. Sie war die Zahl des *Goldenen Schnittes* und des *Goldenen Winkels*.

Mischa überlegte fieberhaft. Die Zahl *Phi* begann mit einer Eins Komma und hatte unendliche viele Stellen danach, aber wie lautete die Reihenfolge der ersten Stellen nach dem Komma? Dann wusste er es. Die Zahl *Phi* setzte sich wie folgt zusammen:

1,618033

Demnach waren dies die ersten sechs Stellen hinter dem Komma. Die Lösung lautete:

618033

Mischa stellte sich vor die Wand und tippte die Zahlen in der richtigen Reihenfolge an. Augenblicklich glitt ein Teil der Wand zur Seite und eine Türöffnung erschien. Mischa ließ die angehaltene Luft entweichen und schritt hindurch. Zu seiner Überraschung befand er sich nun nicht in einem weiteren Raum, stattdessen tat sich ein endlos wirkender Gang vor ihm auf.

Innerlich jubelte er. Das konnte nur eines bedeuten: Er befand sich in der Nähe der Portale und dieser Gang führte direkt dorthin. Warum sonst sollten ihm keine Wände mit Zahlenrätseln mehr den Weg versperren?

Ich habe es geschafft. Ich allein. Es ist noch nicht zu Ende.

Mischa hatte Hunger und unendlichen Durst. Die Zunge fühlte sich in seinem wunden und zugeschwollenen Mund wie ein Fremdkörper an. Noch vor Kurzem hatte er gedacht, er wäre am Ende, aber von einem Moment zum anderen hatte sich sein Schicksal gewandelt. Das Glück kehrte zu ihm zurück und er war am Zug.

Jenna ging mit großen Schritten durch den Gang. Ihre Hoffnung, Jeb zu finden, hatte sich vorerst nicht erfüllt, aber sie war nicht bereit aufzugeben. Hinter ihr keuchte Mary schwer, die offenbar Probleme hatte, mit ihr mitzuhalten.

»Jenna, ich kann nicht mehr. Lass uns eine Pause machen.«

Jenna blieb stehen. Sie selbst fühlte sich immer noch so kräftig, nahezu unbesiegbar. Es widerstrebte ihr, aber sie hielt an, wartete auf Mary, die nur langsam herankam.

Sie schaute sorgenvoll auf Mary, die sich schwer zu Boden sacken ließ und die Beine von sich streckte. Ihr Brustkorb hob und senkte sich in schnellem Rhythmus.

Zehn Minuten, dachte Jenna. Darauf kommt es auch nicht an. Bis jetzt haben wir Jeb nicht gefunden und wer weiß, ob ich mir seine Rufe nicht doch nur eingebildet habe.

Jenna ging neben Mary in die Hocke.

»Wir werden die anderen finden. Es kann gar nicht anders sein.«

»Was macht dich so sicher?«, wollte Mary wissen.

»Nenn es ein Gefühl. Außerdem die Botschaft. Es gibt immer ein Tor weniger als Überlebende. Die Sache wäre doch sinnlos, wenn nicht wenigstens der größte Teil von uns die Tore erreichen würde. Wo bleibt denn da der Spaß für denjenigen, der uns das alles eingebrockt hat?«

»Du meinst, das hat sich jemand ausgedacht? Aber wer sollte so etwas tun und warum?«

Jenna zuckte mit den Schultern. »Ich nehme an, das erfahren wir erst in der letzten Welt.«

»Dann wird es nur einer von uns herausbekommen. Wahrscheinlich León.«

»Oder wir werden einen anderen Weg aus dieser Scheiße herausfinden.« Jenna wollte so schnell noch nicht die Hoffnung aufgeben, dass sich das alles hier noch wandeln konnte. Zum Guten. Jetzt, da sie Jebs Stimme gehört hatte, war sie so überzeugt davon wie nie zuvor.

»Das nennt man wohl positives Denken.« Mary lächelte schief.

Jenna blickte sie an. »Woher hast du das denn?«

»Den Spruch? Keine Ahnung, aber ich kann mir nicht vorstellen, dass es einen Ausweg aus dieser Situation gibt. Jedenfalls keinen, bevor das Spiel zu Ende ist.«

»Du nennst das ein Spiel?«

»Was ist es denn sonst?« Mary schüttelte zornig den Kopf. »Ein großes, beschissenes, grausames Spiel, bei dem nur einer überleben wird. Der bekommt dann irgendeinen Scheißpreis und darf weiterleben mit dem Gedanken, dass all die anderen gestorben sind.«

Jenna war erstaunt, aber konnte nicht anders, als Mary innerlich recht zu geben. Das hier fühlte sich genau so an: wie ein perfides Spiel um das eigene Überleben. Aber trotzdem musste sie versuchen, dass sie beide nicht die Hoffnung verloren. Sie schüttelte unwillig den Kopf. »So habe ich dich ja noch nie reden hören.«

»Tja, ich bin eben nicht die graue Maus, wie du vielleicht denkst. Ich habe in meinem Leben einiges Schreckliches erlebt und ich habe es *überlebt*. Das hat mich verletzt, aber es hat mich nicht zerstört. Nein, es hat mich stärker gemacht. Und ich habe gelernt, dass allein das Hoffen nichts bringt. Es kommt auf deine innere Kraft an. Und die liegt in jedem von uns.«

»Willst du über das Schreckliche aus deinem Leben reden?«

Mary schaute Jenna in die Augen und Jenna erschrak vor dem Abgrund, der in diesen Augen lag.

»Sieh mich an, Jenna! Was siehst du?«

»Ein sehr verwirrtes Mädchen«, antworte Jenna leise.

»Nein, das siehst du nicht, denn das bin ich nicht. Mir ist klar geworden, dass ich zu Recht hier bin, denn ich habe nichts anderes verdient, und wenn ich sterbe, geht das schon in Ordnung.«

Jenna hielt mitten in der Bewegung inne. »So etwas darfst du nicht sagen, nicht einmal denken! Du hast das gleiche Recht wie alle, das hier zu überleben. Vielleicht sogar noch mehr als wir anderen, gib niemals auf.«

Mary sah sie lange traurig an. Dann schüttelte sie leicht den Kopf und erhob sich. »Selbst wenn ich hier herauskomme, was erwartet mich für ein Leben? In deiner Welt, Jenna, ist vielleicht immer alles schön und strahlend. Deine Welt hat ein Happy End. Soll ich dir mal was sagen: Deine Welt ist nicht real, Jenna, nicht für jeden. Es gibt keine Happy Ends – zumindest nicht für mich.«

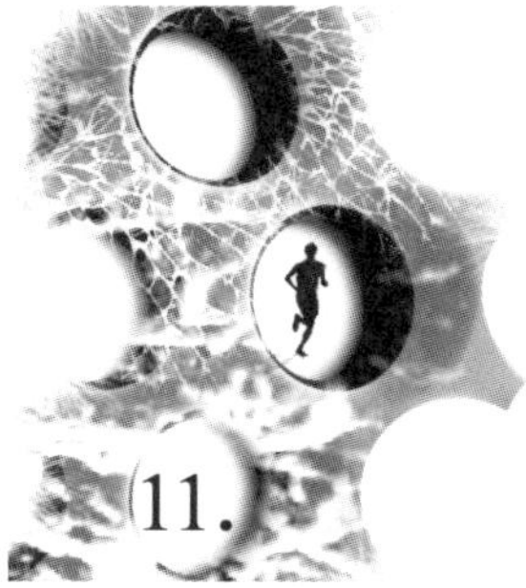

11.

Jenna und Mary waren schweigend dem Gang weiter gefolgt, als sie plötzlich vor sich ein Keuchen hörten. Beide blieben erschrocken stehen und lauschten.

Dann stürmte Jenna los: »Das ist Jeb!«

Vor ihr machte der Gang eine Biegung. Als sie um die Ecke rannte, sah sie Jeb, der schwer atmend an der Wand lehnte.

Sein Gesicht war ausgemergelt und bleich. Haarsträhnen klebten an seiner verschwitzten Stirn. In den Knien eingeknickt, beide Hände in die Seiten gepresst, atmete er tief ein und aus. Er blickte auf, als er Schritte hörte, und seine Lippen zogen sich zu einem Lächeln nach oben.

»Jenna«, sagte er leise.

Er versuchte, sich aufzurichten. Jenna warf sich einfach in seine Arme. Ihre Lippen bedeckten seine Stirn, die Wangen und den Mund mit Küssen und immer wieder flüsterte sie seinen Namen. Jeb erwiderte ihre Umarmung, aber er konnte Jennas Ansturm nicht standhalten.

»Was ist mit dir? Bist du verletzt?« Angst breitete sich in Jennas Brust aus.

»Nein«, sagte er kaum hörbar.

»Freust du dich nicht, mich wiederzusehen?«

Er grinste sein schiefes Grinsen. »Mehr als du dir vorstellen kannst. Jenna, ich ...« Er musste wieder keuchend Luft holen. »... ich habe Platzangst. Seit ich hier aufgetaucht bin, fällt mir das Atmen schwer. Meine Muskeln sind verkrampft, sodass ich kaum stehen kann. Ich kann nicht ... mehr. Jenna, ich muss hier raus. Sofort.«

Ihre Hand schob sich unter seinen Arm, sie wollte ihn stützen, obwohl sie wusste, dass er viel zu schwer war und sie ihn im Ernstfall nicht halten könnte.

Inzwischen war auch Mary bei ihnen angekommen, offenbar hatte sie die letzten Sätze mitgehört. »Wir bringen dich hier raus, Jeb. Wir finden die Tore.«

Jenna wunderte sich über die Kraft, die in diesen Worten steckte. Auch wenn Mary nichts für sich selbst erhoffte, so war sie doch bereit, anderen zu helfen. Jenna sah sie dankbar an.

»Mary«, raunte Jeb. »Schön, dich zu sehen. León und Mischa?«

Beide Mädchen schüttelten den Kopf. »Wir haben sie nicht gefunden«, meinte Jenna. »Aber irgendwo hier im Labyrinth sind sie. Wir werden noch auf sie treffen«, sagte Jenna mit wesentlich mehr Zuversicht in der Stimme, als sie empfand.

Jebs Zustand hatte ihr einen Schrecken versetzt. Sie wusste, was Angstzustände und Panikanfälle waren, aber dass sie einem so starken und zähen Jungen wie Jeb derartig zusetzen konnten, hätte sie niemals für möglich gehalten.

»Wie viel Zeit ist vergangen?« Jeb richtete sich etwas auf, ein wenig Farbe kehrte in sein Gesicht zurück.

»Keine Ahnung«, antwortete Jenna. »Mehr als vierundzwanzig Stunden dürften es nicht sein, wahrscheinlich wären wir nach mehr als einem Tag ohne Wasser schon in einem ganz anderen Zustand.«

»Dann habt ihr noch eine Chance«, sagte Jeb.

»Ihr?« Jennas Kopf ruckte herum.

»Ich halte euch nur auf. Ich bin einfach zu schwach, aber ihr könnt die Tore erreichen.« Er hob die Hand an, als Jenna etwas einwenden wollte. »Ich versuche hier nicht, den Helden zu spielen, und natürlich werde ich alles unternehmen, um zu den Toren zu gelangen, aber ich muss es in meinem Tempo machen. Wenn alles klappt, schaffe ich es, aber ihr solltet auf Nummer sicher gehen.«

»Ich lasse dich nicht zurück.« Die Worte kamen härter, als Jenna wollte.

»Jenna ...«

»Vergiss es, Jeb. Ich bin so froh, dass wir dich gefunden haben, auf keinen Fall lasse ich dich zurück. Wer weiß ...« Sie schaute zu Mary hinüber. »... ob Kathy dich sonst findet. Wir glauben, sie könnte uns in die neue Welt gefolgt sein.«

»Ja, und sie ist genau die Psycho-Braut, die sie immer war. Und darum werden wir dir helfen«, sagte nun auch Mary und biss sich nervös auf die Lippen. »Wer weiß, was sie aus Rache alles anstellen würde?«

»Keine Widerrede also: Uns beiden geht es gut. Wir haben keine Verletzungen, wir werden dich stützen.«

Jeb blieb skeptisch. »Was erzählt ihr da? Kathy ist zurück? Das kann ich mir nicht vorstellen und will ich gerade auch nicht. Wichtiger ist: Was ist mit deinem Fuß?«

Zum ersten Mal seit Langem dachte Jenna wieder an ihre Verletzung aus der ersten Welt. »Alles in Ordnung. Tut nicht mehr weh.«

Jeb seufzte. »Ihr wollt es wirklich tun«, stellte er kopfschüttelnd fest.

»Leg deinen Arm um meine Schulter«, meinte Mary. »Jenna nimmt den anderen.«

»Es reicht schon, wenn ich mich bei euch unterhake«, wandte

Jeb ein. Die Mädchen verschränkten die Arme an Jebs Seite und zusammen machten sie einen ersten, unbeholfenen Schritt.

»Oh Mann, ist mir das peinlich.«

Jenna lachte. »Das ist wieder so typisch. Ihr Jungs müsst eben doch immer den Helden spielen. Wer sollte dich hier sehen?«

Jeb lächelte sie an, das gab ihr Hoffnung.

»Ich dachte an León und Mischa.«

»Die nicht hier sind.«

»Aber die wir finden werden, richtig?« Jeb schien mit jedem Schritt auch seine Zuversicht wiederzufinden, dachte Jenna.

»Ja«, sagte Mary. »Wir werden sie finden.«

Mischa verbarg sich hinter einer Biegung des Ganges und lauschte. Von weit entfernt vernahm er Stimmen. Zunächst war es nur Gemurmel, aber es kam stetig näher und schließlich erkannte er, wer da sprach.

Er trat in den Gang und blickte die weißen Wände entlang. Aus dem Hintergrund schälten sich drei Gestalten. Jenna, Mary und Jeb. Mischa registrierte sofort, dass etwas mit dem Jungen nicht stimmte.

Er ist verletzt.

Mischa schaute den dreien entgegen und nun entdeckten sie ihn auch. Mary stieß einen überraschten Ruf aus. Sie wollte einen Schritt auf ihn zu machen, hielt sich dann aber zurück, um Jeb weiter zu stützen. Jenna winkte ihm zu, selbst Jeb nickte ihm erfreut zu.

Ihr werdet euch wundern.

Und so war es auch. Je näher sie auf ihn zukamen, desto betroffener wurden ihre Gesichter. Jenna und Mary schienen geradezu entsetzt über sein Aussehen zu sein. Er konnte es ihnen nicht verdenken. Jeb starrte ihn gebannt an.

Mischa versuchte, nicht zu lächeln, obwohl er überglücklich war, die anderen zu sehen und nicht mehr allein zu sein. Das Lächeln tat weh. Nicht nur, weil sein Gesicht stark verletzt und geschwollen war, sondern auch, weil er zwar in der Schlucht zu einem Team gehört hatte. Jetzt aber war er auf sich allein gestellt. Einer gegen alle. Er würde nie wieder einer von ihnen sein. Sein Entschluss stand fest.

Dann waren sie heran, blieben im Abstand von zwei Metern stehen. Ihre Augen musterten sein Gesicht, die aufgerissenen Knöchel, die blutverschmierten Klamotten. Er konnte sich vorstellen, wie er auf sie wirkte.

»Sieht schlimmer aus, als es ist«, meinte er gelassen.

Marys Augen waren weit aufgerissen. »Was ist passiert? Hat dich jemand angegriffen? Die … Seelentrinker? Sind sie hier?«

Mischa schüttelte den Kopf, so gut es ging, ohne dass ihm wieder schwindlig wurde. »Nein, bin gestürzt.«

Jeb humpelte auf ihn zu. »Aber heftig.«

»War es.«

Jenna öffnete die Arme, als wolle sie Mischa umarmen, aber er wehrte sie mit einer Handbewegung ab. Sie nickte und glaubte, dass er es aus Angst vor Schmerzen tat. Mischa war ihr dankbar dafür und seine gebrochenen Rippen auch. Aber nicht nur deshalb.

»Jetzt sag schon, was ist passiert?«, wollte sie wissen.

»Habt ihr Wasser?«, fragte Mischa.

»Nein. Du auch nicht?«

Er machte eine verneinende Geste. »Mist«, fluchte er leise.

»Weißt du, wo León ist?«, fragte Mary. »Hast du ihn gesehen?«

Mischa hatte mit dieser Frage von Mary gerechnet. Und die Antwort hatte er sich bereits in Gedanken zurechtgelegt. So ruhig wie möglich sagte er: »León ist tot. Ich habe ihn sterben sehen.«

Mary schrie auf. Der Schrei verließ ihren Mund, ohne dass sie etwas dagegen hätte tun können. In ihrem Inneren wurde etwas entfacht, das sie zu verbrennen schien, wie eine Woge aus tiefster Verzweiflung.

León!, brüllte es in ihr. *Er kann nicht tot sein. Er darf nicht tot sein! Er darf einfach nicht sterben, bevor er weiß, was ich empfinde.*

Mary schob ihre Faust zwischen ihre Zähne und biss mit aller Kraft zu. Vielleicht vertrieb ja dieser Schmerz den anderen, vielleicht tat dann der Gedanke nicht mehr so weh, León für immer verloren zu haben.

Es half nicht.

Trauer, Wut und Verzweiflung ließen sich nicht davon vertreiben, auch nicht der Kloß in ihrem Hals, der ihr die Kehle zu verschließen schien.

León beschützt mich doch, er jagt die Schatten der Vergangenheit davon, wenn ich ihm nahe bin. Sein wildes Grinsen gibt mir Mut und die Kraft, das alles durchzustehen.

Ich kann nicht ohne ihn sein.

Wieder schrie sie auf.

Es klang, als würde ein wildes Tier Qualen leiden. Jenna zuckte zusammen. Noch niemals zuvor hatte sie einen derartigen Schrei gehört. Selbst die Schreie auf der Ebene hatten sie nicht so sehr erschüttert. Zunächst wusste Jenna nicht, wie sie sich verhalten sollte, aber dann packte sie Mary, die sofort wild um sich schlug, und hielt sie fest. Kraftlose Fäuste prasselten auf Jennas Gesicht, aber sie ließ nicht los. Mary wimmerte jetzt nur noch, aber sie hörte nicht auf.

Jeb und Mischa sahen hilflos zu.

Jenna drückte sie eng an sich und zwang sie zu Boden. Sie umfasste Mary mit beiden Armen und dennoch gelang es ihr kaum, sie zu bändigen. Marys Füße trommelten auf den Boden und ihr Wimmern ging in ein abgehacktes Schluchzen über. Sie zog die Beine hoch und wollte Jenna abwerfen, doch Jenna wartete einfach gelassen ab und beugte sich über Mary. Für einen Moment war das Gesicht des dunkelhaarigen Mädchens frei. Jenna nahm es zwischen ihre Handflächen und strich Mary die nassen Strähnen aus der Stirn. »Mary, Mary«, sprach Jenna sanft auf sie ein. Sie schüttelte sie. Einmal. Dann noch einmal.

»Beruhige dich, Mary«, sagte sie energisch.

Marys Augen waren von Tränen überschwemmt, ihr Blick zur Decke gerichtet. »Er ist tot.« Sie murmelte es immer und immer wieder.

»Ja, aber du lebst«, flüsterte Jenna und strich ihr über das Gesicht.

»León ist tot.«

Aus dem Augenwinkel heraus sah Jenna, wie Jeb sich Mischa näherte.

»Ist das wirklich wahr?«, hörte sie ihn fragen.

Mischa nickte. »Er ist in meinen Armen gestorben.«

»Wie konnte das passieren?«

Mischa begann zu erzählen. Zunächst berichtete er von seinem Auftauchen im Labyrinth und den wandernden Zahlen, den mathematischen Rätseln.

Jenna hörte gebannt zu, selbst Mary schien seiner Erzählung zu lauschen. Als Mischa den ablaufenden Countdown erwähnte, stöhnte Jenna auf. Es war also tatsächlich so, dass ihnen die Zeit davonrannte.

»Schließlich bin ich auf León gestoßen, der in einem der Räume gefangen war. Wir sind dann gemeinsam weitergegangen, bis zu dem ...« Mischas Stimme brach ab, er schluckte hart.

»Es ist okay, Mischa«, sagte Jeb. »Was ist geschehen?«

Mischa schluckte noch einmal hörbar. Er holte tief Luft, Mary saß auf dem Boden wie erstarrt. »Wir hatten gerade einen Raum verlassen und einen weiteren betreten, als der Boden unter uns aufging. Einfach so. Plötzlich war er verschwunden. Wir stürzten beide in die Tiefe. Mehrere Meter. Der Aufprall war ... hart. Ich dachte, ich habe mir jeden Knochen im Leib gebrochen, aber León hatte es schlimmer erwischt. Er ist unglücklich gelandet, auf dem Kopf. Ich hörte nur, wie ... irgendwas gebrochen ist ... genau kann ich das nicht sagen, denn da unten war es düster.«

»War er sofort tot?«

»Nein, er hat noch von Mary gesprochen.«

Mary schluchzte laut auf. Ihr ganzer Körper bebte. Jennas tröstende Hand stieß sie weg.

»Was ha-hat er gesa-sa-agt?«, fragte Mary.

»Dass er dich liebt. Dann starb er in meinen Armen. Er hörte einfach auf zu atmen und ich war allein.«

Jeb legte Mischa eine Hand auf die Schulter. »Tut mir leid, Kumpel, dass du das erleben musstest.«

»Ich habe León immer bewundert. Er war so stark, so kraftvoll, schien unverwüstlich zu sein und nun lag er da wie zerbrochen.«

Jenna legte ihren Kopf an Marys und umarmte sie fest. Doch Mary beugte sich vornüber, die Stirn auf die Knie, und vergrub ihr Gesicht in einer Armbeuge.

»Es tut mir so leid«, sagte Jenna leise. Sie schaute auf zu den beiden Jungs.

Mischas Schultern zuckten, auch er schien zu weinen. Es war schließlich Jeb, der die Nase hochzog, sich mit den Ärmeln seines Hemdes über seine Wangen wischte und fragte: »Und wie bist du da wieder herausgekommen?«

»Dieses Scheiß-Labyrinth. Es war so einfach. Eine Tür ging plötzlich auf. Licht fiel herein. Ich folgte ihm in einen Gang, der mich schließlich zu euch brachte.«

Jeb runzelte die Stirn. »Dann müsst ihr euch zuvor auf einer anderen Ebene befunden haben. Hier drüber.«

»Muss wohl«, antwortete Mischa und zuckte mit den Schultern.

Vieles von dem, was Mischa erzählte, war für Jenna nur schwer verständlich. Räume, deren Türen sich mit mathematischen Lösungen öffnen ließen. Ein Countdown, der bei vierundzwanzig Stunden begonnen hatte. Leóns Fall in die Tiefe und sein Tod.

Sie betrachtete Mischa genauer. Sein Gesicht war geschwollen, ein Auge fast zu, die Nase schien gebrochen zu sein. Sie sah seine in die Seite gepresste Hand und vermutete, dass ihn die alte Verletzung noch schmerzte. Wenn Mischa sprach, entdeckte man eine Lücke in der Reihe seiner ehemals so strahlenden Zähne. Die Lippe war aufgeplatzt.

Das alles konnten die Folgen eines schweren Sturzes sein, aber irgendwie passten die aufgerissenen Knöchel seiner Hände nicht ins Bild. Fast sah es so aus, als hätte Mischa stundenlang auf eine Wand eingedroschen.

Vielleicht vor Verzweiflung, nachdem León gestorben war.

Jetzt war nicht der Augenblick, danach zu fragen. Mary lag noch immer zusammengekrümmt am Boden und schluchzte herzzerreißend. Erst musste sie sich um das Mädchen kümmern.

Nach allem, was sie im richtigen Leben, aber auch hier im Labyrinth mitgemacht hatte, schien nun der Punkt gekommen zu sein, an dem Mary die Kraft verloren hatte, wieder aufzustehen. Alle wussten, wie sehr Mary gekämpft hatte, aber die Nachricht von Leóns Tod schien sie endgültig gebrochen zu haben.

Wie sollen wir das je schaffen? Jeb leidet unter Angstzuständen, hat kaum noch Kraft. Mischa ist verletzt und sieht aus, als hätte er eine Menge Blut verloren, und nun auch noch Mary. León ist vermutlich tot, während Kathy in den Gängen auf uns lauert. Drei Menschen, die jetzt meine Hilfe brauchen, und ich? Ich habe vielleicht die Kraft, aber keine Hoffnung für uns alle.

Leóns Tod hatte ihr endgültig alle Zuversicht geraubt. Es war zu deutlich. Sie waren ins Labyrinth gekommen, um zu sterben. Einer nach dem anderen. Zuerst hatte es Tian erwischt. Dann Kathy. Und nun León.

Falls sie die Tore jemals finden sollten, würde es eines für jeden von ihnen geben, aber wie lange noch konnten sie das alles ertragen? Wie groß konnte der Überlebenswille sein, bei all der übermächtigen Verzweiflung und den gar nicht enden wollenden Schmerzen?

Du bist für die anderen da. Sie brauchen deine Hilfe. Ohne dich wird keiner von ihnen überleben. Auch Jeb nicht.

Und du willst *nicht ohne sie überleben, allein zurückbleiben.*

Bei diesem Gedanken hätte Jenna am liebsten ihre Verzweiflung herausgebrüllt, aber wenn sie den anderen zeigte, dass sie am Ende allen Glaubens angekommen war, würden Jeb, Mary und wahrscheinlich auch Mischa aufgeben. Sich hinsetzen und nicht mehr aufstehen.

Ich muss für alle stark sein.

12.

Seit einer gefühlten Ewigkeit stand León nun vor der Wand und tippte wahllos eine Zahl nach der anderen an. Zunächst hatte er darauf gewartet, dass die Wände erneut herunterfuhren, aber er wurde immer ungeduldiger. Er musste etwas *tun*. Außerdem konnte er nur noch an Mary denken. Ihre Haare, ihre ängstlichen Augen, in denen von einem Moment zum nächsten plötzlich eine unglaubliche Härte zu erkennen war. Er meinte spüren zu können, dass Mary unglücklich war. Dass sie ihn brauchte. Dieses Gefühl war Antrieb genug, es noch einmal mit den Zahlen zu versuchen.

Unermüdlich berührte er wahllos die wandernden Zahlen. Und dann plötzlich geschah es. Eine Tür in der Wand öffnete sich. León stieß einen tiefen Seufzer der Erleichterung aus. Endlich konnte er diesen Raum verlassen. Aber er wusste: Der nächste erwartete ihn schon.

Als sich die Tür hinter ihm schloss, stellte er sich in die Mitte des neuen Raumes. Auf den Wänden blinkte der Countdown.

6:47

6:46

6:45

Die Zeit wurde knapp. León schimpfte, dann entdeckte er etwas. Die Wände zeigten nun nicht mehr nur Zahlen, sondern auch Buchstaben. Leuchtend wanderten sie über die weißen Flächen.

Sind das noch die gleichen Rätsel? Geht es immer noch um Mathematik?

Er drehte sich langsam um die eigene Achse.

Nein, sein Gefühl sagte ihm, dass sich die Aufgabenstellung geändert hatte. Es ging nicht mehr darum, etwas auszurechnen, vielmehr glaubte er, dass er etwas erkennen sollte.

Die anderen dachten von ihm, dass er weder lesen noch schreiben konnte, aber das stimmte nicht ganz. Er war in der Schule gewesen, allerdings nur bis zur fünften Klasse, danach hatte ihn seine Mutter aus der Schule genommen, damit er ihr beim Putzen half. Ein wenig Lesen und Schreiben konnte er also schon, aber für komplizierte Sachen reichte es nicht. Ein ganzes Buch zu lesen, würde er sich nicht zutrauen, aber bei einzelnen Wörtern sah das anders aus.

Vielleicht hat es mit meinem früheren Leben zu tun.

Aber was konnte es sein? Musste er ein Schlüsselwort suchen? Ein Passwort?

Vielleicht einen Namen?

Der Gedanke setzte sich in ihm fest. Er suchte die Wand ab und tippte auf die Buchstaben, die seinen Namen bildeten. Nichts. Dann versuchte er es nacheinander mit den Namen der anderen. Auch kein Ergebnis. Er versuchte es mit »Labyrinth«, »Gott«, »Stern«, »Leben« und »Tod« und allem, was ihm in den Sinn kam, aber seine Bemühungen blieben erfolglos.

Denk nach! Da sind auch Zahlen, vielleicht eine Kombination aus Buchstaben und Zahlen?

Es funktionierte nicht. Wenn er nicht bald auf eine Lösung kam, würde er hier drinnen einfach vor die Hunde gehen.

León dachte an das Wenige, das er über sich wusste. Sah noch einmal die Welten, die er mit den anderen durchlaufen hatte, die Gesichter der Jungen und Mädchen. Als er an Jeb dachte, trat dessen Gesicht deutlich vor seine Augen.

»Du hast keine Haare und ehrlich gesagt, siehst du ein wenig merkwürdig aus, mit all den Bildern im Gesicht und auf deinem Schädel.«

»Das sind Tätowierungen, mein ganzer Körper ist voll davon.«

»Was bedeuten sie?«

»Ich kann mein Gesicht nicht sehen, wie sieht es denn aus?«

León zuckte zusammen. Das war es. Das war die Lösung. Sein Gesicht war mit Zeichen, Zahlen und Buchstaben bedeckt. Irgendjemand hatte davon gesprochen, ihm die Tätowierungen beschrieben, aber sosehr er sich auch den Kopf zermarterte, es wollte ihm nicht mehr einfallen.

Der erste Tag. Nichts.

Die Nacht im Wald. Nichts.

Der Marsch durch die Steppe. Nichts.

Dann die Bäume und den Bach, an dem sie gerastet und die zweite Nacht verbracht hatten. Er sah sich selbst zum Bach gehen, an der Stelle, an der er niederkniete, war das Wasser nicht geflossen, sondern hatte wie bei einem Teich ruhig dagelegen. Er beobachtete, wie er die Hand mit der leeren Wasserflasche ausstreckte, um sie zu füllen.

Bevor meine Hand eintaucht, was sehe ich? Ich weiß, dass ich mein Gesicht betrachtet habe. Was sehe ich?

Ein leicht verzerrtes Bild erschien in seinem Geist. León schaute auf sein eigenes Spiegelbild, er sah die zwei Buchstaben und die zwei Zahlen auf seiner Stirn, aber da sie verkehrt herum waren, dauerte es einen Augenblick, bis er sie entziffert hatte.

Damals hatte er nicht weiter darüber nachgedacht. Er war zu

erschöpft von dem Marsch durch die heiße Steppe gewesen. Halb verdurstet, aber nun war sein Kopf klar.

Die Lösung des Rätsels stand auf seiner Stirn.

León erhob sich mit dem bitteren Geschmack von Adrenalin im Mund. Als er die Buchstaben und Zahlen auf der Wand antippte, glitt nicht einfach eine weitere Tür auf. Nein, er hatte auch das Gefühl, dass die Tür zu seiner Vergangenheit nun weit offen stand. Er wusste, dass diese unscheinbaren Buchstaben und Zahlen in seinem früheren Leben eine große Bedeutung gehabt hatten.

León hatte so fest die Zähne zusammengepresst, dass seine Lippe erneut aufplatzte. Erst jetzt bemerkte er, dass er nicht in einem geschlossenen Raum stand, sondern auf einen langen Gang blickte, der sich links und rechts erstreckte.

Por fin! Endlich! Er hatte es geschafft, er war den Mauern und den schrecklichen Erinnerungen an Mischa entkommen. Jetzt konnte er sein Schicksal wieder selbst in die Hand nehmen.

Jenna beugte sich erneut zu Mary hinab.

»Du musst jetzt aufstehen, Mary«, sagte sie sanft. Ihre Hand streichelte über das schwarze Haar.

Marys Gesicht tauchte aus ihrer Armbeuge auf. Die Tränen waren versiegt, ihr Blick einigermaßen klar.

»Ich weiß«, sagte sie tonlos. »Wir müssen weiter, die Tore finden.«

Jenna war erstaunt, hatte sie doch gedacht, dass Mary nun willenlos sein würde, unfähig weiterzugehen, in Selbstmitleid und Trauer versank. Stattdessen stand Mary auf und blickte sie an.

»Du hast recht: Ich lebe. Und León hätte es gewollt, dass ich weiterkämpfe. Er hätte niemals zugelassen, dass ich aufgebe«, sagte Mary leise.

Jenna nahm Marys Hand in ihre und drückte sie fest.

Dann gingen sie gemeinsam zu Jeb und Mischa hinüber.

»Wir sollten weitergehen«, erklärte Jenna. »Ich denke, die Tore sind nicht mehr weit. Es kann kein Zufall sein, dass wir uns wiedergefunden haben – in einem Gang, der uns doch einfach irgendwo hinführen *muss*. Wahrscheinlich war es genauso geplant.« Sie strich sich eine Haarsträhne aus dem Gesicht. »Die Zeit läuft gegen uns und wir wissen nicht, wie weit der Countdown inzwischen heruntergelaufen ist.« Sie schaute fragend Mischa an.

»Ich habe den Countdown zuletzt bei 11 Stunden 24 Minuten gesehen, aber seitdem sind Stunden vergangen«, erwiderte Mischa.

Sie gingen los. Es gab ohnehin nur eine Richtung, die sie nehmen konnten, Mischa und Mary liefen voraus. Jenna blieb bei Jeb. Die Begegnung mit Mischa und die Nachricht von Leóns Tod schienen ihn abgelenkt zu haben. Sein Gesicht wirkte nicht mehr so wächsern und sein Blick nicht mehr so weggetreten. Sie musterte ihn eine Weile von der Seite, wusste nicht, wo sie anfangen sollte.

»Meinst du, es geht bei dir?«, fragte sie schließlich leise.

»Denke schon. Ich fühle mich nicht mehr ganz so schwach. Im Augenblick habe ich die Kontrolle, es hilft, dass andere Menschen um mich herum sind, dass du da bist.« Er lächelte sie schüchtern von der Seite an.

Jenna lächelte zaghaft zurück, aber dann wurde sie wieder ernst. Sie blickte auf die beiden vor sich. Mary und Mischa unterhielten sich.

»Jeb? Das mit Mischa und León. Ich werde das Gefühl nicht los, irgendetwas an der ganzen Sache stimmt nicht.«

Er sah sie überrascht an. »Was meinst du?«

Jenna drängte sich dichter neben ihn und senkte ihre Stimme. »Ich bin mir nicht sicher, ob ich Mischas Erzählung glaube. Hast du ihn dir mal angesehen?« Jeb schaute sie mit hochgezogenen Augenbrauen an. »Sehen seine Verletzungen für dich aus, als hätte er sie sich bei einem Sturz zugezogen?«

»Warum denn nicht?«

»Seine linke Gesichtshälfte ist angeschwollen ...«

»Vom Aufprall.«

»Möglicherweise, aber was ist mit seinen Lippen, die sind auf der rechten Seite aufgeplatzt. Entweder er ist auf die linke Seite gefallen oder auf die rechte. Beides geht nicht.«

»Jenna, du steigerst dich da in etwas rein. Das ist die alte Verletzung aus der Schlucht.«

»Okay, aber dann erklär mir auch, wo die aufgerissenen Knöchel an seinen Händen herkommen?«

»Jenna ... wir waren nicht dabei.«

Sie schaute ihn eindringlich an. »Vergiss bitte mal für eine Sekunde seine Erklärung zu Leóns Tod. Stell dir vor, du wärst ihm gerade erst begegnet und wüsstest nicht, was geschehen ist. Was für einen Eindruck macht Mischa dann auf dich?«

Jeb sah Mischa lange an, dann seufzte er. »Es sieht aus, als wäre er in einen üblen Kampf geraten.«

»So sehe ich die Sache auch.« Jenna nickte nachdenklich.

»Du willst damit sagen, dass Mischa uns anlügt, dass León vielleicht gar nicht tot ist?«

»Dass er lügt – ja. Ob León tot ist?« Sie zuckte mit den Schultern. »Keine Ahnung, aber wenn wir eins und eins zusammenzählen, komme ich auf ein ganz sonderbares Ergebnis.«

»Ich versteh nicht ... meinst du etwa, dass ...?« Jeb brach ab und warf Jenna einen fragenden Blick zu.

»Überleg doch mal. Mit wem könnte Mischa gekämpft haben?

Außer uns ist scheinbar niemand hier und selbst wenn, dann wäre Mischa jetzt tot, und falls er so einen Angriff überlebt haben sollte, könnte er uns die Wahrheit sagen. Nein, ich glaube, Mischa hat mit León gekämpft. Sie haben sich geprügelt. Warum auch immer. Und León hat den Kürzeren gezogen. Wahrscheinlich ist er wirklich tot, erschlagen von Mischa.«

»Jenna, das ist schrecklich, so was zu denken. Vielleicht stimmt alles, was uns Mischa erzählt hat, aber ... falls du recht hast ...« Jeb seufzte leise. »Was sollen wir jetzt tun?«

»Nichts«, antwortete Jenna. »Wir können nichts tun. Die Zeit läuft uns davon, wir müssen zu den Toren, aber wir müssen Mischa im Auge behalten. Ich traue ihm nicht.«

Als sie aufblickte, entdeckte sie, dass Mischa sie aus einem Augenwinkel musterte.

Wie lange schon beobachtet er uns? Hat er etwas von dem gehört, was wir gesagt haben?

Ein Schauer kroch ihren Rücken hinauf. Sein Blick hatte etwas Lauerndes, Listiges.

Jenna versuchte, seinem Blick standzuhalten, aber schließlich senkte sie doch den Kopf.

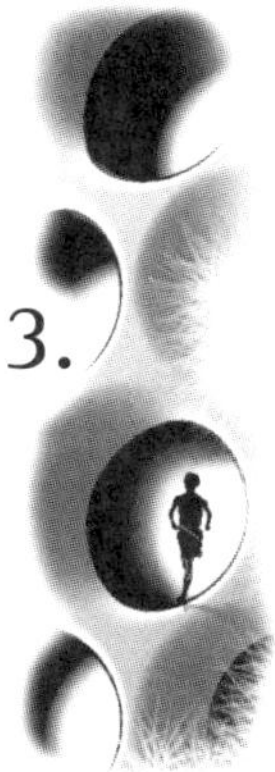

13.

Der lange Gang vor ihm ließ ihn aufatmen. Wenigstens war er nicht mehr gefangen und konnte sich fortbewegen. Irgendwohin würde ihn dieser Gang führen. Vielleicht zu Mary.

Er gab sich Mühe, leise zu sein, nicht weil er glaubte, dadurch Mischa überraschen zu können. Es war vielmehr so, dass er selbst nicht von ihm überrascht werden wollte.

Die Zeit verstrich, während er dem Gang folgte. León fühlte seine Schmerzen bei jedem Schritt, aber das war gut so, denn sie hielten ihn wach. Sie verhinderten, dass er seinem Drang nachgab, sich einfach hinzusetzen und einzuschlafen.

Irgendwie war es schon merkwürdig, dass er hier in diesem Labyrinth immer müde war. Seit er im ersten Raum angekommen war, fühlte er diese bleierne Müdigkeit, die ihn unablässig verlockte, die Augen zuzumachen und einzudösen.

Da stimmt etwas nicht mit mir. Nur mit Erschöpfung ist diese ewige Müdigkeit nicht zu erklären. In den anderen Welten war ich auch Strapazen ausgesetzt, habe mich aber niemals so schlapp gefühlt.

León vermutete, dass er womöglich jetzt den Preis für die Energie zahlte, die er in den letzten Tagen für das bloße Überleben aufgebracht hatte.

Seine Gedanken wanderten zu den anderen. Ob Jeb, Jenna und Mary schon die Tore entdeckt und durchschritten hatten? Oder vielleicht sogar Mischa? Letztendlich war es egal, ob Mischa ihm vielleicht sogar hier in dem Gang auflauerte, denn wenn er die Portale nicht bald fand, war alles egal. Er fühlte, dass er langsam zu müde wurde, um sich darüber noch Gedanken zu machen.

Nur einen Schritt machen und noch einen.

León taumelte inzwischen mehr, als dass er ging. Sein Blick war auf den Boden gerichtet und so entdeckte er den Gegenstand erst, als er fast darauftrat. León blieb stehen und starrte auf das Stück Stoff, das am Ende zusammengebunden war.

Tians Stirnband, oder besser gesagt Kathys Stirnband lag vor ihm. Er bückte sich, hob es auf und führte es an seine Nase. Ja, das war es. Der Stoff roch sogar noch nach Kathy.

Als er wieder aufschaute, erschrak er. Sie stand vor ihm. Kathy stand tatsächlich vor ihm.

Keine zwei Meter entfernt. Sie sah so aus, wie er sie zuletzt gesehen hatte, nur dass sie ihre Jacke ausgezogen hatte und vor den Bauch hielt. Noch immer zogen sich Schmutzspuren über ihr Gesicht und er entdeckte bräunliche Blutflecke auf ihrem Hemd. Kathys Haar war zerzaust und sie sah immer noch genauso wild aus, wie er sie zuletzt in der Eiswelt gesehen hatte. Aber der Blick ihrer Augen war klar und weich. Tränen standen darin.

»Weißt du, wo ich bin?«, fragte sie so leise, dass León einen Moment brauchte, um ihre Worte zu verstehen. Er machte eine hilflose Geste.

»So genau kann ich das nicht sagen, Kathy. Immer noch im Labyrinth und immer noch müssen wir die Tore finden. Und du müsstest eigentlich tot sein.« Er versuchte ein vorsichtiges Lächeln.

»Wer ist Kathy?« Sie schaute ihn verwirrt an.

»Was?« León verstand gar nichts mehr. »*Du* bist Kathy.«

»Ich bin Kathy«, flüsterte sie.

»Kathy, wie kommst du hierher? Wieso weißt nicht mal mehr, wer du bist?«

»Ich bin Kathy«, wiederholte sie diesmal lauter.

»*Chica,* hör auf mit dem Quatsch. Sag mir lieber, wie du hierhergekommen bist.« León fixierte sie. »Du müsstest tot sein.«

Sie sah ihn aus großen Augen an. »Ich weiß es nicht.«

León erkannte mit einem Blick, dass sie sich an nichts erinnern konnte. Vor ihm stand ein verzweifeltes Mädchen, das vergessen hatte, wer sie war und was sie hier zu suchen hatte.

»Hast du die anderen gesehen?«, fragte León, auch wenn er ahnte, dass sie ihm wahrscheinlich nicht weiterhelfen konnte.

Kathy runzelte die Stirn. »Die anderen?«

»Jeb, Jenna, Mischa.«

Sie schüttelte wild den Kopf. »Sind sie nett?«

»Du kannst dich nicht an sie erinnern, stimmt's?«

Aus Kathys Augen liefen Tränen über ihr verschmutztes Gesicht, hinterließen helle Spuren, während sie die Wangen hinabrannen.

»Nein.« Sie ließ die Arme sinken und die Jacke, die sie bis dahin in den Händen gehalten hatte, fiel zu Boden. León zuckte zusammen, als er ihren Unterleib sah.

»Oh mein Gott, Kathy, du bist verletzt!«

Er starrte auf das blutgetränkte Hemd, auf das Blut, das aus einer tiefen Bauchwunde quoll. »Was ist das? Wer hat das getan, Kathy?«

Kathy schaute an sich herab. Sie war ganz ruhig, als sie wieder aufsah. »Bist du mein Freund?«

»Warte, ich helfe dir.« Er machte einen Schritt vorwärts. Kathy hob eine blutige Hand.

»Bitte komm nicht näher.«

»Aber du brauchst Hilfe. Ich muss deine Wunde irgendwie verbinden ... ich ...«

»Etwas stimmt nicht mit mir. Ich bin an einem Ort, den ich nicht kenne, weiß meinen Namen nicht und erinnere mich an gar nichts.«

»Kathy, du könntest verbluten!«, rief León verzweifelt.

»Ach«, seufzte sie.

León machte einen Schritt auf sie zu, aber Kathy wich zurück, sie hielt nun beide Hände ausgestreckt, so als wolle sie ihn abwehren.

»Sagst du mir deinen Namen?«, fragte sie.

»Lass mich dir helfen.«

»Wie heißt du?«

»Kathy, bitte!«

»Sag mir deinen Namen.«

»Mein Name ist León, verflucht noch mal. Und jetzt lass mich dir helfen.« Er war entsetzt über das, was sich da vor seinen Augen abspielte. Kathy war hier, wie auch immer sie es aus der letzten Welt hierher geschafft hatte. Sie blutete unablässig, aber es schien sie nicht zu kümmern.

Kathy ging ein weiteres Stück zurück. »Das ist ein schöner Name. Der schönste, den ich jemals gehört habe.« Sie kicherte, dann begann sie, leise zu singen, wurde aber immer lauter.

Three blind mice,
Three blind mice.
See how they run,
See how they run!

They all ran after the farmer's wife
Who cut a cheese with a carving knife.
Did you ever see such a thing in your life
As three blind mice?

Three blind mice,
Three blind mice.
See how they run,
See how they run!

They all ran after the farmer's wife
Who cut off their tails with a carving knife.
Did you ever see such a thing in your life
As three blind mice?

León streckte Kathy seine Hände entgegen.

Schau doch, ich bin unbewaffnet, ich werde dir bestimmt nichts tun.

»Ich werde dir jetzt helfen, ob du willst oder nicht.«

»Zeit zu gehen, León.« Ihr Gesicht verzog sich zu einem Lächeln, doch ihre Augen wirkten plötzlich kalt. »Denk an die kleinen Mäuse, wir sind blind wie sie.«

Bevor León reagieren konnte, wandte sich Kathy um und rannte den Gang hinunter. León lief ihr, ohne zu zögern, hinterher. Obwohl Kathy schwer verletzt war, entstand rasch ein Abstand zwischen ihnen. León legte all seine Kraft in die Beine, aber es half nicht. Er hatte das Gefühl, als würde er sich überhaupt nicht fortbewegen, so als halte ihn eine unsichtbare Kraft zurück. Seine Füße trafen den Boden, aber er kam nicht voran, während Kathy singend vor ihm davonlief.

Three blind mice,
Three blind mice.
See how they run,
See how they run!

Dann verschwand sie in der Ferne des Ganges und León war allein. Schwer keuchend blieb er stehen. Sein Brustkorb hob und senkte sich und in seinem Körper loderten die Schmerzen. Für einen Moment hielt er die Luft an und lauschte. Kathys Gesang hallte durch den Gang zu ihm.

Three blind mice mice mice mice.
Three blind blind blind blind mice mice mice.
See how they run run run run run
See see see see seeeeeeeeeeeee

Jenna und Jeb gingen mittlerweile voran. Mary und Mischa waren zurückgefallen. Jenna schaute kurz zurück und sah, dass Mischa die Hand in die rechte Seite gepresst hielt. Sein Gesicht war schmerzverzerrt, aber in seinen Augen brannte ein kaltes Feuer, als er ihren Blick erwiderte.

»Er macht mir Angst«, sagte Jenna leise, als sie sich wieder Jeb zuwandte.

»Ich passe auf dich auf.«

Anscheinend ging es Jeb einigermaßen gut. Zwar atmete er flach, aber er hatte ihr erklärt, dass es ihm so leichter fiel.

»Wie geht es dir?«, fragte Jenna.

»Etwas schwach, aber besser. Mir ist immer noch schwindelig, ich hoffe, das vergeht auch bald.«

»Du musst, Jeb. Wir beide ...« Sie zögerte. »Ich habe das Gefühl, uns verbindet etwas ganz Besonderes und wir müssen jetzt noch mehr zusammenhalten. Mir lässt die Sache mit Leóns Tod keine Ruhe. Wenn Mischa etwas damit zu tun hat, ist er echt gefährlich.«

»Du sprichst von ihm wie von einem Verbrecher«, setzte Jeb energisch dagegen. »Seit wir hier sind, war er immer ein guter

Kamerad, stets hilfsbereit und freundlich. Es ist nicht erwiesen, dass er Schuld hat an Leóns Tod.«

»Den Mischa, von dem du sprichst, den gibt es nicht mehr. Schau in seine Augen. Ich traue ihm nicht. Und das heißt umso mehr, dass wir durchhalten müssen. Du musst kämpfen. Du darfst niemals aufgeben.«

Jeb runzelte die Stirn. »Wieso sagst du das?«

Jenna blickte ihm in die Augen. »Weil ich Marys Ausbruch vorhin nachempfinden kann. Wenn dir etwas geschehen würde ... ich weiß nicht, ob ich allein weiterleben wollte. Dann würde mein Weg enden.«

»Jenna, nein. Du musst kämpfen, du auch. Bis zum letzten Atemzug.«

»Solange du lebst, werde ich das tun. Geschieht dir etwas, setze ich mich hin und stehe nie wieder auf.«

»Jenna ...«

Aber sie hatte sich umgewandt und wartete auf Mary.

Jeb sah ihr nach und sein Herz wurde schwer. Er liebte Jenna und ihm war klar, dass sie es sein musste, die das letzte Tor durchschritt. Er hatte vorgehabt, sie bis dahin zu begleiten und zu beschützen, aber nun erkannte er, dass dieses Vorhaben sinnlos war. Sein Opfer, mochte es auch aus Liebe gebracht werden, würde Jenna zerbrechen. Nichts wäre gewonnen.

Jenna, wie soll ich dich dazu bringen zu überleben? Denn ich möchte ohne dich doch auch nicht leben. Aber wenn wir es beide nicht einmal versuchen, dann haben wir gar keine Chance.

Er schüttelte den Kopf. Nein, das kam nicht infrage. Solange sie noch lebten, gab es Hoffnung. Sie würden einen Weg aus dem Labyrinth der Welten herausfinden. Es konnte, es durfte nicht anders sein. Mischa tauchte neben ihm auf.

»Wie geht es dir?«, fragte Mischa, der kaum noch Ähnlichkeit mit dem Jungen von vor ein paar Tagen hatte. Die strahlend blauen Augen waren stumpf geworden, die winzige weiße Narbe, die Mischas rechte Augenbraue teilte, fiel neben all den Blessuren und Wunden kaum mehr auf.

»Ganz okay. Und dir?«

»Mir tut jeder Knochen weh und meine Rippen bringen mich noch um. Aber Hauptsache, wir schaffen es rechtzeitig zu den Toren. Die Show muss ja weitergehen, oder?«

»Du glaubst also auch, dass jemand hinter alldem steckt? Uns beobachtet und ...«

»Sich daran aufgeilt«, führte Mischa den Satz fort. »Ja, und hoffentlich kriegen wir das Schwein eines Tages in die Finger und dann töten wir ihn, wer auch immer hierfür verantwortlich ist.«

Jeb kroch ein Schauer über den Rücken. Mischa sprach mit einer Intensität und einer Härte, die er bisher nicht an ihm gekannt hatte. »Was ist mit León?«

Mischa starrte ihn misstrauisch an. »Das habe ich euch schon erzählt.«

»Ich dachte nur, vielleicht erinnerst du dich noch an etwas. Hast du uns wirklich alles gesagt?«

»Du glaubst mir nicht!«, zischte Mischa. »Was willst du mir unterstellen? Glaubst du, ich habe etwas mit Leóns Tod zu schaffen?«

»Nein, ich weiß nur nicht ...« Jeb versuchte, Mischa beschwichtigend die Hand auf die Schulter zu legen.

Doch der schüttelte sie unwillig ab. »Was?«

»Zugegeben, ich war nicht dabei. Aber du hast so merkwürdige Verletzungen. Es ist nur schwer vorstellbar, dass das alles von einem Sturz verursacht wurde. Man könnte glauben, du wärst von einem Bus überrollt worden.« Jeb lächelte schief. »Nur dass es hier keine Busse gibt.«

»Soll das jetzt witzig sein?«

Jeb hob die Hände. »Nein, sorry, wenn es etwas flapsig rüberkam, aber nimm zum Beispiel deine Hände ...«

»Was ist mit ihnen?«

»Die Knöchel sind aufgeplatzt. So etwas passiert einem normalerweise nicht bei einem Sturz.«

»Wegen meiner Knöchel?«, fragte Mischa ungläubig. »Deswegen misstraust du mir? Und Jenna auch?«

»Ich ...«

»Nein, lüg jetzt nicht. Ich sehe doch die schiefen Blicke von dir und Jenna, ich kann das langsam nicht mehr ertragen.«

Jeb schaute ihn abwartend an.

»Da du es ja offenbar so genau wissen willst: Ich habe vor Wut auf die Wand eingedroschen. Als ich versuchte, eines der schweren mathematischen Rätsel zu lösen, um die Türen zu öffnen. Als es mir zunächst nicht gelang, da habe ich ... ich bin halt kurz durchgedreht.«

»Mischa ...«

»Warum hast du mich nicht einfach gefragt? Einfach nur fragen, Mischa, was ist mit deinen Händen passiert? Und es wäre in Ordnung gewesen. Aber gut, dann weiß ich auch, woran ich jetzt bin bei dir und Jenna.« Mischa atmete tief aus. »Scheiß auf euch, Jeb. Ich scheiß auf euch.«

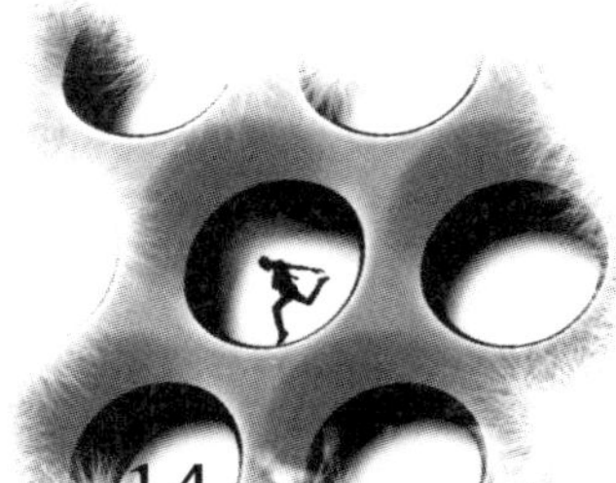

14.

Nachdem sie noch eine Weile weitermarschiert waren, machte der Gang vor ihnen einen weiten Bogen. Schweigend folgten sie ihm. Da öffnete sich der weiße Tunnel zu einem gigantischen Raum, der sich in alle Richtungen erstreckte. Der Boden war kreisförmig angelegt. Der ganze Raum strebte nach oben und schloss sich hoch über ihren Köpfen zu einer Kuppel. Nur wenig Licht leuchtete die Fläche aus, der größte Teil des riesigen Raumes lag im Dunkeln.

Es ist wie in einer Kathedrale.

Als er den Blick von der Decke löste, entdeckte er das schwache blaue Pulsieren der Portale in der Ferne.

»Seht nur!«, rief Jenna neben ihm und deutete nach vorn. »Die Tore. Wir haben es geschafft!«

Mischa sagte kein Wort, als ob es seit seinem Gespräch mit Jeb keinen Grund für weitere Worte geben würde. Mary seufzte leise, aber auch sie hatte seit geraumer Zeit kein Wort mehr gesagt.

»Wir können diese Welt verlassen.« Jeb strahlte sie der Reihe nach an. »Endlich!«

Er blickte zu Mary. Es war deutlich zu erkennen, dass es ihr schwerfiel, den Ort hinter sich zu lassen, an dem León gestorben war.

»Mary?«, fragte Jenna zaghaft. »Bist du bereit?«

Mary nickte. Tränen standen in ihren Augen. »Ich brauche noch einen Moment.«

Jeb verstand, sie wollte sich verabschieden. Noch einmal an León denken und ihm nahe sein. Er schaute zu Mischa, dessen verschlossene Miene Jeb deutlich zu verstehen gab, dass sein Zorn von vorhin nicht nachgelassen hatte.

»Ist es in Ordnung, wenn wir noch warten, bis Mary so weit ist?«

Kalte blaue Augen schauten ihn an. »Ja, aber nur kurz. Ich will endlich von hier fort.«

Du hasst mich.

Die Erkenntnis ließ Jeb frösteln. Er warf einen kurzen Seitenblick zu Jenna, ihrem Gesichtsausdruck nach zu urteilen, empfand sie genauso.

Eine Weile standen sie da und schwiegen. Jeb dachte an Tian und Kathy, die sie auch schon verloren hatten. Ihre Gruppe wurde unweigerlich immer kleiner. Und jedes Mal wurde es schwerer, einen von ihnen zurückzulassen. Das eigene Leben für das einer ihrer Kameraden. Die Regeln des Labyrinths waren unmenschlich und doch war ihnen noch kein Einfall gekommen, wie sie sich dagegen wehren konnten.

»Okay, wir können gehen«, sagte Mary schließlich.

Langsam setzten sie sich in Bewegung. Die Tore warteten in dreißig Metern Entfernung und Jeb glaubte, dass sie alle Zeit der Welt hatten, aber dann begannen sie plötzlich, schneller zu pulsieren.

Das Blau leuchtete stärker auf, um dann umso schwächer zu werden. Es war wie beim menschlichen Herzschlag, der sich erhöht hatte und nun in der Brust hämmerte – kurz vor dem Ende.

Damit hatte keiner von ihnen gerechnet. Er wollte gerade seinen müden Körper zu einem Spurt antreiben, als er bemerkte, dass Mary stehen geblieben war. Sie drehte sich zu dem fahl beleuchteten Gang um, aus dem sie gekommen waren, rührte sich aber nicht. Mischa und Jenna hielten nun ebenfalls inne. Jeb trat zu Mary, stellte sich vor sie und sah sie an.

»Was ist?«

»Ich komme nicht mit.«

»Mary ...«

»Du kannst mich nicht umstimmen, ich werde hierbleiben.«

»Es wäre ein sinnloses Opfer, Mary. León ist nicht mehr am Leben, du musst weitergehen.«

»Ich werde seine Leiche suchen gehen. Ich kann ihn hier nicht zurücklassen.«

Jeb wandte den Kopf. Hilfe suchend blickte er zu Jenna, die einen Schritt auf Mary zu machte. »Tu es für deinen kleinen Bruder. Tue es für David, er braucht dich.«

»Ihn gibt es nicht mehr, genauso wenig wie León oder mein altes Leben.«

»Sag das nicht.«

»Was soll ich nicht sagen?«, zischte Mary. »Die Wahrheit? Willst du sie nicht hören? Es gibt keinen Ausweg. Kein Happy End. Wir werden hier elendig verrecken, entweder in dieser oder einer anderen Welt, es spielt also keine Rolle, ob ich mich weiterquäle oder nicht. Ich habe keine Lust mehr auf dieses Spiel, ich steige aus!«

Damit machte Mary auf dem Absatz kehrt und marschierte in Richtung des weißen Ganges. Jeb war so überrascht, dass er gar nicht reagieren konnte. Allerdings schien Jenna die Sache vorausgesehen zu haben, denn sie rannte Mary sofort hinterher, aber Mary schob sie einfach zur Seite.

Nun setzte sich auch Jeb in Bewegung, aber er kam nur langsam vorwärts. Alles in ihm sträubte sich, wieder in diesen Gang zurückzurennen. Hinter ihm pulsierten die Tore immer schneller. Die blauen Lichter schossen nun rasch hintereinander über den blanken Boden und verschwanden in der Dunkelheit des großen Raumes. Die Uhr tickte. Ihnen blieb keine Zeit. Und schon wieder trat ihm kalter Schweiß auf die Stirn und seine Brust wurde eng. Er musste hier endlich raus.

»Jenna!«, rief er laut. »Wir müssen zurück. Die Tore ...«

Aber sie hörte ihn nicht oder wollte ihn nicht hören. Sie war deutlich schneller als Mary. Mit einem Satz war sie bei ihr, umfasste ihre Hüfte und hielt sie fest. Mary ruderte mit den Armen, aber Jenna kickte ihr kurzerhand die Füße weg und fixierte sie am Boden. Noch nie hatte er Jenna so kämpfen sehen. Es war sofort zu erkennen, dass sie Mary gegenüber körperlich weit überlegen war.

Dann packte Jenna Mary an den Füßen und schleifte sie hinter sich her. Mary kreischte wie irre, zappelte mit den Beinen und schlug mit den Armen um sich, aber Jenna ließ nicht los.

Jeb wollte helfen, fing sich aber einen unkontrollierbaren Schlag von Mary ein, dass er zurückzuckte.

Und dann war plötzlich Mischa da. Mit einer Kraft, die Jeb ihm niemals zugetraut hätte, fasste er nach unten und hob Mary scheinbar mühelos hoch. Er schlang seine Arme um Mary und hielt sie fest.

»Es ist alles gut«, hörte ihn Jeb flüstern. »Alles ist gut.«

Marys Kraft schien zu erlahmen.

»Alles ist gut, Mary«, wiederholte Mischa immer und immer wieder und schließlich gab Mary in seinen Armen auf. Kraftlos fielen ihre Arme herab, ihr Kopf sank gegen Mischas Brust.

Jeb warf einen raschen Blick zu den Toren. Das Pulsieren war noch dringender, noch auffordernder geworden. Unablässig raste das blaue Licht durch den Raum.

»Wir müssen gehen«, mahnte Jeb. »Die Zeit läuft ab, gleich verschwinden die Tore.«

Jenna starrte ihn an, dann zu Mary und Mischa. Jeb packte sie am Arm. »Los jetzt!«

Genau diesen Augenblick schien Mary abgewartet zu haben, denn plötzlich entwand sie sich Mischas Umarmung und jagte zurück.

»Nein!«, brüllte Jeb. »Mary, bleib hier!«

Jenna wollte ihr hinterherstürmen, aber Jeb hielt sie am Arm fest. »Wir müssen zu den Toren, Jenna. Uns bleibt keine Zeit mehr.«

»Aber Mary, wir können sie nicht ...«

»Ich gehe Mary holen«, sagte Mischa plötzlich. »Ich konnte Leóns Tod nicht verhindern und eine gewisse Schuld trifft mich auch daran, denn ich habe ihn dorthin geführt. Es ist also mein Ding, Mary zu retten, das bin ich ihm schuldig. Ihr solltet die Tore durchschreiten.«

Jeb sah ihn entsetzt an. »Das schaffst du nicht, Mischa. Dir bleibt nicht genug Zeit.«

»Ich pack das schon.«

Ohne ein weiteres Wort drehte Mischa sich um und lief davon. Jeb sah, dass er humpelte, dennoch kam er überraschend schnell voran. Er musste sich eingestehen, dass er nicht die Kraft hatte, ihm zu folgen. Nicht noch einmal wollte er sich der Enge der leeren Räume ausliefern. Er wusste, er würde es nicht überleben.

»Jenna?«

Tränen liefen über ihr Gesicht. »Wir können sie nicht zurücklassen. Nicht Mary.«

Das blaue Licht war in ein wildes Stakkato übergegangen. Jeb fasste nach Jennas Hand und zog sie mit sich. Seine Beine fühlten sich wie Gummi an und der Raum tanzte schwindelerregend vor seinen Augen, aber darauf konnte er jetzt keine Rücksicht nehmen. Sie mussten die Tore erreichen. Jenna musste das Tor erreichen.

Wenigstens Jenna.

Immer wieder warf Jenna einen Blick zurück, obwohl Mischa und Mary längst im Gang verschwunden waren. Mehrfach stolperte sie, aber Jeb ließ nicht zu, dass sie hinfiel, sondern zog sie wieder auf die Füße. Es kostete ihn all seine Energie.

Es waren vier Portale. Darin war das Labyrinth immerhin zuverlässig. Das Blau war inzwischen so grell, dass Jeb seine Augen mit der Hand abdecken musste. Neben ihm schluchzte Jenna. Schon wieder blickte sie zurück.

Das blaue Licht zuckte, erhellte für einen Sekundenbruchteil den weiten Kuppelraum und verschwand dann wieder.

»Jenna!«

Sie hörte ihn nicht. Entschlossen packte er sie und küsste sie lange und intensiv. Ein Zucken lief über Jennas Gesicht, dann gab sie seinem Kuss für einen Moment nach, bevor sie ihn von sich stieß. Jeb stolperte.

»Bitte, versprich mir, dass du überlebst. Egal, was passiert. Tu es für uns!«, flüsterte Jenna heiser und nahm seine Hand.

Jeb umklammerte ihre Finger und diese Berührung löste endlich den Panzer um seinen Brustkorb. »Nur wenn du versprichst, auch alles dafür zu tun, dass du überlebst. Ich will nicht ohne dich sein.«

»Ich verspreche es«, sagte Jenna, dann, beinahe unmerklich, machte Jenna einen Schritt rückwärts und verschwand augenblicklich. Jeb schaute erstaunt ins Nichts und griff mit der Hand ins Leere. Das Portal war mit Jenna verschwunden.

Eine Last fiel von ihm ab und zum ersten Mal seit Langem konnte er frei atmen. Jeb spürte einen Hauch von Hoffnung.

Noch einmal sah Jeb zum Ausgang des Tunnels, hoffte, dass Mary und Mischa darin auftauchten, aber sie blieben verschwunden.

Ich sollte hierbleiben. Auf sie warten. Aber ich kann nicht. Jenna ist bereits durch das Tor und vielleicht droht ihr in der neuen Welt augenblicklich Gefahr. Ich muss ihr nach. Bei ihr sein.

Er hatte es ihr versprochen. Und so fasste Jeb einen schweren Entschluss.

Jeb holte tief Luft. Das Licht erfüllte nun alles um ihn herum. Dann ging er zum nächsten Tor, warf einen letzten Blick zurück und schritt hindurch.

Mischa erreichte Mary, packte sie grob und zog sie, ohne ein Wort zu verlieren, mit sich, zurück zur Kuppel. Mary strampelte, kreischte und kämpfte wie eine Besessene, aber davon ließ er sich nicht beeindrucken.

»Hör auf damit, Mary!« Zu seiner Überraschung tat sie es tatsächlich, aber er traute ihr nicht, noch einmal würde er nicht auf den gleichen Trick hereinfallen.

Er schaute auf sie herab. Mary ließ die Arme und Beine hängen. Sie wirkte wie eine Marionettenpuppe, die keine Kontrolle über ihren Körper hatte, nur ihre Augen standen weit offen. Sie blickten ins Leere.

Das blaue Licht flackerte und blendete Mischa, sodass er den Schemen vor sich zu spät erkannte und ins Stolpern geriet.

Vor ihm stand León.

Im Pulsieren der Tore wirkte sein Gesicht wie aufgemalt. Wie eine schaurige Maske aus einem Gruselkabinett. Mischa sah die aufgeplatzte Lippe, die Platzwunde über dem linken Auge. Hals und Gesicht waren angeschwollen, ließen León kräftiger aussehen, als er in Wirklichkeit war. Wirklich furchterregend aber war der Blick in seinen Augen. Wut loderte darin, Zorn ließ sie brennen und Mischa spürte, dass sie vor dem letzten Kampf standen. Es war noch nicht vorbei. Diesmal würde einer von ihnen sterben.

»León, du lebst«, hauchte Mary. »Mischa sagte, du wärst tot.«

»Wundert mich nicht, dass er das gesagt hat.« Leóns Blick wanderte einmal kurz zu Mary, aber dann fixierte er wieder Mischa. »Mary, ich glaube, Mischa und ich haben hier was zu klären, geh zu den Toren.«

»Aber ...«

»Geh, du musst hier verschwinden.« Seine Stimme war wie aus Eis.

»Nicht ohne dich. Ich dachte, ich habe dich für immer verloren, ich verlasse dich nicht.«

»Geh durch das Tor, Mary!«

Mischa rechnete während dieses kurzen Disputs seine Chancen aus, unbemerkt durch das Tor zu kommen. Doch León registrierte selbst seine Augenbewegungen. Und dann war da ein Moment der Verständigung. Ohne Worte. Ein kurzes Nicken wurde zwischen beiden ausgetauscht.

León packte Mary am Arm und wie durch ein stummes Kommando griff Mischa Marys anderen Arm. Gemeinsam marschierten sie zielstrebig auf das nächstgelegene Tor zu. Mary schniefte und flehte und schaute abwechselnd von Mischa zu León. Mischa hörte nicht länger zu. Er fixierte das Tor.

Als sie vor dem Portal angekommen waren und Mary sich wieder anfing zu wehren, verstärkten sie ihren Griff. Ein Blick wurde zwischen ihnen gewechselt und dann stießen sie Mary durch das Portal. Sie kreischte auf und – war verschwunden.

Der Moment war da. Es würde zum Kampf kommen und diesmal ging es um alles. Mischa wurde ganz ruhig, konzentrierte sich auf die Mitte seines Körpers, dort, wo seine Wut und Zorn lauerten. Er musste ihn nur noch in sich wachsen lassen. Die

Kraft, diese Auseinandersetzung zu gewinnen, würde folgen. Bilder der Vergangenheit stürzten auf ihn ein. Er sah Jungen auf sich einprügeln, seinen Vater, der ihn schlug, den Tod der Mutter und das Attentat. All das verlieh ihm die Entschlossenheit, sich León zu stellen.

Mischa merkte, dass ihn León nicht aus den Augen ließ. Er selbst würde nicht angreifen, sollte doch León den ersten Schritt tun. Sie würden so oder so kämpfen. Der Rest war Schicksal. Es gab keine Eile mehr.

Geisterhaft zuckte das blaue Licht über die beiden hinweg, ließ die Konturen vor Mischas Augen fast verschmelzen. Dann wandte sich León an ihn.

»Dass ich dich geschlagen habe, Mischa, tut mir leid. Ich werde mich für den Rest meines Lebens dafür schämen, aber ich kann nicht zulassen, dass du durch eines der Tore gehst.«

Mischa schwieg. Er hatte Diskussionen satt. Er war bereit, er würde sein Leben verteidigen, er wollte diese eine und einzige Chance haben.

»Vielleicht finden wir eine Möglichkeit, diejenigen, die zurückbleiben, herauszuholen.«

Mischa schmeckte Bitterkeit in seinem Mund. »Wir wissen beide, dass es diese Möglichkeit nicht gibt.«

»Ich habe Kathy gesehen. Hier in dieser Welt. Es gibt also Möglichkeiten«, meinte León.

»Dann bleib du doch hier.«

»Das kann ich nicht. Ich traue dir nicht. Du hast mich im Labyrinth sitzen gelassen, du würdest es wieder tun. Und außerdem …«

»Was?«

»Muss ich mich um Mary kümmern. Vielleicht kann ich aus meiner Vergangenheit etwas gutmachen und wenigstens sie beschützen.«

»Wenn du eh nur vorhast, zu sterben und dich für sie zu opfern, brauchst du nicht durch das Portal zu gehen.«

Mit diesen Worten warf sich Mischa nach vorn. Er tat es unbewusst, obwohl er sich vorgenommen hatte, auf Leóns Angriff zu warten. Sie prallten mit voller Wucht aufeinander und beide gingen zu Boden. Mischa konnte einen Glückstreffer landen, aber dann traf ihn León unerwartet hart am Kinn und sein Körper wurde weggeschleudert. Für einen Moment war sein Sichtfeld verschwommen und er erkannte die Umgebung nicht mehr, alles war in blaues, gleißendes Licht getaucht. Er wusste nicht, wo sich León befand. Blindlings schlug er ins Leere. León war nicht mehr da.

Mischa rappelte sich auf. Sein Blick jagte zu dem letzten verbleibenden Portal. León. Er lief zu dem blinkenden Tor.

»Nein!«, brüllte Mischa. Taumelnd kam er auf die Füße, aber sein Gleichgewichtssinn war derart gestört, dass er gleich wieder auf die Knie fiel.

Hilflos musste er mit ansehen, wie León durch das Portal verschwand. Das letzte Tor erlosch und eine fahle Dunkelheit legte sich über den Raum.

Lange Zeit saß Mischa auf dem Boden und weinte. Nicht aus Verzweiflung, nicht weil es nun keinen Weg mehr für ihn aus dem Labyrinth heraus gab. Er fühlte sich unendlich einsam.

Er wünschte, er könnte León hassen, aber nicht mal dazu war er fähig. Vor seinen Augen erschienen Bilder von León. Das breite Grinsen. Das Funkeln in seinen Augen. Die Kraft, mit der er sich bewegte. Das Spiel seiner Muskeln unter dem Shirt.

Doch nun war er fort. Für immer verloren für Mischa. Er war allein.

Mischa schluchzte. Er ließ den Kopf zwischen seine Arme sinken.

Nach und nach beruhigte er sich, dann forderten die Anstrengungen der letzten Tage ihren Tribut. Der Countdown und das, was auch immer ihn jetzt erwartete, es war ihm egal. Er schlief ein.

Es war ein leichter Schlaf und so zuckte er zusammen, als ihn jemand an der Schulter berührte. Er schrak hoch und war sofort angriffsbereit.

Zunächst konnte er im fahlen Licht nicht erkennen, wer da vor ihm stand.

»Ich bin es.«

»Kathy?«, fragte er leise. Seine Augen hatten sich an die Lichtverhältnisse gewöhnt und er nahm das Funkeln in ihren Augen wahr, sah ihr strahlendes Lächeln und das unverkennbar rote Haar, das ihr Gesicht umrahmte.

»Alles ist gut, Mischa.«

»Du lebst? Mary und Jenna haben erzählt, dass du es bis hierher geschafft hast. Aber ... aber ich konnte es nicht glauben.«

Sie lächelte noch breiter.

»Sie sind weg, alle«, meinte Mischa. »Sie haben die Tore durchschritten, für uns ist keines mehr da.«

»Alles wird gut.«

Plötzlich erfüllte ein rotes Licht die Kuppel, schien von der Decke herab zu strahlen. Mischa legte den Kopf in den Nacken und starrte nach oben. Riesige Zahlen waren dort aufgetaucht. Der Countdown. Unerbittlich blinkten sie auf.

00:04
00:03
00:02

Ihnen blieben nur zwei Minuten.

Als er den Blick senkte, entdeckte er Kathys Bauchwunde.

»Du bist verletzt, Kathy. Hast du Schmerzen?«

Sie lächelte. »Nein.«

Eine mächtige Erschütterung ließ die Kuppel erzittern. Wellen durchliefen den Boden, ließen Mischas Körper erbeben. Doch sein Kopf blieb ganz klar.

Das hier war also der Beginn vom Ende.

Ein weiterer lauter Knall ertönte. Fast wie eine Bombenexplosion. Die Welt um ihn herum erzitterte. Weitere Erschütterungen ließen seinen Körper vibrieren. An den Wänden bildeten sich nun Risse, die schnell nach oben strebten. Feiner Staub rieselte herab und das Licht brach sich darin. Wäre es nicht so Furcht einflößend, es hätte ein schöner Anblick sein können.

Mischa blickte auf seine Hände. Sie zitterten.

»Ich habe Angst, Kathy.«

»Das musst du nicht. Alles wird gut.«

Die ersten Steinbrocken lösten sich aus dem Kuppeldach, Mischa umarmte Kathy. Ihre Wärme tröstete ihn.

Nur das spürte er, als alles zu Ende ging.

2. Buch

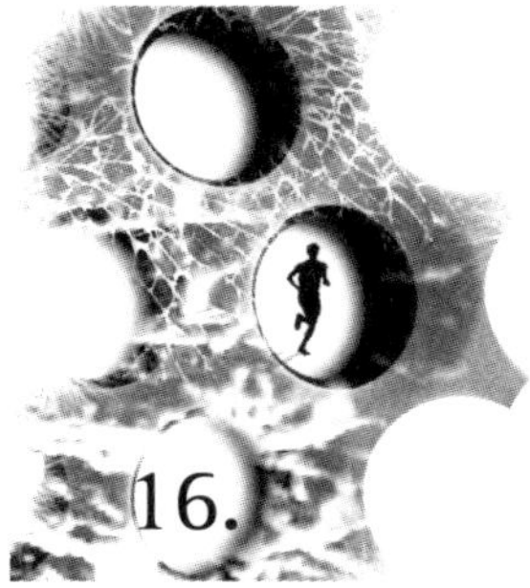

Jeb trat durch das Tor und das Erste, was er nach der Kühle des Labyrinths wahrnahm, war die unbarmherzige Hitze, die sich wie ein Tuch auf ihn legte und ihm für einen kurzen Moment fast den Atem nahm.

Vor ihm ragte eine Backsteinmauer auf. Sein Blick folgte ihr in die Höhe und dann sah er etwas, was ihn innerlich jubeln ließ.

Den Himmel. Strahlend blau breitete er sich über ihm aus. Es war helllichter Tag und nur wenige Wolken zogen langsam über ihn hinweg. Sofort wich aller Druck von seiner Brust und er konnte wieder unbeschwert atmen. Es war eine Befreiung und er schrie seine Freude laut heraus.

Neben ihm erschien Jenna. Sie warf sich sofort in seine Arme. Sie sagte kein Wort und hielt ihn nur fest.

»Sieh nur, Jenna«, flüsterte er ihr ins Ohr. »Der Himmel.«

Jenna legte den Kopf in den Nacken und lächelte. »Er ist wunderschön.«

Ein dumpfes Knallen war aus der Ferne zu hören. Verwirrt schauten sie sich an. Jeb löste sich von ihr und schaute sich um. Ganz offensichtlich befanden sie sich in einer Stadt, denn sie standen in einem asphaltierten Hinterhof. Die Backsteinwände waren mit Graffiti verschmiert und gehörten zu Häusern, die den

Hof umschlossen. Überall lag Müll herum. Abfälle, aber auch menschliche und tierische Fäkalien. Es stank fürchterlich. Nach der fast klinischen Reinheit des weißen Labyrinths waren diese vielen Sinneseindrücke fast zu viel für Jeb. Sie überwältigten ihn geradezu. Aber er konnte den Blick nicht von der Umgebung lösen. Alles war so neu, so bunt, so ... voll. Aber auch irgendwie vertraut.

An den Wänden waren metallene Leitern befestigt, die Jeb erst nach einigen Minuten als Feuerleitern identifizieren konnte, die den Menschen im Brandfall helfen sollten, aus dem Gebäude zu entkommen.

Er drehte sich im Kreis und sah, dass der Hinterhof auf eine Straße führte.

»Da ist niemand. Ich habe schon nachgesehen, die Straße und die ganze Gegend sind menschenleer. Seltsam, oder?« Jenna schüttelte den Kopf, als könne sie sich auf diese neue Welt keinen Reim machen. »Meinst du, Mischa und Mary kommen gleich nach?«, fragte sie nach einer kurzen Pause.

»Bestimmt, Mary kann ja nicht weit gekommen sein.«

»Hoffentlich haben sie es rechtzeitig geschafft.«

Ja, das hoffe ich auch. Sein Blick wanderte zur Straße. Er konnte nur einen schmalen Streifen davon sehen, aber dieses kleine Stück Asphalt gab ihm Hoffnung. Straßen, Häuser, Mülleimer und Feuerleitern bedeuteten nicht nur, dass hier Menschen lebten. Nein, jetzt wusste er, warum er so aufgeregt war. All das hier erinnerte ihn auch an sein früheres Leben. Vielleicht ... er wagte kaum, den Gedanken zu Ende zu denken ... vielleicht waren sie endlich in ihr altes Leben zurückgekehrt?

»Das hier alles, es kommt mir bekannt vor. Zwar immer noch etwas fremd, aber mit der Umgebung kann ich etwas anfangen«, sprach Jenna in diesem Moment seinen Gedanken aus.

Jeb nickte übermütig und sofort wurde ihm schwindlig. Die bedrückende Enge der Gänge hatte anscheinend doch noch nicht ganz von ihm abgelassen. »Ja, mir geht es auch so. Es ist, als wäre ich schon mal hier gewesen. Jedenfalls ist diese Stadt deutlich anders als die Eisstadt.«

»Ja, nicht so kalt.« Jenna neben ihm grinste.

Er lachte. »Das auch.«

»Aber du meinst den Müll und den Geruch, oder?«

»Gestank trifft es besser. Aber noch nie zuvor habe ich etwas lieber gerochen.«

Jenna konnte ihre Situation nicht einschätzen. Sie brauchten mehr Informationen, mussten erst einmal herausfinden, wo sie sich befanden. Wo Mary blieb und Mischa? Wenn das hier tatsächlich ihre echte Welt war, gab es vielleicht eine Möglichkeit, nach Hause zu finden. Jeb glaubte, dass er hier schon mal gewesen war, also standen die Chancen doch vielleicht gar nicht schlecht? Wenn nicht, dann mussten sie eben nach dem Stern Ausschau halten, der sie zu den Toren führen würde.

»Was machen wir jetzt?«, fragte Jeb, der anscheinend immer noch nicht ganz fest auf den Beinen stand. Offensichtlich hatte ihm seine Platzangst ordentlich zugesetzt. Aber Jenna spürte, dass Jeb bemüht war, seine Schwäche zu überspielen, und darum sagte sie nichts.

»Zunächst einmal müssen wir abwarten, ob Mischa und Mary es geschafft haben, die Tore rechtzeitig zu erreichen. Wenn sie nicht kommen, sollten wir zusehen, dass wir hier verschwinden. Hier scheint es mir gefährlich.«

Sie schmiegte sich an Jeb und er strich ihr vorsichtig über die Wange. Jenna genoss seine Nähe, die Sicherheit, die sie bei ihm fühlte. Endlich waren sie nicht mehr getrennt. Und trotzdem schien etwas Unaussprechliches zwischen ihnen zu stehen. Ihr Magen meldete sich mit heftigem Gegrummel.

»Da hat wohl jemand Hunger, hm?«, fragte Jeb.

»Das kannst du laut sagen. Und wahnsinnigen Durst.«

»Mir geht es genauso«, sagte Jeb.

»Ich würde alles für einen Big Mac und eine Coke geben.«

Mit einem Ruck löste sich Jeb von ihr. »Was?«

»Ich sagte ...« Dann verstummte Jenna verdutzt.

Jeb starrte sie einige Sekunden wortlos an, dann schoss es nur so aus ihm heraus: »Fernseher. Kino. Telefon. Handy. Computer. Das Internet. Autos. Motorräder. Eiscreme. McDonald's. Basketball. Kobe Bryant. Michael Jackson. Micky Maus. Southpark ... Erinnerst du dich? Kennst du das auch?« Aufgeregt begann er, auf und ab zu gehen.

Jenna nickte heftig. »Ja, schon, aber was ist Kobe Bryant?«

»Ich glaube, er ist ein berühmter Sportler. Sicher bin ich mir aber nicht. Gibt es etwas, woran du dich erinnerst?«

Sie schaute ihn lange an, dann sagte sie nur ein Wort. »Hamburg.«

»Hamburg?«

»Es ist eine Stadt. Meine ... Heimatstadt. Dort wurde ich geboren und dort lebe ich.« Plötzlich fühlte sich Jenna innerlich warm. Ein Gefühl der Zugehörigkeit. Sie wusste: Dort gehörte sie hin. Das war ihr Zuhause.

Jeb grinste sie an. »Aber das ist fantastisch! Du erinnerst dich an etwas, etwas ganz Konkretes. Deine *Heimat.* Ich meine, die können wir suchen oder jemanden danach fragen. Vielleicht finden wir Landkarten.«

»Wenn wir überhaupt in der richtigen Welt sind«, dämpfte Jenna seine Erwartungen. Sofort tat es ihr leid, Jebs Begeisterung gebremst zu haben. Das Leuchten in seinen Augen erlosch.

»Du glaubst es nicht?«

»Jeb, ich ... weiß es nicht. Aber vieles, was hier ist, kommt mir vollkommen fremd vor. Die Häuser sehen anders aus und ...«

Jeb unterbrach sie: »Aber wir kennen doch die Gegend noch gar nicht. Hier leben Menschen, sie verfügen über Technik, wie wir sie kennen, wohnen in Städten mit Häusern und Straßen.«

»Ja, ich weiß ... ehrlich, Jeb, es ist nur ein Gefühl. Vielleicht täusche ich mich ja auch und wir sind endlich heimgekehrt.« Ihr Lächeln scheiterte kläglich und sie wusste, dass er es sah. Sie wollte seine Zuversicht nicht kaputtmachen, aber sie glaubte einfach nicht daran.

All die Hoffnung, die sie noch vor ein paar Stunden verspürt hatte, war wie verflogen. Mehr denn je schien es ihr, als würden sie immer wieder von vorne anfangen.

Jede neue Welt war gleichzeitig ein neues Rätsel. Ohne Hinweise, was das alles zu bedeuten hatte. Nur der Kampf gegen die Zeit und um das Überleben blieb haargenau wie vorher.

Ihre Gedanken wurden unterbrochen, als die Luft im Hof zu flirren begann.

Mary erschien wie aus dem Nichts. Sie stand reglos im Hof und starrte verwirrt auf eine der Hauswände.

Kurz darauf flimmerte die Luft erneut und plötzlich tauchte León auf.

Jenna sog überrascht Luft ein, als sie erkannte, dass es nicht Mischa war, der das Tor durchschritten hatte. Sie glaubte ihren Augen kaum, aber wirklich: Dort stand der tätowierte Junge, von dem alle geglaubt hatten, er sei tot.

León zog den Kopf zwischen die Schultern und nahm eine Abwehrstellung ein.

Er ist bereit. Was auch immer auf ihn zukommt, er ist bereit zu kämpfen.

Jenna spürte einen Stich im Herzen, als ihr bewusst wurde, dass es wahrscheinlich nur einen Überlebenden aller Welten geben konnte.

León!

Er schien unbezwingbar und strahlte eine Härte aus, die sie erschauern ließ. Sie glaubte kaum, dass sich León mit irgendwelchen Rätseln und dem Sinn hinter alldem beschäftigte. Er nahm einfach jede Welt hin, komme, was wolle. Jenna beneidete ihn darum zu wissen, dass er um jeden Preis kämpfen würde. Sie beschloss einmal mehr, sich für Jeb, der sie hier und jetzt brauchte, zusammenzureißen. Um ihm Kraft zu geben.

Aber etwas war anders an León. Erst als er sich langsam um die eigene Achse drehte, erkannte Jenna, was es war. León war verletzt.

Leóns Lippe war geplatzt. Eine Hälfte des Gesichts angeschwollen, die andere Hälfte wies deutliche Verletzungen auf. Schrammen und Platzwunden, wohin man schaute.

Er hat die gleichen Verletzungen wie Mischa.

»Also doch«, murmelte Jenna. León und Mischa mussten miteinander gekämpft haben. Bis aufs Blut. Warum? Auch wenn ihr der Verdacht schon im Labyrinth gekommen war, hatte sie doch immer gedacht, Mischa hege eine besondere Sympathie für León, ja, bewundere ihn sogar. Außerdem konnte sie sich kaum vorstellen, wie es Mischa gelungen sein sollte, León so zuzurichten.

Jeder von uns wird irgendwann einmal der Gegner des anderen sein. Da darf ich mir keine Illusionen machen. Ich werde für Jeb kämpfen, aber falls es zum Äußersten kommt – wie soll ich mir je vergeben, jemand anderem seine Chance aufs Überleben genommen zu haben? León hatte offensichtlich keine Skrupel, einem von ihnen mit Gewalt das letzte Tor zu nehmen. Hätte ich überhaupt eine Chance gegen ihn?

Jenna bemerkte den Blickwechsel zwischen Mary und León. Etwas war auf der anderen Seite der Tore geschehen.

Sie ging auf León und Mary zu und ergriff die Hände der beiden. Sie drückte Mary kurz an sich und legte ihr den Arm um die Schultern. Da sah sie, dass das Mädchen rote Augen hatte. Hatte sie geweint?

Dann wandte sie sich León zu. Sie war mehr als neugierig, was er zu erzählen hatte. Aber gleichzeitig … fürchtete sie, es zu hören. »Du bist also doch nicht tot.« Jenna merkte, dass sie eher erstaunt als erleichtert klang, aber sie versuchte, ihrer Stimme etwas Unbeschwertes zu geben.

»Ja«, war Leóns schlichte Antwort.

»Ich … ich dachte, ich könnte Mischa trauen. Dass er uns anlügen …«

Jeb kam zu ihnen und klopfte León auf die Schulter. »Schön, dich zu sehen, Mann. Wir dachten, du wärst tot. Mischa hat …«

»Ja, ich kann mir denken, was euch Mischa erzählt hat. Es war nicht falsch, ihm zu vertrauen«, meinte León. »Tatsächlich war ich so gut wie tot. Sagen wir, ich hatte einfach tierisches Glück und habe die einzig ehrliche Chance ergriffen, die ich hatte.«

Jenna fröstelte unwillkürlich. *Ja, und genau davor habe ich Angst.*

»Was ist passiert?« Jeb war sichtlich froh, den anderen zu sehen. Jenna schaute Jeb von der Seite an. Aber auch er wirkte erschüttert darüber, was sich in der vergangenen Welt zwischen den Jungs abgespielt haben musste.

»Es kam zum Streit zwischen uns. Worum es ging, ist jetzt nicht wichtig, aber ich habe einen schweren Fehler begangen. Nach dem Kampf war es zu spät, noch etwas zu richten. Er hat mich zurückgelassen. Ohne ihn war ich gefangen.«

»Irgendwie hast du es ja anscheinend doch geschafft. Du bist hier. Was ist mit Mischa?«

»Er ist zurückgeblieben.«

»Freiwillig?«

»Nein.«

»Hat er noch ... gelebt?«

»Ja.« In Leóns Blick stand Härte. Sonst nichts.

Eine Stille entstand zwischen ihnen. *Da waren's nur noch vier.* Jenna biss sich auf die trockenen Lippen. Mischa mit seinen blonden Haaren und tiefblauen Augen war nun auch fort.

Mary hat um Mischa geweint. Ich sollte das auch tun, aber ich kann nicht.

Aber das spielte keine Rolle mehr, wenn dies wirklich Jebs ersehnte Heimat war. Und falls nicht, gab es hier zumindest Menschen, die ihnen weiterhelfen konnten. Daran wollte Jenna glauben. Daran musste sie sich festhalten, um nicht durchzudrehen.

Da meldete sich das erste Mal Mary zu Wort. Ihre Stimme klang krächzend und leise und Jenna musste sich zu ihr beugen, um sie zu verstehen. »Was ist ... mit Kathy? Ich meine, sie war da. Sie hat es schon einmal geschafft wiederzukommen ... und ...« Mary brach ab.

Jeb schnaubte. »Ich glaube nicht, dass sie wiederkehren wird. Warum kommt dann nicht auch Tian zurück? Das ergibt doch alles keinen ...«

Da unterbrach ihn León. »Sinn ergibt es vielleicht nicht. Aber ich habe sie auch gesehen.«

Jenna traute ihren Ohren nicht. Hatte sie sich den Schriftzug tatsächlich doch nicht eingebildet? Aber wie war das möglich? Jeb starrte León ungläubig an, aber auch Mary war sichtlich überrascht. Jenna musste schlucken und biss sich auf die Unterlippe. Sollte sie erzählen, dass sie den Schriftzug an der Wand entdeckt hatte? Würde das nicht alle anderen noch mehr beunruhigen?

Marys Stimme war kaum mehr als ein Hauch. »Du hast sie … *gesehen?«*

León zuckte mit den Schultern. »Kurz bevor sie mir im Gang entgegenkam, habe ich das Band von ihr gefunden. Wir sollten also auf Zeichen achten, erst dann würde ich anfangen, mir Sorgen zu machen.« Dann senkte er die Stimme, als würde er nur zu Mary sprechen. »Aber abgesehen davon haben wir von ihr nichts zu befürchten, glaub mir. Kathy wusste nicht mal mehr, wer sie war. Geschweige denn, was sie dort zu suchen hat. Und sie war verletzt. Ich glaube …«

Mary fasste ihn erschrocken am Arm. »Verletzt – am Bauch?«

In diesem Moment durchfuhr Jenna ein schrecklicher Gedanke: *Hatte Mary etwa doch …?* Mary wäre niemals dazu fähig, versuchte sie sich zu beruhigen, als León mit einem Funkeln in den Augen langsam nickte.

»Woher weißt du, dass es eine Bauchverletzung war?«, fragte er sie, seine Stimme hatte einen lauernden Tonfall angenommen, von der Zärtlichkeit von eben war nichts mehr übrig.

Mary zuckte zurück und sah zu Boden. »Sie hat mich im Labyrinth angegriffen und dann … das Messer. Kathys Messer. Ich …«

Jenna schaute zwischen Mary und León hin und her. In Marys Gesicht spiegelte sich Schmerz und ihre Augen füllten sich mit Tränen. Leóns Blick wanderte von Marys zarten, blassen Händen zu ihren dunklen Augen.

Wahrscheinlich wägt auch er ab. Genau wie ich, als ich damals Mary gefunden habe. War Mary überhaupt zu so etwas fähig?

Stumm standen die vier in dem verlassenen Hof, bis Jeb schließlich die Stille durchbrach: »Leute, wir sollten uns auf das konzentrieren, was vor uns liegt. Was hilft es uns, wenn wir grübeln und uns weiter um diese verflixten Geheimnisse kümmern, die hier an jeder Ecke lauern? Was zählt, ist, dass wir hier rauskommen, durch die Tore, dass wir … dass zumindest einige von uns überleben.«

Jenna atmete tief ein. Sie hatte gar nicht gemerkt, dass sie die Luft angehalten hatte. Sie hatte es bis jetzt nicht für möglich gehalten, dass Mary in der letzten Welt die Wahrheit gesprochen hatte. Aber was nützte es, in dem zu graben, was hinter ihnen lag? Sie wandte den Blick von Mary ab. »Jeb, du hast recht. Also. Wo sind wir hier?«

Jeb deutete auf die Gebäude um sie herum. »Mir kommt vieles vertraut vor und ich erinnere mich wieder an Teile meines früheren Lebens. Und das ist doch schon mal ein Anfang. Vielleicht ist dies die ursprüngliche Welt, aus der wir stammen.«

León hatte seinen sorgenvollen Blick von Mary gelöst und drehte sich nun wie Jeb vorhin im Kreis. Er betrachtete die Wände, die Feuerleitern und Mülleimer, schließlich den Himmel. »Ja, mir geht es genauso.«

»Was tun wir jetzt?«, fragte Jenna in die Runde.

»Wir müssen rausfinden, wohin es uns verschlagen hat und ob uns Gefahr droht«, sagte León mit fester Stimme.

»Und wir brauchen Wasser, etwas zu essen«, warf Jenna ein. »Mary? Was ist mit dir?«

Sie hatte ihren Blick noch immer zu Boden gesenkt und sagte: »Ich mache das, was ihr macht.«

León hatte sich bereits von der Gruppe gelöst und ging mit großen Schritten auf die Hofeinfahrt zu. »Okay. So wie es aussieht, ist da vorne eine Straße. Lasst uns schauen, was dort ist.«

17.

An der Einfahrtsmündung angekommen, lugten sie vorsichtig um die Ecke der Mauer. Vor ihnen lag eine breite Straße. Nach rechts hin verlief sie sich in die Ferne, tauchte zwischen den klobigen, scheinbar leer stehenden Gebäuden ein, die links und rechts standen und wirkten wie zurückgelassene Bauklötze.

Trostlos, nüchtern und in schlechtem Zustand reihten sie sich an der Straße. Größtenteils schienen es Wohnblocks zu sein, aber manche hatten kleine Läden im Erdgeschoss, deren Fenster vergittert und deren Türen durch Metallgitter geschützt waren.

Erneut peitschte ein trockenes Knallen durch die Straßen, dessen Herkunft sie aber nicht ausmachen konnten. Mary drängte sich näher an León, der beschützend seinen Arm um sie legte. Sie hatten noch kein persönliches Wort miteinander gesprochen. All das würde warten müssen.

Der Wind wehte Papierfetzen durch die Luft, ließ alles noch verfallener aussehen, als es ohnehin schon war. Menschen konnten sie auch jetzt nicht entdecken, aber in der Ferne lief ein abgemagerter Hund über die Straße. Mary stieß ein Zischen aus, als sie den Hund erblickte. Die Fensterscheiben von Autos und ihr Metall blitzten in der grellen Sonne. Es sah so aus, als ob die Halter der Fahrzeuge sie fluchtartig verlassen hatten. Ein alter, verrosteter Wagen brannte langsam vor sich hin, schickte dichte schwarze Qualmwolken zum Himmel.

Was war hier geschehen?

»Okay, ich mache mir ein Bild der Lage«, sagte Jeb. »Ihr bleibt hier, wartet, bis ich zurückkomme.«

»Bist du schon so weit?«, fragte Jenna. »Soll nicht ...«

»Nein«, unterbrach er sie. »Ich packe das. Seit wir hier aufgetaucht sind, spüre ich, wie meine Kraft zurückkehrt.«

»Was erzählst du da? Was ist mir dir?«, fragte León.

Jeb schüttelte den Kopf. »Später. Bleibt hier, versteckt euch. Ich bin bald zurück.«

Jeb wandte sich nach links. Hier bot sich ein ähnlich trostloses Bild, nur dass sich kein Fahrzeug auf der Straße befand. Leer, aber mit Müll und Papier bedeckt lag sie vor ihm. Als er seinen Blick die Straße entlangschweifen ließ, entdeckte er einen einzelnen Mann, der mit einem Schild in der Hand vor einer Absperrung stand. Was oder wer sich hinter der Absperrung befand, konnte er von seiner Position nicht ausmachen, aber das davor war ein Mensch. Kein Jäger, kein Seelentrinker, einfach nur ein normaler Mensch. Vielleicht konnte er ihnen helfen.

Vorsichtig, immer in Deckung der Häuser bleibend, ging Jeb näher. Je näher er kam, desto mehr Einzelheiten konnte er ausmachen.

Der Mann war hager, wirkte ausgemergelt und nicht besonders groß, nicht größer als Mary. Sein Gesicht war braun gebrannt, eingefallen, die Haare grau, durchsetzt mit dunklen Strähnen. Ein fadenscheiniger, ehemals schwarzer, jetzt aber ausgeblichener Anzug schlotterte um seinen Körper. Regungslos, verloren stand er auf der Straße, den Holzstiel seines Plakates fest umklammert.

Die Straßensperre war eine einfache Holzbarrikade, um die man Stacheldraht gewickelt hatte. Metallplatten schützten einen Teil der Konstruktion. In den Lücken sah Jeb Gewehrläufe herausragen, deren Mündungen allesamt auf den alten Mann gerichtet waren.

Ein Luftzug wirbelte Papierfetzen auf, ließ sie um den Alten herumtanzen, der nun ein altes Kirchlied anstimmte. Jeb kannte es, es handelte von der Liebe Jesu zu den Menschen und der Unsterblichkeit der Seele. Seine Mutter hatte es oft vor sich hin gesummt, wenn sie Wäsche gewaschen und gekocht hatte.

Jeb verspürte ein Glücksgefühl, als er sie nun deutlich vor sich sah. Er fühlte, dass er angekommen war und bald zu Hause sein würde. Ihr müdes Lächeln, mit dem sie ihn anblickte und stumm um Verzeiung für das Leben bat, das sie ihm angetan hatte. Dabei war es nicht ihre Schuld, sondern die seines saufenden, arbeitslosen Vaters, der lieber das Geld in die nächste Kneipe trug, als dafür zu sorgen, dass sie genug zu essen hatten und endlich aus diesem verdreckten Wohnwagen herauskamen, in dem sie seit seiner Entlassung hausten.

Jebs Erinnerungen wurden von einer lauten, blechernen Stimme unterbrochen, die über ein Megafon eine Durchsage machte.

»Räumen Sie die Straße! Verlassen Sie sofort diesen Platz oder wir werden das Feuer eröffnen. Dies ist eine Warnung zu ihrer eigenen Sicherheit, sie wird nicht wiederholt. Verlassen Sie diesen Platz! Sofort!«

Jeb traute seinen Ohren nicht. Wer sprach da? Warum drohten sie einem alten Mann, der nichts anderes tat, als ruhig dazustehen und Kirchenlieder zu singen.

Dreißig Sekunden vergingen in atemloser Stille, dann fiel der erste Schuss.

Mary zuckte heftig zusammen. Sie fasste nach Jennas Hand und drückte sie angstvoll. Ihr Gesicht war noch bleicher als sonst.

»Habt ihr das gehört?«

Eine überflüssige Frage. Jeder von ihnen war erschrocken.

»Das war ein Schuss, oder?«

»Ja«, sagte León. »Eindeutig. Die ganze Zeit wohl schon.«

»Sie haben auf Jeb geschossen«, stieß Jenna atemlos hervor. Sie wollte losrennen, aber León hielt sie fest. Vorsichtig lugte er um die Häuserecke.

»Ich will zu Jeb.«

»Nein, Jenna.« León schüttelte langsam den Kopf. »Wir bleiben hier. Ich kann Jeb noch sehen, es geht ihm gut.«

»Oh Gott«, seufzte Jenna, während sie wie León um die Ecke lugte, um sich zu vergewissern. »Ich hoffe, ihm passiert nichts.«

Mary umarmte Jenna, hielt sie fest, wortlos. Jennas Körper bebte. Es war ein kaum merkliches Zittern, aber es durchlief ihren ganzen Körper. Mary drückte sie noch fester.

»Seid jetzt still«, zischte León, der die Szene beobachtete. »Wir wissen nicht, in was wir da hineingeraten sind.«

»Er soll zurückkommen. Bitte sag ihm, dass er zurückkommen soll«, raunte Jenna. »Ich ertrage das nicht.«

León drängte die Mädchen zurück in den Hinterhof und bezog dann wieder seinen Beobachtungsposten. Jederzeit bereit, Jeb zu Hilfe zu kommen.

Jenna ließ ihren Kopf gegen Marys Schulter sinken und schluchzte leise. Alle Kraft, die sie sich vorhin hatte einreden wollen, war verschwunden.

Jeb beobachtete, wie der alte Mann getroffen zu Boden sank und sich nicht mehr rührte. Das Schild fiel aus seiner kraftlosen Hand und lag wie eine Mahnung neben ihm. Er zögerte keine Sekunde.

Geduckt, mit eingezogenem Kopf, rannte er auf die Straße hinaus, immer wieder hinter herumstehenden Autos Schutz suchend, hinüber zu dem Alten. Als er ankam, blickte ihn der Mann verwundert an.

»Wer bist du?«, fragte der Alte.

»Mein Name ist Jeb.«

Jeb entdeckte die Einschussstelle an der Schulter des Mannes. Der Anzug hatte ein Loch, doch bisher sickerte kein Blut heraus. Der Atem des Alten ging regelmäßig und sein Blick war klar.

»Du solltest von hier verschwinden, Junge. Sie schießen auf alle, die sich ihnen widersetzen.«

»Wer? Wer schießt?«

»Die Polizei und das Militär. Sie haben den ganzen Stadtteil abgeriegelt. Niemand kommt herein, niemand kann hinaus. Warum weißt du das nicht?«

»Ich bin gerade hier angekommen.«

»Aber ... die Sperre geht nun schon eine ganze Woche. Was erzählst du da? Kein Mensch kommt durch diesen Riegel. Unzählige Menschen wurden erschossen! Und du behauptest ... « Der Alte fing an zu husten.

»Es ist eine lange Geschichte.«

»Das glaube ich dir aufs Wort. Sag mal, hast du etwas Wasser für mich? Mein Mund ist staubtrocken.«

Jeb schüttelte stumm den Kopf und schob seine Hand unter den Kopf des Mannes. Er war vollkommen ratlos, was zu tun war. In seinem Kopf ratterten die Gedanken: Der Mann war verletzt, war es aber gleichzeitig offenbar nicht. Wie konnte das sein? »Geht es so besser? Haben Sie Schmerzen?«

»Ja, aber es geht. Sag, bist du ein Engel? Es heißt, im Augenblick des Todes kommt jemand, der einen abholt und auf die andere Seite geleitet. Bist du das?«

»Nein, ich bin bloß ein Junge, der sich verlaufen hat.«

Die blecherne Stimme erklang erneut. Jeb kam sie diesmal noch lauter vor.

»Sie da, bei dem alten Mann. Erheben Sie sich und treten Sie zurück. Dies ist Sperrgebiet, Sie haben hier nichts zu suchen. Drehen Sie sofort um! Verlassen Sie die Straße.«

»Aber er ist verletzt!«, rief Jeb in das Nichts hinter der Absperrung zurück.

»Jemand wird sich um ihn kümmern. Verlassen Sie die Straße!«

Der Alte hustete wieder. »Du musst hier weg, Kleiner. Die spaßen nicht.«

»Was wird aus Ihnen?«

»Ich glaube, ich bleibe noch ein wenig hier in der Sonne liegen. Es ist ein schöner Tag und der Himmel sieht wunderbar aus.«

Jeb schüttelte den Kopf. Der alte Mann war anscheinend vollkommen weggetreten, wenn auch seine Stimme klar und fest klang. »Ich bringe Sie hier weg. Wie heißen Sie?«

»Fernando. Fernando Caracas junior. Mein Vater, Gott hab ihn selig, hieß ebenfalls Fernando, aber er ist nun schon lange tot.«

Jeb sah immer noch kein Blut aus der Wunde sickern. Trug Fernando eine Schutzkleidung darunter? Aber so dünn, wie er aussah, konnte er sich das nicht vorstellen. Dennoch: Er musste den Mann von hier wegbringen. »Ich helfe Ihnen auf.« Er ignorierte das Gebrabbel des Alten, der scheinbar munter weitererzählen wollte, und machte sich daran, ihn aufzurichten. Jeb legte den Arm des Alten um seine Schulter, erhob sich aus den Knien und zog ihn auf die Füße. Wackelig lehnte sich Fernando an ihn an.

»Mein Schild. Ich brauche mein Schild.« Er deutete auf das Plakat, das er an einem Stück Holz befestigt hatte. Jeb hob es auf und drückte es ihm in die zitternde Hand.

Alle Menschen sind Brüder! Lobet den Herrn!, stand darauf. Jeb verstand nun noch weniger, warum auf den Alten geschossen worden war. Noch während er darüber nachdachte, erklang ein weiterer Knall und ein Stück Asphalt spritzte neben seinem rechten Wanderstiefel weg.

»Das war ein Warnschuss«, sagte die Blechstimme. »Eine weitere Warnung wird es nicht geben. Lassen Sie den Mann los! Heben Sie die Hände.«

»Junge, du musst hier weg.«

»Ich werde mit ihnen reden«, sagte Jeb entschlossen.

»Da gibt es nichts zu reden. Entweder sie erschießen uns oder sie werfen uns beide ins Gefängnis, was noch schlimmer wäre. Niemand kommt von dort zurück.«

»Ist es so schlimm?«

Traurig schüttelte der Mann den Kopf. »Es sind schlimme Zeiten.«

Jeb traf eine Entscheidung. Noch bevor sich Fernando weigern konnte, schritt Jeb los. Der Körper des Alten baumelte schlaff in seinem Arm, die Schuhe schliffen über den Asphalt, erzeugten ein einsames Geräusch in der atemlosen Stille.

Würden die Soldaten auf ihn schießen? Er war unbewaffnet, stützte einen Verletzten. Konnten diese Menschen so brutal sein?

Wieder ein Knall. Steinsplitter jagten über die Straße und vor seinen Füßen war ein kleines Loch erschienen.

»Dies ist definitiv der …«, brüllte jemand, aber Jeb hörte nicht zu, sondern konzentrierte sich auf seine Schritte.

In seinem Nacken kribbelte es. Er hatte das Gefühl, dass jederzeit eine Kugel in seinen Rücken schlagen und ihn niederwerfen konnte. Trotzdem ging er weiter.

Nichts geschah.

Die Stimme schwieg.

Plötzlich tauchte León vor ihm auf. Ohne ein Wort packte er den freien Arm des Alten und gemeinsam zogen sie ihn aus der Schusslinie, in die Deckung eines Hauseingangs.

»Was machst du da?«, raunte León. »Willst du unbedingt erschossen werden?«

»Du hast es beobachtet?«

»Ja. Alles. Was sind das für Drecksäcke?«

Jeb nickte mit dem Kopf auf Fernando. »Er sagt, das Militär und die Polizei. Anscheinend herrscht eine Ausnahmesituation. Das Stadtviertel wurde abgeriegelt ...« Er zuckte mit den Schultern. »Keine Ahnung.«

»Sie haben Pablo Gonzales erschossen«, krächzte der Alte. Er streckte León die Hand entgegen. »Ich heiße übrigens Fernando.«

»Mein Name ist León.« Bei dem Namen Pablo Gonzales war ihm ein Schauer über den Rücken gelaufen. Irgendwie ... irgendwie kam ihm der Name vertraut vor.

»Junge, du machst mir Angst!« Der Finger des Alten fuhr über Leóns Tätowierungen. »Bist du den falschen Weg gegangen?«

Jeb fand die Bemerkung seltsam, doch León ging nicht darauf ein, sondern fragte stattdessen: »Wer ist Pablo Gonzales?«

»Das wisst ihr nicht?«, fragte der Alte erstaunt. »Kommt mir jetzt nicht mit der Geschichte, dass ihr gerade erst eingetroffen seid. Jeder in den Vereinigten Staaten kennt Pablo Gonzales.«

Bei den Worten »Vereinigten Staaten« zuckte Jeb zusammen. Sie waren heimgekehrt. Endlich, nach all den Qualen und Strapazen hatten sie nach Hause gefunden.

Er blickte zu León, doch dessen Miene blieb verschlossen. Die Lippen zu einem schmalen Strich zusammengepresst, starrte er den Mann an.

»Tatsächlich«, sagte Fernando jetzt. »Ihr habt keine Ahnung, wovon ich rede. Erstaunlich.«

»Es ist eine lange Geschichte«, meinte León.

»Jaja, das hat dein Freund schon gesagt. Danke für eure Hilfe.« Der Alte hustete und fing sich erst nach einigen Sekunden wieder. Jeb zog die Anzugsjacke auf und betrachtete die Schusswunde. Genau wie der zerschlissene Anzug war auch Fernandos weißes Hemd darunter von einem sauberen Einschuss durchlöchert.

Aber ... es war tatsächlich kein Blut zu sehen. Kein einziger Tropfen. Und doch war die Haut darunter nicht unversehrt. Die magere Schulter des Alten hing irgendwie schief im Gelenk, wie nach einem schweren Schlag. Und da war ein Loch, gerade so groß wie ein Projektil.

Jeb konnte seinen Blick nicht von der verletzten Haut und dem rosigen Fleisch darunter abwenden. Er streckte seine Hand aus, zuckte aber, kurz bevor er Fernando berühren konnte, zurück.

Er hatte doch mit eigenen Augen gesehen, dass die Kugel ihn getroffen hatte! Wo zum Teufel war das Blut? Verwirrt starrte er León an, der ebenso mit aufgerissenen Augen die trockene Wunde betrachtete.

»Ist es sehr schlimm?«, fragte Fernando nun, seine Stimme immer noch klar und ruhig.

Jeb fasste sich als Erster. »Jaja ... wir sollten Sie zu einem Arzt bringen.«

»Nein, nein«, mischte sich Fernando ein. »Ich brauche keinen Arzt. Ich fühle mich gut, ich habe kaum Schmerzen. Außerdem ist meine Tochter Carmelita Krankenschwester. Keine gute zwar ...« Er kicherte. »... aber sie wird mir helfen.«

»Wo wohnen Sie?«, fragte Jeb, der sich zwingen musste, den Blick in die Augen des Alten zu richten. Nicht auf seine wundersam durchlöcherte, aber fast unverletzt wirkende Schulter. Er hatte *keine Schmerzen?*

»Oh, nicht weit von hier.« Fernando lächelte und wies mit einem Arm in eine Richtung.

»Zeigen Sie uns den Weg und wir bringen Sie hin.«

»Gleich, Jungchen, lass mich erst zu Ende erzählen. Ihr wolltet doch alles über Pablo hören, richtig?«

Jeb und León wechselten einen Blick. Dann fragte León: »Was ist jetzt mit diesem Pablo?«

»Pablo Gonzales war ein ganz normaler Mann. Frau, zwei Kinder, arbeitete bei einer Autovermietung und ging sonntags brav zur Kirche. Ein Vorzeigeeinwanderer, wie die Gringos sagen würden.« Er seufzte. »Vor einer Woche wollte Pablo zur Arbeit fahren, als er von vier weißen Polizisten angehalten wurde. Einer der Beamten behauptete später, er habe nach einer unter seinem Sitz versteckten Waffe gegriffen, also erschossen sie ihn. Notwehr, hieß es. Pablo Gonzales wurde von siebzehn Kugeln durchsiebt. Er hatte so viele Löcher in seinem Körper, dass der Pathologe bei der Obduktion kaum noch Platz für sein Skalpell fand.« Fernando fuhr sich durch die Haare. »Das Problem bei der ganzen Geschichte war, Pablo hatte nie eine Waffe besessen, seine Frau beschwor es und was hätte er als kleiner Angestellter damit auch gewollt, aber im Fahrzeug wurde eine 38er gefunden. Geladen.«

Fernando schaute León und Jeb aufmerksam an, aufgeregt schon fast, als würde er später von ihnen hören wollen, wie ihnen die Geschichte gefallen hatte. Wie ein warmherziger Märchenonkel. Nicht wie einer, der gerade vom Militär angeschossen worden war.

»Nur woher kam das Ding?«, fuhr Fernando nun fort. »Die Polizei behauptete, es wäre seine Waffe, aber alle im Barrio kannten die Wahrheit. Vier weiße Cops hatten einen armen Mex abgeknallt. Einfach so. Weil er ein Greaser war, ein Latino. Vielleicht hat Gonzales sie beleidigt, was weiß ich, aber siebzehn Kugeln können keine Antwort darauf sein.«

»Und was geschah dann, wieso ist hier jetzt alles abgeriegelt? Wegen siebzehn Kugeln und einer untergejubelten Waffe?« Jeb kniff die Augen zusammen. Plötzlich kam ihm die Welt doch nicht mehr so vertraut vor wie noch vor ein paar Minuten. Wie lange waren sie überhaupt schon hier? Er hatte jegliches Zeitgefühl verloren, er fühlte sich rastlos, er war durstig und er spürte, dass ihnen die Zeit davonlief.

»Menschen demonstrierten gegen die willkürliche Polizeigewalt. Dann brachen die ersten Unruhen aus. Autos wurden angezündet. Geschäfte geplündert. Zunächst versuchte die Polizei, sich noch zurückzuhalten, aber als eine Streife auf offener Straße gestoppt wurde und der Mob zwei Beamte zu Tode prügelte, da griff man zu drastischen Maßnahmen. Das Militär fuhr auf. Das Barrio wurde abgeriegelt. Der Ausnahmezustand ausgerufen. Seitdem schießen sie auf alles, was sich ihnen nähert oder versucht, das Viertel zu verlassen.«

León setzte zu einer Frage an, aber Fernando unterbrach ihn mit einer Handbewegung. »Ich bin noch nicht fertig.« Er räusperte sich. »Das alles war noch nicht das Schlimmste, denn nun sahen die Straßengangs ihre Stunde gekommen, alte Rechnungen zu begleichen. Harte Jungs wie dein Kumpel hier. Die Straßen wurden zu Schlachtfeldern. Es geht um Macht, Drogen und Geld. Viel Geld. Wer herrscht wo? Wer kontrolliert das Viertel? Aber nicht genug damit. Jetzt, da sie niemand aufhalten konnte, begann das Morden und Plündern. Geschäfte, aber auch Privatpersonen wurden ausgeraubt. Sie nahmen sich, was sie kriegen konnten. Das öffentliche Leben brach zusammen. Die Stromversorgung war gekappt. Der Straßenverkehr kam abrupt zum Erliegen, denn es gab kein Benzin mehr. Woher auch? Nichts kam ins Barrio hinein, nichts heraus. Wir kochen hier in unserem eigenen Saft. Draußen die schießwütigen Cops und das Militär, hier drin drogensüchtige Killer, die vor nichts haltmachen. Ganz ehrlich, Jungs, ihr habt euch einen prima Zeitpunkt ausgesucht, hier aufzutauchen.«

Jeb und León wechselten einen eindringlichen Blick. Es war León, der schließlich fragte: »Was meinen Sie mit: Jungs wie ich? Warum sollte ich mit denen etwas zu tun haben?«

»Hast du mal in den Spiegel geguckt? Du siehst den Burschen dieser Gegend mit deinen Tätowierungen verdammt ähnlich.«

»Wo sind wir hier? Wie heißt diese Stadt?« Jeb sah, dass León schluckte. Und Jeb hielt den Atem an.

»Ihr seid komische Kerle. Das wisst ihr auch nicht?«

»Nein«, knurrte León.

»Dann heiße ich euch willkommen.« Der Alte lächelte. »Willkommen in Los Angeles.«

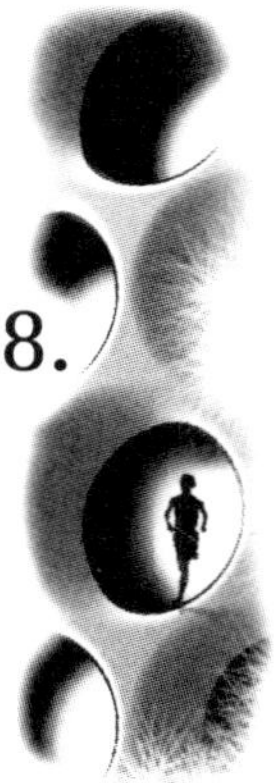

18.

Mary fasste nach Jennas Hand. Langsam gingen sie zur Straße vor und lugten um die Hausecke.

Vorsichtig, gebückt und immer an den Hauswänden entlang schlichen sie weiter. Sie kamen an verriegelten Türen und zugenagelten Fenstern vorbei. Eine unnatürliche Stille lag über allem. Mary schnupperte und verzog das Gesicht. Der Wind trieb dunkle Schwaden von dem qualmenden Fahrzeug heran. Es stank penetrant nach verbranntem Gummi.

»Verdammt, ich sehe sie nicht mehr«, fluchte Jenna leise.

Mary sah sich aufmerksam um. Keine Spur von León und Jeb. Wohin waren sie verschwunden? Nirgends standen Türen offen, keine Nebenstraßen zweigten ab.

Mary ließ ihren Blick die Häuserwände hochwandern. Vielleicht befand sich jemand auf dem Dach eines der Häuser, aber auch da entdeckte sie niemanden. Es schien, als wären sie die einzigen Menschen in dieser verlassenen Stadt.

Lautlos huschten sie weiter voran. In einiger Entfernung zum Ende der Straße suchten sie Deckung hinter einer niedrigen Mauer, die zu einem Kellereingang führte.

Dicht an den Wänden huschten sie weiter voran. Plötzlich stießen sie auf einen versteckt liegenden Hauseingang. Jeb und

León hockten davor, in ihren Armen ruhte ein alter Mann. Mary entdeckte die Schusswunde sofort.

»Hier seid ihr! Wir haben uns große Sorgen gemacht. Wer ist das?«, rief da schon Jenna.

»Und was ist passiert? Haben Sie Schmerzen?«, wandte sich Mary an den Fremden.

»Nein, mir geht es gut, macht euch keine Sorgen. Mein Name ist Fernando Caracas, meine Dame«, stellte sich der Alte selbst vor. Mary sah ihn kurz an, nickte dann verwirrt. Ihr Blick wanderte immer wieder zu dem sauberen Einschussloch an der Schulter des Mannes.

»Was ist geschehen? Ist euch etwas passiert?«, fragte Jenna dazwischen.

»Nein, alles okay«, meinte Jeb ruhig.

»Wer hat geschossen?«

»Wissen wir nicht genau. Das Militär oder die Polizei.« León zuckte mit den Schultern. Am liebsten hätte Mary ihn geschüttelt. Warum saßen sie hier so seelenruhig rum, wenn sie einen Verletzten versorgen mussten?!

»Die Polizei?«, wiederholte Jenna ungläubig.

»Ja, hier herrscht Ausnahmezustand. Aber ratet mal, wo wir gelandet sind. Los Angeles!« Jeb strahlte geradezu. »Ich bin sicher, wir sind heimgekehrt. Dies könnte unsere Welt sein. Ist das nicht großartig?«

Jenna und Mary blickten ihn verwundert an. »Glaubst du wirklich? In der Nachricht stand doch etwas von sechs Welten und das hier ist erst die vierte.«

»Ja, aber schau dich doch um, alles kommt uns bekannt vor. Wir sind in Amerika, in Los Angeles. Jeder von uns hat diesen Namen schon einmal gehört und kann etwas damit anfangen.«

»Ich nicht so richtig. Ich weiß, dass ich noch nie in Los Angeles war. Mir ist das alles fremd, jedenfalls das meiste. Ich stamme nicht von hier«, warf Mary ein.

»Mir geht es genauso. Wie sieht es bei dir aus, León?«

Seine Lippen waren zusammengepresst. Die Kiefermuskeln mahlten. Alles an ihm wirkte plötzlich hart und Mary zuckte davor zurück, León die Hand auf den Arm zu legen.

»Ich weiß nicht«, knurrte er. »Fernando hat mich verwirrt. Ich erkenne alles wieder. Die verrotteten Häuser, verwahrlosten Straßen, Cops und Militär, die auf Menschen schießen. Gangs, die Drogen verticken und um Gebiete kämpfen. Ich atme das alles hier ein. Gewalt und Rausch, Hass und Verzweiflung. Und doch ist es mir fremd. Als wäre ich lange fort gewesen.«

Bevor die anderen noch etwas sagen konnten, mischte sich Fernando in die Unterhaltung ein. »Leute, ihr redet seltsames Zeug. Hört sich an wie aus einem Hollywood-Film und macht mich mächtig neugierig, aber wir sollten von hier verschwinden. Die Cops hocken hinter der Absperrung und fragen sich bestimmt, wo wir geblieben sind. Ihr solltet besser nicht in die Hände dieser Leute fallen.«

»Sind sie so schlimm?«, fragte Mary leise. Fernando nickte.

»Okay«, meinte Jeb. »Sie haben gesagt, Sie wohnen nicht weit von hier, wir bringen Sie hin.«

Der alte Mann streckte Jenna die Hand hin, die ihn auf die Füße zog, aber gleich darauf sackte Fernando wieder zusammen. Er stöhnte leise. »Hat mich doch heftiger erwischt, als ich dachte.«

»Wir können Sie tragen«, sagte Jeb und Mary sah, wie er und León einen Blick wechselten. Sie hatte mittlerweile selbst erkannt, was an dem Mann komisch war: Er blutete nicht. Sosehr sie die beiden Jungs danach fragen wollte, sie traute es sich nicht vor Fernando.

»Nein, ich mach das.« León bückte sich, hob den Alten mühelos hoch. Wie ein Kind ruhte er in seinen Armen, Fernandos Kopf ruhte an Leóns Schulter.

»Gott möge euch für all das segnen«, flüsterte er.

»Wohin müssen wir, Fernando?«, fragte Jeb.

»Erst mal rechts die Straße runter. Vier Blocks weiter geht es in eine Nebenstraße, danach ist es nicht mehr weit.«

»Dann los«, rief León, trat auf die Straße hinaus und wandte sich sofort nach rechts.

Jeb, Jenna und Mary folgten ihm. Sie alle hatten das Gefühl, beobachtet zu werden, aber niemand schoss auf sie.

Nachdem sie die Hauptstraße verlassen hatten, gingen sie langsamer. León lief der Schweiß in Strömen über das Gesicht und er keuchte.

Er warf Jeb einen vorsichtigen Blick zu und sie trugen ihn nun gemeinsam auf ihren verschränkten Händen, um sich die Last zu teilen. Erst jetzt hatte León Zeit, um den Alten zu mustern, und dabei fiel ihm auf, dass seine Augen geschlossen waren. Für einen Moment durchzuckte ihn der Gedanke, der Mann könnte gestorben sein, aber dann fühlte er, wie sich der Brustkorb des Verletzten hob und senkte. Fernando war eingeschlafen.

»Wir wissen nicht, wohin wir gehen sollen. Wir müssen ihn wecken.« Jeb verstummte.

León legte den Kopf in den Nacken und sah zum strahlend blauen Himmel auf. Die Sonne stand fast senkrecht über ihnen. Es musste um die Mittagszeit sein und die Hitze war kaum noch auszuhalten. Sie brauchten unbedingt Wasser. Vor allem Wasser, auch wenn sein Magen knurrte.

Die Erinnerung an sein früheres Leben hatte León seit ihrer Ankunft in dieser Welt überrollt. Er sah seinen Dad auf der Straße liegen. Das Blut hatte einen dunklen Kranz um seinen Kopf gebildet, wirkte wie ein Heiligenschein, den bereits der Asphalt aufzusaugen schien. Mamás schrille Schreie. Wie sie ihn packte, ihm die Augen verdeckte und ihn wegzog, als er sich auf die Leiche seines Vaters werfen wollte.

Ich bin sechs Jahre alt gewesen. Zu jung, um zu verstehen, aber alt genug, um zu hassen.

Der Hass hatte ihn niemals wieder verlassen, war sein Blut und sein Atem geworden. Ein ständiger und düsterer Begleiter auf all seinen Wegen.

Als er älter wurde, kam die Zeit für ihn. Er hatte sich der ehemaligen Gang seines Vaters angeschlossen. War einer von ihnen geworden.

Die Aufnahmeprüfung. Dreizehn unendlich lange Sekunden, in denen die Mitglieder der Gang gnadenlos auf ihn eingeprügelt hatten. Tritte in den Leib. Fäuste in seinem Gesicht.

Dann war es plötzlich vorbei gewesen. Sie hatten ihn auf die Füße gezogen, den Staub von seinem T-Shirt und seiner Jeans geklopft. Ihn nacheinander umarmt und geküsst. In ihren tätowierten Gesichtern hatte aufrichtige Freude gestanden und ein jeder von ihnen hatte ihn angelächelt und »Bruder« genannt. Da hatte er zum ersten Mal seit Langem wieder so etwas wie Frieden in sich gespürt. Er war Teil einer neuen Familie geworden. Von nun an würde er niemals wieder allein sein.

Doch der innere Frieden war vergangen und hatte dem Morden Platz gemacht. *Ich habe einen Jungen erschossen, bloß weil er zu einer anderen Gang gehört hatte.*

León biss die Zähne zusammen, bis sie knirschten. Die Wahrheit hatte ihn eingeholt. Eine Weile hatte er sich eingeredet, fast so etwas wie ein normaler Jugendlicher zu sein. Aber das war er nicht. Er war ein Schläger, Krimineller und ein Mörder.

Was werden die anderen sagen, wenn sie die Wahrheit über mich erfahren? Was wird Mary bloß von mir denken?

Eine eiskalte innere Stimme meldete sich in ihm zu Wort: *Sie werden vor dir zurückweichen. Es nicht verstehen. Dich fürchten und hassen. Und du wirst allein sein, so wie du es schon immer warst.*

Die Straße fühlte sich an wie seine Heimat. Ob er hier ums Überleben kämpfte oder woanders, es spielte keine Rolle. Aber ... dorthin sollte er zurück? Dafür kämpfte er?

Er wusste nichts über Jebs Leben oder woher Mary stammte. Jenna kam aus Deutschland. Das Land der teuren Autos. Sie alle hatten ein Leben, in das sie zurückkehren konnten. Auf sie würden Freunde und Familien warten. Dort, wo er hinging, konnte er nur auf eine Kugel hoffen und darauf, dass er so schnell starb wie sein Vater.

Estoy hasta los cojones de todo esto. Ich habe das alles so satt. Ich will das nicht mehr. All die Gewalt, es wird nie ein Ende finden. Eines Tages liege ich im Dreck und niemand kümmert sich um mich.

Er schaute zu Mary hinüber, sie sah ihn offen an. Konnte es wirklich sein, dass sie ihn nicht verurteilte, was auch immer er getan haben mochte? Dass sie gar etwas für ihn empfand? Für den tätowierten Jungen, der ein Mörder war. Hoffnung keimte in ihm auf.

Aber die Hoffnung schmeckte bitter in seinem Mund. Er schaute sich noch einmal um und er konnte sich in dieser tristen Gegend einfach kein glückliches Leben vorstellen. Sein Schicksal stand nicht in den Sternen, sondern in den Staub geschrieben.

»Okay, wecken wir ihn«, seufzte León und riss sich endgültig von seinen Gedanken los. Er hob mit einer Hand Fernandos Kinn an, aber als er die Hand wegzog, sackte der Kopf wieder nach unten. »Fernando«, sagte er laut und rüttelte den Alten vorsichtig an der unverletzten Schulter. Der Alte schlug die Augen auf und sah sich verwirrt um.

»Wo sind wir?«, fragte er verwirrt.

León stöhnte auf. »Genau das wollen wir von dir wissen. Du hast gesagt, wir sollen vier Blocks weit gehen und dann in eine Nebenstraße abbiegen. Das haben wir getan.«

Fernando sah sich um. Langsam schien sich sein Geist zu klären.

»Ah ja, wir sind richtig. Es ist nicht mehr weit. Die Straße runter. An der zweiten Ecke nach links abbiegen. Es ist das dritte Haus, es hat vergitterte Fenster aus dem letzten Jahrhundert und einen steinernen Rundbogen über der Tür.«

Nach weiteren zehn Minuten standen sie vor einem alten, aber gepflegten Backsteinhaus, das sich über zwei Stockwerke hochzog und von einem Giebeldach bedeckt wurde. Es gab keinen Garten, aber bunte Blumen wuchsen trotz der Trockenheit in steinernen Töpfen rechts und links des Treppenaufgangs. Die Tür zierte tatsächlich ein rotbrauner Rundbogen und gab dem Ganzen einen immerhin vornehmen, wenn auch in die Jahre gekommenen Eindruck.

»Hier wohne ich«, krächzte der Alte und hustete. »Rechts an der Wand ist eine Klingel ... ach verdammt, wir haben ja keinen Strom. Klopft einfach.«

Aber so weit kam es nicht, denn die Tür wurde im gleichen Augenblick aufgerissen. Eine übergewichtige Frau in einem zu engen, geblümten Kleid und mit glatten schwarzen Haaren stürmte heraus und schrie: »Oh mein Gott. Oh mein Gott. Oh mein Gott.«

Sie kam die Stufen wie ein Orkan herabgefegt und riss Fernando fast aus Jebs Armen. Mühelos hielt sie den Alten, wiegte ihn sanft hin und her.

»Was ist mit dir, Papá? Was haben sie dir angetan?«

»Er hat eine Schusswunde«, sagte Jenna. Jeb merkte, dass ihre Stimme zögerlich klang, als wäre sie sich nicht ganz sicher. Fernandos Tochter allerdings schien den Zustand ihres Vaters sofort erfasst zu haben.

Nun blickte die Frau auf und starrte sie einen nach dem anderen an. »Wer seid ihr? Ihr seid nicht von hier.«

»Das sind nette junge Leute, die mir geholfen haben, Carmelita«, mischte sich Fernando ein.

»In der rechten Schulter«, fügte Jenna hinzu.

Carmelita sah Jenna stirnrunzelnd an. »Das sehe ich, er blutet ja! Wie lange ist das her? ... Oh, Papá! Was treibst du dich auch immer in den Straßen herum, jetzt, in diesen Zeiten!« Mit diesen Worten wandte sie sich um, half ihrem Vater die Treppen hinauf und verschwand mit ihm im Haus. Die Tür ließ sie offen stehen. Jeb sah ihr mit offenem Mund hinterher und er sah, dass die anderen genauso verblüfft und erschrocken waren wie er.

León sprach den Gedanken aller aus: »Blutet? Aber ... das kann doch einfach nicht sein? Was ... wo sind wir hier nur wieder hingeraten, was soll diese verdammte Scheiße bedeuten? Er blutet nicht, sie sagt, er blutet, was soll das heißen?!«

Jeb musste sich an der Wand neben der Tür abstützen, um vor Hitze nicht umzukippen. Das hier war eindeutig zu viel des Guten. Da spürte er, wie Jenna ihm leicht ihre Hand auf die Schulter legte, dann sagte sie leise: »Ich glaube, es heißt, dass keiner von uns zu Hause angekommen ist. Dass es noch nicht vorbei ist.«

»Was machen wir jetzt?«, fragte Mary mit erstaunlich fester Stimme.

»Wir gehen ihr nach«, sagte Jeb sofort. Die Sache mit Fernandos Verletzung war nur wieder eines dieser unerklärlichen Rätsel, er beschloss, später darüber nachzudenken. Falls ihm die Zeit dafür blieb. »Ich brauche Wasser und vielleicht gibt es da drin ein Telefon.«

Warum er beim Anblick eines Hauses sofort an ein Telefon dachte, konnte er selbst nicht erklären, irgendwie war ihm der Gedanke gekommen, obwohl er nicht wusste, wen er anrufen sollte. Er erinnerte sich nicht, ob sein Vater ein Telefon besaß. Schon gar nicht an eine Telefonnummer oder jemand anderen, den er anrufen konnte. Den anderen schien es ähnlich zu gehen, denn sie sahen ihn ratlos an.

»Wen sollte ich anrufen?«, sagte Mary. »Ich erinnere mich nicht mal an meinen Nachnamen.«

León strich mit einer Hand über seinen Schädel. »Gute Frage, aber wir sollten es versuchen. Vielleicht fällt uns wieder ein, wer wir sind und woher wir genau kommen.«

Jeb glaubte selbst nicht so richtig daran, sie hatten es bis jetzt nicht herausgefunden, warum sollte es plötzlich anders sein. Die Sache mit Fernandos Verletzung – er hatte doch mit eigenen Augen *gesehen*, wie Fernando angeschossen wurde, er hatte *gesehen*, wie geschwächt er war! Wieso blutete er nicht?! – hatte nur wieder einmal bestätigt, dass sie immer noch gefangen waren. Und das machte Jeb Angst. Und wieso erinnerten sie sich zwar mittlerweile an mehr Details aus ihrem früheren Leben, an persönliche Dinge und Ereignisse? Aber warum waren keinem von ihnen konkrete Daten oder Fakten in den Sinn gekommen? Niemand wusste, woher genau er stammte. Wie die Straße hieß, in der er wohnte. Jede Form von Daten war aus ihren Gehirnen gelöscht worden, der Rest waren Erinnerungen und Bilder, die wild durcheinanderwirbelten. Bilder, die ihn beunruhigten. Weil sie von seiner Schuld sprachen. Nein, einfach würde es nicht werden, aber er wollte etwas tun, damit er mehr über sich erfuhr.

»Okay, gehen wir rein«, meinte León. »Sie hat schließlich die Tür offen gelassen, das kann man durchaus als Einladung verstehen.«

Jeb grinste und entspannte sich ein wenig. Er ging als Erster die Stufen hoch. Mit der Hand schob er die Haustür auf.

Ein langer dunkler Flur lag vor ihnen. Rechts an der Wand hingen leere Kleiderhaken. Eine alte Holzkommode diente als Ablagefläche für alles Mögliche, Briefe, Baseballmützen, Sonnenbrillen. Der abgestandene Geruch von Essen wehte ihm entgegen, erinnerte ihn daran, wie hungrig er war. Hinter ihm schoben sich die anderen herein. Nach der gleißende Hitze der Straße war der kühle Hausflur eine Erfrischung.

»Hallo?«, rief Jeb.

»Kommt doch endlich rein!«, rief die energische Stimme der Frau. »Ich bin mit Fernando im Schlafzimmer. Einfach den Flur runter.«

Das Schlafzimmer entpuppte sich als breiter Raum mit einer hohen stuckverzierten Decke. Ein großes Bett dominierte den Raum, davor lag ein abgewetzter Teppich. An den tapezierten Wänden hingen Bilder mit christlichen Motiven. Jesus am Strand mit den Fischern. Jesus bei seinem Einzug in Jerusalem und Jesus am Kreuz hängend.

Sobald Jeb die Bilder sah, stellten sich weitere Erinnerungen ein, aber er konnte sich nicht darauf einlassen, es war nicht der richtige Augenblick und er hoffte nur, dass sie wiederkamen.

Carmelita hatte ihrem Vater das Jackett ausgezogen, ihn aufs Bett gelegt und schnitt gerade mit einer Schere das Hemd vom Leib. Sie tat es vorsichtig und fachmännisch, was dafür sprach, dass sie eine schwere Verletzung bei ihrem Vater erkannt hatte. Eine Verletzung, die keiner von ihnen wirklich und in ihrem vollen Ausmaß sehen konnte. Während sie ihren Vater versorgte, beäugte Carmelita die Jugendlichen kritisch, immer wieder blieb ihr Blick an León hängen. Jeb fühlte sich dabei zunehmend unwohl. Carmelitas Schweigen mochte heißen, dass sie ihnen zwar dankbar war, dass sie ihren Vater gebracht hatten, sie sie aber so schnell wie möglich wieder aus ihrem Haus haben wollte. Oder aber, dass sie nicht wusste, wie sie diese vier staubbedeckten, ungewaschenen Jugendlichen einordnen sollte: Waren sie ihre Freunde oder Feinde?

Bevor Carmelita etwas zu Leóns Tätowierungen bemerken konnte, war Jeb erleichtert, dass Jenna sie um Wasser bat. Die Frau riss ihren Blick von León los und strahlte Jenna regelrecht an.

»In der Küche findet ihr einen vollen Krug, bedient euch. Wir haben Wasser genug. Als die Sache anfing, aus dem Ruder zu laufen, habe ich die Badewanne und jede Schüssel, die ich gefunden habe, volllaufen lassen. Ihr trinkt uns also nichts weg.«

»Carmelita, bitte«, beschwerte sich der Alte. »Das sind unsere Gäste.«

Die dicke Frau kicherte: »Papá, du hast natürlich wie immer recht.«

Jenna, León und Mary verschwanden in der Küche. Er konnte nun hören, wie die drei geräuschvoll tranken. Fast wäre er den anderen sofort gefolgt, aber jetzt war nicht die Zeit für falsche Zurückhaltung. Sie hatten Hilfe gefunden und er würde um jede Unterstützung bitten, die sie in dieser neuen, feindlichen Welt kriegen konnten. »Entschuldigung, es ist so … wir haben schon ewig nichts mehr gegessen. Wäre es …«

»Nehmt euch, was ihr braucht. Es ist genug da. Der Kühlschrank hat zwar keinen Strom, aber darin stehen Butter und Brot. In der Kammer neben dem Herd findet ihr Würste, Schinken und Käse. Ich würde euch ja etwas Warmes kochen, aber wie gesagt, wir haben keinen Strom.«

»Das geht schon in Ordnung. Vielen Dank.«

León hatte Gläser gefunden und füllte sie für alle immer wieder auf. Jeb und die anderen tranken hastig, in großen Schlucken. Noch nie zuvor hatte Wasser so gut geschmeckt, süß und kalt und klar. Als ihr Durst gestillt war, kam urplötzlich der Hunger.

In der Küche roch es intensiv nach Essen, dass Jeb der Speichel im Mund zusammenlief. Und die Speisekammer war der Ort all ihrer Träume. An Haken hingen luftgetrocknete Würste und ein großer Schinken. Ein würziger Käse erfüllte mit seinem Duft die Luft. León fand ein Messer, Jeb trug die Lebensmittel in die Küche.

Jenna und Mary teilten Teller aus, stellten Brot und Butter hin. Niemand sprach. Still aßen sie. Jeb genoss das Essen, jeden Bissen. Wurst, Brot und Schinken schmeckten wundervoll.

Dann kam Carmelita herein. »Er schläft jetzt«, sagte sie leise und schloss die Tür zum Flur. »Gut, wie ich sehe, habt ihr alles gefunden. Langt ordentlich zu, in Tagen wie diesen weiß man nie, wann es die nächste Mahlzeit gibt.« Eindringlich schaute sie León an. »Leute wie dich empfange ich normalerweise nicht in meinem Haus, aber du hast meinem Vater geholfen.«

»Was meinen Sie mit ›Leute wie er‹?«, fragte Mary.

»Ihr wisst nicht, was ich meine? Schaut ihn euch doch an!«

»Wir sind nicht von hier«, erklärte Jenna. »Und das gilt auch für ihn.« Sie nickte in Leóns Richtung, der verbissen auf seinen Teller starrte.

»Gut, ihr wollt mir nicht sagen, was mit euch los ist, damit kann ich leben.« Sie wirkte verärgert.

Jeb überlegte für einen Moment, ihr die Wahrheit zu erzählen, aber er wusste, Carmelita würde ihm nicht glauben. Wie auch, die Geschichte war zu verrückt. Er blickte in die Runde und sah, dass es den anderen genauso ging. Keiner sprach ein Wort. Alle starrten auf ihre Teller.

»Entschuldigung«, sagte Jenna schließlich in die Stille hinein. »Haben Sie vielleicht ein Handy?«

Jeb blickte überrascht auf. Das Wort ›Handy‹ löste erneut einen ganzen Ansturm an Assoziationen aus. Die Rettung schien auf einmal in unmittelbarer Reichweite zu liegen. Die Frage aber blieb, wen Jenna anrufen wollte. Erinnerte sie sich an weitere Details ihres früheren Lebens?

»Ein Handy?« Carmelita schüttelte den Kopf. »Nein, so einen Kram brauchen wir nicht, aber ihr könnt das Festnetztelefon benutzen. Es steht im Wohnzimmer.« Carmelita deutete auf eine geschlossene Tür, die aus der Küche führte.

»Aber Sie sagten doch, es gäbe keinen Strom.«

Sie zuckte mit den Schultern. »Mal funktioniert es, mal nicht. Versucht euer Glück.«

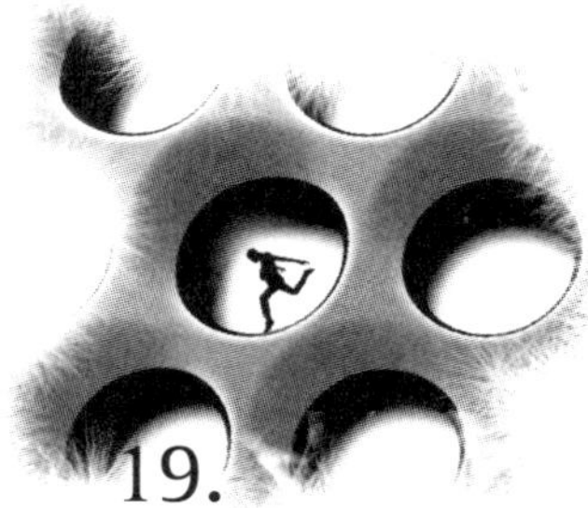

19.

Jenna erhob sich, sah die anderen an. Gemeinsam gingen sie hinüber ins Wohnzimmer. Der Raum empfing sie mit stickiger und muffig riechender Luft, so als wäre schon lange nicht mehr gelüftet worden. Durch die zu Schlitzen heruntergelassenen Rollläden fiel Sonnenlicht, das den Staub in der Luft sichtbar machte, wie er langsam zu Boden schwebte.

Ein abgenutztes Sofa stand rechts an der Wand, ihm gegenüber befand sich ein bis zur Decke reichendes Regal, das vor Büchern überquoll. Zwei bequem aussehende Ledersessel gruppierten sich um einen niedrigen Rauchglastisch herum. Nicht weit davon entfernt lehnte eine Kommode an der Wand, ein schnurloses Telefon stand darauf. Jenna hob den Hörer ab und lauschte.

»Es funktioniert. Will jemand von euch?«, fragte sie. Sie konnte nicht verhindern, dass ihre Stimme ein wenig zitterte.

Mary schüttelte den Kopf. León hatte schon eine ganze Weile nichts mehr gesagt und schien es auch jetzt nicht tun zu wollen. Jebs Antwort galt also ebenso für die anderen: »Nein.«

»Und du?«, fragte Mary. »Kennst du etwa jemand, den du anrufen kannst?«

Jenna schloss die Augen. Sie spürte, wie sich ihre Kiefer zusammenpressten. In ihrem Kopf formten sich Gedanken.

»Meine Mutter«, presste sie schließlich hervor. So konzentriert nachzudenken, bereitete ihr Kopfschmerzen. Innerlich war sie völlig verkrampft. Es war, als müsste sie gegen einen inneren Widerstand denken.

»Du erinnerst dich an sie?«

»Ein wenig. Eigentlich mehr an meine Großmutter.«

»Kennst du ihre Telefonnummer?« Jeb schaute sie aufmunternd an.

»Ich bin nicht sicher. Vielleicht fällt sie mir beim Wählen ein.« Jenna dachte intensiv an Hamburg, dann schaute sie auf das Display und mit einem Mal war die Vorwahl kein Problem mehr. Anschließend wählte sie instinktiv die erste Zahl, die ihr in den Sinn kam. Eine Neun.

Augenblicklich fiel ihr die zweite Nummer ein.

Eins.

Dann kam sie ins Stocken. Wie lautete die nächste Zahl. Ihre Kiefer begannen erneut zu mahlen. Sie spürte, wie ihr Schweiß auf die Stirn trat.

Drei.

Sieben. Bitte, wie geht es weiter? Sag mir dir Zahl.

Sieben.

Acht.

Fünf.

Mehr Zahlen fielen ihr einfach nicht ein. Angestrengt lauschte sie in den Hörer. Es klickte weit entfernt. Sonst nichts. Niemand hob ab. Nicht einmal ein Freizeichen war noch zu vernehmen. Resigniert hielt sie den Telefonhörer in den Raum.

»Es ...«

Eine Stimme erklang aus dem Hörer. »Zentrale South West«, meldete sich eine Frauenstimme. Jenna presste schnell das Mobilteil wieder an ihr Ohr.

»Hallo«, sagte Jenna.

»Was kann ich für sie tun?«

»Ich würde gern mit meiner Mutter sprechen.«

»Name und Ort, bitte«, verlangte die Stimme.

Der Nachname! Wie heiße ich mit Familiennamen? Jenna ... Jenna ... Sommer. Mein Name ist Jenna Sommer. Meine Mutter heißt Claudia.

Fast hätte sie es laut gerufen, aber stattdessen sagte sie: »Claudia Sommer. Hamburg.«

»Hamburg in Michigan?«

Jenna zuckte zusammen. »Nein, nein, Hamburg in Deutschland.«

»Möchten Sie das Gespräch als R-Gespräch anmelden?«

Jenna wusste nicht, was das war, aber die weibliche Stimme klang inzwischen so misstrauisch, dass sie einfach »Ja« sagte. Die Frau durfte nicht auflegen. Es ging um so viel. Um alles. Sie war so dicht davor, mit ihrer Mutter zu sprechen. Alles konnte gut werden. Der Kampf ums Überleben konnte hier und heute ein Ende finden.

Eine Weile blieb es still, dann meldete sich die Stimme wieder. »Ich finde keinen Eintrag für eine Claudia Sommer. In Hamburg ist nur ein Teilnehmer auf diesen Nachnamen angemeldet, eine Frau Hertha Sommer.«

»Das ist meine Oma«, rief Jenna, die sich nun wieder an die elegante grauhaarige Dame erinnerte. Gleichzeitig wunderte sie sich, dass es in Hamburg nur einen Teilnehmer mit diesem Namen geben sollte. »Sommer« war nun wirklich nicht ungewöhnlich. Sie ächzte.

»Miss, geht es Ihnen gut?«

»Ja, ja. Können Sie mich bitte mit ihr verbinden?«

»Da dies ein Überseegespräch ist, dauert es eine Weile und ich muss nachfragen, ob Ihre Großmutter bereit ist, die Kosten für das Gespräch zu übernehmen. Wie war Ihr Name?«

»Jenna. Sommer.«

»Bleiben Sie am Apparat.«

Jenna bedeckte die Sprechmuschel mit einer Hand. Überglücklich sah sie die anderen an.

»Was ist? Jetzt sag schon«, verlangte Mary.

»Da ist eine Frau dran, die in einer Zentrale sitzt, sie will mich mit meiner Oma verbinden.« Jenna seufzte. »Die Telefonnummer meiner Mutter hat sie nicht gefunden. Seltsam, aber Hauptsache, ich kann mit jemandem aus meiner Familie sprechen.«

Mary strahlte. Aber als Jenna Jeb ansah, bemerkte sie, wie er nachdenklich die Stirn runzelte.

»Was ist?«, fragte Jenna.

»Dass es so einfach sein soll, macht mich misstrauisch. Nach allem, was wir durchgemacht haben, einfach den Telefonhörer in die Hand zu nehmen und jemanden anrufen, der einen abholt. Ich denke ...«

Er wurde durch die Stimme aus dem Hörer unterbrochen.

»Miss Sommer?«

»Ja?«

»Ihr Gespräch.«

Dann ertönte ein Klacken. Eine Frauenstimme sagte: »Sommer.«

»Oma?«, rief Jenna in den Hörer.

»Wer ist da?«

Irgendwie klang die Stimme ihrer Großmutter merkwürdig. Das Weiche, Sanfte darin war verschwunden. War das überhaupt ihre Oma?

»Ich bin doch bei Sommer«, sagte Jenna. In der Bindung begann es, zu rauschen und zu knacken.

»Ja, richtig, aber wer spricht denn da?«

»Ich bin's, Jenna.«

»Wer?«

»J-E-N-N-A, deine Enkelin!«

»Sie müssen mich verwechseln. Ich habe keine Enkelin. Wer zum Teufel sind Sie?!«

Was? Was sagte sie da?

Im Hörer knackte es immer heftiger. Es klang, als würde jemand gegen die Sprechmuschel klopfen.

»Ist Mama da?«, brüllte Jenna nun. Sie hatte Angst, die falsche Frau am Apparat zu haben, aber noch größer war die Angst, dass das Gespräch unterbrochen werden konnte. Auch wenn die Stimme ihrer Großmutter anders klang als sonst, Jenna erkannte sie eindeutig wieder und es war alles, was sie hatte. Alles, was zwischen ihr und der totalen Verzweiflung stand.

»Wer sind Sie und was wollen Sie?!«, tönte es genervt zurück.

»Ich will mit meiner Oma sprechen. Hertha Sommer.«

Eine Weile war es still im Hörer. Jenna dachte schon, dass die Verbindung unterbrochen worden war, denn nicht einmal mehr das Klacken und Rauschen war zu hören.

Dann sagte die Frau am anderen Ende der Leitung. »Meine Tochter Claudia ist zwei Jahre alt. Ich habe keine Enkelin und bin niemandes Oma. Sie müssen sich in der Nummer irren.«

Es wurde aufgelegt.

»Nein!«, kreischte Jenna auf. »Nein, nein, nein.«

Sie ließ den Hörer aus der Hand fallen. Mit einem Poltern fiel er auf die Kommode.

»Ich verstehe das nicht«, flüsterte Jenna. »Ich verstehe es nicht.«

León und Mary sahen sie verwirrt an. Der einzige Mensch auf dieser Welt, der ihr helfen konnte, hatte gerade aufgelegt.

Die Verbindung zu ihrem wahren Leben war abgerissen und sie verstand gar nichts mehr. Ihre Oma war ihre Oma und doch auch wieder nicht. Je länger sie darüber nachdachte, desto mehr glaubte sie an eine Verwechslung. Sicher, die Stimme ihrer Großmutter hatte vertraut geklungen, aber konnte sie sich wirklich sicher sein? Jenna hob den Hörer auf, aus dem es hektisch tutete. Sie wollte gerade erneut wählen, als sich eine Hand auf ihre legte. Jeb.

»Lass gut sein, Jenna. Es funktioniert nicht, es gibt hier keine Verbindung zu unserem echten Leben.« Er hielt etwas in der Hand. Sein Blick war ernst. Sehr ernst.

»Ich glaube, wir haben außerdem gerade ein viel größeres Problem«, sagte er leise.

In seiner Hand lag eine gefaltete Zeitung. Die Los Angeles Times.

Die Überschrift sprang sie förmlich an:

BÜRGERMEISTER VERKÜNDET DEN NOTSTAND!

Sie überflog den Artikel. Alles, was sie da las, war für sie mehr oder weniger unverständlich. Offensichtlich ging es darum, dass der Bürgermeister nach den ständigen Unruhen den Notstand erklärt hatte und Polizei und Militär das Gebiet abgeriegelt hatten, um zu verhindern, dass sich die Unruhen auf andere Stadtteile ausbreiten konnten. Das alles änderte nur wenig an ihrer Situation, aber etwas weiter unten auf der Seite stand ein weiterer Artikel, dem sie erst Beachtung schenkte, nachdem sie sich die vier dazugehörigen Fotos ansah. Die Bilder waren etwas unscharf, so als habe man sie mit einer älteren Kamera gemacht.

Und dennoch konnte man mit etwas Mühe die Personen darauf erkennen.

León, Jeb, Mary und ihr eigenes Gesicht schauten ihr starr von der Zeitung entgegen. Ihr Herz raste, als sie die Bildunterschriften las.

WEGEN VORSÄTZLICHER BRANDSTIFTUNG UND ANSTIFTUNG ZUR UNRUHE GESUCHT!

Jenna sackten die Beine weg.

Als sie wieder die Augen aufschlug, schienen nur wenige Momente vergangen zu sein. Sie lag auf dem Boden, auf dem alten, abgewetzten Teppich. León und Jeb hockten links von ihr. Mary hatte sich auf die andere Seite zu Boden gesetzt.

»Geht es wieder?«, fragte Jeb.

»Ja«, sagte Jenna schwach. »Es ... es war nur der Schreck.« Sie blickte zu Mary und León. »Habt ihr den Zeitungsartikel gelesen?«

Beide nickten. »Das sind nicht wir auf den Fotos«, meinte Mary. »Wir können es gar nicht sein.«

»Aber du musst zugeben, dass sie uns verdammt ähnlich sehen.« Jenna richtete sich auf.

»Aber wie kann das sein? Alles kommt uns hier zwar bekannt vor, aber irgendwie auch fremd. Du hast deine Großmutter angerufen, ohne Erfolg. Und es ist doch wohl klar, dass wir noch niemals vorher hier gewesen sind – wie können wir also gesucht werden?«

»Ich will hier niemandem Angst machen«, mischte sich nun Jeb ein. »Aber Jenna hat recht. Die Leute auf den Fotos sehen uns verdammt ähnlich. Hinzu kommt, dass sie zwei Jungs und zwei Mädchen suchen. Hier steht es schwarz auf weiß: ›Eine der Gesuchten hat schwarze Haare, die andere blonde.‹ Ich werde ebenfalls sehr deutlich beschrieben und León ist so unverwechselbar, dass man gar nicht zweifeln kann. Wenn man die Bilder anschaut und unsere Steckbriefe liest ... ich kann einfach nicht glauben, dass es zu dieser Zeit und an diesem Ort weitere vier Menschen gibt, die haargenau so aussehen wie wir.«

»Aber da steht etwas von Brandstiftung und Anstiftung zur Unruhe. Damit haben wir doch nichts zu tun.« Marys Stimme überschlug sich fast.

»Wer weiß das schon«, sagte León nun kaum hörbar. Alle schauten ihn verdutzt an. »Ist doch so, oder? Wir erinnern uns nicht an unsere Vergangenheit und wenn, dann sind es nur Bruchstücke. Es könnte also durchaus sein, dass wir in einem früheren Leben schwerwiegende Dinge getan haben, die jetzt auf uns zurückfallen.«

»Das würde bedeuten, wir wären in unser reales ...«

Aus dem Hintergrund ertönte eine laute Stimme. Carmelita. Schnell ließ Jeb die Zeitung hinter seinem Rücken verschwinden.

»Was ist mit dir, kleine Lady?« Polternd kam sie näher und kniete sich ächzend neben sie. Sie fasste nach Jennas Arm und legte Zeige- und Mittelfinger auf ihr Handgelenk. Stumm bewegte sie die Lippen.

»Etwas flach«, verkündete sie. Dann befühlte sie Jennas Stirn. »Bist du schwanger, Mädchen?«

Wider Willen wurde Jenna rot. »Nein.«

»Du hast zwar kein Fieber, aber dein Gesicht ist bleich wie Mehl. Ich nehme an, das alles war viel zu anstrengend für dich.«

Jenna wollte etwas erwidern, sagen, dass es ihr gut ging, dass sie nur einen Moment brauchte, um auf die Beine zu kommen, aber Carmelita sprach gleich weiter. »Hast du deine Familie erreicht?«

Jenna schüttelte den Kopf.

»Du musst dich ausruhen, Kind.«

Plötzlich erklangen von der Straße Schüsse. Alle zuckten zusammen, lediglich Carmelita reagierte nicht. Die dicke Frau meinte nur: »So geht das seit Tagen. Die Gangs machen die Straßen unsicher, ballern wild in der Gegend rum und schießen auf alles, was ihnen vor den Lauf kommt. Die Welt ist in Unordnung geraten, aber Gott unser Herr wird diese Sünder strafen und sie in die Hölle schicken, wo sie für ihre Sünden in ewigen Flammen büßen mögen.«

Als sie die erschrockenen Gesichter der vier Jugendlichen sah, fügte sie noch schnell ein »Sorry« hinzu. »Tatsache ist«, sprach sie weiter. »Solange es hell ist, könnt ihr nicht auf die Straße. Viel zu gefährlich. Ihr müsst warten, bis die Nacht anbricht, solange könnt ihr hierbleiben und euch ein wenig ausruhen. Unser Haus ist für euch offen.«

»Danke«, sagte Jeb. »Wir sind Ihnen wirklich dankbar für alles, was Sie für uns tun.«

»Ihr habt meinen Vater gerettet, nichts ist zu viel getan.«

Carmelita sah kurz auf ihre gefalteten Hände. Der grellrote Lack auf ihren Fingernägeln blätterte an einigen Stellen ab. Dann schaute sie auf und blickte Jeb eindringlich an. »Wohin wollt ihr?«

Jenna beobachtete Jeb, der keinen Moment mit seiner Antwort zögerte: »Aus der Stadt raus. Dann nach Norden.«

Es war eine verdammt vage Antwort und obwohl sich Jenna sicher war, dass Carmelita wusste, dass man ihr etwas verheimlichte, nickte sie nur. »Ihr seid sicher müde, auf jeden Fall seht ihr müde aus. Zwei von euch können hier im Wohnzimmer bleiben und das Sofa nutzen, für die beiden anderen habe ich das kleine Gästezimmer am Ende des Flures fertig gemacht.«

Sie hob beide Augenbrauen an. »Ich nehme mal an, dass ihr alle über einundzwanzig Jahre alt seid, daher will ich euch nicht vorschreiben, wer welches Zimmer nimmt. Mein Vater schläft und wird auch nicht so bald aufwachen, denn ich habe ihm ein starkes Schlafmittel gegeben, daher kann er die Schäfchen, die ihm der Herr in der Stunde der Not geschickt hat, auch nicht nach ihrem Geschlecht trennen.« Sie zwinkerte ihnen zu. »Wenn ihr etwas braucht, ich bin in der Küche. Decken findet ihr in der Kommode.«

Sie richtete sich auf und verließ ohne ein weiteres Wort das Zimmer. Kaum war sie gegangen, fragte Jenna leise: »Sollen wir wirklich hierbleiben oder uns gleich auf den Weg machen?«

»Wohin können wir schon gehen?«, fragte León.

»Die Tore suchen, was sonst?«

»Dann glaubt ihr nicht, dass das unsere Welt ist?« León war ungewohnt zaghaft.

»Also ich bin hier sicher nicht zu Hause, ich habe all das hier noch nie gesehen.« Mary machte eine ausladende Handbewegung. »Und was du über die Taten in unserer Vergangenheit gesagt hast, kann ich mir einfach nicht vorstellen. Niemand von uns sieht wie ein Brandstifter aus. Das ist nicht unsere Welt, aber wir könnten bleiben. Alles ist uns einigermaßen bekannt ... na ja, das meiste. Hier gibt es Menschen. Menschen wie Carmelita und ihren Vater. Man wird uns helfen.«

»Aber das ist nicht unser Leben. Willst du nicht heimkehren? In die Welt zurück, in die du geboren wurdest?«, fragte Jenna.

»Sicher will ich das«, wisperte Mary. »Aber dazwischen liegen noch drei Tore und das wiederum bedeutet, drei von uns werden sterben, bis es so weit ist.«

Jeb hob den Kopf und strich sich nachdenklich durch das schwarze Haar. »Ich traue der Sache nicht. Es wäre zu einfach, nicht mehr weiterzumachen und in dieser Welt zu bleiben. Wer auch immer uns in das Labyrinth gesetzt hat, hat so eine Situation bedacht, und ich gehe davon aus, dass sie Vorkehrungen für diesen Fall getroffen haben.«

»Was meinst du?«, fragte Jenna.

»Die Seelentrinker. Ihr mögt sie vergessen haben, ich nicht.« Bei seinen Worten lief Jenna ein Schauer über den Rücken.

»Von denen haben wir seit zwei Welten nichts mehr gesehen oder gehört«, erwiderte Mary.

»Das bedeutet nicht, dass sie nicht mehr da sind. Vielleicht haben sie kurzfristig unsere Spur verloren oder wir haben einfach Glück gehabt, aber denkt mal an die Botschaft, die Jeb gefunden hat, da stand eindeutig drin, was geschieht, wenn wir nicht bereit sind, uns unserer größten Angst zu stellen.« Jenna seufzte. Das hier war noch lange nicht vorbei.

»Haben wir uns nicht schon oft genug unseren Ängsten gestellt? Ich kann nicht mehr! Du glaubst, dass sie wieder auftauchen?«, fragte Mary mit weit aufgerissenen Augen.

»Ich bin mir sicher. Aber es könnte doch sein, dass diejenigen, die uns laut dieser Zeitungsmeldung suchen, uns jagen werden. Hier und jetzt. Komme, was wolle.« Jeb sprach seine Überlegungen nur leise aus, so als wollte er niemanden erschrecken. Aber seine Logik war bestechend, fand Jenna.

»Was ist mit dir?«, wandte sie sich an León. »Was denkst du?«

»Ganz ehrlich, keine Ahnung. Diese Welt verwirrt mich. Alles kommt mir so bekannt vor. Es fühlt sich ... richtig an, hier zu sein, auch wenn es kein schönes Gefühl ist. Tief in mir drin ist etwas, ein alte Angst, eine ...« Er verstummte, als könnte er diesen Gedanken nicht aussprechen. Als hätte er Angst, sich etwas einzugestehen oder etwas von sich preiszugeben. Jenna konnte ihm ansehen, wie schwer es für León war, sich aus dieser Welt einen Reim zu machen. Sie glaubte, dass alle unnatürlichen Vorkommnisse – Fernandos blutleere Wunde, das Telefonat, Carmelitas Bemerkung zu seinen Tattoos – ihn bisher am meisten erschütterten. Seine Hoffnung, dass er zu Hause angekommen sein könnte, war zerstört.

»Ich glaube, wir müssen weiter«, sagte Jeb.

Mary sah ihn mit ausdruckslosem Gesicht an. »Und wohin?«

»Keine Ahnung. Wir werden uns am Stern orientieren. Er wird uns zu den Portalen führen, so wie bisher auch.«

Jenna blickte in die Runde. »Hat ihn jemand gesehen?«

Keiner hatte darauf geachtet.

»Ich gehe raus, nachsehen«, sagte León. Von draußen erklangen noch immer Schüsse, Autoreifen quietschten auf dem Asphalt.

»León ...« Mary wollte etwas sagen, wahrscheinlich ihn daran hindern, jetzt rauszugehen, sie traute sich jedoch nicht. León wirkte entschlossen und sah Mary fest in die Augen. »Warte hier«, sagte er. Dann war er fort.

Draußen begrüßte ihn Gluthitze. Die Temperatur schien noch gestiegen zu sein. León schlüpfte durch die Tür und huschte geduckt die Treppe hinunter. Hinter dem Mauervorsprung, der die steinerne Treppe bildete, ging er in die Knie und schaute die Straße in beide Richtungen entlang. Niemand zu sehen. Wie ausgestorben glühte der Asphalt vor sich hin, wirkte wie ein Spiegel, der die Hitze auf die Umgebung warf. León brach der Schweiß aus allen Poren aus. Sie mussten sich um andere Kleidung kümmern, fiel ihm auf. Sie trugen immer noch die Flanellhemden und hier war es eindeutig zu warm dafür.

Er verengte die Augen zu Schlitzen, die Sonne stand grell leuchtend am fast weißen Himmel, den keine Wolke bedeckte. Noch immer zu hell. Er bedeckte seine Augen mit der Hand, starrte nach oben, suchte jeden Fetzen Himmel ab, aber entweder war der Stern noch nicht aufgegangen oder die flirrende Helligkeit verbarg ihn.

León wollte gerade aufstehen und zurück ins Haus flitzen, als er ein tiefes Motorengeräusch vernahm. Ein Sechszylinder, schoss es ihm durch den Kopf. Er erkannte den Sound sofort. Brummend und ... gefährlich. Dazu ertönte jetzt laute dröhnende Musik. Es klang wie ... mexikanischer Rap. Er verstand die Worte und die Geschichte, die sie erzählten, ließ ihn trotz der Hitze frösteln.

Still Making Money With This Criminal Mentality
And Haters Still Hating These Days.
I'm Still Hittin' This Thang
With Semi-Automatic Thangs.
I Live How I Want,
You Chase What You Wanna Be.

León spähte um die Ecke. Tatsächlich, da rollte ein schwarzes Cabrio auf ihn zu. Vier Mexikaner mit tätowierten Gesichtern befanden sich darin und nickten im Takt der Musik. Im Gegensatz zu seinen eigenen Tätowierungen, die das gesamte Gesicht bedeckten, war bei ihnen nur jeweils die rechte Gesichtshälfte verziert. Trotzdem wirkten sie Furcht einflößend. In ihren hochgereckten Fäusten steckten kurzläufige Maschinenpistolen, die sie drohend herumschwenkten. *Mierda.* Der Wagen kam genau auf ihn zu. Noch konnten sie ihn nicht sehen, aber wenn sie sich auf gleicher Höhe mit ihm befanden, gab es keinen Schutz mehr. Sie würden ihn kurzerhand abknallen, daran zweifelte León keine Sekunde.

Was sollte er bloß tun? Er war ein Fremder in ihrem Gebiet. Sein Gesicht und sein Körper waren von Tätowierungen bedeckt, die ihren zwar ähnelten, aber doch in wesentlichen Teilen unterschiedlich waren und die ihn als Mitglied einer anderen Gang auswiesen.

Sie werden denken, ich sei ein Späher, der sich auf ihr Gebiet geschlichen hat. Bei allem, was heilig war, er konnte froh sein, wenn sie ihn nur erschießen würden.

Was mache ich nur?

Der Wagen kam immer näher. Die Musik wurde lauter, bedrohlicher. Nur noch Sekunden, dann würden sie bei ihm sein.

»Hört ihr das?«, fragte Jenna.

Alle lauschten.

»Musik, allerdings unerträglich«, meinte Mary.

»Unmöglich«, sagte Jeb und doch, jetzt konnte er es ebenfalls hören. Dröhnender Bass, der stetig näher kam und schließlich die Fenster vibrieren ließ. »Scheiße, was ist da los?«

Alle drei rannten hinüber in die Küche, spähten durch die Schlitze der heruntergelassenen Rollläden. Sie sahen den Wagen sofort, ein dunkles Ungetüm ohne Verdeck, in dem vier Männer saßen und drohend mit ihren Waffen herumfuchtelten.

»León ist da draußen«, zischte Mary leise, so als könne man sie auf der Straße trotz der Lautsstärke der Musik hören. »Sieht ihn jemand?«

»Nein.« Jennas Stimme war keine Nervosität anzuhören, aber Jeb wusste, dass sie wie er selbst und Mary unter großer Anspannung stand.

»Keine Spur von ihm«, sagte er. »Er muss sich versteckt haben.«

»Hoffentlich gut genug«, murmelte Mary, die bleich geworden war.

Jenna wandte den Kopf, sah Jeb kurz an. »Nichts.« Dann spähte sie wieder hinaus. Zu dritt starrten sie auf die Straße. Von León keine Spur.

León hörte, wie der Wagen stetig näher kam. Er hatte sich auf den Bauch gelegt, das Flanellhemd schnell über sich geworfen, sodass sein Gesicht und seine Arme darunter verborgen waren. Er versuchte, wie jemand auszusehen, der auf offener Straße erschossen worden war. Es war ein dürftiger Plan, aber das Einzige, was ihm auf die Schnelle einfiel. Entweder sein Trick funktionierte und die Typen fuhren weiter oder sie durchsiebten seinen Körper mit Kugeln.

Das Quietschen von Autoreifen, die abrupt abgebremst wurden, drang an sein Ohr. Die Musik verstummte. Plötzlich war es totenstill. Nichts regte sich mehr. Nicht mal ein Lufthauch bewegte die Papierfetzen auf der Straße, das Leben schien den Atem ebenso wie er anzuhalten.

»Sieh dir den verdammten Penner an«, sagte eine brutal klingende Stimme. »Den hat einer kaltgemacht.«

»Si«, sagte eine zweite Stimme. »Ein cabrón weniger.« Plötzlich spürte León die Hitze der Sonne auf seinem rechten Handrücken. Verdammt! Er wagte es, ein Auge vorsichtig zu öffnen. Die linke lag verborgen, aber die rechte mit ihren blauschwarzen Mustern war offen zu sehen.

Madre mia, hoffentlich fällt das keinem auf.

»Der Typ hat coole Schuhe an«, sagte eine neue Stimme.

»Das nennst du cool?«, sagte der Erste. »Sehen wie beschissene Wanderschuhe aus, mit denen die weißen Ärsche in den Bergen herumklettern. Sag bloß, du würdest die Treter von so einem toten weißen Arschloch anziehen?«

»Nein, nein«, versicherte hastig die Stimme. »Ich meinte nur.«

»Weißt du was, *hombre,* dein ständiges Gelaber geht mir auf den Sack. Halt mal die verfluchte Fresse.«

»Alles klar, Rojo«, kam es unterwürfig zurück. *»Lo siento,* sorry, Mann ...«

»Ruhe!«

Plötzlich sprach keiner mehr. War dem Typ, den die anderen Rojo nannten, etwas aufgefallen, was sein Misstrauen erregte? León wusste nicht, was los war. Er glaubte, die Blicke der Typen zu spüren, wie sie über seinen Körper glitten.

Hoffentlich, hoffentlich ... por Dios!

Dann wurde die Musik wieder eingeschaltet. Dröhnend hämmerte sie aus den Lautsprechern, hüllte León in ihrem Beat ein. Die Reifen quietschten erneut. Der Wagen fuhr los, verschwand, als er an der nächsten Ecke abbog.

Endlich wagte es León wieder zu atmen. Er sprang auf die Füße und hetzte zurück ins Haus. *Verdammt, das war knapp.*

Als er durch den Eingang schlüpfte und leise die Tür hinter sich zuzog, stand Mary vor ihm. Ihre Augen schwammen in Tränen. Wortlos fiel sie ihm um den Hals. Er fuhr ihr sanft mit der Hand über den Rücken. »Es ist nichts passiert.«

Sie presste sich noch enger an ihn, umklammerte seinen Körper, als wolle sie ihn nie wieder loslassen. Schließlich beruhigte sich Mary ein wenig. León fasste nach ihrer Hand und umschloss sie mit seiner. Er suchte ihren Blick und sie sah ihn an mit ihren sanften braunen Augen. »Lass uns nachher reden.«

Ohne ihre Reaktion abzuwarten, zog er sie zu den anderen in die Küche. Von Carmelita war nichts zu sehen.

»Haben sie dich gesehen?«

»Konntest du den Stern am Himmel ausmachen?«

León biss sich auf die Lippen und schüttelte stumm den Kopf. Es war genug Antwort auf beide Fragen.

»Mist!«, fluchte Jeb.

»Es ist erst Nachmittag, das zumindest sagen die Uhren hier im Haus«, warf Jenna ein. »Um Mitternacht wird er am Himmel stehen.«

»Wenn er überhaupt erscheint«, entgegnete Jeb.

»Hoffentlich. Er muss einfach.«

»Was machen wir jetzt?« Jeb sah die anderen an, aber keiner antwortete ihm.

»Das, was wir bisher noch viel zu wenig getan haben«, sagte León schließlich grinsend. »Wir ruhen uns aus. Bevor wir den Stern nicht entdecken, wissen wir nicht einmal, in welche Richtung wir uns halten müssen.«

»Dann ist es also beschlossene Sache. Wir ziehen weiter«, sagte Jenna ruhig. »Was ist mit dir, Mary?«

»Ich gehe dahin, wohin ihr geht.« León legte seinen Arm um ihre Schulter und Mary schluckte kurz. »Ohne euch ...« Sie verstummte.

»Okay, dann ruhen wir uns aus.« Jenna blickte kurz zu Jeb. »Jeb und ich nehmen das Wohnzimmer, ihr könnt das Gästezimmer haben.«

León spürte, wie ein Lächeln über seine Lippen glitt. Endlich würde er mit Mary allein sein. Es gab so viel, worüber er mit ihr reden wollte.

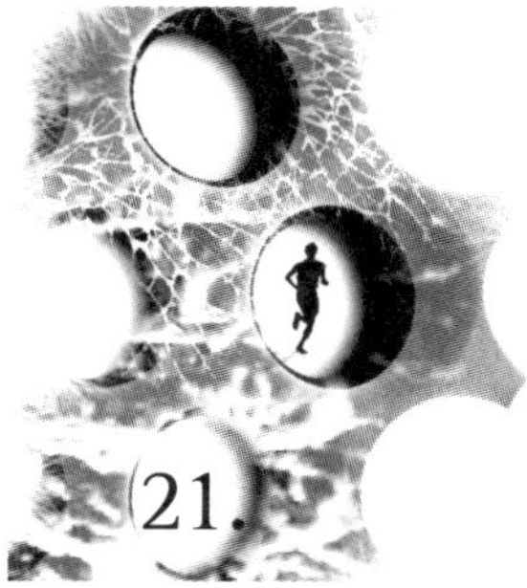

21

Sie fanden das Gästezimmer am Anfang des Flures, gleich neben der Eingangstür. Es war ein kleiner schmuckloser Raum, in dem lediglich ein Bett, ein großer Holzschrank und ein Stuhl standen. An der Wand über dem Bett hing ein Ölbild, das Jesus Christus zeigte, der zu Fischern sprach. Mary ging zum Bett hinüber und setzte sich auf die Kante. Hinter ihr schloss León leise die Tür. Er trat zwei Schritte in den Raum hinein, dann blieb er unentschlossen stehen. Schüchtern fast. Mary musste lächeln. Sie hob den Kopf und blickte ihn an, schaute in diese tiefen dunklen Augen, die so viel Schmerz kannten. Hier stand León vor ihr, der immer so unnahbar gewirkt hatte. Doch jetzt war da eine nie gekannte Nähe zwischen ihnen.

Mary erhob sich und trat zu ihm. Als sie eine Hand auf seinen Brustkorb legte, spürte sie den aufgeregten Schlag seines Herzens. Wie ein Vogel flatterte es in seiner Brust und Mary liebte ihn dafür. Sie spürte es mit jeder Faser ihres Körpers, dass sie sich bei León geborgen fühlte wie nie zuvor in ihrem Leben. Trotz aller Widrigkeiten hatte sie durch ihn gelernt, was es heißt, beschützt zu sein. Seine Augen wanderten über ihr Gesicht und auch Mary konnte ihre Augen nicht von seinem lösen, bis ihre Blicke sich trafen. Langsam hob sie ihre rechte Hand, fuhr mit dem Finger über sein Gesicht und all die schrecklichen Tätowierungen verschwanden vor ihren Augen. Zurück blieben die Züge eines Jungen, bei dessen Anblick ihr Herz höher schlug.

Mary nahm all ihren Mut zusammen. Sie umfasste sein Gesicht mit beiden Händen und zog ihn zu sich herab. Ihre Lippen fanden sich zu einem ersten zaghaften Kuss, dann zu weiteren.

Leóns Lippen bebten, als er sich von Mary löste. Er wollte sie weiter küssen, aber er wusste, jetzt und hier war nicht der richtige Ort und nicht die richtige Zeit dafür. Er fühlte, dass sich Mary ihm auch hingeben wollte, aber das war der Situation geschuldet, der Verzweiflung, in der sie lebten. Nein, wenn es geschah, wenn Mary mit ihm schlief, dann sollten sie es beide bewusst tun und an einem friedlichen Ort.

»Was ist mir dir?«, fragte sie.

Er zögerte. »Ich kann nicht.«

»Es ist wegen mir. Stimmt's?«

»Nein, mit dir hat das nichts zu tun. Es ist ...«

Wie sollte er ihr sagen, dass er Angst davor hatte, sie wieder zu verlieren, kaum dass sie sich gefunden hatten. Mary war für ihn das Licht geworden in all diesen fremden Welten, die nur aus Kampf bestanden.

Besonders diese Welt, Los Angeles, erschütterte ihn bis ins Innerste.

Es war seine Welt.

Und war es doch nicht.

»Ich erinnere mich an so vieles. Alles ist mir so vertraut, der Geruch, die Hitze, die Gangs auf den Straßen, verdammt, selbst der beschissene Staub, der auf den Straßen klebt, hat früher zu meinem Leben gehört.« Er atmete tief aus. »Und dann bist da du, Mary!«

Er verstummte.

All diese Bilder, die jetzt wieder auf ihn einstürzten, ergaben kein Ganzes, fügten sich nicht zusammen. Alles blieb vertraut und fremd. Hinzu kam die Tatsache, dass Jeb, Jenna und Mary ganz offensichtlich nicht in diese Welt gehörten. Sie waren nie zuvor in Los Angeles gewesen und das meiste war ihnen fremd. Jennas merkwürdiges Telefongespräch mit ihrer Großmutter, ein Mann, der angeschossen wurde, aber nicht blutete, und das tiefe Gefühl in ihm, dass die Jagd noch nicht zu Ende war.

Und nun Mary.

In seinen Armen. Sie raubte ihm den Atem, er wollte sie küssen und konnte es nicht. Er sah, dass er sie verunsicherte, vielleicht sogar unglücklich machte, aber auch das konnte er nicht ändern.

Er schloss sie noch fester in die Arme, aber sie schaute ihm direkt in die Augen und richtete sich auf.

»Ich muss dir von mir erzählen«, sagte sie mit leiser und zitternder Stimme, die ihm einen Schauer über den Rücken jagte.

Als Mary endete, schwieg er. Tränen liefen über sein Gesicht und zum ersten Mal in seinem Leben schämte er sich nicht dafür. Er blickte auf seine Hand hinab, die mit Marys Fingern verschränkt war.

Es dauerte, bis er die Worte fand.

»Ich weiß nicht, was ich sagen soll. Aber ich weiß, dass das nichts zwischen uns ändert.«

»Ich ... ich fühle mich so beschmutzt«, sagte Mary leise.

»Oh nein, *mi corazón,* an alldem trägst du keine Schuld. Dir wurde schreckliches Leid zugefügt.«

Marys Kopf sank gegen seine Brust und endlich weinte auch sie. Ihr leises Schluchzen zerriss ihn fast, aber er versuchte nicht, sie mit Worten zu trösten. Eine Weile blieben sie so, eng umschlungen, und jeder vernahm den Herzschlag des anderen.

Schließlich blickte Mary auf. »Warum hast du dich in mich verliebt?«

»Ach Mary«, seufzte er gespielt. »Wo soll ich anfangen? Aber in der Steppe hast du zu mir gesagt: ›Vielleicht bist ja du derjenige, der mir hilft.‹ Hier bin ich.«

Jenna blickte im Dämmerlicht des abgedunkelten Wohnzimmers in Jebs Augen und fand ihr Spiegelbild darin. Ihr Atem war noch schwer von der Liebe, die sie sich geschenkt hatten. Nun fuhr sie mit ihren Fingern über seine nackte Brust, während sie in seine Augen blickte. Seine Haut duftete nach der Seife, mit der er sich zuvor beim Duschen eingeschäumt hatte, aber auch sie selbst fühlte sich zum ersten Mal seit Langem wieder wohl in ihrer eigenen Haut.

»Jeb?«

»Ja.«

»Ich glaube, ich liebe dich.«

»Und ich glaube, ich liebe dich.«

Sie lächelte. »Weißt du, dass es mir vorkommt, als würden wir uns schon immer kennen, schon immer lieben?«

»Mir geht es genauso. Dabei sind gerade mal ein paar Tage vergangen. Es ist ...«

»... als würden wir uns schon aus unserem vorherigen Leben kennen«, vollendete sie den Satz. »Alles an dir ist mir vertraut. Einfach alles. Die Art wie du aussiehst, wenn du schläfst, wie du lachst und dabei den Kopf schief legst. Deine Hände auf meiner Haut, selbst die Art, wie du mich festhältst, jede Geste kenne ich. Aber woher? Wieso bin ich so sicher, dich schon zu kennen?«

»Ich weiß nicht, Jenna. Vielleicht ist das so, wenn man verliebt ist? Oder vielleicht ist das so, wenn *wir* verliebt sind?« Er lächelte sie an.

Jenna war nicht sicher, ob sie die Antwort hören wollte, aber sie musste diese Frage stellen. »Warst du schon mal verliebt, so richtig?«

Er sah aus, als würde er nachdenken, in seiner Erinnerung forschen. Schließlich schüttelte er den Kopf. »Nein, ich glaube nicht. Und du?«

»Ja, in dich.« Es war einfach so herausgekommen. Sie wusste nicht, warum sie es gesagt hatte. Nein, doch, sie wusste es: Weil es genau so war.

»Das ist schön«, meinte Jeb. Er beugte sich vor und küsste sie sanft auf die Lippen. Als er zurückwich, strich sein Atem über ihr Gesicht.

»Jeb, ich bin so froh, dass du bei mir bist, hier in diesen Welten. Manchmal habe ich das Gefühl, ich werde verrückt«, seufzte Jenna. »Und diese neue Welt kostet mich viel Kraft. Gerade weil alles so ähnlich ist wie zu Hause, gerade das macht mich wahnsinnig: dass mir alles so vertraut und doch gleichzeitig fremd ist. Heute ist mir so viel über meine Großmutter eingefallen. Es ist, als müsste ich nur hingehen und an ihrer Tür klingeln und alles würde wieder sein wie immer. Und doch kennt sie mich nicht, sagt, sie habe keine Enkelin. Was ... was soll das bedeuten?«

Seine Hand streckte sich nach ihr aus, fuhr die Linien ihres Gesichtes nach. »Vielleicht sollen wir es nicht verstehen, vielleicht soll es keinen Sinn ergeben. Sondern uns nacheinander wahnsinnig machen.«

»Aber wozu? Es ist so sinnlos.«

»Ich weiß, dass du stark bist und dass noch einiges passieren muss, bevor du wahnsinnig wirst. Und so lange musst du weitermachen. Um dein Leben zu kämpfen, ist niemals sinnlos«, widersprach er. »Mögen die Umstände auch noch so verrückt sein.« Jenna seufzte.

Er schaute sie eindringlich an. »Jenna, bitte glaub daran, dass du es schaffst. Glaub daran. Lass jetzt nicht nach, sondern kämpfe noch härter. Ich bin bei dir und ich brauche dich.«

»Und ich brauche dich, weißt du das? Ohne dich, Jeb, hätte ich schon längst aufgegeben.«

»Das darfst du nicht einmal denken«, sagte er bestimmt und es klang fast zornig.

Eine Weile schwiegen sie und Jenna genoss es, Jebs Geruch nach Gras und Erde einzuatmen, der ihr schon im allerersten Moment an ihm aufgefallen war. Könnten sie doch für immer hier liegen ...

Da merkte sie, wie sein Blick auf die Innenseite ihres Handgelenks fiel, auf die sternförmige Tätowierung.

»Was ist das?«, fragte er verblüfft. »Du bist tätowiert? Das ist mir bisher nicht aufgefallen. Wow, seit wann hast du sie?«

Jenna versuchte, sich nichts anmerken zu lassen, weder, dass sie eine leise Ahnung hatte, wann und warum sie sie bekommen hatte. Noch, dass sie wusste, dass sie mit jemandem zu tun hatte, den sie liebte oder geliebt hatte. »Wahrscheinlich war die Tätowierung von meinem Hemd verdeckt. Ist nichts Besonderes.« Sie verschwieg ihm, dass das Tattoo immer wieder auftauchte und verschwand, ohne dass sie es sich erklären konnte. Sie wollte ihn nicht zusätzlich belasten.

Er fuhr mit den Fingern die dunklen Linien nach. »Schlicht, aber schön«, meinte er. »Weißt du, woher du es hast und warum du es hast machen lassen?«

Sie hatte seine Frage befürchtet und sich innerlich für ihre Antwort gewappnet. Entschlossen schüttelte Jenna den Kopf und ihr Haar strich über sein Gesicht. »Nein«, log sie. »Ich habe keine Ahnung, was es damit auf sich hat.«

Sie würde ihm gern sagen, dass diese Tätowierung sie mit jemandem verband, aber sie hatte keine Erklärung dafür, wusste nicht genau, was das Tattoo zu bedeuten hatte, aber sie spürte hinter dem Schleier des Vergessens ein Band, das von dieser Welt in ihr altes Leben reichte.

Um ihn von der Tätowierung abzulenken, beugte sie sich vor und küsste ihn auf die Lippen. Seine Hände fuhren sanft ihren Rücken hoch, dann presste er sie eng an sich. Schließlich gab es keine Welt mehr, über die sie nachgrübeln mussten, nur noch diesen einzigartigen Augenblick.

Mary lag auf der Seite, den Kopf auf Leóns Brust ruhend. Ihre Finger strichen sanft darüber. León war eingeschlafen, mitten im Gespräch. Seine gleichmäßigen Atemzüge verrieten es ihr.

In seinen Armen war es, als wäre sie heimgekehrt. Heimgekehrt zu einem Menschen, den sie vor wenigen Tagen noch nicht einmal gekannt hatte. Da war sich Mary sicher.

Und nun stellte sie fest, dass sie trotz ihrer Vergangenheit so etwas wie Liebe empfinden konnte. Immer hatte sie gedacht, dass in ihrem Leben für so etwas kein Platz mehr sein dürfte. Es konnte einfach nicht sein. Aber bei León war es anders.

All das Grauen und die Angst hatten sie in diesem Moment, als er sie einfach nur festgehalten hatte, verlassen. Mary war nicht dumm, sie würden wiederkehren, aber nicht jetzt. Der Augenblick gehörte León und ihr. Als sie sich vorbeugte, um ihn zu küssen, erwachte León.

»Tut mir leid«, flüsterte Mary. »Ich wollte dich nicht wecken.«

Er beugte sich über sie und küsste sie. Seine Lippen schmeckten nach Salz und sie wollte mehr davon, aber León entzog sich ihr. Auf einen Ellenbogen abgestützt, lag er neben ihr und sah sie an. Sein Blick wanderte über sie und es war, als streichele er sie, ohne sie zu berühren. Zum ersten Mal konnte sie es ertragen, dass jemand anderes ihren Körper betrachtete. Leóns Finger strich eine widerspenstige Haarsträhne aus ihrem Gesicht. Er tat es unendlich sanft.

Sie sah ihn an, blickte tief in seine Augen. »Du bist so schön. Weißt du das?«

Er stieß ein leises Lachen aus. »Ich bin ein lebendes Bilderbuch des Schreckens und du findest mich schön.«

»Ja«, hauchte sie. »Die Bilder sind furchtbar, keine Frage.« Sie musste grinsen. »Aber dich finde ich schön.«

León wich ihrem Blick zunächst aus, doch schließlich wandte er sich wieder zu ihr. Mary hielt die Luft an und plötzlich nahm sie wieder die Umgebung mit all ihren Unvollkommenheiten wahr. Das Zimmer war nur ein schäbiges Zimmer und nicht mehr der Himmel auf Erden. Stattdessen blieb Marys Blick nun an dem abgewetzten Bettlaken hängen und sie roch den Geruch der alten Möbel. Sie schwiegen, bis die Stille in Marys Ohren dröhnte, aber schließlich räusperte sich León.

»Ich bin nicht schön, Mary. Und erst recht nicht die Bilder, die meinen Körper bedecken. Du nennst sie furchtbar. Aber sie erzählen mein Leben.«

»Ist dein Leben außerhalb von dem hier denn wirklich so trostlos?« Mary versuchte zu begreifen, was León da sagte.

»Ich ... ich kenne diese Welt hier, ich kenne sie, weil ich genau dieses Leben der Gangs und der Gewalt schon mal erlebt habe. Tatsächlich besteht all das, an das ich mich erinnere, aus nichts anderem als Gangs und Gewalt und Tod. Rache und Blut ...« Er stockte. Mary bemühte sich, sich ihren Schrecken nicht anmerken zu lassen.

»Mary. Ich ... ich habe einen Menschen getötet. Vorher, in meinem früheren Leben. Ich musste es tun, seine Gang hat meinen Vater getötet, es war wichtig, sie nicht davonkommen zu lassen. Aber ... er war doch nur ein Junge, so alt wie ich, jünger sogar.«

León wich ihren Blicken aus. Aber sie ließ ihn weitersprechen und sagte nichts. »Meine *hombres* haben mich aufgenommen, als meine Mutter mit mir und meinen Geschwistern allein zurückblieb. Sie waren meine Familie, verstehst du. Ich habe meine Brüder aus der Gang geliebt und ... für ihren Schutz musste ich mich ihren Regeln unterwerfen.« Er atmete tief ein. »Und ich tat es mit Freuden. Mit *Freuden,* Mary.« Seine Stimme bebte. »Erst jetzt fällt mir das ein und ich begreife, wie schrecklich mein früheres Leben gewesen ist. Das hier«, er lachte leise auf, »das hier ist ein Klacks dagegen. Und außerdem ...« Mary wandte ihren Blick von dem Tattoo auf seiner Stirn ab, den vier Zeichen, die am rätselhaftesten von allen waren. Ihre Blicke fanden sich. »... und außerdem habe ich jetzt dich, Mary. Endlich kann ich kämpfen, für etwas Gutes. Denn ich habe jemanden gefunden, den ich beschützen kann – dich.«

Mary spürte, wie ihre Wangen zu glühen anfingen. Sie räusperte sich, doch ehe sie etwas erwidern konnte, legte León ihr einen Finger auf die Lippen. »Sag nichts, bitte sag einfach, dass ich das für dich tun darf, ja? So lange wie nötig, verspreche ich, dass ich dich beschützen werde.«

Mary brachte kein Wort heraus, so sehr musste sie mit den Tränen kämpfen. Sie nickte stumm. Wie um sein Versprechen einzulösen, legte León seinen Arm um sie und zog sie näher zu sich heran.

22.

Die Dämmerung war längst hereingebrochen, als Mary und León an die Wohnzimmertür am anderen Ende des Flurs klopften und eintraten. Sie fanden Jeb und Jenna, beide saßen auf dem verschlissenen Sofa und blickten auf, als sie das Zimmer betraten. León konnte nicht erkennen, ob sie geschlafen hatten, denn beide waren komplett angezogen, sie trugen T-Shirts, die León noch nicht kannte, und hatten sogar die Stiefel schon an.

Noch immer schmeckte er den letzten Kuss auf seinen Lippen. Die letzten Stunden waren unglaublich gewesen. Marys Gefühle für ihn waren echt und auch er durfte zum ersten Mal so etwas wie Liebe empfinden. Aber etwas hatte sich am Schluss zwischen ihnen verändert. Wer weiß, wie viele Stunden wie diese ihnen noch geschenkt werden würden. León nahm Marys Hand und drückte sie sanft. Ihm wurde schwer zumute, wenn er daran dachte, dass ihre Zeit begrenzt war, dass es wahrscheinlich keine Zukunft für sie gab.

»Alles klar?«, fragte Jeb und sah ihn eindringlich an. León war es gewohnt, seine Gefühle nicht zu zeigen. Das würde nur zu Fragen führen und dann zu neuen Problemen, also zwang er sich zu einem Grinsen.

»Uns geht es gut«, antwortete er.

»Ja«, bestätigte Mary tapfer. Er hatte vorhin bemerkt, dass sie mit den Tränen kämpfte. León spürte Jennas Blick über sich und Mary gleiten und für einen Moment entstand eine unbehagliche Stille. Keiner wusste, wie es jetzt mit ihnen weitergehen sollte.

»Wie spät ist es?«, fragte León in die Stille hinein.

Jeb deutete mit einem Nicken zu einer alten Wanduhr, die einer Sonne nachempfunden an der Wand hing und leise tickte.

»Gleich Mitternacht.« Jeb seufzte. »Wir sollten los.«

»Seid ihr bereit?«, fragte Jenna.

»Ja«, sagten Mary und er fast wie aus einem Mund.

Jenna erhob sich. Sie fasste nach einem Stoffbeutel. »Ach ja, Carmelita war zwischendurch bei uns und hat uns Proviant gegeben. Brot und Schinken und eine Flasche Wasser für jeden. Und: neue Klamotten. Sie hat ein paar Sachen rausgesucht, für jeden ein T-Shirt. Ich glaube, sie ahnt etwas, spürt, dass etwas mit uns nicht stimmt, aber sie hat nicht nachgefragt, sondern uns Gottes Segen auf unserem Weg gewünscht.«

»Wie geht es Fernando?«, fragte Mary.

»Anscheinend gut, er schläft immer noch.«

»Können wir uns noch von Carmelita verabschieden?«

Jenna schüttelte den Kopf. »Sie hat sich zurückgezogen. Ich glaube, sie möchte nur so viel wie nötig von uns wissen. Kein Wunder.« Sie lächelte verhalten.

Niemand antwortete etwas darauf, stattdessen zog sich Mary das blassblaue T-Shirt, das Jenna ihr gegeben hatte, an und band sich ihr Flanellhemd um die Hüfte, wie Jeb und Jenna es getan hatten. León streifte sich ebenfalls das schwarze, ausgewaschene T-Shirt über. Es hatte einen Kragen und war etwas eng, aber León war froh, endlich etwas Leichteres tragen zu können.

Jenna warf sich den Beutel über die Schulter und verließ als Erste das Wohnzimmer. Die anderen folgten ihr.

Als sie vorsichtig vor das Haus traten, sahen sie, dass der Himmel brannte.

Über der Stadt lag dichter schwarzer Rauch. Wohin sie auch sahen, flackerten Flammen auf. Die ganze Stadt schien zu brennen. Orangefarbene Feuerzungen leckten nach dem Himmel, während sie am Boden Häuser und Autos fraßen.

Die Luft schmeckte nach Metall und Gummi. Jenna schob ihren Jackenärmel vor den Mund, als der beißende Geruch ihre Lunge erreichte und sie keuchen ließ. Es war merkwürdig still hier draußen. Nur ein Murmeln lag in der Luft und das trockene Knistern des Feuers. Da die Rollläden im Haus unten gewesen waren, hatten sie nichts davon mitbekommen, was sich auf der Straße abspielte.

Offensichtlich war die Nacht die Zeit der Gangs, die aus ihren Verstecken herauskamen, um die Stadt zu terrorisieren.

Wieso muss es immer nur schlimmer werden?, dachte Jenna, während sie die Straße entlangblickte und sah, wie sich das Feuer durch das Viertel fraß.

Neben ihr keuchte Mary. »Scheiße.«

León schwieg und Jeb hatte die Stirn in Falten gelegt. Die Gesichter ihrer Freunde glänzten im Flammenschein.

Jenna blickte zum Himmel. Sie musste sich im Kreis drehen und es dauerte eine ganze Weile, bis der Qualm ein Stück vom Himmel freigab, auch wenn es nur für einen Wimpernschlag war.

Und dann sah sie ihn und deutete aufgeregt nach oben.

Den Stern.

Weit entfernt. Dort, wo noch mehr Feuer wüteten.

»Sieht aus, als müssten wir durch die halbe Stadt hindurch«, sagte Jeb.

»Ich glaube nicht, dass *das* unser Problem ist«, meinte Jenna. »Es scheint, als würden die Tore außerhalb dieses Viertels liegen.

So, wie es aussieht, müssen wir erst mal einen Weg finden, durch die Blockade zu kommen.«

»Und wenn wir hingehen und mit den Polizisten an den Straßensperren reden?«, meinte Mary.

»Nein, das geht auf keinen Fall. Wir werden gesucht, schon vergessen? Und selbst, wenn sie keinen Haftbefehl gegen uns hätte, gibt es ja offenbar genug Menschen, die aus dem Viertel herauswollen, und wie wir an Fernando gesehen haben, zögern die Männer nicht, auf Unbewaffnete zu schießen, selbst wenn sie *keine* Bedrohung darstellen.« León schüttelte vehement den Kopf, als er das sagte. Er wirkte weniger überrascht von der neuen Situation, die sich hier draußen ergeben hatte, als vielmehr entschlossen, hier herauszukommen.

»Okay«, warf Jenna ein. »Wir versuchen es erst mal durch das Chaos und das wird schlimm genug. Wie es später weitergeht, werden wir sehen.«

»Wollt ihr den direkten Weg nehmen?«, fragte León.

»Ich denke, ja«, sagte Jeb.

Jenna blickte die Straße entlang. Hier und da sah man Schatten, die zwischen den Häusern flitzten. Es war nicht zu erkennen, ob es Menschen waren, die versuchten, ihr Hab und Gut vor den Flammen zu retten, oder Gangmitglieder, die neue Feuer legten.

Sie hielten sich im Schutz der Gebäude, vermieden die offene Straße. Dadurch kamen sie nur langsam voran, aber bald hatten sie sich im Gewirr der flammenden Gassen und engen dunklen Straßen verloren. Auch so schon war es eine heiße Nacht, aber die brennenden Gebäude heizten die Luft zusätzlich auf. Jeb spürte, wie ihm der Schweiß den Nacken hinunterlief, das frische olivfarbene T-Shirt feucht werden ließ und über das Gesicht rann.

Als er die anderen im Licht der Feuer betrachtete, erkannte er, dass es Mary, Jenna und León ähnlich erging. Der Gestank nach verbranntem Plastik war inzwischen unerträglich und der schwarze Qualm der Feuer brannte in seiner Lunge.

Niemand war mehr auf der Straße zu sehen. Die umherhuschenden Schatten waren verschwunden, aber es lag ein Geräusch in der Luft, so als flüsterten unzählige Menschen gleichzeitig. Je näher sie kamen, desto lauter wurde es und schließlich konnten sie sogar einzelne Stimmen wahrnehmen.

Als die Hauptstraße auf eine große Kreuzung traf, öffnete sich links von den Häusern ein weitläufiger Park vor ihnen. Und hier waren sie. Menschen über Menschen verteilten sich auf den ehemals grünen Grasflächen, die jetzt niedergetrampelt waren. Hohe Bäume säumten die Kieswege des Parks, aber durch die Hitze der umliegenden, in Flammen stehenden Gebäude hatten sie ihre Blätter verloren.

Der Lärm war nun ohrenbetäubend. Menschen hoben an Holzstöcken geklebte Plakate in die Luft und brüllten ihren Zorn gegen die Regierung hinaus.

Die Menschen seien hungrig und durstig, stand auf den Schildern. Auf den Straßen herrsche die Gewalt und die Behörden hätten sie im Stich gelassen – davon erzählten die Plakate und die Rufe der Viertelbewohner, auch wenn Jeb nur wenig von dem chaotischen Geschrei ausmachen konnte. Aber er erkannte, hier schrien Menschen ihren Zorn zum Himmel, die keine Hoffnung mehr hatten. Aber Jeb wusste nicht, ob ihnen jemand zuhörte.

»Was machen wir jetzt?«, fragte León neben ihm. Alle vier standen wie angewurzelt da und starrten auf das Chaos vor ihnen.

»Da kommen wir nicht durch. Die Menge würde uns zertrampeln, wir müssen den Park umgehen.«

»Was meinst du, uns droht Gefahr?«

Jeb zuckte die Schultern. »Im Augenblick nicht. Die Leute sind viel zu viel mit sich selbst beschäftigt, aber du solltest dir das Hemd überziehen und deinen Kopf gesenkt halten, damit dir niemand ins Gesicht sehen kann.«

»Welche Richtung sollen wir nehmen?«, fragte Jenna. »Nach links dem Weg folgen oder rechts die Hauptstraße nehmen?«

»Wir gehen den Weg weiter.« León deutete in Richtung der Hauptstraße, die sich nun ebenfalls mit Menschen füllte. Wie Gespenster tauchten sie aus der Dunkelheit auf und schlossen sich der nächtlichen Demonstration an. Im Lichtschein der Feuer schätzte Jeb die Anzahl der Protestierenden auf Tausende und immer mehr strömten in den Park.

Plötzlich lag ein merkwürdiges Surren in der Luft. Die Menschen um sie herum wurden still. Niemand bewegte sich mehr, alle schwiegen und lauschten. Die feinen Härchen an Jebs Armen richteten sich auf und sein Nacken kribbelte. Das war keine natürliche Ruhe. Es war die Abwesenheit aller Geräusche, bevor ein Sturm losbrach. Plötzlich zersprang die Stille in ein Flappen, das er bis in den Bauch spüren konnte und das rasend schnell näher kam. Die Luft schien sich zu verdichten. Jebs Ohren schmerzten und er presste beide Hände darauf. Jenna neben ihm ebenso.

»Was ist das?«, schrie sie gegen den Krach an.

»Ich glaube, ein Hubschrauber.« Er blickte nach oben, wo nun ein Schatten in der Luft stand und den Himmel zerpflügte. Suchscheinwerfer tanzten über die Köpfe der Menge, sorgten für Unruhe. Die Masse wankte hin und her.

Eine dröhnende Metallstimme erwachte zum Leben. Unnatürlich laut drang sie zu ihnen herab, ließ die Erde erzittern.

»Hier spricht die Polizei. Gehen Sie in ihre Häuser. Verschließen Sie Fenster und Türen. Verhalten Sie sich ruhig. Oberbürgermeister Mendez hat den Notstand ausgerufen. Bis auf Weiteres gelten

Sonderregelungen. Es herrscht Ausgangssperre. Dies ist die letzte Warnung.«

Als die Durchsage endete, stieg der Hubschrauber weiter auf. Anscheinend wollte der Pilot sich einen besseren Überblick verschaffen, aber dann erklangen Schüsse, die klackernde Geräusche auf der metallenen Außenhaut hervorriefen. Der Helikopter drehte sofort ab und verschwand in der Nachtschwärze des Himmels.

Weitere Schüsse fielen. Irgendjemand kreischte auf. Die ersten Menschen drängten vom Platz. Dann noch mehr Schüsse. Noch mehr Schreie. Die Menge geriet in Panik und niemand wusste, von welcher Seite eigentlich Gefahr drohte.

Die Menschen versuchten, sich zu retten, aber nirgends war freier Raum, alle Wege durch die Menschenmassen versperrt. Schmerzensschreie lagen in der Luft, heizten die Situation unter den Protestierenden noch an, schürten Panik und Angst.

»Wir müssen hier weg«, brüllte León gegen den Lärm an. »Los jetzt, in diesem Getümmel fallen wir nicht weiter auf. Niemand wird sich um uns kümmern.« Mal wieder rannten sie um ihr Leben, weg von der Menge, dem Chaos, auf dem schnellsten Weg, den ihnen der Stern wies.

Und dann sahen sie es. Wie eine schwarze, sich bewegende Welle kam die Menschenmasse auf sie zugerannt, alle versuchten gleichzeitig, aus dem Park zu fliehen. Die Leute waren in Panik, trampelten sich gegenseitig nieder und stießen einander beiseite. Jeder war mit sich selbst beschäftigt, die Menge kopflos geworden. Über allem lagen das Gebrüll der fassungslosen Angst und die Schreie der Verletzten.

León zog Mary mit sich und er sah, dass auch Jenna Jeb am Arm packte. Gemeinsam jagten sie auf das nächste Gebäude zu, das nicht in Flammen stand.

Dann erklangen plötzlich Schüsse in unmittelbarer Nähe. Reifen quietschten. Während die Menschen im Park versuchten, ihr Leben zu retten, rasten offene Autos mit Gangmitgliedern auf den Platz heran und schossen in die Menge.

León erkannte sofort die Situation. Nicht weit von ihnen entfernt jagte ein Wagen vorbei und er blickte auf tätowierte Gesichter, die wie scheußliche Masken wirkten. Diese Gesichter waren komplett tätowiert und ihre Bilder ähnelten den Bildern auf seinem Gesicht und Körper. Die Männer in den Autos feuerten ohne Unterlass und es dauerte einen Moment, bis León begriff, dass sie es nicht willkürlich taten, sondern gezielt auf junge Männer einer anderen Gang schossen, die sich zwischen den Fliehenden befanden.

Die Jungs in der Menge, es sind die gleichen Typen wie heute Nachmittag, als ich das Haus verlassen habe. Ihre Schädel sind nur auf einer Seite tätowiert.

Hier fand ein Krieg statt und eine Gang versuchte, die Massendemonstration zu nutzen, um alte Rechnungen zu begleichen. Die Angreifer – ihre Tattoos ... wieder einmal drängten sich Bilder in Leóns Erinnerung hoch, aber dafür war jetzt keine Zeit, sie mussten hier so schnell wie möglich weg.

Die angreifende Gang kannte kein Erbarmen. Ihre Fahrzeuge schlugen rücksichtslos Gassen in die Menge. Wo Menschen nicht rasch genug ausweichen konnten, wurden sie von den Autos gerammt.

León blickte zu Mary, die sich verkrampft an seinem Arm festhielt. Jeb schien immer noch etwas wacklig auf den Beinen zu sein, denn er wankte hin und her. Jenna hatte die Lippen zusammengepresst.

»Wir müssen sofort von hier verschwinden«, brüllte León gegen den Lärm an. Er deutete die Straße hinunter. »Folgt mir einfach.«

Er packte Marys Hand und zog sie mit sich. Jenna folgte mit Jeb. So schnell es ging, rannten sie am Häuserblock entlang. Um sie herum waren unzählige Menschen. Die Gesichter in Panik verzerrt, mit aufgerissenen Augen und Mündern versuchten sie ebenfalls zu fliehen. Doch der Feind war hinter ihnen. Reifen quietschten auf und weitere Schüsse fielen. León schrie die anderen an, nicht nachzulassen, weiterzulaufen.

Durch immer neue Seitengassen versuchten sie, dem nächtlichen Aufruhr zu entkommen, die Richtung war egal. Hauptsache sie wurden nicht in einen Kampf hineingezogen, der nicht ihrer war und den sie nicht verstanden.

Neben sich hörte er Mary keuchen und er ahnte, dass sie nicht mehr lange durchhalten würde. Jeb schien es sogar noch schlechter zu gehen. Als León nach ihm schaute, musste er feststellen, dass Jeb nur noch taumelte und ohne Jennas Hilfe wahrscheinlich längst zu Boden gefallen wäre.

Sie brauchten ein Versteck. Jetzt! Und dann sah er es.

Das Haus, auf das sie zuhielten, schien verlassen zu sein. Die Fenster waren ohne Glas, der Eingang war notdürftig mit Brettern vernagelt. León warf sich mit voller Wucht dagegen. Das Holz gab sofort nach und Bruchstücke wurden gegen die Wand geschleudert. Er hatte so viel Schwung, dass er nicht mehr abbremsen konnte, über etwas auf dem Boden stolperte und der Länge nach hinschlug. Er rutschte ein Stück über den nackten Steinboden, dann krachte er gegen die gegenüberliegende Wand. Die anderen waren alle bereits im Haus, bis er wieder auf den Beinen stand. Er sah sich rasch um. Vor ihm lag ein leerer Flur im Halbdunkel. Nur wenig Mondlicht fiel von draußen herein, aber es genügte, um sich zu orientieren. Er gab den anderen ein Zeichen und sie betraten eine verlassene Wohnung, deren Tür offen stand.

León schlug die Tür zu und sah sich rasch um. Sein Blick raste zu den offenen Fenstern. Draußen tobten die Menschen an den Fenstern vorbei. Schüsse hallten durch die Straße, Männer und Frauen kreischten und heulten.

»Die Rollläden«, rief er Jenna und Mary zu. Beide reagierten sofort und ließen die Jalousien herunter. Es wurde dunkel im Zimmer, nur noch wenig Licht drang durch die Schlitze. Erneut standen sie in einem abgeriegelten Haus und konnten sich nicht frei bewegen. Unterdessen lief die Zeit ab und sie waren dem Stern noch nicht einmal ansatzweise näher gekommen. León schaute das kleine Häufchen an, zu dem sie geschrumpft waren, und ihnen allen stand die Hoffnungslosigkeit ins Gesicht geschrieben.

Als sie sich wieder ein wenig gesammelt hatten, riskierte León, die Rollläden ein wenig hochzuziehen und aus dem Fenster zu schauen.

Noch immer jagten Gangfahrzeuge durch die Straßen und unermüdliches Gewehrfeuer war zu hören. Immerhin liefen nicht mehr solche Menschenmassen durch die Gegend und auch schien dieser Straßenzug von dem Flammenmeer verschont geblieben zu sein. Dafür lagen nun reglose Körper derjenigen, die erschossen oder niedergetrampelt worden waren, auf dem Boden. León zählte mindestens zwanzig Leichen in ihrer unmittelbaren Umgebung, dann gab er es auf. In seinem Rücken raschelte es. Mary erhob sich vom Boden und kam zu ihm ans Fenster. Er winkte ihr, sich zu ducken und sich langsam zu bewegen.

Mary spähte auf die Straße, dann seufzte sie. »Da können wir nicht raus.«

»Nein.«

»Was machen wir jetzt?«, fragte Jeb aus dem Hintergrund.

León sah ihn an. »Wie geht es dir?«

»Noch etwas schwach, aber du kannst auf mich zählen.«

»Okay«, sagte León. »Wir sollten wieder aus dem Zimmer raus, weiter nach oben gehen.«

»Warum?«, wollte Jenna wissen. »Hier sind wir sicher. Hier können wir warten, bis es etwas ruhiger auf der Straße wird.«

»Nein, können wir nicht«, erwiderte León. »Die Fenster haben keine Scheiben und es ist kein Problem, die Jalousien zu zerschlagen oder hochzuschieben. Hier unten sind wir vor einem Angriff nicht sicher und damit müssen wir rechnen. Die Gang, die das Feuer auf die Menschen eröffnet hat, stammt aus einem anderen Viertel, das genau neben diesem liegt. Im Süden, wenn ich mich richtig erinnere. Ich ahne, was hier los ist. Das Barrio hier wird von der Gang *Muerte Negra,* dem schwarzen Tod, regiert. Die Angreifer hingegen nennen sich *Hijos,* Söhne.«

»Woher weißt du das alles?«, fragte Jeb und sah León misstrauisch an.

»Als die Schüsse fielen, war vieles wieder da. Die Gesichter, die Tätowierungen und ihre Bedeutung, wer zu wem gehört und wer auf wen schießt.«

»Was lässt dich so sicher sein?«

León schwieg einen Augenblick. Dann sagte er: »Es ist mein Zuhause. Ich bin ein *Hijo.*«

Stille breitete sich aus, ließ den Raum noch düsterer wirken.

»Aber du hast gesagt, dir komme alles bekannt vor, aber trotzdem sei es dir fremd«, wandte Mary ein.

»Das stimmt auch irgendwie. Mir ist alles hier vertraut und dennoch ... etwas stimmt nicht und ich habe noch keine Ahnung, was es ist, aber ich werde es schon noch herausfinden. Später. Jetzt müssen wir uns erst mal in Sicherheit bringen.«

Er nahm Marys Hand, winkte den anderen beiden zu, dann wandte er sich wortlos um und verließ die Wohnung.

»Wir brauchen Licht«, sagte Jenna, als sie vor der Treppe standen.

»Nein, bloß nicht«, erwiderte León. »Wenn wir eine Fackel anzünden, würde uns das nur verraten. Wir steigen im Dunklen hoch.«

Er ging als Erster, die anderen folgten ihm leise. Im dritten Stock, dem letzten vor dem Dach, fanden sie eine weitere offen stehende Wohnung, die ebenso verlassen war wie der Rest des Hauses. Offensichtlich hatten die Bewohner ihr Zuhause in Panik verlassen, denn alle Möbel standen noch darin, auch wenn totales Chaos herrschte. Stühle waren umgeworfen, Schubladen durchsucht und ihr Inhalt auf dem Boden verstreut. Jemand hatte sich die Mühe gemacht, jedes Bild an den Wänden zu zerschlitzen. In der Küche und in den Kinderzimmern sah es ähnlich aus. Blanke Zerstörungswut hatte hier alles vernichtet, was nicht gestohlen worden war. Aber sie fanden keine Leichen und das war gut. León hatte schon das Schlimmste befürchtet, als sie die Kinderzimmer entdeckt hatten, aber offensichtlich war es den ehemaligen Bewohner gelungen, rechtzeitig zu fliehen.

Als sie alle Zimmer durchsucht hatten und wussten, dass sie allein und für den Moment sicher waren, wagten sie es, zum Fenster hinauszuschauen.

Der Anblick war ähnlich frustrierend wie aus dem Erdgeschoss, nur dass sie nun das ganze Ausmaß der Katastrophe erkennen konnten.

Am Ende des Parks zuckten noch immer helle Flammen zum Himmel. Büsche und Gras waren niedergetrampelt. Überall lagen zerfetzte Plakate herum, ihre Papierschnipsel wirkten wie frisch gefallener Schnee. Der Park wirkte inzwischen wie ausgestorben. Leóns Blick wanderte zum Nachthimmel. Fast höhnisch stand dort der funkelnde Stern, der ihnen den Weg weisen sollte. Einen Weg mitten durch die Hölle.

»Wir warten besser noch ein wenig«, sagte Jeb neben ihm. Er ging zu Jenna hinüber, fasste sie an der Hand. Gemeinsam setzten sie sich in eine Ecke und redeten leise miteinander. Mary stand stumm neben ihm. Ihre Hand lag in seiner und er wünschte, ihre Nähe wäre ein Trost. Aber die Bilder der Vergangenheit waren mächtig.

Die Knarre in meiner Hand. Um mich herum tiefste Nacht, aber keine Stille und es gibt auch keine Dunkelheit. Im fahlen Licht einer Straßenlaterne überprüfen wir unsere Waffen. Wir müssen vorbereitet sein. Nichts darf schiefgehen.

Nesto erklärt den Plan. Wir sollen ein paar feindliche Drogendealer ausschalten. Sie haben ihr Hauptquartier im Erdgeschoss eines leer stehenden Hauses eingerichtet. Das Gebäude steht abseits der Straße, ein Maschendrahtzaun zieht sich um das Anwesen und sie haben Hunde, die frei herumlaufen. Dobermänner, die alles zerfetzen, was sich zu nahe an das Haus wagt.

Aber das kümmert uns nicht. Wir werden mit dem Auto den Zaun durchbrechen, die Scheißköter einfach über den Haufen fahren, den Eingang rammen und auf alles ballern, was sich bewegt.

Diese verdammten Arschlöcher glauben, sie können einfach hierherkommen und uns das Revier streitig machen. Sie verticken ihr kolumbianisches Kokain zum Sonderpreis, um den Markt anzuheizen, aber damit ist jetzt Schluss. Heute noch. In dieser Nacht. Wir werden sie alle umlegen, uns das Koks greifen und den ganzen Laden in die Luft jagen.

Es ist weit mehr als eine Strafe. Es ist eine Warnung an alle anderen, die glauben, wir wären zu schwach, um unser Gebiet zu verteidigen.

Wir sind zu viert. Nesto, Pedro, Loco der Verrückte und ich. Zwei von uns haben Maschinenpistolen, ich und Loco Pistolen.

Niemand würde dem Verrückten eine automatische Waffe in die Hand drücken, die Gefahr wäre zu groß, dass er einen von uns oder sich selbst erschießt, wenn das Gefecht losgeht. Loco ist ein Wahnsinniger, der bei Anspannung durchdreht und keine Grenzen mehr kennt. Der nur noch brüllt und ballert, aber es ist ein gutes Gefühl, ihn dabeizuhaben, denn seine Furchtlosigkeit wird uns vorantreiben.

Die anderen sind für mich hermanos, Brüder, die ich niemals hatte. Sie sind meine Familie, haben mich beschützt, nachdem mein Vater durch eine Kugel von der Straße gefegt wurde. Ich liebe sie alle.

Trotzdem wäre ich heute lieber nicht dabei. Ich habe kein gutes Gefühl bei der Sache. Irgendetwas stimmt nicht. Es ist zu einfach.

Keine Wachen? Nur Hunde?

Wahrscheinlich bunkern die da drin Koks im Wert von Millionen und es soll so einfach sein, es ihnen abzunehmen?

Pedro war dort, hat die Lage ausgekundschaftet, mehrere Nächte hintereinander. Er sagt, die Typen fühlen sich sicher, weil das Haus nicht in unserem Gebiet liegt, so recht daran glauben kann ich nicht, aber ich sage nichts, will nicht dastehen wie ein Feigling. Wir werden das Ding durchziehen.

Heute Nacht.

»Was ist mit dir?«, flüsterte Mary neben seinem Ohr. »Denkst du an früher?«

»Ja«, sagte er nur.

»Erzähl mir davon.«

»Mary ...«, setzte er an, aber da sprang Jenna auf, hob warnend die Hand und zischte: »Ich höre etwas!«

Sofort schwiegen sie und lauschten. Tatsächlich erklangen von unten, aus dem Treppenhaus, Geräusche. Stimmen. Ein Poltern, als die Tür der ersten Wohnung aufgetreten wurde.

»Der verdammte *Hijo* muss hier irgendwo sein«, fluchte eine dunkle Stimme. Dann brüllte er: »Komm raus, wir finden dich sowieso, also mach es dir und uns nicht so schwer.«

Dröhnendes Lachen waberte den Worten hinterher. Irgendjemand kicherte, dann sagte die erste Stimme wütend: »Und du bist sicher, dass dieser cabrón hier reingelaufen ist?«

»Si, hombre, war nicht zu übersehen. Das Arschloch ist die Straße runtergerannt und im Haus verschwunden. Er muss hier sein. Die Ratte versteckt sich, aber sobald er aus seinem Loch kommt, ist er dran.«

Die Stimme des zweiten Typen wurde nun lauter, als sie in den Hausgang brüllte. »Hörst du mich, *hijito?* Wir kriegen dich. Hier gibt es nur einen Weg raus und der führt direkt in unsere Arme.«

»Verdammt, die suchen jemand!«, zischte Jenna leise. »Was machen wir jetzt?«

Niemand wusste eine Antwort.

Das Poltern wurde wieder lauter, als die zwei Männer nacheinander die Wohnungen im Erdgeschoss absuchten.

»Die kommen hier hoch. Früher oder später finden sie uns, auch wenn sie jemand ganz anderes kaltmachen wollen. Wir sind Fremde und die haben Waffen. Wir müssen uns etwas überlegen. León? Schnell!«

León sah sich um. Es gab mehrere Räume in dieser Wohnung und es befanden sich noch weitere auf der Etage, aber das alles half ihnen nicht weiter.

»Wir könnten es übers Dach versuchen«, schlug er vor. »Vielleicht kommen sie da nicht hin.«

»Nein.« Jeb schüttelte heftig den Kopf. »Da oben sehen sie uns sofort und knallen uns wie die Krähen ab.«

»Was dann?«, fragte Jenna.

»Waffen. Wir brauchen Waffen.«

Sie blickten sich um. Doch die Erinnerung an die Wohnung, die sie im Erdgeschoss gesehen hatten, war ein deutliches Zeichen, dass auch hier nichts zu finden war. Sie konnten versuchen, ein Stuhlbein herauszureißen, aber was sollten sie mit einem Stuhlbein gegen automatische Waffen anrichten?

León spürte, wie ihnen die Zeit davonlief. Die Eindringlinge stiegen auf der Treppe bereits in den ersten Stock hoch, um dort ihre Suche fortzusetzen.

»Wir müssen uns verstecken oder hier raus«, sagte León leise.

Plötzlich stieß Jenna hörbar die Luft aus. »Die Feuerleiter«, sagte sie eindringlich.

»Was für eine Feuerleiter?«, wollte León wissen.

»Die Häuser in dieser Gegend haben Feuerleitern. Ich habe sie gesehen, als wir in der Seitenstraße angekommen sind. Vielleicht gibt es hier ja auch eine.«

»Du meinst, wir sollen außen runterklettern, während sie noch mit den Stockwerken unter uns beschäftigt sind?«, fragte Jeb.

»Gefährlich. Sie könnten uns sehen, wenn wir versuchen, an ihnen vorbeizuschleichen.«

»Hast du einen anderen Vorschlag?«

»Okay, versuchen wir es.«

Aber sie fanden keine Feuerleitern, Jenna war leise zum Flur hinausgeschlichen – auch an den Fenstern des Treppenhauses waren keine Stufen befestigt. Mary und León suchten das Innere der Wohnung ab, in der Hoffnung, einen Ausstieg aus einem der Fenster zu entdecken. Aber da war nichts. León fluchte vor sich hin. Bei dem Gedanken, wie Ratten in der Falle zu sitzen, erfüllte ihn ohnmächtige Wut, aber dann blickte er zu Mary, die ihn verzweifelt anschaute, und sein Zorn verflog. Zwei Schritte, dann war er bei ihr, nahm sie in die Arme und küsste ihre Stirn.

León spürte, wie sie kurz vor ihm zurückzuckte, doch dann ließ sie sich von ihm beruhigen.

»Es wird alles gut«, flüsterte er in ihr Ohr.

Jeb und Jenna kamen von einer Erkundungstour durch die anderen Räume zurück.

»Vielleicht sind die Feuerleitern auf der anderen Seite des Gebäudes«, meinte Jeb und versuchte so etwas wie Hoffnung zu verbreiten, aber sie alle wussten, dass dem nicht so war. Jede Wohnung musste Zugang zu den Rettungswegen haben, wie sonst sollte man sich im Notfall retten.

León wollte gerade etwas sagen, als die Tür aufschwang und jemand mit schweren Schritten die Wohnung betrat.

23.

Es war eine schlanke Gestalt. Etwas größer als León, aber kleiner als Jeb. Ein junger Mann in Trainingshose, Turnschuhen und einem ärmellosen weißen Shirt. Seine Zähne blitzten in der fahlen Dunkelheit, das Gesicht glänzte vor Schweiß. Wie León trug er eine Glatze und war von Kopf bis Fuß tätowiert. Als er die vier entdeckte, blieb er abrupt stehen und schaute sie aus großen Augen an.

León reagierte als Erster. In einer fast nicht auszumachenden Bewegung sprang er nach vorn und packte den Eindringling an der Kehle, dann wirbelte er blitzschnell um die eigene Achse, drehte den Arm des anderen auf den Rücken und klemmte seinen Kopf ein, sodass er kaum noch Luft bekam. Das Ganze hatte kaum mehr als ein paar Sekunden gedauert.

»He Mann, vorsichtig«, röchelte der Fremde. »Du erstickst mich, ich bekomme keine Luft.«

León lockerte den Griff ein wenig.

»Ich kenne dich«, zischte er dem jungen Typen ins Ohr. »Du heißt Miguel, aber alle nennen dich nur Loco. Den Verrückten.«

»Scheiße, und wer bist du?«

»Sag bloß, du erkennst deinen besten Freund nicht«, knurrte León.

Der andere verdrehte den Kopf, um in Leóns Gesicht blicken zu können. León ließ es zu.

»Was redest du da für einen Mist?«, ächzte Loco. »Bester Freund? Spinnst du? Ich kenne dich nicht, cabrón.«

León schaute den anderen verwirrt an. Er war sich sicher, den anderen als seinen Kumpel Loco erkannt zu haben. Er versuchte es noch einmal.

»Ich bin es. León.«

»Ich kenne keinen León und jetzt lass mich los, du Wichser. Woher hast du überhaupt die Tätowierungen?«

»Das weißt du nicht?«, zischte León. »Du selbst hast sie mir gestochen. Drei lange Wochen lang habe ich dich bei jedem Stich beschimpft und verflucht und nun erinnerst du dich nicht mehr daran?«

»Hör auf, mir so einen Bullshit zu erzählen«, erwiderte Loco. »Hör auf, dir Drogen reinzupfeifen. Ich sage es ein letztes Mal, ich kenne dich nicht, und jetzt lass mich los.«

»Noch nicht. Wer ist da unten?«

»*Muerte negra.* Zwei Arschlöcher von den *Muerte negra,* die mich aufgestöbert haben und jetzt umlegen wollen. Denen haben wir es heute Nacht ordentlich gezeigt.«

»Warum habt ihr das getan? Da waren Frauen und Männer, die nichts mit dem Gangkrieg zu tun haben.«

»Mann, du stellst echt seltsame Fragen. Wir sind die *Hijos.* So war es schon immer, und wenn du tatsächlich einer von uns wärst, wüsstest du das auch.«

Während er den schmächtigen Jungen, von dem er geglaubt hatte, er sei ein Freund, fest umklammert hielt, drängten erneut die Bilder aus der Vergangenheit heran und altbekannte Gefühle wie Angst, Wut und Ohnmacht brachen wie eine Welle über ihn herein.

Nichts hatte sich geändert. War er also doch zu Hause angekommen? Und die vorherigen Welten, wie war er dahin geraten?

Konzentrier dich, León. Überleg schnell, wie du Mary und dich und die anderen retten kannst.

»Was haben die für Waffen?«

»Weiß ich nicht, Mann. Ich bin nicht stehen geblieben und habe gefragt.«

»Hast du eine Idee, wie wir hier herauskommen können?«

Der *Hijo* schüttelte den Kopf. »Ich wollte an der Rückseite des Gebäudes herunterklettern, aber hier gibt es keine verfluchten Feuerleitern. *Mierda.*«

»Hast du eine Knarre?«

Der Junge zögerte.

»Gib sie mir«, verlangte León. »Ganz langsam.«

Die Automatik steckte vorn im Hosenbund. León hatte sie unter dem weißen T-Shirt nicht gesehen. Mit den Fingerspitzen zog Loco sie heraus.

León langte über die Schulter des anderen hinweg und riss sie ihm aus der Hand. Dann ließ er den *Hijo* los, trat zwei Schritte zurück und richtete die Waffe auf ihn.

»Hände hinter den Kopf«, befahl er leise.

»Fuck, was ... .«

»Hände hinter den Kopf!«, wiederholte León. Als Loco die Arme hob, gab León Jeb ein Zeichen. »Durchsuch ihn.«

Jeb tastete den Hispanic ab. »Nichts weiter.«

León nahm sich nun das erste Mal Zeit, zu Mary und Jenna zu schauen, die regungslos an der Wand standen und den Fremden anstarrten. Die beiden schienen erschrocken, aber okay.

»Was machen wir jetzt?«, fragte nun Jeb neben ihm.

»Wir haben eine Waffe. Jetzt müssen wir nur noch clever sein. Wir stellen den Typen da unten eine Falle.«

Jeb hob eine Augenbraue. León sah die Geste, obwohl kaum Licht auf Jebs Gesicht fiel. Er rief Mary und Jenna zu sich. Als alle sich um ihn gruppierten, erklärte er ihnen leise den Plan. Dass sie von der Idee nicht richtig überzeugt waren, sah er ihnen sofort an. Es hieß jetzt alles oder nichts. Loco schwieg.

Von unten klangen erneut Geräusche herauf. Die zwei Gangmitglieder waren schon eine Weile in den Wohnungen des zweiten Stocks verschwunden. Nun wurde es kritisch. Sie hörten sie in der Wohnung unter ihnen laut fluchen.

»Macht, was ich euch gesagt habe«, verlangte León. Mit flüssigen Griffen hob er die Automatik und lockerte das Magazin. Loco hatte noch keinen einzigen Schuss abgefeuert. Acht glänzende Patronen steckten im Magazin.

León nickte zufrieden. Er sah, wie sich die anderen auf den Boden legten. Jeder verkrümmt, in einer merkwürdigen Position. Bei dem fahlen Licht sahen sie verdammt tot aus und so sollte es sein. León ging hinüber zur Tür und kniete sich neben den Eingang, den Rücken fest gegen die Wand gepresst, versuchte er sich so klein wie möglich zu machen.

Dann hob er Locos Waffe an und gab kurz hintereinander vier Schüsse ab. Die Kugeln fuhren in die Zimmerdecke, Kalk rieselte herab.

Als Nächstes machte er Loco ein Zeichen und der *Hijo* begann sofort, schmerzerfüllt aufzubrüllen und zu kreischen. Es klang erschreckend echt.

Sie kamen alarmiert die Treppe hinauf, riefen sich gegenseitig unverständliche Kommandos zu, aber Locos fortwährendes Gebrüll ließ sie schließlich ihre Vorsicht vergessen. Mit gezückten Waffen stürmten sie ins Zimmer. León wusste, was sie in diesem Augenblick sahen. Drei Tote auf dem Boden und ein *Hijo,* der sich vor Schmerzen auf dem Boden wälzte. Mehr brauchte León nicht.

Wie ein fließender Schatten erhob er sich hinter den beiden und presste einem der zwei die Mündung seiner Waffe gegen den Schädel.

»Waffe fallen lassen!«, befahl er mit kalter Stimme.

Die Typen zögerten.

»Sofort runter damit oder ich knall euch ab!«

Der *Muerte negra* mit dem knallroten Bandana und komplett schwarzen Klamotten, dem er seine Waffe gegen den Schädel presste, ließ seine Knarre los, die laut polternd zu Boden fiel. Der andere, der auffällige neongelbe Sneakers und einen schwarz-rot karierten Trainingsanzug trug, zögerte noch immer. León wusste, was jetzt kommen würde. Er hatte es schon einmal erlebt. Die Zeit veränderte sich in diesem Moment. Wurde zäh wie Sirup, floss nur noch träge dahin. Alles geschah wie in Zeitlupe.

Der zweite *Muerte negra* wirbelte herum, riss den Arm hoch, wollte schießen, aber da stürzte sich schon León auf ihn. Er wollte ihm den Pistolengriff gegen die Schläfe schlagen, ein sicheres Manöver, um jeden auszuknocken. Doch in dem Moment, als León den Arm des anderen herumriss, löste sich ein Schuss und eine Kugel durchschlug die Stirn des *Muerte negra*. Er war sofort tot. Die Waffe wurde zu Boden geschleudert und landete neben Jenna.

Die schrie auf. Jeb sprang auf die Beine. Loco rappelte sich hoch und Mary verkroch sich in die hinterste Ecke des Zimmers.

León ließ den noch lebenden *Muerte negra* nicht aus den Augen, aber der war im Moment viel zu verdutzt, um sich zu bewegen. León sah jetzt, wie jung der Gangster war, deswegen auch sein dummes Outfit mit den auffälligen Sneakern, das ihn überall zu einer leichten Zielscheibe machte – zum Glück hatte León ihn dank dessen Unerfahrenheit so leicht entwaffnen können. »Beweg dich nicht und du hast nichts zu befürchten.«

»Scheiße, du hast Cristiano erschossen«, sagte der andere und es klang total verwundert, so als habe er seinen Kumpel für unsterblich gehalten. »Cristiano Rabán ist tot.«

Loco trat heran. *»Das* ist Cristiano Rabán?«

»Yeah, Mann!«

»Wer ist Cristiano Rabán?«, fragte León verblüfft.

Loco antwortete: »Der kleine Bruder des Anführers der *Muerte negra,* Roberto Rojo Rabán.«

»Ihr seid so was von tot«, sagte der junge *Muerte.* »Ihr seid alle tot. Rojo wird euch finden und umlegen.«

»Halt die Fresse!«, sagte Loco und schlug ihm ins Gesicht. »Ihr wolltet mich allemachen, aber nun hat es euch selbst erwischt, ihr Pisser!«, fluchte er.

Der *Muerte negra* spuckte ihm ins Gesicht, Loco zuckte zusammen, mit einem Wutschrei stürzte er sich auf den anderen – aber da war niemand mehr.

Der *Muerte negra* hatte den Moment genutzt, um blitzschnell durch die offene Tür zu entwischen. León hörte ihn die Treppe herunterrennen. Er fluchte laut. Wie hatte Loco nur so die Kontrolle verlieren können! Der Trick war uralt, tue etwas Unvorhergesehenes und nutze die Verwirrung zur Flucht oder dafür, dir einen Vorteil zu verschaffen.

Der junge *Muerte negra* war clever genug gewesen, nicht nach der auf dem Boden liegenden Waffe seines toten Gangkumpels zu greifen, sondern gleich die Flucht zu wagen. León hatte durch Locos Satz nach vorn nicht sehen können, was passierte, und Loco selbst, blind vor Wut, hatte sich austricksen lassen.

León trat zu ihm und hob seinen Kopf mit der Faust leicht an. »Estúpido! Jetzt ist er weg. Scheiße, du weißt, was das bedeutet.

Er wird direkt zu seiner Gang rennen und dann ist hier der Teufel los. Die Typen werden jeden Stein umdrehen, um uns zu finden.«

»Tut mir echt leid, Mann«, krächzte Loco. »Aber hättest du nicht den anderen erschießen können? Musste es ausgerechnet Cristiano Rabán sein?«

»Willst du mich verarschen?«, zischte León. »Woher sollte ich denn wissen, wer das ist? Er hat sich mir nicht vorgestellt. Glaubst du, ich knalle *gerne* Leute ab?«

León zitterte und er hasste sich dafür, vor dem anderen Schwäche zu zeigen. Er atmete tief durch. »Es ... war ein Unfall. Und das eigentliche Problem ist, dass einer entkommen ist. Wir müssen zusehen, dass wir hier sofort wegkommen.«

León wandte sich an Jeb, Mary und Jenna.

»Leute, ich wollte das ... nicht«, sagte er leise. Dabei sah er nur Mary an. Damit sie ihm Absolution erteilen, ihm vergeben konnte. Er hatte Angst, dass sie nun, wo sie ihn als Mörder erlebt hatte, vor ihm zurückweichen würde. Ihn verachten und verabscheuen würde. Mary hatte sich abgewandt und richtete sich nun langsam auf. Ihr Rücken war ihm zugewandt.

»Dich trifft keine Schuld«, sagte nun Jeb. »Ohne deinen Plan wären wir längst alle tot.«

Mary war jetzt aus ihrer Ecke gekommen und blickte auf den Toten herab. »Besser er als wir«, sagte sie leise, aber bestimmt. Ihre Mundwinkel zuckten leicht nach oben. Lächelte sie etwa? León war mehr als erstaunt und – glücklich. Mary hatte ihm vergeben!

Jenna war ebenso ruhig wie die anderen. »Wir müssen abhauen, aber wohin?«

»Dem Stern folgen«, meinte Jeb.

León schüttelte frustriert den Kopf. »Genau das können wir jetzt nicht tun. Um den Stern sehen zu können, müssen wir uns unter freiem Himmel bewegen, und genau da wird uns die Gang zuerst suchen. Sie werden denken, dass wir versuchen, aus ihrem Gebiet herauszukommen, und vorhaben, in die von den *Hijos* kontrollierten Viertel zu kommen.« Er wandte sich an Loco. »Wie viel Mann können die *Muerte negra* aufbieten, um uns zu jagen?«

»Einhundert mindestens, wahrscheinlich mehr. Niemand weiß, wie viel Mitglieder ihre Gang hat.«

»Verdammt«, stöhnte León. »Das reicht, um an jeder Straße, Nebenstraße oder Gasse Leute zu postieren, die uns abfangen sollen. Wir haben keine Chance.«

Niemand sagte ein Wort. Alle starrten zu Boden und León ließ seinen Blick über den Bruder desjenigen Mannes gleiten, der schon bald auf Rache aus wäre. Rojo Rabán – warum sagte ihm der Name nichts? Schon weniger überrascht als noch bei Fernando sah León, dass sich keine Blutlache um den Kopf des *Muerte negra* bildete. Das Loch in seinem Kopf war perfekt und rund, dunkel – aber vollkommen blutlos.

Niemand blutet in dieser Welt und doch sterben sie wie die Fliegen.

»Wir können zurück zu Carmelita und ihrem Vater gehen und uns dort für eine Weile verstecken, bis sich alles wieder beruhigt«, schlug Mary vor.

»Nein«, erwiderte Jeb. »Sie würden uns dort aufstöbern und wir würden die beiden nur unnötig in Gefahr bringen. Uns läuft die Zeit davon. León hat den Bruder des Gangführers erschossen und, soweit ich das verstanden habe, geben die so schnell nicht auf. Zur Polizei können wir nicht gehen wegen des Suchbefehls. Wir können nirgends hingehen.«

»Das stimmt so nicht«, sagte Loco und alle schauten ihn überrascht an. »Wir könnten es bei der alten Kathedrale, nördlich von hier, versuchen. Dort bietet ein Priester den Menschen Schutz, unabhängig von Religion, Rasse oder Gangmitgliedschaft.«

»Woher weißt du das?«, fragte Jenna.

Er zögerte, dann seufzte er. »Ich habe meine Mom und meine kleine Schwester dort abgeliefert, als das alles hier losging. Unsere Wohnung befindet sich in einem alten Gebäude, das nahe zur Grenze der *Muerte negra* liegt. Ich selbst wollte mich nicht verpissen, danach hätte es für mich kein Zurück mehr gegeben, aber wenigstens meine Mutter und meine Schwester sollten in Sicherheit sein, wenn ich schon draufgehe.«

»Du meinst also ...«

»Ja, wir können es versuchen. Ebenso wie der Typ da ...« Er nickte in Richtung León, »... bin ich überzeugt, dass jetzt die große Jagd beginnt. Wenn wir leben wollen, gibt es nur einen Ort, an den wir gehen können.«

»Und du weißt, wie man dahin kommt?,« fragte Jeb.

»Ja, wir müssen durch das Gebiet der *Muerte negra*, aber der Vorteil ist, sie werden uns da nicht vermuten, sondern an der Grenze zu den *Hijos* suchen.«

Durch das Gebiet es Feindes. Es war ein Selbstmordkommando. Aber sie mussten es versuchen. León wusste, was sie jetzt brauchten: Waffen. Sosehr es ihm widerstrebte, er nahm die beiden Waffen der *Muerte negra* vom Boden auf und überprüfte ihre Magazine. Klack-klack-schnapp. Die Griffe gingen ihm leicht von der Hand. Und mit einem Blick sah er, dass beide Magazine leer waren. Er ließ sie krachend zu Boden fallen.

Er seufzte, halb erleichtert, halb entsetzt. *Er war unbewaffnet! Und ich habe ihn erschossen.*

Mechanisch bewegte León sich wieder zu den anderen hinüber. Sie würden das Gebiet der *Muerte negra* kreuzen. Aber was dann?, fragte er sich. Wie kommen wir da wieder weg. Wir müssten dem Stern folgen, aber das ist nicht möglich.

Er schaute die anderen an, sah die Angst in ihren Gesichtern.

Ich muss sie in Sicherheit bringen. Zunächst gilt es, die Nacht zu überleben, danach wird mir schon etwas einfallen. In der Kathedrale können wir in Ruhe einen Plan entwerfen, wie wir weiter vorgehen. Noch ist der Countdown nicht abgelaufen.

»Wenn alle einverstanden sind, sollten wir keine Zeit mehr verlieren«, sagte León. Er sah die anderen an, alle nickten.

»Dann los!«

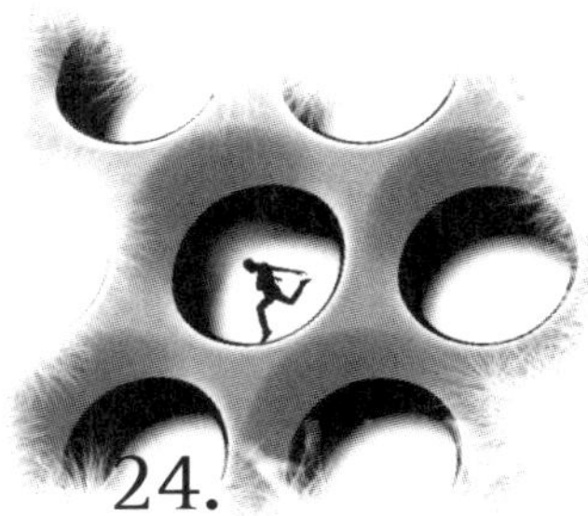

24.

Als sie wieder auf die Straße traten, wehte ihnen der Wind den Qualm der in der Ferne wütenden Feuer ins Gesicht. Jeb hatte sich vom Fenster aus einen Überblick verschafft und gesehen, dass sich die Mitglieder der *Muerte negra* fürs Erste zurückgezogen hatten. Das konnte nichts mit ihnen zu tun haben, denn so viel Zeit war nach der Erschießung von Cristiano Rabán nicht vergangen. Jeb vermutete vielmehr, dass den Typen die Munition ausgegangen war oder dass es einfach niemanden mehr hier draußen gab, auf den man schießen konnte. Noch immer fühlte er sich schwach, aber er versuchte, sich nichts anmerken zu lassen. Er hasste diesen Zustand, in dem er das Gefühl hatte, sein Körper gehorchte ihm nicht, besonders nach dem weißen Labyrinth, das ihn seine letzten Reserven gekostet hatte. Stattdessen machte er weiter. Aber es war so: Jeb hatte Angst, irgendwann zusammenzubrechen. Den Rücken gegen eine Hauswand gepresst, um kurz zu verschnaufen, stand er wie die anderen im Schatten eines Hauses und sondierte die Gegend.

Alles wirkte wie ausgestorben. Außer dem allgegenwärtigen Knistern der Feuer war nichts zu hören. Eine gespannte Atmosphäre lag über allem, so als hielte die Welt den Atem an, um zu verfolgen, was als Nächstes geschehen würde.

»Du gehst vor«, zischte León und tippte Loco auf die Schulter. Der *Hijo* zögerte nicht. Geduckt im Schutz der Häuser hetzte er die Straße hinunter.

Es wurde noch heißer. Gleich mehrere Gebäude brannten, Flammen loderten aus den scheibenlosen Fenstern heraus.

Hier haben mal Menschen gelebt, dachte Jeb. Eltern haben ihre Kinder ins Bett gebracht, Familienfeste wurden gefeiert und nun? Alles zerstört.

Irgendwann würden die Unruhen enden, die Behörden wieder die Kontrolle über das Stadtviertel erlangen, aber die zerstörten Häuser schienen so endgültig und die Gewalt so allgegenwärtig, dass Jeb sich fragte, wann hier jemals wieder so etwas wie ein normales Leben stattfinden sollte. Viele hatten alles verloren. Und dabei war es so sinnlos. Arme Menschen raubten arme Menschen aus, verkauften ihnen Drogen, bestahlen einander. Hispanics töteten Hispanics. Und was sollen wir hier mittendrin?, fragte sich Jeb, aber er spürte, dass es auf diese Frage keine und unendlich viele Antworten gab.

Ist es in unserer Welt genauso? Ich erinnere mich an vieles, an Dinge, Menschen und Ereignisse, die mich betreffen, aber was ist mit der Welt, in der ich lebe?

Er warf einen Blick auf León, der unmittelbar vor ihm lief.

León hatte gegen Mischa gekämpft, ihm das letzte freie Tor geraubt und ihn in der fremden Welt zurückgelassen. Ihn zum Tode verurteilt.

Und das nach allem, was Mischa für uns getan hat.

Aber da war noch mehr. León war nicht mehr der nur wütende, eiskalte Kämpfer. Er zeigte Verantwortung und mittlerweile konnte Jeb auch so etwas wie Gefühle in seinem Verhalten ausmachen. Andere Gefühle als Hass und Rachsucht. Zwischen Mary und León war etwas geschehen. Ab jetzt würde der tätowierte

Junge Mary ebenso erbittert verteidigen wie er Jenna. Ein Konflikt war unvermeidlich. *Wenn wir die Tore erreichen, wird es zum Kampf zwischen uns beiden kommen. Und jetzt, in diesem Zustand, werde ich wohl keine Chance gegen ihn haben.*

In diesem Moment spürte Jeb seine müden Beine besonders intensiv. Wie weit würde seine Kraft noch reichen? Er erschauerte, als er daran dachte, wie blitzschnell León den Hispanic angegriffen hatte. Da war kein Zögern gewesen, kein Innehalten. Schon als León seinen Plan erzählt hatte, musste ihm klar gewesen sein, dass er sich würde wehren müssen, um sie zu retten. Was hatte er gesagt, als er mit Loco gesprochen hatte?

»Und das eigentliche Problem ist, dass einer entkommen ist.« Hatte er geplant, beide zu töten?

León schien das Töten leichtzufallen, aber selbst wenn nicht, würde er nicht zögern, sich und Mary den Weg freizumachen. *Bin ich fähig, jemanden zu töten? Vielleicht sogar León selbst, wenn er sich Jenna und mir in den Weg stellt?*

Egal, wie viele Gefahren sie überstehen würden und wie viele Probleme sie noch gemeinsam lösen würden, am Ende warteten immer diese Portale auf sie. Tore, die das Leben eines von ihnen unwiederbringlich beenden würde. Ja, er würde es versuchen, denn er würde nicht zulassen, dass Jenna zurückblieb. Tief in Gedanken versunken lief Jeb durch das lodernde Los Angeles, von dem er so sehr gehofft hatte, dass es ihn direkt nach Hause bringen würde.

Hoffentlich bin ich so tapfer wie Mischa, wenn es darauf ankommt.

Dann kam ihm der Gedanke, dass er freiwillig zurückbleiben konnte, aber was würde dann aus Jenna? In der nächsten Welt würde León dafür sorgen, dass er und Mary die freien Tore ergatterten, er würde Jenna bedenkenlos zurücklassen.

Jeb, denk doch mal nach. Wenn Jenna leben soll, muss León sterben.

Jeb biss sich fest auf die Lippen. *Hoffentlich habe ich die Kraft, es zu tun.*

Seine Gedanken wurden unterbrochen, als Loco plötzlich stehen blieb. »Ich höre etwas«, sagte er.

Alle lauschten.

Tatsächlich, noch weit entfernt, aber deutlich erklang ein Motorengeräusch. Diesmal wummerte kein Bass, wer immer da auf sie zufuhr, tat es konzentriert und langsam.

Sie suchen die Gegend ab. Nach uns. Eine falsche Bewegung und wir sind geliefert.

Loco gab ihnen ein Zeichen und sie rannten los. An der nächsten Ecke bogen sie ab und pressten sich in einen Hauseingang.

Der Wagen kam näher. Die Scheinwerfer tanzten über die Straße, dann war das Fahrzeug heran, stoppte genau an der Abzweigung. Jeb spürte sein Herz klopfen. Er hasste es, zur Untätigkeit verdammt zu sein. Ein einziges Mal war er in seinem Leben vor etwas weggelaufen und er hatte sich geschworen, es nie wieder zu tun. Und jetzt stand er in einen Hausflur gepresst und betete darum, nicht entdeckt zu werden. Zur Untätigkeit verdammt.

Der Muerte negra hat es also inzwischen bis zu seiner Gang geschafft. Sie wissen jetzt, wie wir aussehen und nach wem sie suchen müssen.

Minutenlang verharrten die Typen in ihrem Wagen an der Kreuzung und beobachteten die Umgebung in alle Richtungen. Jeb konnte ihre Blicke regelrecht spüren. Seine Haut kribbelte wie verrückt, aber sich jetzt zu kratzen, wäre der blanke Wahnsinn. Noch immer verharrte das Gangfahrzeug. Das Jucken wurde zusehends unerträglicher, neben ihm presste sich Jenna flach an die

Wand. Er hörte sie leise neben sich atmen. León, Mary und Loco waren zu einem einzigen Schatten verschmolzen. Jeb glaubte, keine Sekunde länger stillhalten zu können.

Beweg dich nicht. Keinen Millimeter oder wir sind alle tot. Lenk dich ab, schnell.

Unendlich langsam tastete seine Hand nach Jennas, er biss sich auf die Lippen, um sich mit dem Schmerz kurzzeitig abzulenken. Kaum hatte er Jennas Handgelenk berührt, umschloss sie seine Hand mit ihrer.

Dann endlich wurde der Motor des Autos wieder gestartet. Langsam rollte das Fahrzeug aus seinem Blickfeld. Jeb hielt es nun nicht mehr aus, zog ruckartig seine Hand zurück und begann, sich heftig zu kratzen und über beide Arme zu reiben.

»Was ist los?«, fragte León kaum hörbar. »Was machst du da? Die Typen können jeden Augenblick zurückkommen.« Dann wandte sich León an Loco. »Wohin jetzt?«

»Ich denke, die Straße hier runter«, kam es leise zurück.

»Du denkst?«, schimpfte León.

»Mann, das ist nicht mein Barrio. Ich kenn mich hier nicht aus, und wenn du es besser weißt, kannst du ja vorausgehen.«

León beugte sich ein wenig vor. Er hielt die Waffe fest in seiner Faust, die Mündung zeigte nach oben.

»Vergiss nicht, wer deine Knarre hat«, zischte er. »Und jetzt weiter.«

»Ach ja, die Knarre, die hatte ich fast vergessen. Zuerst behauptest du, ich wäre dein bester Freund, und dann drohst du mir damit, mich abzuknallen. Wie passt denn das zusammen?«

León zögerte. Jetzt war nicht der Augenblick, solche Dinge zu klären, aber andererseits spürte er, dass er Loco nicht mehr lange kontrollieren konnte. Loco ließ sich von der Waffe nicht beeindrucken, aber sie brauchten ihn, um hier wegzukommen. Um überhaupt eine Chance zu haben.

Je länger sie durch die Nacht liefen, desto fremdartiger erschien ihm alles. Sicher, es war auch nicht sein Viertel, trotzdem fühlte es sich fremd an, hier zu sein. León hatte erwartet, wenn er in sein wahres Leben zurückkehrte, mehr Sicherheit zu verspüren, aber das Gegenteil war der Fall. Alle seine Sinne waren geschärft und seine Instinkte machten ihn unruhig und ungeduldig. Eine unerklärliche Wut hatte ihn erfasst und trieb ihn nun voran. Nur mit Mühe gelang es ihm, sich im Zaum zu halten, und die Tatsache, dass er jemanden erschossen hatte, wenn auch nicht vorsätzlich, machte es auch nicht besser. Nein, der alte Selbsthass war wieder da und er trennte ihn von Mary und den anderen.

Ich werde zum Tier und dabei habe ich mir geschworen, es nie wieder so weit kommen zu lassen.

Er fluchte innerlich.

»Was ist jetzt mit dir und mir, hombre?«, fragte Loco. »Hast du mir was zu sagen?«

»Ich weiß genau, wer du bist. Ich kenne all die anderen aus der Gang. Ich weiß alles über euch. Euer Hauptquartier liegt in einem alten Keller, den man nur über eine abschließbare Stahlklappe und eine Leiter erreichen kann. Dort bunkert ihr euer Geld, Drogen und Waffen. Ich war oft genug dort unten mit dir, habe Gras geraucht und Tequila getrunken, den dein Alter in einer Öltonne brennt.«

Loco sah ihn mit weit aufgerissenen Augen an.

»Ich weiß noch mehr. Deine kleine Schwester Maria starb im Alter von zehn Jahren und das macht dir heute noch zu schaffen, auch wenn du nicht darüber redest. Deswegen suchst du die Gefahr. Aber eigentlich suchst du den Tod und alle halten das für Mut und nennen dich den Verrückten.«

»Woher weißt du das alles?« Loco kam ganz nah, bis sich ihre Gesichter beinahe berührten. »Sag es mir!«

»Ich war dabei. Bei allem. Auf Marias Beerdigung stand ich neben dir.«

»Unmöglich«, zischte Loco. »Ich kenne dich nicht.«

»Und es ändert nichts daran, dass ich dich kenne. Wie auch immer, wir stecken gemeinsam in dieser Scheiße und müssen hier irgendwie rauskommen. Also lass uns weitergehen.« Er wandte sich zum Gehen, drehte sich aber dann noch einmal um. »Nur eines noch, Loco. Wenn du versuchst, uns reinzulegen oder abzuhauen, werde ich dich umlegen. Auch wenn du einmal mein bester Freund warst, ich werde es tun. Sei dir dessen bewusst.«

Loco sagte kein Wort und lief los.

Sie huschten durch die Nacht. Inzwischen eine gefühlte Ewigkeit lang. Sie durchquerten Hinterhöfe, kletterten über Zäune. Einmal trafen sie auf einen Schäferhund, der sie wie verrückt ankläffte, als sie an ihm vorbeiflitzten, und allen schoss der Schreck in die Glieder, aber der Hund war an eine kurze Leine gekettet und konnte ihnen nichts tun. Bevor sein Bellen sie verraten konnte, waren sie schon wieder weiter.

Wann immer sie an eine Kreuzung kamen und eine Straße überqueren mussten, rannten sie, als wäre der Teufel persönlich hinter ihnen her. Mehrfach hörten sie Motorengeräusche und zwei weitere Male kreuzte ein Gangfahrzeug ihren Weg, aber es gelang ihnen knapp, rechtzeitig ein Versteck zu finden und nicht entdeckt zu werden.

Jeb brauchte dringend ein Zeichen, dass alles gut werden würde, aber inzwischen leuchtete der erste Schein des beginnenden Tages hinter den Fassaden auf und sie wussten noch nicht einmal, wie weit es noch bis zu dieser ominösen Kathedrale war. Jeb hatte den Verdacht, dass sich Loco mehrfach verlaufen hatte, aber sie konnten nichts anders tun, als ihm unermüdlich zu folgen. Als sie an eine Kreuzung kamen, wurde aus der Ahnung Gewissheit. Hier waren sie schon gewesen. Jeb gab ein Signal, dass sie anhalten sollten.

Die Anstrengung, aber auch die Anspannung der Flucht zehrte an ihnen, sie waren ausgelaugt.

Im Lichterschein glänzten Marys erhitzten Wangen unnatürlich rot. Um Jenna machte er sich wie immer Sorgen, aber sie beklagte sich nicht. Er selbst fühlte sich, als wäre er kurz vor dem Zusammenbruch, und León sah auch nicht besser aus. Selbst Loco, der bisher am frischsten gewirkt hatte, lief schwer und keuchte bei jedem Schritt, den er tat.

Eigentlich müssten sie kurz Atem schöpfen, aber Stehenbleiben kam nicht infrage, sie mussten weiter. Ihr Ziel war die Kathedrale, aber was danach kommen würde, war Jeb ein Rätsel. Wusste überhaupt jemand, wie es weitergehen sollte?

»Was ist?«, keuchte León.

»Der Typ führt uns im Kreis herum. Hier waren wir schon. Ich erkenne die Häuser wieder. Vor einer halben Stunde sind wir hier vorbeigekommen.«

León drehte sich stumm um und sah Loco an. Jeb erschrak, als er den Zorn in Leóns Augen sah. Der alte León war zurückgekehrt und er war gefährlicher als je zuvor.

»Stimmt das?«, fragte er Loco. »Waren wir hier schon?«

Loco zuckte wie unter einem Schlag zusammen. »Ich weiß … nicht. Kann sein, vielleicht habe ich die falsche Abzweigung genommen.«

»Du machst Fehler, die mich und meine Freunde das Leben kosten können.«

»Doch nicht mit Absicht. Ich will hier weg oder glaubst du,

mir macht es Spaß, durch die Gegend zu hetzen, die *Muerte* auf den Fersen?«

»Ich glaube gar nichts«, zischte León. »Aber du solltest dich konzentrieren, denn davon hängt es ab, ob du die Nacht überlebst oder nicht.«

Zwanzig Minuten später blieb Loco stehen. Vorsichtig schob er seinen Kopf um den Vorsprung einer Hauswand herum und spähte in die Ferne.

»Dort ist sie«, flüsterte er leise.

»Wir haben es geschafft«, meinte Mary.

»Das darf doch nicht wahr sein«, stöhnte Loco. »Schaut euch das an.«

Jeb sah sofort, was der *Hijo* meinte. Alles war umsonst gewesen. Die ganze Rennerei durch die Nacht mit der ständigen Gefahr, aufgelauert zu werden, für nichts.

Gleich mehrere Fahrzeuge waren auffällig vor der Kathedrale abgestellt worden. Nicht unmittelbar davor, aber doch so, dass die Motorhauben in Richtung des Klinkerbaus wiesen, der dunkel und mit verschlossenen Toren vor ihnen lag. Selbst von hier aus entdeckte er Einschusslöcher an den Backsteinwänden, die davon zeugten, dass die Gewalt nicht einmal vor einem Haus Gottes haltmachte.

Jeb schaute sich sorgfältig die Umgebung an. Er war sich sicher, dass sich in den umliegenden Gebäuden *Muerte negra* versteckt hielten, aber er konnte niemanden entdecken. Auch die Fahrzeuge waren unbesetzt. Aber er hatte ja auch keine Erfahrung, wie man sich in so einem Viertel verhielt. Er fühlte sich so nutzlos und völlig ausgeliefert.

»Siehst du jemanden?«, wandte er sich an León.

»Sie sind da«, sagte León ruhig. »Ich kann sie spüren.«

»Was machen wir jetzt? Da kommen wir doch nie rein.«

Er warf einen Blick zu Jenna und Mary, die stumm und bleich vor Erschöpfung neben ihm standen. Ihre einzige Hoffnung war gerade zerstört worden. Bald ging die Sonne hinter den Häusern auf, sie befanden sich im Feindgebiet, wurden gejagt und es gab keinen Ort, an dem sie sich verstecken konnten.

»Nein, da kommen wir nicht rein. Die knallen uns ab, bevor wir den Eingang erreicht haben. Es war alles umsonst.«

León wirkte seltsam ruhig, aber Jeb ahnte, welche Kräfte angesichts ihrer aussichtslosen Lage in seinem Inneren tobten.

»Wir müssen von der Straße runter. Sofort!«, sagte León und Jeb erschauerte beim eiskalten Klang seiner Stimme.

»Dort drüben gibt es ein hohes Gebäude. Sieht wie eine Schule aus. Lasst es uns dort versuchen?«, sagte Jenna und deutete die Straße hinunter.

Im aufkommenden Licht des neuen Morgens sah der Gebäudekomplex wie eine gigantische Schuhschachtel aus, aber er wirkte auch auf irgendeine seltsame Art und Weise vertrauenerweckend, was vielleicht daran lag, dass dort vor Kurzem noch junge Menschen wie sie selbst zur Schule gegangen waren. Es hatte Lachen in den Fluren gegeben, leise geflüsterte Unterhaltungen und den eintönigen Alltag des Unterrichts. Das alles hatten Mary, Jenna und er verloren. Bei León war sich Jeb ziemlich sicher, dass er schon lange nicht mehr zu Schule ging. Und nun lag ein Ort vor ihnen, der sie mehr als alles andere an ihre Heimat erinnerte. Warum sich also nicht dort verstecken?

»Ich bin dafür«, sagte Jeb.

Mary und León nickten. Loco zuckte mit den Schultern.

»Dann los«, meinte Jenna.

Die Abraham-Lincoln-Highschool war verlassen, aber sie hatten auch nichts anderes erwartet. Sämtliche Fenster im Erdgeschoss waren vergittert und zusätzlich von innen mit Brettern verschlagen worden, sodass niemand Brandsätze durchs Fenster werfen konnte. Vielleicht war das der Grund, warum die Schule im Gegensatz zu den meisten anderen Gebäuden der Umgebung unversehrt war.

Durch die Schutzmaßnahmen war es schwierig, ins Innere zu gelangen. Schließlich entdeckte León ein hinter Müllcontainern verstecktes Kellerfenster, das er einschlug. Das Splittern des Glases klang laut in der morgendlichen Stille, aber alles blieb ruhig. Es erklang kein Alarmsignal und in den Häusern der Nachbarschaft zeigte sich niemand an den Fenstern.

Nacheinander schlüpften sie ins Haus und fühlten sich seit ihrer Ankunft in dieser Welt zum ersten Mal sicher.

Hier gab es ungewöhnlicherweise Strom, wahrscheinlich lief irgendwo ein Notstromaggregat, und so konnten sie das Licht einschalten. Sorgen, entdeckt zu werden, mussten sie sich nicht machen. Die Holzbretter vor den Fenstern würden dafür sorgen, dass kein Licht nach draußen drang.

Über eine Treppe ging es nach oben ins Erdgeschoss. Hier erwartete sie ein langer Flur mit Metallspinden. Der Flur führte in eine Cafeteria. Sämtliche Tische waren am Boden festgeschraubt, die Stühle hingegen standen und lagen in der Gegend herum, so als wären die Schüler hastig aufgesprungen und aus dem Raum gerannt. Auf dem Boden lagen Servietten, Pappschachteln und Essensreste. Die Tische waren mit Tabletts bedeckt, auch hier jede Menge Papier und Nahrungsmittel.

León warf einen Blick auf das Essen. Er war hungrig, aber alles, was er fand, war entweder vertrocknet oder hatte begonnen zu schimmeln.

»Sieht aus, als wären alle schnell aufgebrochen«, sagte Jenna in seinem Rücken. »Wahrscheinlich gab es einen Alarm und alle sind hinausgestürmt.«

León nickte. Hinter ihm verteilten sich die anderen im Raum.

»Hier sind wir vorerst sicher«, meinte Jeb. »Wir können den Tag abwarten und uns etwas einfallen lassen. Wenn es dunkel wird, ziehen wir weiter, versuchen, die Tore zu erreichen.«

»Was quatscht ihr da? Was für Tore?«, fragte Loco.

»Halt dich da raus«, knurrte León.

»Ich habe Durst«, meldete sich nun Mary zu Wort.

»Schaut euch um. Hier steht so viel Zeug rum und außerdem liegen dort in der Ecke Schultaschen und Rucksäcke. Irgendetwas finden wir bestimmt«, sagte Jenna.

Die nächsten zehn Minuten wühlten sie alles durch. Jeb entdeckte einen Snackautomaten, als er um die Ecke des Saales in einen weiteren Gang blickte. Der Automat schien zu funktionieren, denn seine Beleuchtung, die Schokoriegel, Chips und Erdnüsse anzeigte, war an und blinkte verlockend. Allerdings hatten sie kein Geld und ohne Werkzeug war es unmöglich, den Apparat aufzubrechen.

Schließlich räumten sie einen Tisch frei und breiteten ihre Funde darauf aus. Es war wenig. Sie hatten drei Flaschen Wasser und eine Dose Coke gefunden. Dazu für jeden von ihnen einen Schokoriegel und zwei Tüten Erdnüsse.

»Nicht gerade viel«, seufzte Mary.

»Es muss reichen«, sagte León schlicht.

Während sich die anderen setzten, lief Jenna durch den Saal und verschwand durch eine Schwingtür. Kurze Zeit später war sie zurück.

»Dahinten ist eine Art Küche, aber die Kühlschränke sind leer. Es gibt Waschbecken, aber, warum auch immer, aus den Hähnen läuft kein Wasser. Wahrscheinlich abgestellt.«

»Das Gebäude ist groß, wir werden mehr Kram finden, wenn wir die Klassenzimmer und alle anderen Räume absuchen.«

León blickte ihn an, aber Jeb bemerkte es nicht, da er zu Jenna schaute, die sich neben ihn setzte.

Wie immer versuchst du, uns Hoffnung und Mut zu machen, Jeb. Aber ich sehe, dass deine alte Kraft noch nicht zurückgekehrt ist, und ich habe keine Ahnung, wie lange du noch durchhalten wirst.

León dachte darüber nach, was er tun würde, falls Jeb nicht mehr weiterkonnte.

Werde ich ihm helfen oder wie Jenna damals in der Steppe zurücklassen?

Er kannte die Antwort nicht und das überraschte ihn. León beschloss, den Dingen ihren Lauf zu lassen, er würde wissen, was zu tun war, wenn es so weit kam. Mary reichte ihm die Flasche Wasser über den Tisch und er begann hastig zu trinken, begnügte sich aber mit wenigen Schlucken.

Loco hatte es sich ihm gegenüber bequem gemacht und die Füße auf den Tisch gelegt. In León brodelte es. Locos Art, hier herumzufläzen, während er und die anderen seit Tagen um ihr Leben kämpften und nicht weiterwussten, machte ihn rasend. Aus zusammengekniffenen Augen starrte er den anderen an, der lächelnd zurückblickte.

»Schuhe runter«, zischte León.

Die zwischen Jenna und Jeb geflüsterte Unterhaltung erstarb.

»Was?«, fragte Loco verblüfft.

»Du hast mich gehört. Runter mit den Füßen!«

»Spinnst du? Du hast mir gar nichts zu sagen!«

León sprang auf und wischte Locos Turnschuhe vom Tisch. Alles in einer einzigen Bewegung. Loco wurde beinahe vom Stuhl zu Boden geschleudert, konnte sich aber gerade noch abfangen.

Sein Gesicht zeigte Überraschung und genau das sorgte dafür, dass sich León wieder beruhigte. Der plötzlich aufgekommene Zorn war verflogen. »Wenn ich etwas sage, tust du es«, sagte er ruhig. Dann erhob er sich und verließ den Raum.

Jeb starrte in die Runde. Alle schwiegen. Selbst der *Hijo* sagte kein Wort. Leóns Ausbruch hatte sie alle überrascht und Jeb fragte sich im Stillen, ob León dabei war, die Nerven zu verlieren. Aber warum? León hatte noch nie Schwäche gezeigt, trotzdem war seine heftige Reaktion ungewöhnlich.

Loco stand vom Tisch auf. »Ich haue mich aufs Ohr. Habe seit zwei Tagen nicht geschlafen.«

Ohne eine Antwort abzuwarten, verzog er sich in eine Ecke der Cafeteria, schnappte sich einen Rucksack und schob ihn unter den Kopf. Kurz darauf verkündeten seine regelmäßigen Atemzüge, dass er eingeschlafen war.

»Was machen wir jetzt?«, fragte Jenna leise.

Jeb sah sie an. »Wir warten, bis es dunkel wird, und versuchen uns dann durch die Straßen zu schlagen.«

Mary erhob sich. »Ich gehe mal nach León schauen. Er sollte dabei sein, wenn wir Pläne schmieden.« Kurz darauf war sie verschwunden.

»Was sagst du zu León?«, fragte Jeb.

Jenna zuckte die Schultern. »Er hat ein Recht, auch mal auszuflippen. Niemandem ist etwas geschehen.«

»Schon, aber er macht mir Angst.«

Jenna lachte leise auf. »Tut er das nicht schon immer? So ist er eben. Wild und ein wenig unberechenbar.«

»Was wird sein, wenn wir die Tore erreichen?«, hakte Jeb nach. »Wir wissen beide, dass er freie Portale für sich und Mary beanspruchen wird.« Jeb schaute sie an. »Und er wird bereit sein, darum zu kämpfen.«

»Denk jetzt nicht darüber nach. Die Tore sind noch weit weg, außerhalb unserer Reichweite. Es kann noch viel geschehen.«

»Wir müssen vorbereitet sein.«

Ihre Hand streckte sich nach ihm aus und ihre Finger zerstrubbelten sein Haar. »Ach Jeb, wir können uns nicht vorbereiten. Das konnten wir noch nie, seit wir im Labyrinth sind. Immer ist alles neu und überraschend, wir wissen nie, was uns der nächste Moment bringt. Wir können nur hoffen und kämpfen.«

Jeb senkte seinen Kopf, damit Jenna ihm nicht in die Augen blicken konnte. Er würde vorbereitet sein, wenn es mit León zum Kampf um die Tore kommen würde.

25

Jenna erhob sich. »Ich schaue mich mal um. Hier gibt es bestimmt noch einiges, was wir gebrauchen können.«

»Ich komme mit«, sagte Jeb sofort, aber Jenna schüttelte den Kopf.

»Du musst ihn im Auge behalten«, sagte sie und nickte in Locos Richtung, der noch immer leise schnarchend schlief.

»Warte, bis León oder Mary zurück sind«, schlug Jeb vor.

»Nein, Leóns Reaktion vorhin hat mich nervös gemacht. Ich kann jetzt nicht hier herumsitzen. Ich muss etwas tun.«

»Okay, dann tob dich aus.« Jeb grinste schwach. »Vielleicht findest du eine Taschenlampe, das wäre praktisch.«

»Ich halte die Augen offen.«

Jenna verließ die Cafeteria und folgte einem Gang, der nach rechts zu den Klassenzimmern führte. Die meisten Türen standen offen, auch hier deutliche Anzeichen eines überstürzten Aufbruchs. Taschen und Rucksäcke lagen herum. Bücher und Papier waren über die Schreibtische, aber auch auf dem Boden verteilt. Jenna betrat das erste Zimmer und suchte alles nach Nahrungsmitteln, Wasser oder Kleidungsstücken ab. In eine Stofftasche mit Smiley-Aufdruck packte sie alles, was sie fand.

Nachdem sie alle Zimmer abgesucht hatte, war die Ausbeute ganz ordentlich. Sie hatte drei weitere Plastikflaschen mit Wasser, drei Dosen Energiedrinks und eine Coke gesammelt, dazu mehrere Schokoriegel, Kaugummipackungen, Hustensaft und Kopfschmerztabletten. Eine Taschenlampe war natürlich nicht dabei und so beschloss Jenna, nach dem Büro des Hausmeisters zu suchen.

Sie schlich die Gänge entlang und lauschte vor jeder Ecke, bevor sie den nächsten breiten Flur betrat. Es war seltsam, wie vertraut die Räumlichkeiten rochen, nach Turnschuhen, abgestandenem Essen, Kreide ... es war, als würde im nächsten Moment das Leben in dieser Schule wieder von Neuem beginnen. Es war gespenstisch still, wie es nur auf Schulfluren still ist, wenn in allen Räumen Unterricht abgehalten wird. Doch Jennas erster Blick durch eines der Fenster der Klassentür links von ihr bestätigte, dass der Raum und auch die nächsten leer waren.

Da vernahm sie plötzlich Schritte.

Mary fand León auf dem Boden hockend hinter einer langen Reihe von Spinden. Er hatte den Kopf auf die angezogenen Knie gelegt und hob ihn auch nicht an, als sie näher kam und sich neben ihn setzte. Sie legte ihre Hand auf seine Schulter. Eine Weile verging, dann sah León auf.

»Du solltest zu den anderen gehen. Ich bin kein guter Gesprächspartner.«

»Wir müssen nicht reden«, sagte Mary. »Lass mich einfach bei dir sein, okay?«

»Ach, Mary«, seufzte er, dann legte er den Arm um sie und zog sie an sich. Mary kuschelte sich an seine Schulter. Sie roch den unverwechselbaren Geruch seiner Haut.

In Leóns Nähe herrschte immer Stille, sie umgab ihn regelrecht. Vielleicht lag es an seiner Schweigsamkeit, sie war wie ein Panzer, den Worte nicht durchdringen konnten.

Also schmiegte sie sich nur noch fester an ihn, atmete ihn ein und wünschte sich einmal mehr, dass die Zeit stehen blieb.

Die Schritte kamen aus dem Gang, der sich rechts von ihr noch weiter von der Kantine entfernte. Jetzt hörte sie ein Fluchen. Es klang wie Spanisch – und als wäre dieser Jemand, wer immer da auch war, allein. Langsam entfernten sich die Schritte von ihr, das ließ Jenna aufatmen.

Immerhin werde ich wem auch immer nicht direkt in die Arme laufen.

Vorsichtig setzte sie einen Fuß vor den anderen, die schweren Sohlen ihrer Boots klangen dumpf bei jedem ihrer Schritte. Zumindest in Jennas Ohren. Sie lauschte. Der andere hatte seinen Weg fortgesetzt, er schien sie nicht zu hören.

Jenna hatte fast das Ende der Spindreihe, die sich zwischen den Türen links und rechts von ihr befand, erreicht. Aus dem Augenwinkel entdeckte sie rechts neben sich eine Tür mit einem Schriftzug. *Janitor.* Das Büro des Hausmeisters.

Gleich. Momentan hatte sie andere Probleme. Nur noch drei Schritte, zwei, einer, dann lugte sie um die Ecke.

Sie sah einen Jungen und dieser bewegte sich zügig auf eine der doppelten Glastüren zu, die in den Innenhof der Highschool führten.

Jenna wusste sofort, wer das war.

Der tote *Muerte negra!* Überall hätte sie seinen albernen, karierten Jogginganzug wiedererkannt. Und diese knallgelben Schuhe.

Schuhe, die sich durch den Ausgang bewegten. Das konnte nicht sein! Wie war das ...? Jenna öffnete den Mund, wollte dem Toten etwas hinterherrufen ... da drehte sich Cristiano Rabán zu ihr um. Langsam, als würde die Zeit zäh sein, langsamer verlaufen, drehte er seinen Oberkörper, dann sein Gesicht zu ihr.

Sein Gesicht war von einem breiten Grinsen durchzogen, in dem weiße Zähne blitzten. Deutlich sah Jenna das dunkle Loch an seiner Stirn, es sah aus wie Dreck, als müsste Jenna über das Bild vor ihren Augen wischen, damit dieser Fleck auf dem Gesicht des anderen verschwände. Doch Jenna starrte nur geradeaus, wagte nicht, sich zu bewegen. Dann hob der tote *Muerte negra* die Hand.

Er ballte sie zu einer Faust, streckte einen Zeigefinger nach vorne, den Daumen nach oben und hob ihn sich an die Stirn.

Dann blähte er die Wangen zu einem lautlosen »Puff«, zwinkerte Jenna zu und war im nächsten Moment verschwunden. Vom Erdboden verschluckt wie eine Fata Morgana.

Jenna taumelte zurück. Sie achtete nicht mehr darauf, leise zu sein. Sie wollte weg, sie musste zu den anderen.

Hastig wandte sie sich um. Sie hatte keine Zeit zu verlieren, aber sie wollte nicht unverrichteter Dinge zu ihnen zurückkehren. Wie sollte sie ihnen erklären, dass sie mit leeren Händen zurückkam, wenn sie das Hausmeisterbüro doch gefunden hatte? Nein, entschied sie.

Ich lasse mich von diesem beschissenen Labyrinth nicht an der Nase herumführen. Ich muss mich auf die Dinge konzentrieren, die wichtig sind, nicht auf irgendwelche Hirngespinste. Ich muss die Tücken des Labyrinths ausblenden, wenn ich überleben will.

Schnell drehte sie sich nach links und öffnete die Tür, die jetzt neben ihr lag. Im Gegensatz zu allen anderen Räumen wirkte das Hausmeisterbüro aufgeräumt und ordentlich. Mit heftigem Herzklopfen schaute Jenna sich um. Wo würde sie als Hausmeister Utensilien verstauen? In den wuchtigen Holzschränken? Sie rüttelte an einer der Türen und sie war offen! Sie öffnete die Schränke nacheinander und tatsächlich entdeckte sie eine große Stablampe, die auf ihren zittrigen Knopfdruck sofort Licht an die Wand warf. Der Rest der Schränke beherbergte Decken, Putzmittel und Werkzeug, für die sie keine Verwendung hatte. Sie wollte schon aus dem Raum stürzen, als sie in einer Ablage einen zusammengefalteten Plan entdeckte, der auf den ersten Blick wie eine Landkarte aussah. Jenna riskierte einen kurzen Blick und sofort sah sie etwas, das ihren Puls höher schlagen ließ. Sie hatte eine Möglichkeit gefunden, ihrer aller Leben zu retten.

Jenna hatte keine Zeit zu verlieren. Und keinen Gedanken zu verschwenden an die Vision des Toten *Muerte negra*, der ihr die Sinne vernebelte. Sie musste den anderen von ihrem Plan erzählen.

Jeb saß auf einem Stuhl und starrte nachdenklich vor sich hin. Noch immer verwirrte ihn Leóns heftige Reaktion, aber viel mehr verunsicherte ihn der Gedanke, dass León durchdrehen konnte. Er war stets ein wichtiger Faktor im Kampf gegen das Labyrinth und seine Gefahren gewesen und hatte mehr als einmal bewiesen, zu was er fähig war.

Mein Gott, wenn jetzt schon León ausflippt, ist es nur eine Frage der Zeit, bis wir alle durchdrehen.

Während er seinen düsteren Gedanken nachhing, fiel sein Blick auf die linke Armbeuge. Auf dem nackten Arm entdeckte er zu seiner Verblüffung rotblaue, leicht geschwollene Flecken in einer geraden Linie, die empfindlich schmerzten, als er vorsichtig darüberstrich.

Was zum Teufel ist passiert? Warum verfärbt sich meine Haut? Warum tut das so weh?

Jeb war sich sicher, dass das dunkle Mal zuvor nicht da gewesen war. Jetzt fürchtete er, ebenfalls den Verstand zu verlieren.

Zum Glück schien sein anderer Arm unversehrt zu sein. Obwohl … als Jeb hier die Haut näher untersuchte, entdeckte er ebenfalls blassgrüne Flecken, die kaum noch sichtbar waren.

Was hat das zu bedeuten?

Als Jenna zurück in die Cafeteria kam, war Loco aufgewacht und saß nun zusammen mit Jeb an einem Tisch. León und Mary hatten sich etwas von den beiden zurückgezogen und standen in der Nähe des Automaten.

Alle blickten sie an, als sie den Raum betrat. Sie versuchte, ihr Gesicht glatt und ruhig wirken zu lassen. Kein Anzeichen von dem zu geben, was sie soeben erlebt hatte. Es gab Wichtigeres, Reales, das sie hier und jetzt zu lösen hatten.

»Du lächelst so verschwörerisch«, stellte Jeb fest. »Hast du etwas zu essen gefunden? Vielleicht sogar eine Taschenlampe?«

Jenna grinste erleichtert. Ihre Maske funktionierte offenbar, wenn nicht mal Jeb etwas merkte. »Mehr als das.«

Sie legte ihre Funde auf den Tisch und breitete den Plan des Wassersystems vor den anderen aus. Auch Mary und León waren herübergekommen und beugten sich nun mit den anderen über den Plan.

»Was ist das?«, fragte Mary.

»Unsere Rettung«, sagte Jenna und ihre Stimme überschlug sich fast, so schnell wollte sie den anderen von ihrer Idee zu erzählen. »Vor euch liegt ein Plan, der das Wassersystem der Schule abbildet. Die Schule hat ein Schwimmbad und von diesem Schwimmbad führt ein Zugang zu den Abwasserkanälen der Stadt. Wenn man ihnen folgt …« Ihr Finger fuhr die Linie nach und tippte dann auf den Plan. »… kommt man zu einem Wasserwerk …«

»Das außerhalb dieses Viertels liegt«, unterbrach sie Jeb aufgeregt.

»Ja, und noch besser, das Wasserwerk befindet sich in der Richtung, in der wir den Stern zuletzt gesehen haben. Von dort aus kann es nicht mehr weit bis zu den Toren sein.«

»Wir sind gerettet! Du hast uns gerettet!«, rief Mary aus. Jeb blieb seltsam still und sagte nichts.

Was ist mit ihm?, dachte Jenna. Was ist während meiner Abwesenheit geschehen? Doch bevor sie sich weiter darüber Gedanken machen konnte, unterbrach sie León.

»Noch nicht«, meinte er, während er stirnrunzelnd seinen Blick über die Karte schweifen ließ. »Wie hoch sind diese Kanäle und der Weg, der zu ihnen führt?«

»Hoch genug, um aufrecht darin stehen zu können. Die Maße sind eingezeichnet.«

»Irgendwelche Hindernisse auf dem Weg?«

»Keine, die in der Karte abgebildet sind. Beim Wasserwerk ist etwas eingezeichnet, das eine Tür sein könnte, aber damit werden wir uns befassen, wenn wir dort sind.«

Zum ersten Mal seit Langem sah sie León lächeln. »Madre de Dios, das könnte funktionieren.«

»Erinnerst du dich an das Wasserwerk?«, fragte Jeb.

León schüttelte den Kopf. »Nicht mein Gebiet. Was ist mir dir, Loco?«

Der *Hijo* verneinte, wandte sich scheinbar desinteressiert ab und ging zu den Automaten hinüber. Jenna fand das merkwürdig und nahm sich vor, ihn noch genauer im Auge zu behalten.

»Okay, wie gehen wir vor?«, fragte Mary.

»Wir müssen das Schwimmbad finden, aber das dürfte nicht allzu schwer sein. Wahrscheinlich schließen die Turnhallen und das Schwimmbad an das Hauptgebäude an«, erklärte Jenna.

»Wir haben nichts gesehen, als wir hier angekommen sind.«

»Dann wird es Zeit, dass wir sie suchen. Also, worauf warten wir noch.«

Plötzlich meldete sich Jeb, der bisher geschwiegen, hatte zu Wort.

»Bevor wir aufbrechen, muss ich euch etwas zeigen.«

Sein ernster Blick verunsicherte Jenna. Jeb trat vor und hielt ihnen seinen linken Arm mit der Beuge nach oben entgegen. Zuerst wusste Jenna nicht, was er von ihnen wollte, aber dann sah sie die Einstiche.

»Wo hast du das her?«, fragte sie.

Jeb presste die Lippen zusammen. »Ich weiß es nicht, plötzlich waren sie da.«

León fuhr mit seinen Fingerspitzen darüber. »Manche sehen alt aus, andere neu.«

»Dann glaubt ihr wie ich, dass es Einstiche sind?«, fragte Jeb.

»Eine andere Erklärung habe ich auch nicht«, gab León zu. »Die Frage ist, wie lange hast du die Dinger schon?«

»Das weiß ich auch nicht. Die Einstiche sind mir erst jetzt aufgefallen und mein Gefühl sagt mir, dass sie davor nicht da waren.«

»Unheimlich«, meinte Mary.

»Ich will der Sache keine übermäßige Bedeutung schenken, aber euch warnen und raten zu beobachten, ob bei euch ähnliche Zeichen auftauchen.«

Sofort untersuchten alle die eigenen Arme, aber bis auf Jeb hatte keiner Einstiche an den Armen.

»Es ist schon merkwürdig, dass diese Stiche gerade jetzt auftauchen. In einer Welt, die unserer sehr ähnlich ist. Warum waren die Einstiche nicht früher zu sehen, manche sind längst verheilt, Jeb müsste sie also bereits eine ganze Weile haben, aber ihm ist vorher nichts aufgefallen.«

»Was tun wir jetzt?«, fragte Jenna.

»Wir gehen los«, sagte León.

Sie durchquerten das Gebäude und standen schließlich vor einer verschlossenen Tür. Auch hier fiel wenig Licht durch die zugenagelten Fenster, aber Jennas Taschenlampe leuchtete die Umgebung aus.

»Wir haben alles abgesucht. Es muss diese Tür sein, die zu den anderen Gebäuden führt«, sagte León.

Jeb stand neben ihm. Er hatte das Gesicht gegen den Schlitz eines Fensters gelegt und spähte hinaus.

»Ich sehe sie. Zwei flache Gebäude. Eindeutig das, was wir suchen. Wenn wir jetzt, in der Mittagszeit, rüberlaufen, wären wir da draußen wie auf dem Präsentierteller.«

»Siehst du jemanden?«

»Nein, aber das muss nichts heißen.«

»Wir könnten es riskieren«, meinte León. »Über den Hof rennen und dann hinein in die Halle.«

»Aber was, wenn die Tür verschlossen ist? Es wird dauern, bis wir einen Zugang zum Gebäude finden, und das alles im gleißenden Sonnenschein. Ich schlage vor, wir warten, bis es dunkel ist.« Jenna wandte sich an die anderen.

Es war Loco, der aussprach, was alle dachten: »Ich mache da keinen Schritt raus, solange es hell ist.«

»Wir sollten abwarten und uns noch ein wenig ausruhen«, sagte Mary leise.

»Ich bin dafür, es zu versuchen«, beharrte León und wandte sich dann mit sanfter Stimme an Mary. »Ich passe schon auf dich auf.«

Jeb sah, wie Jenna grübelnd das Gesicht verzog, und berührte sie leicht an der Schulter. »Jenna, was meinst du? Du hast die Pläne entdeckt, du solltest entscheiden, wie wir jetzt weiter vorgehen.«

Sie schaute auf. »Wir versuchen es, wenn es dunkel ist.«

Sie hatten sich wieder in die Cafeteria zurückgezogen, die von Jenna gefundenen Nahrungsmittel verzehrt und etwas getrunken. Nun konnten sie nur noch warten. Jeb war noch einmal ins Büro des Hausmeisters zurückgekehrt und hatte von dort Decken mitgebracht.

»Nicht gerade gemütlich, aber wir haben schon unter schlechteren Umständen geschlafen.« Er reichte Mary zwei Decken. »Wo ist Loco?«

»Aufs Klo.«

»Allein?«

»Ja, der wird wohl kaum versuchen abzuhauen. Es ist viel zu gefährlich, sich jetzt hinauszuwagen. Mach dir keine Sorgen wegen ihm.«

»Ist es für euch okay, wenn wir uns da drüben in der Ecke hinhauen?« Er deutete an die Seite des Raumes, die als einzige ein Fenster aufzuweisen hatte, das aber von innen zugenagelt war.

»Kein Problem«, sagte León. Er und Mary zogen sich in die gegenüberliegende Ecke des Esssaals zurück, während Jeb vor sich und Jenna die Decke ausbreitete. Sie legten sich darauf. Die zweite Decke breiteten sie über sich aus, obwohl es im Zimmer warm und stickig war. Es wurde still. Nur wenig Licht drang durch die Holzbretter am Fenster herein und von der Straße waren keine Geräusche zu hören.

Es wirkt fast friedlich, dachte Mary. Sie rückte näher an León heran und legte ihren Kopf auf seine Brust. Kurz darauf spürte sie, wie er sanft mit der Hand über ihr Haar strich.

Ich hätte niemals gedacht, dass ich mich so beschützt bei jemandem fühlen könnte, den ich kaum kenne. Schon gar nicht bei so einem Typen wie León. Ich kann mir gar nicht mehr vorstellen, ohne ihn zu sein. Es tut weh, an ihn zu denken und dass uns nur so wenig Zeit miteinander bleibt. Wenn ich mir vorstelle, dass er morgen nicht mehr da sein könnte …

Mary ließ ihre Hand über seine Brust wandern, fühlte die Muskeln unter seinem Hemd. Sie öffnete die Knöpfe und schob ihre Hand hinein. Er sah sie an. Mary hatte ein Lächeln, vielleicht sogar ein Grinsen erwartet, aber er blieb ernst.

»Was ist mit dir?«, fragte sie ihn, doch er ließ sich mit der Antwort Zeit.

»Es ist alles so verwirrend«, sagte León schließlich. »Geht es dir nicht auch so? Hast du nicht manchmal das Gefühl, gar nichts mehr zu wissen?«

»Bei dir bin ich geborgen, León. So viel weiß ich.«

»Ich bin für dich da, immer.« León zog sie noch enger an sich, sodass Mary fest von seinen Armen umschlossen wurde. Es fühlte sich an, als könnte sie nichts voneinander trennen, als würde die Zeit stehen bleiben. »Vielleicht wurde ich nur geboren, um dir zu begegnen. Vielleicht hat mich mein Schicksal zu dir ins Labyrinth geführt.«

Mary schluckte. »Aber es macht mich traurig, dass wir hier sind und kämpfen müssen, um zu überleben.«

»Ich bin bei dir.«

Sie schmiegte sich an seinen Hals und hauchte: »Halt mich fest.«

Leóns Arme waren stark. So viel Kraft lag darin, aber Mary spürte auch die Verzweiflung, mit der er sie festhielt.

Der Tag verging, warf sein Licht durch die Schlitze. Mary lauschte Leóns gleichmäßigem Atem, er war eingeschlafen.

Sie wandte den Kopf. Im fahlen Licht war sein Gesicht kaum auszumachen, aber wenn León schlief, schien alle Anspannung von ihm abzufallen, seine Züge wurden weich und dahinter wurde der Junge sichtbar, der er niemals hatte sein dürfen.

Oh León, was hat das Leben dir nur angetan? Und was hat es mir angetan?

Aber er war hier. Bei ihr. Mehr konnte man nicht vom Schicksal verlangen.

Noch einmal ließ sie ihren Blick über ihn wandern, dann schloss sie die Augen und träumte einen tiefen Traum.

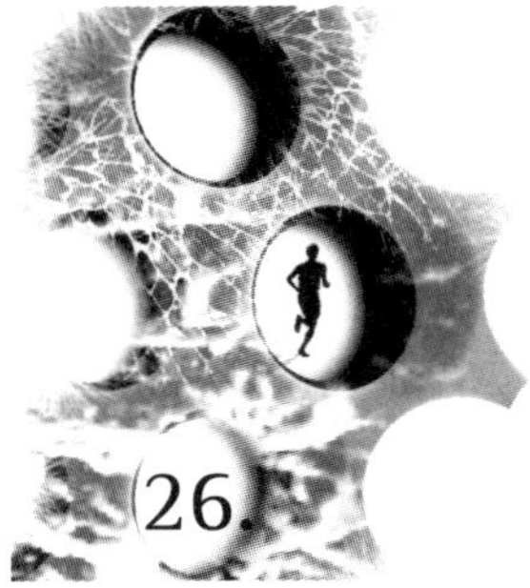

26.

Jeb erwachte durch den Tumult um ihn herum und Leóns wütendes Gebrüll. Er brauchte einen Moment, um zu sich zu kommen.

Leόn kam herübergestürmt und packte ihn grob an der Schulter. »Er ist weg! Der verdammte Hurensohn ist abgehauen!«

Was?«, stammelte Jeb. »Was ist los?«

»Loco, das Schwein. Er hat sich davongemacht!«

Jeb rieb sich die Augen, schüttelte die Müdigkeit ab. »Bist du sicher? Vielleicht musste er noch mal oder sucht die Räume ab.«

»Ich habe schon überall nachgesehen. Nein, er ist definitiv abgehauen.«

»Beruhig dich«, sagte Jenna neben ihm. »Das ist doch egal.«

»Ach nein?«, widersprach León. »Dieser blöde Hund kommt keine Meile weit, bevor sie ihn schnappen, und dann wird er uns verraten. Versuchen, seine Haut zu retten, indem er Rojo die Mörder seines Bruders liefert. Wir müssen sofort aufbrechen!«

»León hat recht«, meinte Mary. »Wir müssen von hier verschwinden.«

Ihr ursprünglicher Plan war es gewesen, bis nach Mitternacht zu warten, sich über den Schulhof zu schleichen und dann zu versuchen, ungesehen ins Schwimmbad zu gelangen. Jeder von ihnen hatte gewusst, dass es riskant werden würde, aber nun wurde die ganze Sache mehr als das. Denn draußen ging gerade erst die Sonne unter.

Jeb, Jenna, León und Mary bewegten sich vorsichtig über den Hof. Nach wenigen Metern erreichten sie die Eingangstür zum Schwimmbad, die durch eine massive Eisenkette und ein Schloss gesichert war.

León gab den anderen ein Zeichen, ihm zu folgen, und verschwand um die nächste Ecke. Dort machte er vor einem Fenster halt. Es war nicht zugenagelt. Entweder hatte die Zeit nicht mehr dafür gereicht oder die Behörde ging einfach davon aus, dass es in einem Schwimmbad nichts zu stehlen gab und somit auch keine Einbrecher angelockt würden.

León grinste. *Da hätten sie sich die Mühe mit der gesicherten Tür sparen können.*

Ohne zu zögern, zog er sein Hemd aus und wickelte es sich um die Faust. Jeb wollte etwas sagen, aber León hob den Finger, um ihm anzuzeigen, dass er besser still sein sollte. Dann schlug er zu.

Das Klirren war in der Dämmerung lauter, als er erwartet hatte, und die Knöchel seiner Hand schmerzten. Die Glassscheibe war massiver, als sie aussah. León fluchte stumm und lauschte.

Nichts.

Alles blieb still. Mit der linken Hand begann er, die noch im Fensterrahmen steckenden Glassplitter herauszuziehen. Als alles sauber war, winkte er den anderen zu. Nacheinander kletterten sie nach innen.

Hier war es stockfinster und die abgestandene Luft, die noch immer nach Chlor roch, wehte ihnen entgegen. León schaltete die Taschenlampe ein.

Sie befanden sich in einem der Umkleideräume. Hier und da hingen vergessene Kleidungsstücke über den Haken und in einer Ecke lag ein altes Handtuch, ansonsten war der Raum leer. León ging zur gegenüberliegenden Tür und trat in einen Gang hinaus, der auf der einen Seite laut Hinweistafel zu den Duschen führte. Zur Schwimmhalle ging es in die andere Richtung.

Jenna schloss mit ihm auf. Sie hielt den aufgeschlagenen Plan in den Händen. »Leuchte mal darauf«, sagte sie.

León richtete den Strahl der Taschenlampe aus.

»Laut Plan befindet sich der Zugang am oberen Ende des Schwimmbads und führt von dort aus in die Kanalisation.«

»Wie sieht der Zugang aus?«, fragte León.

»Ich bin mir sicher, dass es ein in den Boden eingelassener Gitterdeckel ist, damit im Überflutungsfall das Wasser abfließen kann.«

León biss sich auf die Lippe. »Hoffentlich kriegen wir das Scheißding auch auf.«

Der Schachtdeckel war zum Glück nicht schwer zu finden. Unscheinbar, aber deutlich sichtbar, war er in den Boden eingelassen und ungefähr zwei mal zwei Meter groß. Sie hatten Glück, das schwere Gitter, welches den Schacht sicherte, war weder angeschweißt noch sonst irgendwie gesichert, wahrscheinlich damit man es zu Wartungsarbeiten oder zum Saubermachen anheben konnte. Gemeinsam nahmen sie es hoch und schoben es zur Seite. Es machte einen Höllenkrach, als das Metall über die Keramikkacheln des Bodens schrammte, und als es wieder still wurde, lauschten sie in die Dunkelheit.

Nichts zu hören.

León leuchtete nach unten und entdeckte an der Seitenwand des Schachts eine Metallleiter, deren Sprossen in die Tiefe führten. Direkt über dem Abfluss stank es bestialisch. Er ließ die Taschenlampe kreisen, aber das Licht war zu schwach, um den Boden zu erreichen. Das bedeutete, es ging ziemlich tief runter. Weiter unten raschelte etwas.

Er sah auf und blickte den anderen ins Gesicht, dann nickte er Jenna, Jeb und Mary zu, trat an den Rand des Abstiegs und kletterte nach unten. Mary holte tief Luft und folgte ihm, ohne zu zögern.

Jeb leuchtete den beiden den Weg, so gut es ging. Schon bei der Vorstellung, bald wieder in engen Gängen gefangen zu sein, schnürte es ihm die Kehle zu. Aber er musste stark sein, für Jenna. Immerhin war er diesmal nicht allein und das beruhigte ihn ein wenig. Entschlossen gab er Jenna ein Zeichen, die wegen des Gestanks aus dem Loch vor ihnen angewidert das Gesicht verzog. Schließlich kletterte auch sie in die Tiefe hinab dem Moder entgegen.

Das Schachtgitter war zu schwer, um es allein wieder über den Schacht zu ziehen. Jeb blickte es stirnrunzelnd an. Wenn ihre Verfolger bis ins Schwimmbad vordrangen, würden sie wissen, wohin sie geflohen waren, aber das ließ sich nicht ändern. Noch einmal lauschte Jeb in die Dunkelheit, er zwang sich, ruhig zu atmen, dann stieg auch er hinab.

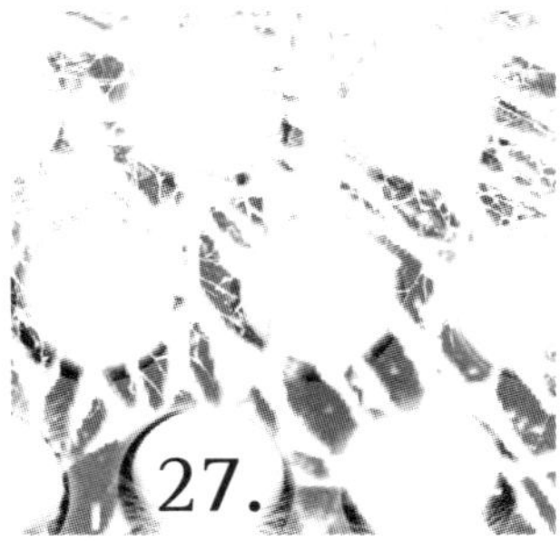

27.

Hier unten war es stickig und es roch nach abgestandenem Wasser und Moder. Zunächst war der Gang so hoch, dass man aufrecht stehen konnte, aber nach fünfzig Metern mündete er in einen schmalen Tunnel, den man nur mit gebeugten Knien und eingezogenem Kopf durchqueren konnte.

Jenna dachte an Jeb und an seinen Schwächeanfall im Labyrinth. Sie hoffte, dass ihm die Dunkelheit, die sie ringsum umschloss, es diesmal einfacher machen würde, sich in diesen Gängen fortzubewegen. Vielleicht war die Schwärze um sie herum eine Gnade für ihn. Und sie hoffte, dass sie ihm würde helfen können, wenn ihn die Panik lähmte. *Das letzte Mal haben wir es auch geschafft – zusammen. Wir werden auch hier rauskommen.*

Jenna sah sich um. Auch wenn sie nicht viel erkennen konnte, seltsamerweise waren die Abflussrinnen trocken. Vielleicht lag es daran, dass das Wasser abgestellt war, oder der Gang, dem sie folgten, hatte einen anderen Zweck. Jenna war auf jeden Fall dankbar dafür. Vor ihnen in der Dunkelheit raschelte es immer wieder. Sie vermutete Ratten, die vor ihnen und dem Licht der Taschenlampe flohen. Hinter ihr ging Mary, León bildete den Schluss.

Die stickige Luft machte das Atmen schwer und bald schon brach ihr der Schweiß aus. Keiner sprach ein Wort. Stumm und verbissen marschierten sie durch die Dunkelheit.

Jenna dachte an das Chaos über ihren Köpfen in den Straßen von Los Angeles. Wo waren sie da nur hineingeraten? Was für eine Welt war das, wo so viel Gewalt und Tod herrschten? Und León? Hatte er den jungen Gangster wirklich so eiskalt getötet, wie es ihr vorgekommen war? Wie oft hatte er das schon getan?

Wirst du auch uns einfach abknallen, León, wenn es darauf ankommt? Wie lange bleibst du unser Freund?

Kurz wanderten ihre Gedanken zu Loco. Warum war er nicht bei ihnen geblieben? Nun hatten ihn wahrscheinlich die *Muerte negra* erwischt. Sie würden ein Exempel an ihm statuieren und allen *Hijos* blutig vor Augen führen, was es bedeutete, in ihr Hoheitsgebiet einzudringen.

Diese Welt, diese Zeit war grausam und Jenna wollte inzwischen nichts anderes mehr, als einfach nur von hier verschwinden. Sie blickte auf das tanzende Licht der Taschenlampe in Jebs Hand vor ihr.

Es war still hier unten, aber dann ...

... hustete jemand.

Jeb blieb sofort stehen und wandte sich um. »War das einer von euch?« Jenna konnte die zittrige Angst in seiner Stimme hören.

Keiner von ihnen antwortete. Sie alle hatten es gehört – und auch Jeb musste klar gewesen sein, dass dies jemand Fremdes war.

»Da ist jemand«, sagte Jenna.

»Wer soll da sein?«, fragte Mary.

»Vielleicht verstecken sich noch andere Menschen hier unten.« León trat nach vorn. In seiner Hand glänzte matt die Waffe, die er Loco abgenommen hatte. »Wir gehen nachsehen. Bleibt hier«, sagte er und schaute Jeb auffordernd an.

»Oh nein«, erwiderte Jenna sofort. »Wir bleiben zusammen. Ich habe keine Lust, hier in der Dunkelheit rumzustehen und mir vor Angst in die Hose zu machen. Außerdem gibt es nur diesen einen Weg und zurück können wir nicht.«

»Okay«, sagte Jeb. »Dann alle gemeinsam, aber leise.« Seine Stimme klang etwas gepresst, aber erleichtert. Und er konnte sprechen. Jenna ahnte, dass auch er froh war, dass sich die Gruppe nicht aufteilte.

Jeb schirmte die Taschenlampe mit seiner Hand ab und leuchtete direkt vor sich auf den Boden. »Besser, niemand sieht uns, bevor wir wissen, was hier unten los ist. Seid ihr bereit?«

»Was machen wir, wenn da vorn *Muerte negra* lauern?«, wollte Jenna wissen.

»Das weiß ich auch nicht, wir ...«

»Wir kämpfen uns den Weg frei!« Hart, erbarmungslos wie stets, sprach León aus, was alle wussten. Es gab keine andere Möglichkeit. Sie folgten dem Gang bis zu einer Einmündung in das eigentliche Kanalsystem. Im Schatten des Tunnels kauerten sie sich zu Boden und blickten hoch in einen höhlenartigen Raum, der ein wenig an eine Bahnhofshalle erinnerte. Grob behauene Steinwände umschlossen einen Knotenpunkt, von dem mehrere Abwasserkanäle in alle Richtungen abzweigten.

Der Boden bestand aus rauem Stein, war aber eben angelegt. Rechts von ihnen führte eine Metallleiter nach oben, ähnlich der Leiter, die sie benutzt hatten, um hinabzusteigen.

Hier drin gab es Licht. Nach der Finsternis im Gang mussten sie die Augen zusammenkneifen und erst allmählich begriffen sie, was sie sahen. Es machte sie sprachlos.

Sie waren nicht allein.

Unzählige Kerzen brannten auf dem Steinboden oder an den Wänden. In ihrem flackernden Schein konnte Jenna Dutzende von Menschen ausmachen. Junge und Alte, Männer, Frauen, Kinder.

Sie hockten oder lagen auf dem Boden, hatten Decken oder aufgerissene Pappkartons unter sich ausgebreitet. Die Gesichter bleich, ausgemergelt, von Krankheiten gezeichnet, viele von ihnen mit Pusteln oder roten Flecken bedeckt. Sie schauderte. Es waren Weiße, Schwarze und Hispanics. Hier unten gab es keine Rassentrennung, nur die Flucht vor der Oberwelt.

Jeb gab den anderen ein Zeichen und sie zogen sich ein Stück in den Tunnel zurück, bis sie außer Hörweite waren.

»Das sind doch keine Flüchtlinge?«, wisperte Jenna leise.

»Mole People«, gab León ebenso leise zurück. »Ich erinnere mich. Das sind Menschen, die im Untergrund leben, sich von Abfall und Diebstählen an der Oberfläche ernähren. Sie kommen nur nachts raus, niemals am Tag. Ihre Augen sind die Helligkeit nicht mehr gewöhnt und außerdem würden sie sofort auffallen.«

»Das Maulwurf-Volk«, murmelte Jenna. »Sind sie gefährlich?«

»Nein, im Gegenteil, denke ich. Diese Leute haben Angst vor anderen Menschen und Fremden, wenn sie können, fliehen sie oder verstecken sich. Wir haben sie hier unten in ihrem Lager aufgestöbert, aber es werden noch weitere in den Tunneln hausen.«

»Haben sie Waffen?« Marys Stimme klang schwach, als sie das fragte.

»Unwahrscheinlich. Metall rostet hier unten schnell, schon nach kurzer Zeit wären die Dinger durch die hohe Luftfeuchtigkeit unbrauchbar.«

»Aber sicher bist du dir nicht.«

»Nein.«

»Okay.« Jeb stieß hörbar Luft aus. »Wie ich die Sache sehe, müssen wir da durch. Wie sollen wir es angehen?«

»Wir zeigen ihnen unsere Pistole, nehmen die Arme hoch und spazieren mitten zwischen ihnen hindurch. Niemand wird uns aufhalten.«

Jenna zuckte zusammen. Sie fürchtete sich vor diesen Menschen. Sie sahen so ... seltsam aus. Stumpf und wie Schatten ihrer selbst.

León behauptete zwar, sie seien harmlos, aber so sahen sie nicht aus, fand Jenna. Im Gegenteil, viele der Männer, die sie gesehen hatte, wirkten gefährlich. So als hätten sie nichts zu verlieren. Dass diese Leute keine Waffen besitzen sollten, glaubte Jenna nicht. Irgendjemand hatte immer eine Waffe, so viel hatte sie die Erfahrung in dieser Welt gelehrt.

Trotzdem mussten sie an ihnen vorbei. Irgendwie.

»Wir bewegen uns langsam, machen keine bedrohlichen Bewegungen«, sagte León. »Niemand spricht mit niemandem. Wir müssen wie Geister sein, die unter ihnen wandeln, wie Nebel, der vorüberzieht. Wenn sie erkennen, dass wir nichts von ihnen wollen, werden sie uns in Ruhe lassen.«

»Und wenn nicht?«, fragte Jeb.

»Schlagen wir den Ersten nieder, der sich uns in den Weg stellt. Der Rest wird sich in die Tunnel verpissen.«

Jenna legte die Stirn in Falten, als sie den harten, erbarmungslosen Klang in Leóns Stimme hörte.

Sie wünschte, es gäbe einen anderen Weg außer dem der Gewalt. Schlimm genug, dass León den *Muerte negra* getötet hatte, auch wenn es ein Unfall und darüber hinaus Notwehr gewesen war, aber einfach auf Menschen einschlagen, nur weil sie ihnen im Weg standen? Jemanden, der das wenige schützen wollte, was er besaß, nämlich seine Zufluchtsstätte, stören, kam für sie nicht infrage.

»Wir schlagen niemanden nieder, sondern versuchen, mit ihnen zu reden«, widersprach sie bestimmt.

Einen Moment schwiegen die anderen verblüfft. Jenna hörte, wie Jeb den Atem anhielt, dann seufzte er, aber es war León, der antwortete.

»Reden, Jenna? Im Ernst? Es geht hier um unser Leben!« León stieß hörbar Luft aus. »Es gefällt mir auch nicht, glaub mir, aber ... wenn wir hier lebend wieder rauskommen wollen, müssen wir uns den Weg womöglich mit Gewalt freiprügeln. Und zur Not freischießen.«

»Ich sage ja nur ...«

»Für so was haben wir jetzt keine Zeit«, unterbrach sie Jeb. »Ich stimme Jenna zu, León. Lass es uns auf die ruhige Tour machen.«

León zog die Nase hoch. »Okay, *Compadres,* versuchen wir es.«

Den Rest ließ er unausgesprochen, aber Jenna wusste, dass León bereit war, ihre kleine Gruppe zu verteidigen. Gegen jeden Feind, um jeden Preis.

Sie schlichen zurück zur Tunnelmündung und traten hinaus in den großen Raum. León ging zuerst, danach Jenna und Mary, Jeb folgte zum Schluss.

Er war erstaunt, wie ruhig er im Kanalsystem blieb. Hier in dem großen Raum war es noch einmal besser als vorhin, klar. Aber auch sonst schaffte er es tatsächlich, dank der Begleitung der anderen, die Enge um sich herum zu vergessen, auszublenden. Allein dass Jenna bei ihm war, half ihm, einen klaren Kopf zu bewahren. Er atmete noch einmal tief durch, der Modergeruch kitzelte ihn in der Nase, dann leuchtete er auf seine Füße. Immer wieder redete er sich Mut zu, redete sich ein, dass er einen ganz normalen Spaziergang mit den anderen machte.

Lieber den Boden beleuchten als die Wände, die sich über mir zusammenschließ... nein. Die Gänge sind hoch, *sie sind* weit, *sie sind so* weit, *die Finsternis um uns herum ist* groß und weit.

Hinter dem Eingang richteten sich alle vier auf und blieben stehen. Es dauerte nur einen Moment, bis sie der Erste entdeckte.

Es war ein Mann in zerfetztem Armyparka, der den Kopf drehte und sich dann langsam erhob. Er zischte etwas zwischen den aufgesprungenen Lippen hindurch und neben ihm stand eine Frau in mittleren Jahren auf, deren schwarze Haare stumpf und matt auf die Schulter fielen.

In ihrer Hand hielt sie einen Rucksack, der in dieser Umgebung durch seine Sauberkeit unnatürlich aussah. Jeb erkannte den Gegenstand sofort.

Es war Leóns Rucksack.

León hatte ihn in der ersten Welt verloren und später war er merkwürdigerweise an einer anderen Stelle wieder aufgetaucht. Jenna und er hatte ihn auf ihrem Weg zu den Toren gefunden, aber da er leer war, zurückgelassen.

Nun hatte ihn eine Frau in der Hand, die sie nie zuvor gesehen hatten. Eine Frau mit seltsam spitzen Zähnen, die sie nun bleckte. Sie sah selbst aus ... wie eine Kanalratte, dachte Jeb.

Jeb presste warnend Leóns Namen zwischen den Lippen hervor, berührte Jenna vor ihm am Ellenbogen und nickte in Richtung der Frau. Das Signal wurde bis nach vorn zu León durchgegeben. Kurz darauf hörte er León leise fluchen, aber gleich darauf verstummte er wieder.

Überall in der Halle schien man sie nun zu bemerken. Die Leute standen von ihren Lagern auf. Männer, Frauen, Greise und sogar Kinder. Schmutzige Gesichter mit tief in den Höhlen liegenden Augen wandten sich ihnen zu. Niemand sprach ein Wort, aber das Rascheln der Kleidung war wie ein bedrohliches Flüstern, als León den ersten Schritt nach vorn tat. Er hob seine leeren Hände an, um zu zeigen, dass er unbewaffnet war. Hinter ihm folgten die anderen seinem Beispiel.

Jeb versuchte, freundlich zu lächeln, aber seine angespannten Gesichtsmuskeln ließen das nicht zu. Um keinen falschen Eindruck zu erwecken, so als habe er etwas zu verbergen, bemühte er sich, den Menschen offen in die Augen zu blicken.

Zurück schauten Menschen, die alles verloren hatten und vom Nichts lebten. Leblose Blicke in leblosen Gesichtern. Dumpfe Hoffnungslosigkeit stand darin.

Jeb sah das Elend und konnte es nicht glauben. All der Schmutz, die Pusteln und die seltsam gebückte Haltung all dieser Menschen hier unten verwandelten die Kanalbewohner in Wesen, die nicht von dieser Welt zu sein schienen.

Vor sich hörte Jeb, wie Jenna die Luft einsog und gleich wieder ausstieß. Jeb bemerkte, dass er unbewusst genauso atmete; der Geruch nach altem Schweiß, Dreck und ungewaschenen Körpern in der modrigen Halle legte sich wie ein dicker Stoff auf seine Lunge. Er versuchte, flach zu atmen, aber dennoch war der Gestank unerträglich.

Jetzt bloß nicht husten oder niesen, redete er sich zu. Die Stille um sie herum war zerbrechlich und in dem Moment, wenn sie zerfiel, konnte alles Mögliche geschehen.

Sie hatten die Halle fast zur Hälfte durchquert, als eine alte Frau sich ihnen in den Weg stellte. Sie schien mindestens hundert Jahre alt zu sein, ihren Falten und ihrem zahnlosen Mund nach zu urteilen, aber Jeb vermutete, dass das Leben hier unten die Menschen schneller altern ließ.

Ihre Haare waren so schmutzig grau wie ihre abgewetzten Kleider. Sie hielt sich gebückt, sodass Jeb erst in ihr Gesicht schauen konnte, als sie direkt vor ihnen stand und den Kopf anhob. Jeb hielt den Atem an, denn die Alte lief langsam und schleppend an der Gruppe vorbei und machte vor ihm halt.

Tausende von Falten hatten tiefe Risse in ein Gesicht gesprengt, das einmal jung gewesen sein mochte, nun aber wie ausgebleichtes Leder wirkte.

Die Frau sah ihm tief in die Augen. Sie schwieg und ihrer Miene war nicht zu entnehmen, was sie dachte, ob sie ihnen freundlich oder feindlich gesinnt war. Jeb erwiderte ruhig ihren Blick, bewegte sich ansonsten aber nicht.

Als sie mit seiner Musterung fertig war, humpelte sie zu Jenna und Mary. Dann wandte sie sich León zu. Lange starrte sie auch ihn an. Im flackernden Licht der Kerzen wirkten seine Tätowierungen fast lebendig. Sie schienen über sein Gesicht zu tanzen, so als wollten sie eine Botschaft auf seine Haut schreiben.

Eine Minute verging, dann streckte die Alte eine knochige Hand aus und fuhr mit der Fingerspitze über die blauschwarzen Linien in Leóns Gesicht. Er rührte sich nicht.

»Bist du ein Engel?«, fragte die Frau in die Stille hinein. Jeb hob überrascht den Blick. Er hatte sich vorgestellt, dass eine krächzende Stimme aus der Kehle dieser kruzeligen Alten kommen müsste. Doch ihre Stimme klang klar und jung.

León sah sie offen an. »Nein, nur ein Junge, der nach Hause will.«

»Dann geh«, seufzte die Alte und trat zur Seite.

Jeb spürte, wie sich die angespannte Haltung der Menschen um ihn herum löste. Zwar bewegte sich niemand oder sagte etwas, aber er sah, wie Schultern herabsackten und Hände aus Jacken- und Hosentaschen gezogen wurden. Offensichtlich war die alte Frau so etwas wie die Anführerin der Gruppe. Da sie in der Gruppe keine Bedrohung sah, verhielten sich auch die anderen *Mole People* friedlich.

Als Jeb als Letzter an der Frau vorbeikam, nickte er ihr dankbar zu. Er konnte die Blicke der Menschen in seinem Rücken spüren, aber er fühlte auch, dass von ihnen keine Gefahr drohte. Unbehelligt erreicht sie den gegenüberliegenden Tunneleingang. Nach wenigen Metern blieben sie stehen, und als sich Mary, Jenna und León zu ihm umdrehten, leuchtete er ihnen nacheinander ins Gesicht.

»Alles okay?«

»Das war ein bisschen unheimlich«, sagte Mary.

León bleckte die Zähne. »Himmel, ich hatte eine Gänsehaut. Ein Wort von der alten Frau und wer weiß, was die mit uns gemacht hätten!«

»Ja, habt ihr die Zähne dieser einen Frau gesehen? Wie winzig kleine Nagezähne – die hätten uns in Stücke reißen können!« Jeb lief es kalt den Rücken hinunter. Und er bemerkte, dass er beim Anblick der seltsamen Gestalten sogar die Enge über sich vergessen hatte. Fast euphorisch fühlte er sich, so erleichtert war er über ihr glimpfliches Davonkommen.

»Na ja, sie hatten ja nicht alle so ein Angst einflößendes Gebiss. Und falls wir noch anderen wie ihnen begegnen, wissen wir nun, dass sie generell nicht feindselig sind.« Jenna war aschfahl im Gesicht, aber lächelte breit.

»Das mag für diese Leute gelten«, meinte León. »Wir sollten uns nicht darauf verlassen, dass uns alle *Mole People* unbehelligt durchlassen. Es ist ihr Reich.«

»Vorhin hast du etwas ganz anderes gesagt«, warf Jenna ein.

»Da habe ich ihnen noch nicht in die Augen gesehen.«

Jeb marschierte voraus. Sie waren noch nicht weit gegangen, als plötzlich ein Scheppern hinter ihnen erklang. Es klang, als würde jemand mit einem Metallbecher gegen die Steinwände schlagen.

»Was ist das?«, fragte Mary.

»Eine Botschaft vermutlich. Sie warnen andere *Mole People* vor uns, sagen, dass wir auf dem Weg zu ihnen sind«, meinte León.

»Ist das gut oder schlecht für uns?«

»Sie werden uns nichts tun. Wenn sie Böses vorhätten, würden sie Boten in die anderen Tunnel aussenden. Sie kennen sich hier unten aus. Es wäre ein Leichtes für sie, uns zu umgehen und irgendwo aufzulauern. Daher: Nein, ich denke, das Klopfen soll aufzeigen, dass von uns keine Gefahr droht.«

Kaum war das Klopfen verklungen, zerriss ein Schuss die Stille. Es war ohrenbetäubend und Jeb wusste sofort, was das zu bedeuten hatte: Jemand hatte eine Waffe abgefeuert.

Dann hörten sie Schreie. Aufgeregte Rufe, in denen Angst und Panik mitschwang.

Weitere Schüsse.

Eine Stimme brüllte Befehle auf Spanisch.

Die vier zuckten zusammen.

Rojo Rabán hatte sie gefunden.

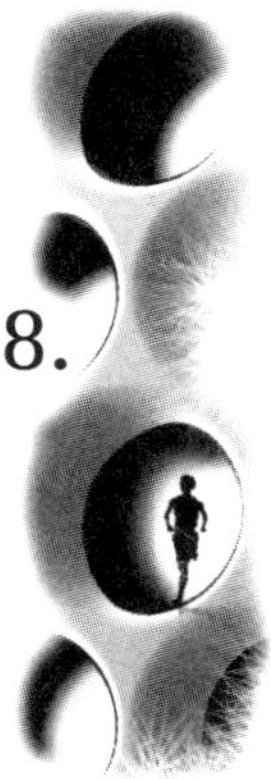

28.

Die Köpfe eingezogen, versuchten sie, so schnell wie möglich vorwärtszukommen. Schweiß rann ihnen über die Gesichter, brannte in den Augen und erschwerte das Sehen zusätzlich.

Nach nur wenigen Minuten trafen sie auf die erste Abzweigung. Ihr Tunnel mündete in einen größeren Gang, der sich nach links und rechts gabelte. Hier konnten sie sich endlich wieder aufrichten. Jeb blieb stehen.

»Wohin?«, fragte er.

»Nach links«, keuchte Jenna.

»Nein, eigentlich müssten wir geradeaus«, sagte León. »Wenn wir jetzt nach links gehen, führt uns der Tunnel wahrscheinlich in einem weiten Bogen zurück zur Halle von den *Mole People.*«

»Okay, dann nach rechts«, befahl Jeb und rannte vorneweg. Er keuchte, er rannte, aber er bewegte sich. Er hatte ein Ziel und er hatte seine Atemnot hinter sich gelassen. Jetzt mussten sie weg von hier, eine anderen Ausweg hatten sie nicht. Er musste Jenna von hier wegbringen. Er rannte weiter. Hinter ihm versuchten Jenna, Mary und León, nicht zu stolpern. Es war finster hier unten, aber das Licht der Taschenlampen reichte gerade so aus, dass niemand hinfiel.

Sie waren noch nicht weit gegangen, da erwartete sie die

nächste Abzweigung. Jeb leuchtete über die Wände und den Boden, ob es irgendwelche Hinweise darüber gab, welcher Gang wohin führte, aber da war nichts. Jeb wandte sich erneut nach rechts. Plötzlich legte sich eine Hand auf seine Schulter. León.

»Halt an«, zischte León.

Jeb blieb stehen. »Was ist?«, zischte er.

»Leise!«

Alle lauschten. Ja, es war eindeutig. Schritte waren zu hören. Ein unterdrückter Fluch. Jemand folgte ihnen. Die Echos rasten die Wand entlang, erreichten sie und pflanzten sich in den Tunneln fort. Plötzlich schienen die Schritte von allen Seiten zu kommen. Sie mussten weg, sofort. »Was jetzt?«, fragte Jeb.

»Weiter ...«

»Nein, warte«, unterbrach ihn Jenna. »Hört ihr das nicht? Da ist noch etwas anderes.«

Sie schwiegen. Jeb schaltete die Taschenlampe aus.

Da hörten sie es.

Es war wie ein Flüstern, ein Raunen.

Stimmen aus der Vergangenheit.

Eine kalte Hand fasste nach Jebs Herz.

Sie waren zurück.

Die Seelentrinker waren wieder da.

León fluchte. Er hörte das Wispern ihrer Verfolger aus der Steppe. Dieses Geräusch, das einem den Nacken hochkroch und sich direkt in die Seele fraß. Sie waren hier. Nun wurden sie nicht nur von den *Muerte negra* gejagt. Nein, dieser Feind war noch erbarmungsloser, denn er war nicht menschlich, so weit war sich León sicher. Der Gedanke, dass die Seelentrinker sie wieder aufgespürt hatten, erschütterte ihn.

Wie kann das sein? Wir haben sie in der ersten Welt zurückgelassen. Es gab keine Tore, die sie hätten benutzen können.

Und dennoch waren sie hier. Wie Geister an einem Ort aufgetaucht, an dem es schwer war, vor ihnen zu fliehen. Das alles war viel schlimmer, als von einer Kugel niedergestreckt zu werden. Denn die Seelentrinker, so hatte Mary sie genannt, konnten bis tief in ihr Innerstes blicken. Die Seelentrinker kannten sie. Ihre Ängste.

Und nun waren sie endgültig zu ihnen zurückgekehrt.

Was tun wir jetzt?

Sie standen im Dunklen und León spürte das Entsetzen der anderen. Mit der Hand tastete er nach Mary, sie stolperte regelrecht in seine Arme. Ihr schreckverzerrtes Gesicht wirkte wie eine bleiche Maske im Schein der Taschenlampe.

»Er ist hier«, raunte sie in sein Ohr. Sie zitterte am ganzen Körper.

»Wer ist hier, Mary? Von wem sprichst du?« León war vollkommen verwirrt.

»ER. Mein Vater. Er ist da. Um mich zu holen. Er wird mir wehtun. Ich weiß es. Mich mit sich nehmen. Von dir fort. León, lass das nicht zu.«

Die Panik in ihrer Stimme sprach von unvorstellbarer Verzweiflung.

»Dein Vater ist nicht hier, Mary. Schau mich an, beruhige dich. Er kann gar nicht da sein. Hinter uns in den Gängen flüstern die Seelentrinker, spielen mit unseren Ängsten, wie sie es schon einmal getan haben.«

Dann begriff er. Mary hatte Angst vor ihrem Vater. Er schaute in ihre großen dunklen Augen und hielt sie noch fester und sagte ihr nicht, dass auch er sich fürchtete. Das Auftauchen seiner alten Feinde verunsicherte ihn und zum ersten Mal in seinem Leben fehlten ihm die Kraft und der Wille zum Kampf.

Wie kann es sein, dass diese Bestien hier sind?

Der Gedanke hämmerte in seinem Kopf.

Warum? Und wie sollen wir uns wehren? Es gibt kein Licht, kein Feuer weit und breit. Nur diese dämlichen, schäbigen Taschenlampen.

Am liebsten hätte er die Stablampe, die er in der Hand hielt, gegen die Wand geschmettert.

Flieh, wisperte eine Stimme in seinem Ohr. *Flieh, lass die anderen zurück. Du bist schnell, sie sind langsam. Starke leben, Schwache sterben.*

León versuchte, die Stimme zu ignorieren. Niemals, schwor er sich stumm und biss sich fest auf die Lippen, bis er sein eigenes Blut schmeckte.

»Ich kann ihn aber hören. Das sind seine Schritte«, raunte Mary heiser.

Er legte seinen Arm um Mary, drückte sie fest an sich. »Ich bin hier. Bei dir. Ich beschütze dich.«

Neben ihm hörte er nun Jennas Keuchen. Er verstand nicht, was sie zu Jeb sagte, aber dieser antwortete nicht. Flüsterte etwas von seiner toten Mutter. Irgendetwas klapperte in der Dunkelheit. Der Kegel von Jebs Taschenlampe leuchtete wahllos kalte Kanalwände an und erlosch dann.

Was war hier los?

Warum hatten die Rufe so unterschiedliche Auswirkungen auf sie? Warum schien jeder etwas anderes darin zu hören?

Ich verstehe das nicht.

Schon in der Ebene waren ihre Verfolger wie Schemen gewesen. Nicht greifbar. Sie hatten Gestalten, die sich ständig zu verändern schienen. Fließend wie Schatten. Und dennoch so bedrohlich, dass León die Gefahr, die von ihnen ausging, bis in den letzten Winkel seiner Seele gespürt hatte.

Er suchte fieberhaft nach einer Erklärung. Dies war die vierte Welt, die sie durchquerten. An so vieles hatte er sich wieder erinnert, wie sehr hatte er gehofft, nach Hause gekommen zu sein, aber nun waren alle Hoffnungen zunichte. Er hatte nun nur noch ein Ziel, wie er es sich geschworen hatte.

Ich muss Mary hier wegschaffen. Was auch immer sie über ihren Vater sagt, da draußen in der Finsternis lauert etwas, das unsere Vorstellung übersteigt. Etwas, das uns alle von einem Moment auf den anderen in seiner Hand hat. Weil wir Angst haben. Uns bleibt nur zu fliehen. Hier unten scheint keine Sonne und wir haben kein Feuer, um sie aufzuhalten.

Er fühlte die Waffe, die hinten in seinem Hosenbund steckte.

Vielleicht hält sie eine Kugel auf.

Aber worauf sollte man zielen, wenn das Gegenüber keine Konturen hatte. Trotzdem, es war die einzige Hoffnung.

»Jeb?«, zischte er in die Dunkelheit.

Ein Röcheln.

»Verdammt, Jeb. Scheiße, wir haben keine Zeit. Schalt deine Taschenlampe ein.«

Der andere zögerte. »Sie ist mir aus der Hand gefallen.«

»Dios mio!«, schimpfte León.

Jeb hatte endlich seine Lampe wieder aufgehoben, aber sie funktionierte nicht mehr.

León leuchtete in die Gesichter der anderen und erschrak: Drei geisterhaft verzogene Fratzen schienen vor ihm zu stehen. Mary, Jenna und Jeb, denen das pure Entsetzen anzusehen war.

»Ihr habt sie alle gehört?«

Die anderen nickten. Stumm und verzweifelt.

»Wir müssen raus. Sofort. Hier unten kriegen sie uns früher oder später. An der Oberfläche haben wir eine bessere Chance.«

»Ich habe schon lange keinen Aufstieg mehr gesehen. Der letzte war in der Halle«, sagte Mary. Ihre Lippen bebten, während sie sprach.

»Wir folgen dem Gang weiter.« Jeb räusperte sich. Er schien sich wieder etwas gefasst zu haben. »Es hieß, wir würden früher oder später auf das alte Wasserwerk stoßen, das außerhalb des Gebietes der *Muerte negra* liegt.«

»Wenn wir uns nicht verlaufen«, warf Jenna ein.

»Ich gehe voran«, sagte León.

Er machte den ersten Schritt, als ein grauenhafter Schrei ertönte. Schüsse fielen.

Dann wieder das Wispern.

Dann Stille.

Sie hasteten durch die Gänge, so schnell es ging. León beleuchtete den Weg. Hinter ihnen erklangen furchtbare Schreie, von denen er nicht wusste, ob sie von den Seelentrinkern ausgestoßen wurden oder ob es das Kreischen sterbender Gangmitglieder war. Was sich da hinter ihnen auch abspielte, es musste grauenerregend sein. León beschleunigte sein Tempo.

Immer wieder trafen sie auf weitere Tunnel und Abzweigungen, bis sie schließlich einen entdeckten, durch den Wasser floss.

Das Wasser strömte durch eine tiefe Rinne, die links und rechts von schmalen Pfaden eingefasst war. Es war sauberes Wasser, also, so vermutete León triumphierend, kam es vom Wasserwerk. Wenn sie der Rinne folgten, würden sie früher oder später dorthin kommen.

Die Stege an den Seiten der Rinne waren zu schmal, um darauf laufen zu können. León versuchte es mehrfach, rutschte aber immer wieder ab. Schließlich stieg er in die Rinne. Das Wasser war eiskalt und er stöhnte kurz auf, es reichte ihm bis zu den Knien.

Ab jetzt würden sie nur noch langsam vorankommen, denn die recht starke Strömung erschwerte das Gehen zusätzlich.

León verspürte bei all dem Wassergeplätscher wieder seinen brennenden Durst. Er bückte sich und schöpfte mit der hohlen Hand Wasser, das er hastig trank. Eiskalt rann es ihm die Kehle runter und machte aus seinem Magen einen Eisklotz. Aber es half. Auch wenn es nicht besonders sauber schmeckte, es löschte seinen Durst. Dann bespritzte er Gesicht und Nacken mit dem kühlenden Nass. Sofort fühlte er sich besser. Wacher. Bereit.

Er leuchtete den anderen, alle tranken und wuschen sich.

In diesem Wasserkanal war es still. Weder Schüsse ihrer Verfolger noch die Stimmen der Seelentrinker waren zu vernehmen. Lediglich das leise Gluckern des Wassers war zu hören. Die ganze Szene hatte etwas Friedliches, auch wenn sie hier tief unter der Erde waren. Abgeschlossen von dicken Mauern und tiefen Röhren ... bald wären sie in Sicherheit, das spürte León.

Er wackelte zweimal mit der Taschenlampe, als Signal, dass sie weitergehen sollten, dann schritt er voran.

Von nun an ging es geradeaus. Der Boden hatte eine leichte Steigung, sodass das Wasser abfloss. Unermüdlich strömte es gegen seine Beine. Wenn das Licht der Lampe nur leicht darüberstrich, war es dunkel wie Tinte in der Nacht.

Während sie so voranstapften, forderte die Kälte des Wassers ihren Tribut. War es zunächst noch erträglich gewesen, so begann jetzt ein Kribbeln, sich in Leóns Füßen auszubreiten. Es schien so, als würde eine eisige Schicht seine Beine überziehen. Zehn Minuten später spürte er seine Füße nicht mehr. Taub, wie ein Fremdkörper bewegten sie sich mechanisch vorwärts, aber es war, als würde er durch zähen Schlamm waten. Hinter ihm klapperte Jenna mit den Zähnen. Mary und Jeb gaben keinen Laut von sich.

Wie lange können wir so weitermarschieren?, fragte sich León im Stillen. Wann stolpert der Erste, weil er seine Füße nicht mehr spürt, und fällt ins eiskalte Wasser?

Noch während er darüber nachdachte, erklangen Schüsse hinter ihnen. Weit entfernt brüllte jemand voller Wut. Dann wurde daraus ein schmerzerfülltes Kreischen, das durch Mark und Bein ging. Schließlich ertönte ein Triumphgeschrei. Über allem lag das Flüstern, Geraune, Geschimpfe und bedrohliche Gellen, das die Seelentrinker von sich gaben und das sich im Kopf festzusetzen schien. León fröstelte. Doch das hatte nichts mit dem kalten Wasser zu tun, durch das er stapfte.

Die Verfolger waren ihnen wieder näher gekommen, in der Ferne hörten sie Schüsse rattern. Mary zitterte am ganzen Körper, doch sie kämpfte sich vorwärts. Immer hinter Leóns breitem Rücken her watete sie durch das Wasser, das ihre Beine gefühllos machte. Doch sie ließ nicht locker. Sie musste daran glauben, dass León sie hier rausbrachte – oder sie wäre verloren.

Die Schüsse, die in Marys Ohren hallten, machten ihr dabei nicht halb so viel Angst wie das Keuchen ihres Vaters, das sie deutlich hörte. Entfernt zwar, doch sie wusste: Er war da. Die Schüsse und wem sie galten – das war Mary egal, dieser Bandenkrieg war nicht ihr Kampf. Ihr Vater, der jedoch lauerte ... auf sie, Mary. Sie hatte ihm David genommen und ihr Vater würde Rache nehmen. Und selbst wenn León ihr einredete, dass diese Gefahr nicht echt sei, sie spürte sie realer am eigenen Leib als die Schüsse, die in den Ohren gellten. Das helle Pling, wenn die Kugeln auf die Steinwände trafen, vervielfachte sich in den Gängen, bis es bei ihnen angekommen war. Immer wieder schrie der Mann, der Rojo Rabán sein musste, seine Befehle heraus. Eine Waffe ging los. Es klang wie Donner, der durch die Tunnel auf sie zuraste.

Eine Minute lang erfüllten Schüsse und heisere Schreie die Luft. Darunter mischte sich immer wieder das Rufen ihres Vaters, der wütend nach ihr rief.

León versuchte, dem Gehör nach abzuschätzen, wie viele der Schüsse in der Finsternis die Reihen der *Muerte negra* lichteten, aber es war unmöglich. Ein unnatürliches Kreischen erklang und wurde von einem anderen Geschrei abgelöst, also waren mindestens zwei der Seelentrinker hier unten in den Tunneln. León aber glaubte, dass es mehr waren.

Einen Vorteil hat die Sache mit den Muerte negra, sie halten vielleicht unsere wahren Feinde auf. Vielleicht gelingt es ihnen ja, wie auch immer, ein paar von den Biestern zu erledigen.

Aber irgendwie konnte er nicht so recht daran glauben.

Okay, im Augenblick sind beide Verfolger miteinander beschäftigt. Was machen wir jetzt? Wir müssen aus dem kalten Wasser raus, sonst geht es bald nicht mehr weiter.

Unerwartet kehrte wieder Stille ein. Was hatte das zu bedeuten? León traf eine Entscheidung und blieb unvermittelt stehen. Mary prallte gegen seinen Rücken.

»Was ist los?«, fragte sie leise.

León leuchtete an die Decke, um niemanden zu blenden, und wartete, bis auch Jeb und Jenna herangekommen waren.

»Wie geht es euch?«, fragte er.

»Ich spüre meine Füße seit einer Weile nicht mehr«, stöhnte Jenna.

»Ich habe das Gefühl einzufrieren«, sagte Jeb.

»Es ist alles taub.« Mary schaute zu ihren Füßen hinab, die unter Wasser waren, als würden sie schon nicht mehr zu ihrem Körper gehören.

»Bei mir auch«, erklärte León. »Ich befürchte, dass demnächst die Beine schlappmachen. Wir müssen irgendwie aus dem Wasser raus. Und wir brauchen eine Pause.«

Jenna, Jeb und Mary widersprachen nicht. *Wahrscheinlich sind sie genauso erschöpft wie ich.*

Obwohl Gefahr hinter ihnen herrschte, es gab keinen anderen Weg, als jetzt die Beine aus dem Wasser zu nehmen und langsam wieder aufzuwärmen. Momentan waren ihre Vefolger ruhig und León wusste, dass dies nicht lange so bleiben würde.

Während die anderen sich abwechselnd auf einem Bein stehend die Füße und Waden massierten, stützte León Mary, die gerade ihren linken Fuß knetete. Ihre Zehen waren weiß vor Kälte, fast bläulich. León selbst lehnte sich gegen die Tunnelwand zu seiner Rechten und hob seine Beine nacheinander aus dem Wasser. Er ließ dabei den Strahl der Taschenlampe in den Gang fallen, obwohl er sich sicher war, jeden hören zu können, der durch das Wasser auf sie zuwatete.

»Dahinten ist ganz schön was los«, sagte Jeb.

»Ja.« León spuckte ins Wasser.

»Gut für uns.«

»Habe ich auch schon gedacht.«

»Bis zu dem Wasserwerk kann es aber nicht mehr weit sein, oder?«, mischte sich nun Jenna ein.

»Kann man hier unten schwer abschätzen«, sagte León.

»Und wie sollen wir von dort die Tore finden?«

»Wir werden sie finden. Der gottverdammte Stern ist dort, also werden wir auch die Tore finden.«

Er sprach nicht aus, dass es nur drei Tore sein würden, aber er wusste, dass alle in diesem Moment das Gleiche dachten.

Bitteres Schweigen füllte die nächsten Minuten.

Wie auf ein geheimes Kommando wandten sich die vier wieder Richtung Wasserwerk und gingen weiter.

Ungefähr eine Viertelstunde später trafen sie auf eine Kreuzung im unterirdischen System. Der Haupttunnel verlief weiterhin geradeaus, aber hier zweigten nach beiden Seiten trockene Nebengänge ab. León blieb stehen, stieg aus dem Wasser und leuchtete die Umgebung aus. Die anderen folgten ihm und Jenna war froh über trockenen und sichtbaren Boden unter ihren Füßen.

»Was denkt ihr?«, ließ sich nun León hören.

»Was meinst du?«, antwortete Jenna.

»Wir könnten einem dieser Gänge folgen. Sie sind wenigstens trocken, das kalte Wasser zieht ehrlich gesagt all meine Kraft aus den Beinen. Ich habe keine Ahnung, wie lange ich noch weitermarschieren kann.«

Jenna konnte León nur zu gut verstehen. Aber gleichzeitig wusste sie, dass sie auf dem direkten Weg Richtung Wasserwerk bleiben müssten, um ihr Ziel zu erreichen.

»Jetzt den Haupttunnel zu verlassen, wäre Unsinn«, warf Jeb ein. »Das ist der direkte Weg. Wer weiß, wohin uns diese Gänge führen. Mit etwas Pech sogar direkt in die Arme unserer Feinde.«

»Jeb hat recht«, stimmte Mary ihm zu. Jenna sah, wie sich León überrascht zu ihr umwandte. »Der sicherste Weg ist dieser Tunnel. Außerdem hat es den Vorteil, dass man hört, wenn sich einem jemand nähert. In den anderen Gängen könnten wir überrascht werden.«

»Das weiß ich doch alles«, knirschte León. »Aber wir sind zu langsam und werden immer noch langsamer. Wer weiß schon, wie lange wir noch durch das Wasser waten müssen. Ich weiß nicht, ob das gut geht.«

Jenna ging zu León hinüber und hielt die Karte unter die Taschenlampe. »Der Karte nach müsste ... dieser Gang etwa zwei Kilometer lang sein. Wo wir sind, keine Ahnung, aber er ist unsere einzige Chance.« Sie zeigte auf den breiten Gang mit dem

Wellenliniensymbol, von dem sie glaubte, dass er der Gang aus dem Wasserwerk war, den sie die ganze Zeit entlanggelaufen waren. »León, schau uns an. Wir sind alle bereit, das Letzte zu geben. Lass es uns versuchen«, schloss Jenna.

»Meinetwegen, aber dann lasst uns wenigstens eine falsche Spur legen.«

Die anderen sahen ihn im Licht der Taschenlampe neugierig an.

»Jeb, du weißt, was ich meine. Ich glaube, so hast du uns in der ersten Welt ausgetrickst. Ich könnte wetten, dass du uns damals ein Stück weit gefolgt bist und eine Spur gelegt hast.«

Jeb nickte und sah etwas beschämt aus, fand Jenna. »Ich wollte, dass wir wenigstens eine kleine Chance haben.« Wenn Jenna daran dachte, wurde ihr fast übel. Sie war nur heilfroh, dass es ihr nicht mehr so dreckig ging wie damals.

»Okay, versuchen wir das Gleiche noch einmal. Wenn es klappt, gut, wenn nicht, haben wir nichts verloren.«

»Außer Zeit«, warf Jenna ein.

»Das müssen wir riskieren. Ich gehe in den linken Gang hinein. Vielleicht fünfhundert Schritte. Meine Fußabdrücke und das Wasser, das aus meinen Schuhen herausläuft, werden deutlich zu sehen sein. Mit etwas Glück folgen sowohl die *Muerte negra* als auch die Seelentrinker dieser Spur. Etwas Besseres fällt mir nicht ein.«

»Sobald die Spuren enden, werden sie erkennen, dass sie einer falschen Fährte gefolgt sind. Dann sind sie sofort wieder bei uns.«

»Nein.« León schüttelte den Kopf. »Mit der Zeit wird weniger Wasser aus meinen Schuhen austreten, die Spuren werden ohnehin undeutlich, sie werden also gar nicht merken, wenn die Spur nicht mehr weitergeht. Und außerdem ...« Er zog seine Waffe heraus, entfernte fachmännisch das Magazin und ließ eine Patrone in seine Hand fallen. »... werde ich die hier weit in den Gang hineinwerfen. Sodass sie denken, wir sind dort langmarschiert.«

»Klingt besser als gar kein Plan«, sagte Jenna. »Einen Versuch ist es wert. Wir warten solange hier.«

»Ihr geht weiter durch den Tunnel. Ich komme euch nach.«

Mary sah ihn eindringlich an. »Ich will dich hier nicht allein lassen.«

León grinste. »Es dauert höchstens zehn Minuten, die Spur zu legen, wenn ich den Weg zurück renne, noch mal weniger, und um euch dann einzuholen, brauche ich knapp zwanzig Minuten. Wenn ich mich beeile, bin ich bald wieder bei euch.«

»Wir haben kein Licht. Du hast die einzig funktionierende Lampe und brauchst sie auch, sonst bist du zu langsam«, meinte Mary. Jeb und Mary schauten skeptisch, während León den Plan vervollständigte.

»Dann nehmt ihr das Feuerzeug.« León reichte es Jenna. »Wenn ihr vorsichtig seid, reicht euch das Licht.«

»Dann mal los, wir sollten keine Zeit verlieren«, sagte Jeb. Er ging zu León und klopfte ihm ermutigend auf die Schulter. »Bis gleich.«

»Ja, bis gleich.«

Jenna nickte ihm zu und wandte sich dann ab, sie wollte León und Mary sich allein verabschieden lassen. Mary trat vor ihn und umarmte ihn fest. Jenna hörte Leóns Worte: »Mach dir keine Sorgen.« Dann vernahm sie seine Schritte im Gang und Jenna und Mary sprangen Jeb hinterher in das eiskalte Wasser.

Er fröstelte. Noch mehr als im Wasser. Verdammt, war ihm kalt.

Das sind nur die Nerven, sagte er sich. Du bist angespannt. Die Dunkelheit und der Gedanke, allein zu sein, machen dir Angst. León biss die Zähne aufeinander und mahlte mit den Kiefern.

Vor ihm tanzte der Lichtstrahl der Taschenlampe über den Boden. Hin und wieder raschelte es und einmal hörte er ein leises Fiepen. Er wusste, das waren nur die Ratten, die vor ihm flohen, dennoch kroch ihm eine Gänsehaut über den Rücken.

Er hatte vorgehabt zu rennen, um Zeit zu sparen, aber dafür waren seine Muskeln zu steif. So schnell es ging, tappte er mit den beinahe erfrorenen Füßen durch den Tunnel. Er dachte an Mary, an ihren Blick, als sie sich verabschiedet hatten, und ihre Lippen an seinem Ohr. Es waren Minischritte, die er und Mary machten, und so viel blieb ungesagt zwischen ihnen. Er wusste nicht, wie er Mary begegnen sollte, nach allem, was noch ungesagt zwischen ihnen stand, aber je länger er an sie dachte, desto wärmer wurde ihm. Es war eine Wärme, die tief aus seinem Innersten zu kommen schien und ihn mit Hoffnung erfüllte. Zum ersten Mal in seinem Leben hatte er wieder ein Ziel, einen Zweck, eine Bestimmung.

Für einen Moment blieb er stehen und leuchtete den Weg zurück. Deutlich sichtbar im Staub zeichneten sich seine Fußabdrücke ab, die aber mit jedem Schritt blasser wurden.

Zufrieden ging er weiter.

Die Bilder der Vergangenheit drängten herauf. Er sah sich selbst im Barrio. Als Kind, als junger Mann. Antónia, das Mädchen mit den wippenden Zöpfen, die ihm mit zwölf den ersten Kuss geschenkt hatte.

Aber da waren auch Bilder von Hass und Gewalt. Der Tod ging um im Barrio, er gehörte zum Leben wie das Atmen und es traf Gangmitglieder, Drogensüchtige oder Prostituierte gleichermaßen, Freund und Feind.

Wer das Pech hatte, in dieses Viertel hineingeboren zu werden, lernte den Tod unweigerlich kennen. Vom ersten Atemzug an war er da, bei dir, blickte über deine Schulter und lenkte die Hand, in der man die Waffe hält. Und gleichzeitig war er ein Verräter, der heute den einen begünstigte, nur um ihn morgen zu verraten und die Hoffnung auf ein besseres Leben zu rauben.

Plötzlich zuckte León zusammen und fuhr sich mit den Händen über die Arme, um die Gänsehaut glatt zu streichen. Hatte ihn da etwas berührt? Er blieb kurz stehen und lauschte. Nichts. Mischas Bericht von der Begegnung mit den Seelentrinkern fiel ihm ein, er hatte Lähmungserscheinungen gehabt. León hatte ihm nicht geglaubt, nun schlenkerte er instinktiv seine Arme, bewegte den Kopf zur Seite, schüttelte seine Beine aus. Trotzdem meinte er immer noch, eine eiskalte Berührung an den Armen zu verspüren. Er blickte sich um und leuchtete mit der Taschenlampe hinter sich. Nichts zu sehen, nichts zu hören.

Er lächelte bitter. Wurde er jetzt doch noch verrückt? Dann dachte er an seine Ankunft im Labyrinth, um sich abzulenken. Die erste Welt. Ihre Flucht. Er versuchte zum wiederholten Mal vergeblich herauszufinden, was ihn dorthin gebracht hatte.

Und dann war da Mary.

Immer wieder Mary.

Ihre Schwäche, die gleichzeitig ihre Stärke war. Ihr Lächeln, als sie nachts am Feuer saßen. Das vor Anstrengung gerötete Gesicht beim Marsch durch die glühende Ebene. Mary, auf die Schneeflocken herabtanzten. Mary vor dem letzten Tor und Marys Blick, als sie ihn zum ersten Mal wirklich angesehen hatte.

Irgendetwas war mit ihm geschehen, sodass er sein Einzelgängertum nicht mehr länger aufrechterhalten konnte. Er war niemandem etwas schuldig, er musste sich nichts beweisen und doch, wenn es nun zu einer Entscheidung käme, wüsste er, wie er handeln würde.

Mary.

Überall und immer.

Mary.

Plötzlich ließ ihn ein Geräusch aus seinen Gedanken aufschrecken. Das war keine weitere Ratte, die durch die Gänge huschte, nein, vor ihm in der Dunkelheit war ein Mensch.

León riss die Lampe hoch, die andere Hand fuhr an den Hosenbund und zog die Waffe. Im gleichen Augenblick blendete ihn der starke Strahl einer Taschenlampe. León sah nichts mehr, er musste die Augen zusammenkneifen.

Wer ist da? Ein Muerte negra? Einer von den Mole People?

Da war nur ein schattenhafter Umriss hinter dem Licht. Mehr eine Ahnung als ein tatsächliches Bild. León rührte sich nicht. Der andere auch nicht. Starr blieb das Licht auf ihn gerichtet.

»Bist du das, Bene?«, fragte eine Stimme.

Gut, das Licht meiner Lampe blendet ihn ebenso wie mich seines.

Er versuchte es mit einem Trick und sagte: »Ja!«

Das Wort war noch nicht ausgesprochen, da wusste er schon, dass es nicht funktionieren würde. León riss seinen Arm hoch und feuerte auf den Schatten hinter dem Licht. Gleichzeitig blitzte auf der anderen Seite Mündungsfeuer auf. Etwas traf León, warf ihn nach hinten. Noch während er fiel, schoss er erneut, dann knallte er hart mit dem Rücken auf den Steinboden. Die Luft wurde mit einem Pfeifen aus seinen Lungen gepresst. Gleißende Sterne tanzten hinter seinen geschlossenen Augen.

Die Lampe war ihm aus der Hand gefallen. Ein paar Meter von ihm weggerollt. León öffnete die Lider und drehte den Kopf. Der Schein leuchtete zufälligerweise in die Richtung seines Gegenübers und dann sah er ihn. Wie eine zerbrochene Puppe lag er verkrümmt auf der Seite. Die Augen geöffnet, starrte er ihn leblos an und sah ihn doch nicht.

Er war jung. Kaum älter als er selbst. Von hagerer, sehniger Gestalt. Ein buntes Stirntuch war um seinen Schädel gebunden, er trug Shorts, die bis über die Knie reichten, und ein Shirt mit Aufdruck. Ein ganz normaler Jugendlicher wie er. Und er blutete nicht.

León stöhnte vor Schmerz. Sein ganzer Leib begann zu zittern. Das Adrenalin jagte durch seinen Körper und schüttelte ihn, wie der Sturm an einem Zweig rütteln mochte. León versuchte, die Zähne zusammenzubeißen, das Zittern zu unterdrücken, aber sein Kiefer klapperte unkontrolliert in der Dunkelheit.

Was habe ich getan? Ist das mein Schicksal?

Wieder war es geschehen. Ein Junge hatte ihm gegenübergestanden und war nicht schnell genug gewesen. Die Strafe der Tod. Waffen verziehen nicht, tolerierten kein Versagen.

Ich habe erneut einen Jungen erschossen. Alles wiederholt sich. Wohin ich auch gehe, wie weit ich auch fliehe, mein Schicksal holt mich immer wieder ein, lauert an der nächsten Ecke auf mich.

León verlor sämtliche Kontrolle über seinen Körper, das Zittern übermannte ihn und er begann zu weinen. Die verrinnende Zeit spielte plötzlich keine Rolle mehr.

Stumm liefen die Tränen seine Wangen hinab, tropften auf die verfluchte Waffe, die er noch immer in den Händen hielt. Am liebsten hätte er sie fortgeworfen. Weit von sich geschleudert, aber das durfte er nicht tun. Vielleicht brauchten sie sie noch. Keuchend stand er da, dann würgte er und übergab sich an Ort und Stelle. Bis nichts mehr kam. Bis sein Mund nach Galle schmeckte.

Danach ging er gekrümmt zu dem toten Jungen hinüber. Bückte sich. Schloss ihm die starren Augen. Leise flüsterte León ein Gebet, an das er sich erinnerte. Es war ein Gutenachtgebet, seine Mutter hatte es mit ihm gesprochen, als er noch klein, als er noch ein Kind gewesen war.

Minuten vergingen, dann nahm er dem Toten die Waffe ab. Er selbst hatte nicht mehr viel Munition. Auch die Taschenlampe nahm er an sich. Er erhob sich und humpelte zu seiner eigenen Lampe, die unablässig auf den blutlosen Toten strahlte. In ihrem Lichtschein untersuchte er seinen eigenen Körper.

Die Kugel war etwas oberhalb seiner Hüfte eingeschlagen. Er schob das schwarze T-Shirt hoch und blickte auf ein dunkles Loch in seinem Leib.

Fast war er überrascht, so viel Blut zu sehen. Überhaupt Blut zu sehen – warum bluteten die anderen Menschen in dieser Welt nicht, nur er? Er stöhnte vor Schmerz auf. Bisher hatte León der Schock über sein eigenes Tun so abgelenkt, dass kein Schmerz in seinem Kopf ankam. Doch nun, beim Anblick seines Blutes, das unablässig mehr wurde und seine Kleidung durchtränkte, schmerzte sein ganzer Körper.

Mit einem Mal war er unendlich müde. Dieser ständige Kampf laugte ihn aus, er wollte nicht mehr weitermachen. Die äußerliche Härte, die er die anderen hatte spüren lassen, hatte ihn für eine gewisse Zeit stark und unbesiegbar gemacht. Jetzt war diese rettende Hülle angeknackst und durch den Riss kamen Verletzlichkeit, Erschöpfung und unaufhaltsam das Sterben. León war sich bewusst, dass ihn diese Wunde töten würde, sollte sie nicht bald medizinisch behandelt werden. Wahrscheinlich würde er verbluten, er wusste nicht, wie viel Zeit ihm noch blieb.

Mary! Er musste zu ihr. Wenigstens *sie* beschützen. Er sah den dunklen Tunnel auf und ab. Sein Plan, die *Muerte negra* auf eine falsche Fährte zu locken, war grandios gescheitert, und wo einer von ihnen war, da waren sicherlich auch andere und sie alle hatten die Schüsse gehört.

Ein Gutes hat die Sache, es lenkt die Muerte negra von den anderen ab.

Aber er, ja, er selbst würde sie wieder auf die richtige Spur führen. Die Gang müsste nur den Blutspuren folgen, die er zweifellos hinterlassen würde. Sobald er die Wasserrinne erreichte, würden diese Spuren verwischt werden, aber dann konnten sich die Verfolger mühelos zusammenreimen, in welche Richtung er gegangen war.

Fieberhaft überlegte León, was er tun konnte. Es galt, Mary zu beschützen und Jeb die Chance zu geben, die beiden Mädchen in Sicherheit zu bringen, aber irgendetwas musste er doch tun können, um die Feinde abzulenken. Dann fiel es ihm ein.

Er blickte zu dem toten Jungen.

Ich brauche sein Shirt, um die Blutung zu stillen.

Er hatte jetzt zwei Pistolen. Allerdings gab es hier keine Deckungsmöglichkeiten und keinen Schutz. Wenn es so weit war, musste er wie ein Verrückter um sich schießen und das Beste hoffen. Vor allem aber durfte er jetzt nicht noch mehr Zeit verlieren.

Mit wenigen Schritten ging er zu dem Toten hinüber.

»Lo siento«, entschuldigte er sich leise, dann streifte er das Shirt über den Kopf des anderen und stopfte es sich hinten in die Hosentasche, dorthin, wo kein Blut es erreichte.

Noch einmal holte er tief Luft.

Dann ging er los.

In den Tunnel hinein.

Weg von dem Jungen, den er getötet hatte.

Weg von Mary, Jenna und Jeb.

29.

Habt ihr das gehört?«, fragte Mary alarmiert.

Die Frage war überflüssig. Natürlich hatten sie es gehört. Das Knallen der Schüsse hallte noch immer durch das Tunnelsystem. Die beiden ersten Schüsse hatten fast wie ein einziger geklungen, der dritte fiel kurz danach.

»León«, hauchte Mary entsetzt.

»Das muss nicht ihm gegolten haben.« Jenna wusste genau, wie kläglich es klang. »Wer weiß schon, was die hinter uns alles abknallen. Und die Seelentrinker …«

»Red keinen Scheiß, Jenna«, fauchte sie Mary an und Jenna wich erschrocken zurück. Marys Gesicht wirkte im Lichtschein des Feuerzeugs wie eine bleiche Maske. »Wenn es León erwischt hat … Ich gehe zurück, er braucht mich.«

»Nein, Mary«, mischte sich nun auch Jeb ein. »Du bleibst bei uns. León wird uns einholen. Wir warten auf ihn.«

»Aber was, wenn er … Er darf jetzt nicht allein sein!«

»Du kannst nichts für ihn tun!«

»Aber er muss das nicht allein durchstehen. Er darf nicht …«

»Mary, mach keinen Unsinn«, sagte Jenna. »León ist ein Kämpfer. Er wird uns finden. Wir sollten weiter, sonst war sein Einsatz umsonst. Er hätte es gewollt.«

Marys entschlossener Blick flackerte. Oder war es nur das Flackern der kleinen Flamme des Feuerzeugs?

»León würde das nicht wollen«, sagte Jenna noch einmal ruhig. »Er ist zurückgeblieben, um uns Zeit zu verschaffen. Er riskiert sein Leben, um die Verfolger in die Irre zu führen, und wenn du jetzt zurückgehst, machst du alles kaputt. Er wird kommen.«

»Schwör mir das!«, verlangte Mary unsinnigerweise. »Schwör mir, dass er kommt, und wenn er es nicht tut, dass du ihn suchen gehst und ihn zu mir bringst. Schwör mir das bei deiner Liebe zu Jeb.«

Jenna zögerte keinen Moment. »Ich schwöre es.«

Mary sah sie ernst an. Sie schien vollkommen ruhig, aber eine eiskalte Hand griff nach Jennas Herz, als Mary sagte: »Wenn du dein Wort brichst, Jenna, wird es das Letzte sein, was du in diesem Leben tust.«

Jenna konnte nicht glauben, was sie da hörte. Sie versuchte doch nur, Mary zu helfen. Natürlich war Mary verwirrt, verängstigt, ihre Sorge um León ließen sie Dinge sagen, die sie nicht so meinte. Trotzdem machte sie die Sache sprachlos.

»Versuch's erst gar nicht, Mary«, fuhr Jeb dazwischen.

Mary blickte ihn wütend an. »Ich nehme kein Wort zurück. Kein einziges.«

»Wir müssen weiter«, kommentierte Jenna und ging in dem eiskalten Wasser voran, ohne sich um die beiden anderen zu kümmern. Aber sie bangte bei jedem Meter, ob sie sich ihr anschließen würden. Endlich hörte sie Wassergeplätscher hinter sich, das musste Jeb sein. Dann folgte in einigem Abstand wütendes Gestampfe im Wasser. Sie waren zu laut, da war sie sich sicher, aber wenigstens ging es jetzt wieder vorwärts.

Nach einiger Zeit stießen sie auf eine weitere Tunnelkreuzung. Mary stieg aus dem Wasser und hockte sich auf den Boden. Sobald sie den Lichtschein des Feuerzeugs verließ, war sie nur noch ein Schatten in der Dunkelheit. Jenna hielt Jeb zurück und deutete auf Mary.

»Was machst du da?«, fragte er heiser und Jenna war erstaunt über die Unsicherheit, die in seiner Stimme mitklang. War es doch die Enge, die ihm immer noch zusetzte? Jennas Kopf war zwar gerade voller Gedanken an Mary und an ihre Drohung, wenn etwas mit León passiert sein sollte. Aber dennoch hatte Jenna nicht vergessen, wie schwierig es für Jeb sein musste, sich hier unten zu bewegen. Sie hoffte, dass es nur Marys Ausbruch vorhin war, die Jebs Stimme so schwach klingen ließ.

»Wir warten hier auf León.« Mary stemmte die Hände auf die Hüften.

»Nein«, sagte Jeb. »Wir gehen weiter.«

Jenna stand unschlüssig zwischen Jeb und Mary. Statt Jeb zu antworten, schlüpfte Mary aus ihren Schuhen und schüttete das angesammelte Wasser in die Rinne. Die Socken ließ sie an, presste sie aber mit den Händen aus und massierte ihre Füße.

Es vergingen ein paar Minuten in Schweigen. Jenna und Jeb waren ebenfalls aus der Rinne gestiegen und lehnten sich, so gut es ging, gegen die gewölbten Tunnelwände.

Bitte, lass León bald kommen. Es darf ihm nichts passiert sein.

Und im gleichen Moment dachte Jenna, dass Mary seltsam geworden war. Sie wirkte ruhig, obwohl sie sich vorhin so aufgeregt hatte. Von ihr ging eine unbestimmbare Bedrohung aus. Eine Bedrohung, die sich gegen jeden und alles richten konnte. Ein wenig erinnerte sie Jenna an Kathy, die auch immer kontrolliert und gleichzeitig unbeherrscht gewirkt hatte.

Wie ein Vulkan kurz vor dem Ausbruch.

»Gib ihr ein paar Minuten«, flüsterte sie in Jebs Ohr.

»Aber wir müssen weiter. Unser Vorsprung schmilzt mit jeder unsinnigen Pause, die wir hier machen.«

»Trotzdem«, erwiderte Jenna. »Sei fair. Würdest du nicht genauso handeln, wenn es um mich ginge? Ich jedenfalls würde furchtbar Krawall schlagen, wenn du da draußen herumirren würdest oder dir keine Ahnung was passiert wäre.« Sie strich ihm zärtlich über die Wange und sah ihn bittend an.

Jeb seufzte und hockte sich neben Mary. Jenna nahm an ihrer anderen Seite Platz. Eine Weile beschäftigten sich alle nur mit ihren Füßen, um darin die Blutzirkulation wieder anzuregen. Nur das Rauschen des vorbeifließenden Wassers unterbrach die Stille.

Dann hörten sie weit entfernt ein leises Platschen. Jeb sprang mit einem Satz auf die Füße. Er machte das Feuerzeug aus. Jenna hatte Mühe, in der Dunkelheit wieder in ihre Schuhe zu finden, die sie kurz ausgezogen hatte, um ihre Socken auszuwringen. Neben ihr raschelte es. Ein Zeichen, dass auch Mary sich mit fliegenden Fingern bereit machte.

Als sie in den Gang schaute, sah sie plötzlich ein auf und ab tanzendes Licht über die Tunnelwände huschen.

War das León? In der Dunkelheit knisterte es vor Spannung. Neben ihr atmete Mary hörbar ein.

»Ist er das? Ist das León?«, wisperte Mary.

»Ich denke schon«, flüsterte Jeb zurück. »Das könnte unsere Taschenlampe sein. Aber wir müssen auf Nummer sicher gehen.«

Das Licht kam immer näher. Das Platschen im Wasser wurde lauter. Jenna hielt die Anspannung und die Ungewissheit nicht länger aus. Wenn es ein Gegner war, mussten sie so schnell wie möglich fliehen. Vorsichtig stieß sie Jeb an, der reglos neben ihr wartete. Er schien zu verstehen. Leise hob er schützend das Feuerzeug vor sich, dann stieß er einen leisen Pfiff aus.

Augenblicklich folgte die Antwort. Jeb zündete das Feuerzeug an und die Taschenlampe blitzte zweimal auf.

Erleichtert fiel Jenna Jeb um den Hals. Neben ihnen stieß Mary einen leisen Freudenschrei aus. Sie sprang in die Rinne und watete auf León zu.

Mary war glücklich, glücklicher als je zuvor. León lebte, er kam zu ihr zurück. Sie hatten eine Chance bekommen. Sie würden ihren Verfolgern entkommen, würden die Tore finden und diese grausame Welt aus Gewalt und Zerstörung verlassen.

Sie spürte das eiskalte Wasser nicht mehr, als sie auf ihn zulief. Das Licht der Taschenlampe traf auf ihr Gesicht, blendete sie, aber das war egal.

Kurz darauf senkte León die Lampe, denn Mary fühlte hinter ihren geschlossenen Lidern, dass das Licht von ihrem Gesicht genommen wurde.

Dann stand sie vor ihm, fiel in seine Arme. Sie küsste seinen Hals, seinen Mund, flüsterte ihm unverständliche Sachen ins Ohr. Während ihre übersprudelnde Wiedersehensfreude sich langsam legte, spürte sie, dass etwas mit León nicht stimmte. Er war zurückhaltend, erwiderte ihre Umarmung kaum und atmete stoßweise. Konnte er sie nicht einmal jetzt richtig fest umarmen und ihr zeigen, dass er sie mochte? Sein Shirt war feucht. War er ins Wasser gefallen? Nein, er war an vielen Stellen noch trocken. »Du hast mich ganz schön warten lassen«, flüsterte sie glücklich. Das Licht der Taschenlampe war auf den Boden gerichtet, sodass sie nicht sehen konnte, ob er lächelte, aber sie ging einfach mal davon aus.

»Gehen wir zu den anderen«, sagte León und Mary zog ihn an der Hand hinter sich her.

Jeb ließ das Feuerzeug zuschnappen, als León zu ihnen trat und ihm eine zweite Taschenlampe in die Hand drückte.

»Wo hast du die her?«, fragte er León.

»Ich bin auf einen *Muerte negra* getroffen. Es kam zu ... einem Schusswechsel. Ich habe mir seine Waffe und die Lampe geschnappt.« Er drückte beides Jeb in die Hand.

»Gott sei Dank ist dir nichts passiert«, stieß Mary atemlos hervor.

»Es ist nicht so einfach, Mary.« León klang traurig. Er ließ den Lichtstrahl seiner Taschenlampe an seinem Körper hinabwandern.

Blut. Überall Blut. Sein T-Shirt und das Stück Stoff, das er um seine Hüfte gebunden hatte, waren blutdurchtränkt und immer neues floss darunter hervor.

Mary schrie auf. »Nein!«

»Ist schon gut«, sagte León. »Nicht so schlimm, wie es aussieht.«

»Bitte, oh Gott, nein ...« Mary wusste nicht, wohin sie zuerst schauen sollte, zu Leóns Wunde, in sein Gesicht, um nach Zeichen von Schmerzen zu suchen, oder zu Jeb und Jenna, um ihre Einschätzung von Leóns Lage herauszubekommen.

Aber sie sah selbst, dass seine Lage schlimm war. All das Blut war ein Anblick, den sie kaum ertragen konnte. Ihre Hände zitterten, als sie sanft über Leóns Gesicht strich.

Was sollte sie jetzt tun?

Ihre Gedanken jagten wild durcheinander. Würde er sterben? Nein, das war unvorstellbar. Alle starben, waren verletzlich und bluteten, aber nicht León, ihm konnte doch niemand etwas anhaben und dennoch floss das Blut in Strömen aus ihm heraus. Mary schrie auf.

León legte seinen Arm um sie, gab ihr einen Kuss auf die Haare. »Ist schon gut«, raunte er leise. »Alles wird gut.«

»Lass mich mal sehen«, meinte Jenna energisch.

León schüttelte den Kopf. »Da gibt es nichts zu sehen.«

»Trotzdem.« Jenna wandte sich an Jeb. »Leuchte mir mal. Mary, geh bitte ein Stück zur Seite.«

Als Jeb den Lichtstrahl auf León gerichtet hatte, schaute Mary zu, wie Jenna ihm erst das blutverschmierte Sportshirt abnahm und dann Leóns T-Shirt hochhob. Sie zuckte zusammen, als sie die Schusswunde sah. Böse, dunkel, ja fast schwarz wirkte es im Schein der Lampe und unablässig sickerte Blut daraus hervor. Sie presste die Lippen aufeinander, um nicht aufzuschreien. León griff nach ihrer Hand und presste sie fest, sie erwiderte seinen Druck, um ihm zu zeigen, dass sie da war. Sie würden das gemeinsam durchstehen.

»Jeb, ich brauche dein Shirt«, sagte Jenna ruhig. »Mary, halt die Lampe.«

Mary beleuchtete die drei anderen, während Jeb und Jenna ihre Flanellhemden von der Hüfte losbanden, Jeb sein Shirt auszog und danach das Hemd überstreifte.

»Wollt ihr meins auch haben?«, fragte Mary.

»Nein, das sollte reichen«, meinte Jenna. Sie faltete sorgsam das Shirt, das Jeb von Carmelita bekommen hatte, zusammen und presste es vorsichtig auf Leóns Wunde. »Halt das mal so«, sagte sie zu ihm. Dann band sie ihm ihr Hemd um die Hüfte, sodass der provisorische Verband fest saß und nicht verrutschen konnte.

»Danke«, sagte León leise.

»Fürs Erste sollte das gehen. Aber du musst zu einem Arzt.«

Er lächelte gequält. »Wenn du einen siehst, sag mir Bescheid. Bin nur etwas schwach auf den Beinen, aber ich denke, das geht euch genauso.«

»Wir bringen dich hier raus«, sagte Mary entschlossen. »Auf jeden Fall. Wir finden jemanden, der dir hilft. Da draußen muss es Krankenhäuser oder zumindest Ärzte geben, du musst nur durchhalten, León. Versprich mir das. Versprich mir, dass du nicht aufgibst.«

»Das weißt du doch.« Ein Blick von ihm genügte und Mary wusste, dass León es genau so meinte, wie er es sagte. León würde nicht aufgeben, solange er noch weiterkämpfen konnte.

Mary sah aus den Augenwinkeln, dass sich Jenna und Jeb Zeichen gaben weiterzugehen. Jenna wandte sich zu ihnen um und sagte: »Dann weiter. Wir müssen hier raus.«

Mary schaute León an. »Leg deinen Arm um mich, ich werde dich stützen.«

»Besser nicht«, erwiderte León. »Das bereitet mir nur noch mehr Schmerzen. Im Augenblick ist es okay, lass uns einfach weitergehen.«

»Aber wenn es dir schlechter geht, sagst du es uns. Wir können dich tragen.« Sie blickte zu Jeb und Jenna, die beide nickten.

»Ja. Ich sag euch Bescheid, wenn ich Hilfe brauche.«

Jeb und Jenna wandten sich als Erste um und stiegen in das kalte Wasser. León ließ sich vorsichtig in den Kanal hinabgleiten, Mary folgte ihm unmittelbar nach. Jetzt, da León da war, konnte es ihr alles nicht mehr schnell genug gehen.

Eine Weile stapften sie zu viert durch das Wasser. Die Kälte tat ihm gut, vertrieb sie doch ein wenig die Schmerzen aus seinem Körper, lenkte sie an eine andere Stelle. Doch León fühlte, dass er immer schwächer wurde.

Jeder Schritt kostete ihn Kraft, die er nicht hatte, aber er biss die Zähne aufeinander und marschierte stumm weiter. Mary sollte nicht merken, dass es ihm zusehends schlechter ging. Sie würde sich bloß Sorgen machen und versuchen, ihm zu helfen. Aber ihm war nicht mehr zu helfen.

León wusste, er würde dieses Labyrinth aus Tunneln und Kanälen nicht mehr verlassen. Warum auch? Er glaubte nicht daran, dass es an der Oberfläche die Gelegenheit und die Zeit gab, nach einem Arzt zu suchen. Eine Gang auf der Suche nach Rache war hinter ihnen her und auf den Straßen herrschte Krieg, dazu kamen noch ihre ewigen Verfolger aus den ersten Welten, die Seelentrinker, auch wenn sie seit geraumer Zeit nichts von ihnen gehört hatten. Sie konnten von Glück reden, wenn sie überhaupt die Portale erreichten. Er dachte an Mischa und seine Rippenverletzung, die so spontan verheilt zu sein schien. Könnten die Portale ihn retten? Aber es würden nur drei Tore sein. Es war klar, dass die beiden Mädchen hindurchgehen sollten, und dann würden er und Jeb um das letzte Tor kämpfen müssen. Mit Losen wäre es diesmal nicht getan und in seiner jetzigen Verfassung war er kein Gegner für Jeb, und selbst wenn es ihm gelingen sollte, Jeb zu bezwingen – würde ihm das weiterhelfen oder würde er schlicht und einfach in der nächsten Welt verbluten?

Außerdem war das nie sein Plan gewesen. Diese Welt erinnerte ihn so sehr an sein früheres Leben, an sein erbärmliches Dasein im Barrio, er konnte und wollte nicht zurück. Durch Mary hatte er erkannt, um was es wirklich im Leben ging. Um Liebe. Fürsorge. Um Nähe. Um Geben und Nehmen. Dort wo er herkam, zählten diese Dinge nicht.

Nein, ich will dieses Leben nicht mehr. Ich kann mir aber auch kein anderes vorstellen.

Er wandte kurz den Kopf, blickte Mary im Schein der Lampe an und lächelte.

Du sollst leben. Bitte erinnere dich an mich. Erinnere dich an den tätowierten Jungen, der kam, um dich zu retten.

Mary erwiderte sein Lächeln. So viel Hoffnung lag darin. Sie würde ihn nicht aufgeben, wollte glauben, dass es für ihn noch eine Chance gab, aber er wusste es besser.

Schon seit geraumer Zeit war der Tunnel, durch den sie stapften, nach und nach weiter geworden. Schließlich konnten sie sogar aus dem eiskalten Wasser steigen und auf dem schmalen Steinpfad neben der Rinne gehen. Und nun öffnete sich der Tunnel vor ihnen zu einem weiten hohen Raum. Decke und Wände bestanden nach wie vor aus rauem Fels, aber der Boden wurde zu einer aus Ziegelstein gepflasterten Plattform, die sie über eine schmale Treppe erreichten. Vor ihnen lag das Ziel ihrer Flucht.

Das Wasser floss aus einem breiten Rohr, das direkt aus der Wand kam, in die Rinne herab. León und Jeb leuchteten sorgfältig die Umgebung ab.

Schließlich sah León sie.

Am Ende der Plattform. Rechts von dem großen Rohr.

Eine schwere Metalltür.

Sie waren gerettet.

Dies musste der Zugang zum alten Wasserwerk sein, den Jenna auf der Karte ausgemacht hatte. León hatte nicht gedacht, dass der Weg dahin so weit sein würde. Aber jetzt hatten sie es geschafft. Sie würden durch die Tür gehen und sie hinter sich verbarrikadieren. Das sollte die *Muerte negra* aufhalten und würde vielleicht auch die Seelentrinker davon abbringen, ihnen zu folgen. Außerhalb des Wasserwerks müsste inzwischen der Tag anbrechen und León hoffte, dass der Stern noch zu sehen war. Ohne ihn würden sie die Tore, die sicher nicht mehr weit entfernt waren, niemals finden. León spürte unendliche Erleichterung. Sie waren kurz vor dem Ziel. Er hatte Mary hierhergebracht, sie beschützt, so gut er konnte. Jetzt gab es nur noch eines zu tun.

Seine Hüfte schmerzte inzwischen heftig. Sie brannte, als habe jemand darin ein Feuer entzündet, und es fiel ihm zusehends schwer, sich aufrecht zu halten. Jede Bewegung ließ ihn zusammenkrümmen, aber noch gelang es ihm, dagegen anzukämpfen. Ein Wunder, dass er es bis hierher geschafft hatte. Aber wie lange noch, bis er zusammenklappte?

Nun gut, viel Zeit brauchten sie jetzt auch nicht mehr. Er blickte zu Jenna.

»Das muss die Tür sein, die wir auf dem Plan gefunden haben, oder, Jenna?«

Jenna nickte erleichtert. »Ja, ich habe nie etwas Schöneres gesehen.«

»Wenn wir den richtigen Gang erwischt haben, führt sie uns wieder in die Freiheit, raus aus diesem Rattenloch.«

»Hoffentlich können wir sie von der anderen Seite sichern«, meinte Jeb jetzt nachdenklich.

»Uns wird schon etwas einfallen.«

»Wie geht es dir?«, unterbrach ihn Mary sorgenvoll. »Hast du Schmerzen?«

Er senkte die Taschenlampe auf den Boden, sodass der Lichtstrahl nicht auf ihn fiel. Sie sollte seine zusammengebissenen Zähne nicht sehen und auch das Blut nicht, das mittlerweile durch Jennas Verband getropft war.

»Ist okay. Ich habe mich zwar schon besser gefühlt, aber zumindest ist es nicht schlimmer geworden.«

Die Lüge kam ihm glatt und glaubhaft über die Lippen. Mary küsste ihn auf die Wange.

»Halt durch«, flüsterte sie leise. »Bald haben wir es geschafft.«

Er lächelte gequält. Ja, bald hatte er es geschafft. Er würde alles hinter sich lassen und endlich frei sein.

Plötzlich erklang ein Raunen im Gang hinter ihnen. Nicht laut und noch weit entfernt. Ihm folgten ein kaum hörbares Wispern und unverständliche Worte. Dann zerriss ein Kreischen die Stille, unheimliche Geräusche, die sich an den Steinwänden der Kanäle vielfach brachen und widerhallten.

Dann wieder Stille, doch diese Ruhe fühlte sich beängstigend an.

»Verdammt«, raunte Jenna. »Wir müssen uns beeilen.«

Mit wenigen Schritten war die Plattform überquert und sie standen vor der Tür. Grau, dick und klobig, von Rost überzogen stand sie wie ein Bollwerk vor ihnen. Wassertropfen rannen daran herab. Flechten wuchsen an ihren Angeln, als ob sie schon lange nicht mehr bewegt worden wäre. Aber die Tür machte einen stabilen Eindruck. Sie würde alles und jeden aufhalten.

León leuchtete mit der Taschenlampe und Jeb fasste nach dem Griff, drückte ihn herab.

Ein raues Quietschen erklang, aber nichts geschah.

Der Türhebel bewegte sich herab und schnappte wieder nach oben, als Jeb ihn losließ. Das nächste Mal rüttelte er an der Klinke. Außer heftigem Krach erreichte er gar nichts. Er versuchte es noch einmal. Mit mehr Kraft und er stemmte sich gleichzeitig gegen die Tür.

Nichts.

Nun versuchte León sein Glück. Alle Schmerzen missachtend warf er sich gegen die Tür.

Sie bewegte sich keinen Millimeter.

León presste die Kiefer aufeinander. Sie hatten es so weit geschafft und nun standen sie vor einer geschlossenen Tür.

Er schrie seinen Frust hinaus.

Mary zuckte zurück, als León laut seine Wut herausbrüllte. Sie war erschrocken über seine Reaktion, aber sie konnte ihn verstehen. Er brauchte dringend Hilfe und diese Tür war ihr einziger Weg.

Reiß dich jetzt bloß zusammen und fang nicht an zu flennen. León braucht dich. Du musst jetzt einen klaren Kopf behalten.

Leichter gesagt als getan. Angst überrollte sie, vor ihren Augen wurde es schwarz, aber sie drängte die Furcht zurück, ballte die Hände zu festen Fäusten.

Ich bin Mary, die Mary, die schon Welten zuvor überlebt hat, und ich bin stark. Wir werden hier rauskommen. Es gibt einen Weg.

»Was machen wir jetzt?«, fragte Jeb resigniert.

»Zurück in die Tunnel«, schlug León vor. »Versuchen, einen anderen Weg ins Wasserwerk zu finden.«

»Ich glaube nicht, dass es einen anderen Weg hinaus gibt«, widersprach Jenna. »Und wenn doch, wie sollen wir den in diesem Wegenetz auf die Schnelle finden?«

»Wir haben keine Wahl«, knurrte León.

Plötzlich kam Mary eine Idee. »Doch, die haben wir«, sagte sie bestimmt. Sie wunderte sich selbst, wie fest ihre Stimme klang.

»Wie denn?«, fragte Jenna. »Die Tür ist verrammelt und hinter uns lauern Feinde aller Art auf uns. Es ist nur eine Frage der Zeit, bis sie uns einholen!«

»Ich werde die Tür von innen öffnen, sie ist vermutlich verriegelt«, sagte Mary ruhig. Die drei schauten sich an, als hätte sie den Verstand verloren.

Mary deutete auf das Rohr in der Wand, aus dem unablässig das eiskalte Wasser in die Rinne hinabfloss.

»Ich gehe da rein!« Sie deutete auf das schwarze Loch.

Die anderen schwiegen verblüfft.

Schließlich fragte Jeb: »Du glaubst wirklich, dass du durch das Rohr kommst, ohne stecken zu bleiben oder zu ertrinken?«

»Einen Versuch ist es wert, meint ihr nicht?« Sie zuckte mit den Schultern. Tatsächlich setzte sie in dem Moment, als sie ihre Idee ausgesprochen hatte, alles aufs Spiel. Denn wenn sie es nicht schaffte, wären sie alle verloren. Sie versuchte, den Gedanken so weit von sich zu schieben wie möglich.

»Nein«, widersprach León heftig. »Das wirst du nicht tun. *Ich* gehe.«

Mary sah seine Verzweiflung, die Ohnmacht in seinem Gesicht. Sie wussten beide, dass er es mit dieser Verletzung niemals schaffen konnte.

»Du bleibst hier und wartest, bis ich die Tür aufmache«, sagte Mary entschlossen, jetzt glühte ihr Gesicht.

»Ich kann es versuchen«, warf Jeb unentschlossen ein, aber Mary schüttelte den Kopf. »Nein, du und Jenna seid beide zu groß, ihr bleibt mit den Schultern in der Röhre stecken. Wenn überhaupt, bin ich die Einzige, die durchpasst.« Sie holte tief Luft. »Denkt an Tian und Kathy. Bisher haben alle von ihnen ein Opfer gebracht. Jetzt bin ich dran. Ich kann es schaffen.«

Sie sah Jebs kritischen Blick. »Aber was machst du, wenn es hinter der Mauer keinen Ausgang aus der Röhre gibt? Wenn diese Röhre einfach nur in eine andere mündet? Du wirst ertrinken.«

»Das wissen wir erst, wenn ich es versucht habe. Bleibe ich hier, sterben wir ohnehin.«

»Nein. Bitte, Mary«, flehte León und sie konnte ihm ansehen, dass ihm der Gedanke Übelkeit bereitete. Er war es sichtlich nicht gewohnt, dass jemand anderes die Gefahr auf sich nahm. »Lass uns über eine andere Möglichkeit nachdenken.«

»Es gibt keine und du weißt das. Abgesehen davon: Ihr alle habt schon so viel riskiert, jetzt bin ich an der Reihe. Und ich kann es schaffen.«

Sie sah, dass er erneut etwas erwidern wollte, aber sie legte sanft ihre Finger auf seine Lippen. »Vertrau mir.« Und bevor er noch etwas sagen konnte, unterbrach sie ihn: »Kein Abschied. Ich komme wieder und hole dich.«

Mit diesen Worten wandte sie sich ab und ging zur Röhre hinüber. »Jeb, bitte gib mir deine Lampe.«

Er reichte sie ihr und Mary leuchtete in das Wasser, das unablässig daraus hervorsprudelte. Der Anblick war furchterregend. Das Wasser war schwarz wie Tinte, rauschte mit ungeheurer Geschwindigkeit aus der Wand und füllte dabei fast die ganze Röhre aus. Sie versuchte, die Breite abzuschätzen, aber da sie schmal gebaut war, müsste sie eigentlich problemlos durchkommen. Die Luftzufuhr würde schwierig werden. Nur ganz oben gab es in der Röhre einen schmalen Raum, den das Wasser nicht ausfüllte. Sie würde eine ganze Weile die Luft anhalten und sich beeilen müssen. Ein Schauder lief ihr über den Rücken.

Im Tunnel hinter ihnen erklangen aufgeregte Rufe. Sie konnte nicht mehr unterscheiden, von wem die Geräusche stammten, welche Stimmen sie verfluchten und wer ihnen mit dem Tod drohte. Die Angst vor ihrem Vater war jetzt diffus geworden, seit León wieder verletzt an ihrer Seite war. Sie hatte keine Angst mehr, denn sie musste jetzt stark sein für sie beide, wenn es noch eine Chance für sie geben sollte. Und eines aber war Mary klar, sie waren in der Unterzahl, und wer auch immer sie hier finden würde, hätte leichtes Spiel. Sie musste sich beeilen, wenn auch ihre Freunde eine Chance haben sollten.

Mary gab Jeb die Lampe zurück. »Bitte leuchte mir.«

Sie begann, sich auszuziehen. »Dann habe ich wenigstens trockene Kleidung und erfriere nicht gleich, wenn ich es geschafft habe, die Tür zu öffnen. Jenna, nimmst du die Sachen für mich mit? Sie würden mich beim Schwimmen nur behindern.«

Als sie nackt bis auf den Slip dastand, fror sie sofort. Schon die einzelnen Tröpfchen des herabströmenden eisigen Wassers erzeugten eine Gänsehaut. Sie versuchte, das Zittern zu ignorieren und sich auf ihre Aufgabe zu konzentrieren.

Atme ein, tief ein. Atme so tief, dass du das andere Ende des Tunnels erreichen wirst.

Mary sog tief Luft in sich ein, fasste nach dem Rand der Röhre. Sie stützte sich auf Jebs Schulter ab und ließ sich in die Röhre gleiten.

Noch ein letzter, tiefer Atemzug.

Dann rutschte sie in die Dunkelheit.

Sofort umspülte das eiskalte Wasser ihr Gesicht und ihren Körper. Sie streckte die Arme nach vorn und zog sich vorwärts.

In ihrem Kopf war nur ein Gedanke.

Wie lange kann ein Mensch die Luft anhalten?

León war herangekommen und zusammen mit Jeb schaute er in die Röhre, aber das Licht der Taschenlampe durchdrang die Wassermassen nicht und schon nach wenigen Sekunden konnten sie Mary nicht mehr sehen. Als Mary in der Röhre verschwunden war, ließ sich León stöhnend auf den Boden fallen. Er umschlang seine Knie und legte den Kopf darauf. Jeb vermutete, dass er allein sein wollte, also ließ er ihn in Ruhe und leuchtete, weil er nicht wusste, was er sonst tun sollte, weiter in die Röhre hinein. Vielleicht würde das Licht Mary ja trotzdem irgendwie helfen, vielleicht gab es ihr die Sicherheit, dass sie da waren.

»Kannst du sie sehen?«, fragte Jenna neben ihm, Marys Kleider an sich gedrückt.

»Nein. Nichts.«

Jenna schwieg einen Moment, dann sagte sie: »Da drin ist es stockfinster und eiskalt. Wer hätte gedacht, dass Mary solch einen Mut aufbringen würde?«

Ja, dachte Jeb, sie ist unglaublich mutig. Aber vor allem erstaunte ihn Marys Entwicklung, seit sie in der ersten Welt angekommen waren. Von der verwöhnten Zicke hatte sie sich in eine energische junge Frau verwandelt, die entschlossen war, ihr Schicksal selbst in die Hand zu nehmen.

Plötzlich erklang erneut der schrille Schrei eines Seelentrinkers und Jeb konnte darin eine nur allzu sehr bekannte Stimme ausmachen. Die Stimme, die ihn mit Dunkelheit, Selbsthass und schlechtem Gewissen ausfüllte. Die schwache Stimme seiner sterbenden Mutter. Sie ging ihm durch Mark und Bein. Und er konnte auch an Jennas nervösem Blick über die Schulter und Leóns Zusammenzucken erkennen, dass auch sie von etwas heimgesucht worden waren, das sie am liebsten vergessen würden. Er wagte sie nicht danach zu fragen, aus Angst, seine albtraumhafte Erinnerung selbst in Worte kleiden zu müssen.

Ja, am liebsten hätte er zumindest dies für einen Moment vergessen, nämlich, was ihnen passieren würde, wenn diese Erinnerungen sie hier finden würden. Würden sie voll und ganz von ihnen verzehrt? Er ahnte, wie nah sie ihnen schon waren. Jeb starrte wie gebannt in die Röhre.

Bitte beeile dich.

Es war finster und eiskalt. Das Wasser umströmte Mary, zog und rüttelte an ihr. Sie hatte die Augen geöffnet, um nach einem Lichtschein zu spähen, aber da war nichts. Ihr Gesicht schmerzte und das Wasser brannte in ihren Augen. Doch sie stieß sich mit kräftigen Bewegungen vorwärts, stemmte sich gegen die Wände links und rechts und arbeitete sich weiter vor.

Mary schätzte, dass sie erst wenige Sekunden durch die Röhre kroch, obwohl es ihr wie eine Ewigkeit vorkam. Auf dem Bauch liegend, die Arme tastend vor sich, schob sie sich mit den Füßen und strampelnden Beinen Zentimeter um Zentimeter nach vorn. Es war zäh und unglaublich kraftraubend. Sie hatte das Gefühl, nicht voranzukommen. Als sie vor der Röhre gestanden hatte, hatte sie es sich wesentlich leichter vorgestellt, sich einen Weg durch das Wasser zu bahnen. Hier drin kämpfte sie um jeden Zentimeter und mit jedem Liter Wasser auch gegen die Zeit.

Ich werde es nicht schaffen.

Der Gedanke war schwer und übermächtig und stellte sich ihr regelrecht in den Weg. Auf einmal war da nur noch dieses Bewusstsein, dass sie diese Aufgabe nicht bewältigen konnte. Und es schnürte ihr den Rachen zu. Wie weit auch immer sie bis jetzt gekommen sein mochte, es war viel zu wenig, denn schon machte sich die beginnende Atemnot bemerkbar. In ihren Lungen baute sich Druck auf. Es fühlte sich an, als pumpe jemand ihren Brustkorb auf und der Drang, den Mund aufzureißen und nach Luft zu schnappen, wurde immer größer.

Es war ein schreckliches Gefühl, ein Gefühl des vollkommenen Ausgeliefertseins, denn es gab nichts, was sie tun konnte. Jetzt umzukehren, war unmöglich. Sie lag verkehrt herum in der Röhre und so stark war der Wasserdruck auch nicht, dass sie sich herausspülen lassen konnte. Nein, es gab nur eine Richtung. Vorwärts.

Sie dachte an León, während ihre Finger sich weitertasteten und die Füße sich noch mal abstießen. In winzigen Etappen. Sie sah sein schiefes Grinsen vor ihrem geistigen Auge, seine zahllosen Tätowierungen, die sie schon so oft betrachtet hatte.

Und dann war da dieser verletzliche Blick, als er erkannt hatte, dass er sie diesmal nicht würde retten können. Und dieses Bild gab ihr Kraft. Mary verdoppelte ihre Anstrengung und wunderte sich, woher sie noch die Kraft nahm. Ein weiteres großes Stück des Weges legte sie zurück, aber es war nicht genug. Nahm diese Röhre denn kein Ende? Es würde nicht reichen. Noch immer kein Licht. Nur eiskalte Finsternis, die unaufhaltsam in ihre Glieder drang und sie steif und unbeweglich machte.

Gib nicht auf, schimpfte sie stumm mit sich selbst.

Ihre Lungen brannten. Der Druck darin war übermächtig, es rauschte in ihren Ohren und langsam wurde ihr schwindelig.

Ich halte es nicht mehr aus. Ich muss atmen.

Nein! Nicht den Mund öffnen. Du wirst sterben.

Ich muss. Ich muss. Ich muss.

Mary stieß die verbleibende Luft aus ihren Lungen.

»Müssten wir von ihr nicht langsam ein Zeichen bekommen?«, wagte Jenna, die Stille zu durchbrechen.

León hob den Kopf an. In seinem Blick lag alle Verzweiflung, die ein Mensch empfinden kann. Seine eigene Lage, seine schwere Verletzung schien er vergessen zu haben. In Jennas Augen hatte seine Wunde von Anfang an viel schlimmer ausgesehen, als León es hatte durchblicken lassen. Schon vorhin war ihr notdürftiger Verband komplett blutdurchtränkt gewesen, das T-Shirt hing schwer herab. In der Tat wäre León am Ende, wenn sie hier nicht bald herauskämen.

»Halt die Klappe!« Leóns Stimme war kaum mehr als ein Krächzen.

Mary war seit einigen Minuten in der Röhre. Jenna war klar, dass sie sich irgendwann mit dem Schlimmsten auseinandersetzen mussten. Aber wann?

»Wenn die Röhre sie hinter der Wand freigibt, müsste sie inzwischen durch sein. Wenn sie es geschafft hätte, stünde sie doch schon längst in der Tür.«

»Einen Scheiß weißt du, Jenna. Warte es einfach ab.«

Jeb legte Jenna eine Hand auf die Schulter und drückte sie als Zeichen, dass sie schweigen sollte.

»Vielleicht sucht sie noch einen Weg zur Tür oder hat Schwierigkeiten, sie zu öffnen«, versuchte er zu vermitteln. Jenna war ihm dankbar dafür, denn ihr selbst fehlte die Kraft dazu. Aber trotzdem nagten die Gedanken weiter an ihr.

Das glaubst du doch selbst nicht, Jeb. Gestehe es dir ein, Mary kommt nicht wieder und wird diese Tür nicht für uns öffnen. Sie ist tot und wir gefangen. Wir können nicht raus aus diesem Labyrinth und hinter uns lauern unsere Feinde. Die Frage ist nicht, ob sie uns kriegen, sondern, wer zuerst da sein wird, um uns auszulöschen. Und solange wir hier nur rumstehen, schwinden auch unsere Chancen auf Rettung.

Sie knetete in stiller Wut Marys Klamotten. Jeb leuchtete unruhig durch die Halle, dann wieder in die Röhre und auf die Tür. Dann trat er davor und klopfte leise dagegen. Er legte sein Ohr ans Metall und lauschte auf eine Antwort.

Jenna hob fragend den Kopf, aber dann wurde ihr bewusst, dass Jeb die Geste nicht sehen konnte.

»Und?«, fragte sie.

Er schüttelte den Kopf.

Unerwartet rappelte sich León auf. Jenna sah, wie er schmerzvoll das Gesicht verzog, und obwohl die Lichtverhältnisse schlecht waren, konnte sie erkennen, dass nun auch das Hemd vorne vollkommen durchgeblutet war. Er presste eine Hand in die Seite und schleppte sich zu Jeb, schob ihn grob zur Seite. Dann schlug er mit voller Wucht gegen die Tür, wobei er sich bei jedem Schlag krümmte und brüllte: »Mary? Mary? Wo bist du?«

Jenna litt mit ihm, ihr Blick glitt von León zurück zu Jeb und sie schämte sich dafür, froh zu sein, dass nicht sie an Leóns Stelle war. Immer wieder zuckte ihr Blick zum Tunneleingang, Leóns Geschrei würde ihren Verfolgern mit Leichtigkeit den Weg weisen. Aber sie würde León nicht zurückhalten. Sie versuchte, Leóns verzweifelte Rufe auszublenden, und betrachtete eingehend Jeb. Obwohl sie sich erst ein paar Tage kannten, glaubte sie, jede seiner Regungen zu kennen und vorhersehen zu können. Als ob ihr ganzes Leben nur eine Vorbereitung darauf gewesen sei, Jeb zu lieben.

Die heiseren und wütenden Rufe des tätowierten Kämpfers drängten sich wieder in ihr Bewusstsein.

Sie trat zu León, stellte sich an seine Seite, klopfte an die Tür und rief Marys Namen.

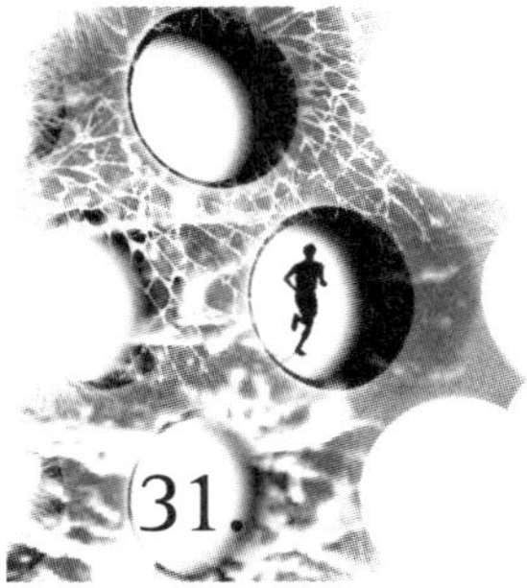

Mary hatte sich instinktiv auf den Rücken gewälzt, bevor sie den Mund aufriss, und das Wunder war geschehen: Sie konnte atmen. Der schmale Spalt in der Röhre, nur wenige Zentimeter hoch, den das Wasser nicht ausfüllte, rettete ihr das Leben. Keuchend atmete sie ein und aus, aber sie atmete. Als sie aus dem Wasser nach oben geschossen war, hatte sie sich den Kopf heftig an der Röhre angeschlagen, aber selbst der Schmerz konnte diesen Moment nicht zerstören. Ihr war schwindlig und der ganze Körper surrte. Wieder Luft zu bekommen, war die größte Befreiung, die sie jemals erlebt hatte.

Mary kniff die Augen mehrmals zusammen und konzentrierte sich erneut. Sie hatte wieder neuen Mut gefasst. Sie konnte sich jetzt sicher sein, dass sie es schaffen würde, denn wann immer es nötig war, konnte sie atmen und ein paar Sekunden ausruhen. Die anderen waren sicher fast krank vor Sorge, sie hatte jegliches Zeitgefühl verloren. Aber sie wusste eines: Sie würde durch diese Röhre kommen und die anderen befreien.

Mary holte noch einmal tief Luft, dann ließ sie ihren Kopf wieder unter Wasser sinken und versuchte, sich vorwärtszuschieben, aber auf dem Rücken liegend klappte das nicht. Dazu müsste sie die Knie anwinkeln und so viel Platz bot die Röhre einfach nicht.

Also wälzte sich Mary wieder herum und schob sich wie eine Robbe vorwärts.

Mary musste noch fünfmal Luft holen. Durch die anstrengende Wendung verlor sie noch mehr Zeit und vor allem kostete es sie unendlich viel Kraft. Ihr Körper war bereits taub vor Kälte, nur noch der reinen Mechanik ihrer Glieder war es zu verdanken, dass sie sich weiter im Wasser abstoßen konnte. Doch nach dem letzten Mal Luftholen sah sie einen schwachen Lichtschimmer vor den brennenden Augen. Zunächst war es nur eine Ahnung von Helligkeit, aber dann wurde es Wirklichkeit. Jetzt musste sie ihre Luft noch mal gut einteilen, damit sie nicht mitten in der Bewegung ausging. Sie stieß sich ein letztes Mal mit müden Beinen aus der Röhre ab und gelangte in ein Auffangbecken. Sofort sank sie wie ein Stein zu Boden und Panik durchflutete sie, dass sie nie wieder nach oben kommen würde. Sie suchte in ihren steif gefrorenen Armen und Beinen nach Gefühl, machte ungelenkte Schwimmbewegungen und schließlich merkte sie, wie sie nach oben trieb. Die Luft wurde knapp, die ungewohnten Bewegungen in einem untauglich gewordenen Körper waren anstrengend, erneut schmerzte die Lunge.

Schwimm, Mary, schwimm um dein Leben! Du schaffst es, du kannst es schaffen!

Sie machte noch einen kräftigen Schwimmzug und erwartete, an die Oberfläche zu gelangen, sie reckte den Kopf nach oben, bereit, Luft zu schnappen, doch noch immer war überall Wasser um sie herum. Sie hatte sich verschätzt. Für einen Moment begann sie, wild zu paddeln und um sich zu schlagen, dann hatte sie sich wieder unter Kontrolle, der Kopf dröhnte, aber nach zwei weiteren Schwimmzügen durchstieß sie mit dem Kopf endlich die Wasseroberfläche und schnappte in einem fauchenden, tiefen Atemzug nach Luft.

Sie hatte es tatsächlich geschafft.

Sie war draußen.

Mary brauchte einen Moment, um sich zu erholen. Vor den Augen hing ein Nebelschleier, sodass sie nichts sehen konnte. Es dauerte Ewigkeiten, bis sie den Beckenrand erreicht hatte. Sie schwamm zum Rand und zog sich mit zuckenden Armen heraus. Keuchend, mit brennender Lunge und Rauschen in den Ohren, saß sie einige Minuten am Rand, zusammengekauert und die Arme um die Beine geschlungen. Die Umgebungstemperatur war wesentlich höher als das Wasser, aber trotzdem begann sie, fast krampfartig zu zittern.

Endlich schaute sie sich um. Sie befand sich in einem weiten Raum, an dessen einer Seite mächtige Pumpen arbeiteten, die man hinter der Tür nicht gehört hatte. Über ihr an der hohen Decke baumelten verschmutzte Neonröhren an Metallseilen herab und tauchten die Szenerie in ein kaltes Licht.

Nun sah sie auch, wo sie sich befand. Es war ein ungefähr zehn Mal zehn Meter großes Überlaufbecken, das fast bis zum Rand gefüllt war. Die Röhre mündete am oberen Rand in das Becken.

Wäre das Becken voll gewesen, hätte ich keine Chance gehabt.

Erst jetzt spürte sie die Schmerzen, die die eisige Kälte auf der Haut und in den Gliedern verursachte. Ihre niedrige Körpertemperatur ließ sie beinahe einschlafen. Sich auf den Boden zu legen, zusammenzurollen und einfach die Augen zuzumachen, war ein sehr verführender Gedanke.

Ich will nur ganz kurz ein wenig schlafen und mich ausruhen. Ich bin so müde.

Doch wieder schüttelte sich ihr ganzer Körper vor Kälte – und nur deshalb schaffte sie es, sich aufzuraffen, und gab dem Drang nicht nach, sich hinzulegen. Wie aus einem Traum aufgeschreckt sah sie sich erneut um. Was wollte sie hier eigentlich?

Die Tür. León, Jenna und Jeb. Du musst sie reinlassen, bevor es zu spät ist.

Mühsam stand sie auf. Ihre nassen Füße hinterließen Wasserspuren auf dem nackten Steinboden, während sie sich nach rechts wandte und, so schnell es ihr möglich war, einen schmalen Gang entlanghastete, die Hände schützend vor den nackten Oberkörper gelegt.

Sie hatten schon seit einer ganzen Weile aufgehört, zu rufen und gegen die Tür zu hämmern. Mary war nicht da, stand nicht dahinter. Die Tür würde nicht aufgehen.

Mary hatte es nicht geschafft.

Jeb spürte es, bevor er es hörte. Ein Windhauch fuhr in die Halle und auf die Empore.

Unsere Verfolger! Jetzt kriegen sie uns doch noch. Es ist alles aus.

Im Gang hinter ihnen platschte das Wasser.

Muerte negra?

Mehrere Personen kamen auf sie zu, schoben die Luft in den engen Tunneln vor sich her und Jeb glaubte, dass es Gangmitglieder waren. Das unheimliche Kreischen und Wispern der Seelentrinker war nicht zu hören.

Ein leises Husten drang nun zu ihnen. Jeb bedeckte seine Taschenlampe mit der Hand. León machte seine Taschenlampe ganz aus. Gebannt starrten sie mit dem Rücken zur rostigen Tür in die Halle und lauschten weiteren Geräuschen.

Da erklang ein lautes Quietschen hinter ihnen. Alarmiert drehten sich die drei um. Jeb richtete den vollen Strahl der Lampe auf die Tür.

Und da stand sie.

Mary.

Nackt bis auf den Slip, mit tropfenden Haaren. Sie hatte die Arme um sich geschlungen und zitterte heftig. León stürmte auf sie zu und drückte sie an sich.

Jeb fasste erleichtert nach Jennas Hand, die sich lautlos mit Marys Kleidern die Tränen aus dem Gesicht wischte. Entsetzen und Erleichterung waren ihr gleichermaßen ins Gesicht geschrieben.

Doch da waren immer noch die Schritte, ein Platschen, das immer lauter wurde. Sie würden nicht mehr lange allein sein, sie mussten die Tür ... Plötzlich ein Schrei. Jemand brüllte etwas. Dann folgte ein Schuss. Die Kugel prallte jaulend von der Felswand ab und schlug irgendwo in den Boden ein.

Jeb zog den Kopf zwischen die Schultern. Mary hatte León bereits durch die Tür gezogen, nun tastete er nach Jennas Hand, die bereits auf der Schwelle stand. Weitere Schüsse fielen. Jeb drängte sich durch den Spalt, Mary drückte bereits gegen die Tür. Als Jenna und er hindurch waren, wirbelte Jeb herum und warf sich ebenfalls dagegen. Mit einem lauten Krachen fiel sie ins Schloss. Mary fingerte an dem Riegel herum, der sie verschloss. Sie waren in Sicherheit. Laut seufzend ließ er die Luft entweichen.

»Das war knapp.« Er blickte zu Mary und schüttelte nur lächelnd den Kopf. »Danke, Mary. Du warst großartig.«

»Tut mir leid, dass es nicht schneller ging, die Röhre war länger als gedacht«, stieß sie bibbernd hervor.

León grinste sie an. »Das macht nichts. Hauptsache, du hast es geschafft.«

Jeb ließ das Licht der Taschenlampe durch den schmalen Gang wandern. »Wo führt der hin?«, fragte er.

»In einen Raum mit einem Wasserbecken und Pumpen.«

»Hast du einen Ausgang gefunden?«

Sie schüttelte Kopf. »Keine Zeit, danach zu suchen.«

»Okay, dann machen wir das gemeinsam.«

Mary nahm ihre Kleidung von Jenna und zog sich im Gehen an. Jeb inspizierte weiter den Raum mit seiner Taschenlampe, als Mary plötzlich aufschrie.

»NEIN. León. Nein!«

Er leuchtete in ihre Richtung. Er keuchte auf, als er all das Blut sah, das Leóns Verband durchtränkt hatte. Das Gesicht des Jungen war bleich. Jeb sah zu Jenna hinüber, die ebenso entsetzt zu dem verletzten Jungen schaute. León blieb stumm, umso mehr ahnte Jeb, dass er ungeahnte Schmerzen erlitt.

»León, nicht, bitte nicht«, hauchte Mary, dann: »Tut doch etwas!!«

»Beruhige dich«, sagte León heiser. »Es geht schon.«

»Du blutest wie verrückt. So viel Blut ...«

»Glaub mir, es sieht wilder aus, als es tatsächlich ist.« Doch seine Stimme war schwach.

»Blödsinn«, fauchte sie ihn an. »Du verblutest. Wir alle können das sehen, also spiel nicht den Helden.«

»Mary, ich ...«, doch sie unterbrach ihn: »Wir müssen weiter. Sofort.« Sie legte seinen Arm um ihre Schultern, um León zu stützen. Ihre Stimme hatte einen ebenso verzweifelten wie wild entschlossenen Klang. Jeb wusste, Mary würde alles tun, um León zu retten – doch zunächst einmal musste sie weiter, bis auch nur einer von ihnen gerettet wäre. Das wussten sie alle und daher folgten sie ohne ein weiteres Wort dem Gang und betraten den Pumpenraum. Hier brannten Neonröhren und ihr bleiches Licht zwang Jeb, die Augen zusammenzukneifen. Als er sich León zuwandte, erkannte er, dass das Ganze noch schrecklicher war, als er bisher gedacht hatte. Das Blut wirkte im Licht nicht mehr dunkelrot, sondern fast schwarz, so sehr war der Verband durchtränkt.

Leóns fast weißes Gesicht und die inzwischen blauen Lippen sagten alles über seinen Zustand. Es war ein Wunder, dass er es überhaupt bis hierher geschafft hatte.

Jeb spürte, wie ihm eine einzelne Träne die Wange hinabrann.

»Hör auf zu flennen und hilf mir«, fuhr Mary ihn an.

León taumelte, obwohl er von Mary gestützt wurde. Jeb trat schnell hinzu und schob seinen Arm unter Leóns Achsel. Der Junge stieß einen dumpfen Schmerzenslaut aus, als sein Gewicht auf Jeb sank. Seine Knie sackten ein, aber er hielt sich auf den Füßen.

»Weiter!«, keuchte er.

Jeb blickte in Leóns weit aufgerissene Augen und dann sah er es. León ahnte, dass er sterben würde, aber er hatte etwas vor, Jeb erkannte es deutlich in der Art, wie ihn der Junge anschaute.

»Ihr habt ihn gehört«, sagte Mary und machte den ersten Schritt. Jeb blieb gar keine Wahl, als ebenfalls loszugehen.

Sie durchquerten die Halle und stießen auf eine weitere Tür. Diese war unverschlossen und sie betraten einen quadratischen Raum, an dessen rechter Wand eine Metallleiter nach oben führte.

Mary hob den Kopf und da sah sie es. Sie hatten es geschafft.

Vor ihnen lag der Aufstieg an die Oberfläche. Wenn alles stimmte, wie es ihnen gesagt worden war, dann lag das Gebiet der *Muerte negra* hinter ihnen. Und das bedeutete auch: Die Tore waren nicht mehr weit. Schwer lastete Leóns Gewicht auf ihr, doch sie würde ihn noch weitertragen, wenn nötig. Fort, nur fort von hier. Stumm standen sie da und blickten nach oben. Nur León nicht, sein Kopf sank zurück auf die Brust. Die Taschenlampe fiel ihm aus der Hand und knallte auf den Boden. Seine Knie knickten endgültig ein und er sackte in sich zusammen.

Mary schrie auf. Sie hatte das Gefühl, dass León sie nun mit sich zog, zu Boden, um nie wieder aufzustehen, wenn er es nicht tat. Sofort bückte Mary sich, fasste nach Leóns Kinn und hob seinen Kopf an.

León war bei Bewusstsein. Sein Blick war klar. Seine dunklen Augen funkelten, Endgültigkeit lag darin.

»Weiter kann ich nicht«, sagte er leise.

»Du musst, León. Du musst. Bitte.« Mary wusste, wie verzweifelt ihre Stimme klang und dass ihr Flehen nichts helfen würde.

»Glaub mir doch. Es geht nicht.« Er schüttelte langsam den Kopf. Seine Hand hob sich und seine Finger fuhren sanft über Marys Gesicht. Er wischte die Tränen fort und erst da merkte Mary, dass ihr Gesicht voller heißer Tränen war.

»Sei nicht traurig. Es ist in Ordnung. Ich habe so viel mehr bekommen, als ich erwartet habe.«

»León!« Es war ein Schrei voller Verzweiflung. Der Schmerz dieser Welt lag darin. »Ich liebe dich! Das heißt, du musst aufstehen. *Steh jetzt auf.*«

Mary zitterte, da legte sich eine Hand auf ihre Schulter. Jeb. »Er kann nicht mehr.«

»Was weißt du denn?«, brüllte sie ihn an, dann kniete sie sich neben León, küsste ihn, hielt sein Gesicht und küsste ihn, flüsterte in sein Ohr, erzählte von all den Dingen, von denen sie geträumt hatte.

Sie hörte nicht Jennas leise Stimme, die auf Jeb einsprach. Sie sah nicht die Tränen, die sie in den Augen hatten. Sie hörte nicht Jennas Schluchzen.

Mary sah nur León, seinen warmen Blick, in dem Abschied lag für immer.

Er schaute sie an und alles, was er sah, erfüllte ihn mit Glück und einer Zufriedenheit, die er nie zuvor gekannt hatte. Dieses unglaublich schöne, mutige Mädchen liebte ihn, weinte um ihn.

Er war auserwählt. Dass sie ausgerechnet ihn liebte, den Jungen mit den schrecklichen Tätowierungen, den Mörder, der aus einer Welt kam, die sie nicht verstand und nie verstehen würde.

In Marys Gesicht spiegelte sich sein eigener Schmerz. So viele Tränen hatte er sein Leben lang nicht geweint. Ihr Schmerz berührte ihn, ließ ihn seinen eigenen beinahe vergessen.

»Mary, du musst jetzt gehen«, bat er.

»Nein.« Ein Wispern. »Ich lasse dich nicht allein.«

»Doch, du musst. Es soll nicht umsonst gewesen sein. Lebe für uns beide.«

»Nicht ohne dich. Ohne dich ist alles sinnlos.«

Er spürte, wie ein Lächeln über sein Gesicht flog. »Ich bin dir so dankbar. Für alles. Für deine Liebe.«

»León.«

»Es ist gut so, wie es ist. Bitte geh jetzt. Ihr habt ein Ziel, das sich zu erreichen lohnt.«

»Ich ... habe niemanden außer dir.« Ihre Lippen zitterten, als sie das sagte. Er legte seine Stirn an ihre, spürte ihren warmen Atem auf seiner Wange und in dem Moment, in dem sie die gleiche Luft atmeten, seine Lippen ihre berührten, flüsterte er: »Ich liebe dich.«

Er wollte mehr sagen, aber die Worte kamen nicht. Er hatte keine Worte mehr.

Plötzlich zerriss eine laute Explosion die Stille. Der Boden und die Wände erzitterten. Staub rieselte von der Decke herab. Alle schauten entsetzt auf. Die schwere Metalltür würde die *Muerte negra* nicht lange aufhalten. Sie würden sie einfach aufsprengen.

León wechselte einen langen Blick mit Jeb und machte eine Bewegung mit dem Kopf. Jeb verstand wortlos, er zog die wehklagende Mary vom Boden hoch und führte sie zur Leiter.

Als sie vor der Leiter stand, drehte sich Mary noch einmal nach ihm um. Sie sagte nichts, schaute ihn nur an, dann stieg sie die Leiter hoch. Jenna und Jeb folgten.

Dann war er allein.

Es war ein merkwürdiger Anblick, sein eigenes Blut zu beobachten, aber León fühlte eine seltsame Gelassenheit in sich. Vielleicht war es so, wenn man am Ende aller Fragen angekommen war.

Er hatte sich zur Wand geschleppt, die gegenüber der Tür lag. Dort lehnte er mit dem Rücken gegen den Stein. In seinen Händen lagen beide Waffen. Er war bereit.

Die *Muerte negra* würden durch die Tür kommen und er musste sie aufhalten, damit Mary, Jenna und Jeb eine Chance hatten, die Tore zu erreichen.

Noch einmal wurde die Halle von einer gewaltigen Explosion erfüllt. Ohrenbetäubend krachte etwas Schweres, Metallenes zu Boden. Die massive Tür. Sie war gefallen. Es war nur noch eine Frage der Zeit, bis sie ihn erreicht hätten.

León versuchte, sich aufzurichten. Es war ein letzter Dienst, den er Mary erweisen konnte. Sie sollte diese Welt verlassen können. Sie sollte leben und seine Träume mit sich nehmen. Es war der einzige Weg, nicht vergessen zu werden.

Er hörte ein Rascheln, dann Stimmen vor der unverschlossenen Tür, durch die sie zuletzt gekommen waren. Anscheinend ahnten die *Muerte negra,* dass ihnen jemand auflauerte. Sie trauten sich nicht, den Raum zu betreten.

Aber sie würden kommen.

Noch einmal schaute er an sich herab.

Da war nur Blut. Sein Blut.

Vor dem Durchgang wurde es still, dann sprang ein Mann herein. War das der berüchtigte Rojo? Er feuerte wild um sich.

León riss die Waffen hoch und schoss einige der wenigen Patronen ab, die er noch hatte.

Der Mann sackte zu Boden, rührte sich nicht mehr.

Stille kehrte ein.

León lauschte.

Nichts.

Eine Minute verging.

Dann erschien noch ein *Muerte negra*.

León hob die Waffen erneut. In diesem letzten Kampf hatte er nichts mehr zu verlieren.

32.

Jenna schob den schweren Gullydeckel zurück in seine Position. Von unten erklangen Schüsse, sie wusste, ihnen blieb nicht mehr viel Zeit. Blitzschnell wandte sie sich um, suchte die Gegend mit ihrem Blick ab. Jeb neben ihr tat instinktiv das Gleiche.

Die Nacht war noch nicht vorüber, aber die erste Dämmerung erhellte ein wenig den Platz vor ihnen und versprach einen weiteren sonnigen Tag. Noch war der Himmel dunkelblau, fast schwarz, es war kein Problem, den Stern auszumachen. Fast senkrecht funkelte er über ihren Köpfen. Einen flacher Hügel lag noch vor ihnen, aber dahinter leuchtete schon das Blau der Tore. Sie hatten es fast geschafft.

Der Platz war verlassen.

Wieder hörten sie Schusssalven von unten.

Mary, Jenna und Jeb liefen mit müden Schritten auf die Tore zu, die in Ankunft ihrer Erwartung leuchteten. Keiner schaute zurück, aber Jenna wusste, sie alle drei waren in Gedanken unten in der Kanalisation.

Sie würden nicht um die Tore kämpfen müssen, aber es fühlte sich furchtbar an, auf diese Weise zu den Überlebenden zu gehören.

Die Gegend hier war leer. Es gab keine Gebäude mehr. Hier begann die Wüste. Hinter ihnen lag ein flaches Gebäude, umzäunt von einem hohen Maschendrahtzaun. Das Wasserwerk oder zumindest der Teil, der davon über der Erde lag. Jenna schaute zu Jeb. Dann zu Mary.

Jenna hatte die Hände unbewusst zu Fäusten geballt, sie schmerzten vor Anspannung. Stumm presste sie die Lippen aufeinander. Tränen liefen über ihre Wangen. Mary, die neben ihr ging, wirkte wie eine Tote. Sie hatte aufgehört zu weinen. Ihr Kopf war auf die Brust gesunken, mit hängenden Schultern starrte sie dumpf auf den von der Sonne hart gebackenen Boden.

Schritt um Schritt schleppten sie sich vorwärts. Sie fasste Mary an der Hand und zog sie mit sich.

Die Schüsse aus dem Gully waren verstummt. Das konnte nur eines bedeuten. León war tot. Jeden Augenblick konnten hier die *Muerte negra* auftauchen. Für Trauer war jetzt keine Zeit.

Auf ihrer anderen Seite ging Jeb mit großen Schritten in Richtung der Tore, immer wieder nach hinten schauend. Mary und Jenna stützten sich mittlerweile gegenseitig, denn auch Jenna war erschöpft. Am Ende.

Es war nicht weit. Nur zwei Meilen. Nachdem sie den Hügel erklommen hatten, blickten sie in ein kleines Tal dahinter. Windgeschützt wuchsen hier trockenes, zähes Gras und einige zerzauste Büsche.

Und dort waren sie.

Blau glühend in der Dunkelheit. Sie pulsierten gleichmäßig, wie ein langsamer, unaufgeregter Herzschlag.

Drei Portale. Drei Tore in die nächste Welt.

Was mochte sie diesmal erwarten? Würde alles noch schlimmer werden?

Darauf gab es keine Antwort und Jenna wusste das. Sie drängte die Gedanken beiseite und fasste Jebs Hand. Gemeinsam stapften sie den sandigen Hügel hinab.

Vor den Toren stellten sie sich auf.

Jenna dachte stumm an León und Jeb sprach ein leises Gebet für ihn. Dann schaute Jenna zu den anderen. Jeb sah sie an. Mary blickte zu Boden.

»Du zuerst«, sagte sie zu ihr.

Überraschenderweise zögerte Mary nicht. Jeb hatte geglaubt, sie würde sich vielleicht weigern hindurchzugehen, aber sie machte einfach einen Schritt, verschwand und mit ihr das Portal.

Jeb nickte. Dann schritt auch er hindurch.

Jenna schaute sich ein letztes Mal um. Diese Stadt aus Hitze und Gewalt – sie war wie ein Versprechen auf Tod und Schmerz gewesen. Und doch hatten sie es geschafft.

Noch einmal atmete Jenna tief ein, schmeckte den Duft der Wüste, dann folgte sie den anderen.

Und verließ diese Welt.

Epilog

Jeb fiel. Die Augen weit aufgerissen, mit den Armen rudernd jagte er auf das blaue Wasser zu und durchbrach die Oberfläche.

Die Geschwindigkeit des Falls trieb ihn tief unter die Wasseroberfläche, dann wurde er herumgewirbelt, ohne zu verstehen, was geschehen war.

Er wollte den Mund aufreißen, atmen, aber eine Stimme in ihm flüsterte ihm zu, dass er dann sterben würde. Ertrinken.

Plötzlich begriff er, wo er sich befand. Unter Wasser.

Ich muss an die Oberfläche.

Doch wo war oben?

Da, dort das Licht, schimmernd, leuchtend wies es ihm den Weg. Jeb machte kräftige Schwimmbewegungen, durchbrach die Oberfläche, riss den Mund weit auf und die Luft strömte in seine Lunge. Hustend, röchelnd schnappte er nach Luft.

Es war ein Gefühl wie neu geboren zu werden.

Nach wenigen Momenten der Orientierung begriff er, wo er war. Er schwamm in einem schier unendlichen Blau dahin. Über ihm der strahlend helle Himmel, unter ihm die unendliche Tiefe und Weite des Ozeans.

Da hörte er links von sich eine Stimme. Mary. Er ruderte mit den Armen, und tatsächlich. In wenigen Metern Entfernung kam sie auf ihn zugeschwommen, entspannt, wenn auch mit einem immer noch kalkweißen Gesicht.

Kein Wunder, wenn ich daran denke, was sie vor wenigen Minuten noch für uns getan hat.

Gerade wollte er auf sie zuschwimmen, als oberhalb von ihm, nicht weit entfernt, ein wilder Schrei ertönte. Jeb legte den Kopf in den Nacken und konnte gerade noch sehen, wie Jenna ins Wasser geschleudert wurde. Weiße Gischt schäumte an der Stelle auf, an der sie versunken war.

Erleichtert drehte er sich im Wasser zu ihr und wartete, dass sie wieder auftauchte.

Er wartete.

Er wartete darauf, dass Jenna auftauchte, aber sie tat es nicht. Ein Schreck durchzuckte ihn, aber er zwang sich, ruhig zu bleiben. Jetzt nicht die Nerven verlieren.

Er wartete noch ein paar Sekunden. Zu lange.

Los, Jenna, mach schon!

Jeb tauchte, ohne zu zögern, unter. Mit offenen Augen, in denen das Salz brannte, schwamm er in die dunkle Tiefe.

Nichts.

Keine Jenna!

Keine Fische oder Pflanzen, gar nichts. Kein Zeichen von Leben.

Nur Leere, die mit jedem Armzug dunkler wurde.

Plötzlich drängten von unten kleine Luftblasen zu ihm herauf, sie flirrten an ihm vorbei und stiegen hinter ihm empor.

Luft bedeutete Atem. Atem bedeutete Jenna.

Sie war da unten. Wahrscheinlich vollkommen verwirrt, schwamm sie in die falsche Richtung. Tiefer.

Bald würde ihr die Luft ausgehen.

Aber sie wurde auch für Jeb knapp. Seine Lungen zogen sich zusammen und der Wunsch zu atmen wurde übermächtig, aber jetzt aufzusteigen, würde Jennas Schicksal besiegeln. Nein! Bis er Luft geschnappt hätte und erneut zu ihr hinabtauchte, wäre sie ertrunken.

Ich muss es jetzt tun.

Jeb zog kräftig seine Arme durchs Wasser. Er ignorierte den Druck in seinem Oberkörper, der ihm das Gefühl gab, gleich zu explodieren, und schwamm tiefer.

Da! Ein goldenes Schimmern! Das muss Jenna sein. Ihr Haar.

Durch das Wasser war ihr Körper erst nur ein Schemen, wirkte wie etwas Flüssiges, das sich im Wasser aufzulösen schien. Doch je näher er kam, desto deutlicher konnte er sie erkennen. Jenna trieb reglos durch das Wasser. Ihre Augen waren offen, sie blickte Jeb an, aber er war sich sicher, dass sie ihn nicht erkannte, nicht wusste, was geschehen war. Aus ihrem Mund stiegen noch immer Luftblasen auf, mehr konnte Jeb im trüben, gebrochenen Licht nicht ausmachen. Er streckte seine Hand nach ihr aus, packte den Kragen ihres Hemdes und wandte sich um, der Oberfläche entgegen. Hastig strampelnd schwamm er los.

Das Blut kochte inzwischen in seinen Adern. Seine Lungen schrien nach Sauerstoff, doch Jenna zog ihn nach unten. Sie rührte sich nicht.

Als er schon glaubte, es nicht zu schaffen, war plötzlich Mary da. Fasste mit einer Hand nach Jennas leblosem Körper, mit der anderen nach Jeb und zog sie beide mit sich in die Höhe, dem Licht entgegen.

Zum zweiten Mal in kurzer Zeit war da dieses befreiende Gefühl, wieder atmen zu können. Zum zweiten Mal in kurzer Zeit hatte Mary ihnen das Leben gerettet. Jeb saugte die Luft in sich ein, stieß sie hart wieder hinaus. Neben ihm hielt Mary Jennas Kopf über Wasser.

Jenna bewegte sich noch immer nicht.

Marys Gedanken flogen wild durcheinander. Sinnlose Erinnerungen tauchten auf, aber dann war da ein Bild. Gekachelte Hallen, Chlorgeruch, kaltes Wasser auf erhitzter Haut. Das Bild eines Menschen, der einen Schwall Wasser erbrach.

Jenna hat Wasser in ihren Lungen. Es muss heraus, damit sie atmen kann.

Mary schwamm hinter Jenna, ließ ihren Kopf los und schlang beide Arme um das bewusstlose Mädchen. Als sich ihre Hände vor Jennas Körpermitte trafen, legte sie alle Kraft, die sie hatte, in die Umarmung und presste Jennas Brustkorb zusammen.

Ein merkwürdiges Geräusch entwich Jennas Lippen, fast so etwas wie ein Röcheln, dann riss Jenna den Mund weit auf und ein Strahl Wasser schoss aus ihr heraus. Hustend und keuchend folgte Schwall auf Schwall, bis Jenna endlich hastig atmen konnte.

»Oh Gott«, krächzte sie. »Was ist passiert? Wo sind wir?«

Mary hielt sie unter den Armen. »Ich weiß es nicht.«

Jeb, der alles wie in einer Starre von ein paar Metern Entfernung mit angesehen hatte, schwamm heran. »Jenna, alles okay?« In seinem Blick lag echte Sorge, es versetzte Mary einen Stich.

León. Dem ich nicht mehr helfen konnte.

Jenna in ihren Armen versuchte sich an einem Lächeln. »Meine Lunge brennt wie Feuer.«

»Weißt du, wo wir sind?«, fragte Mary an Jeb gerichtet.

»Ich sehe nur Wasser um uns herum. So weit das Auge reicht«, sagte er. »Wir müssen mitten in einem Ozean gelandet sein.«

»Dann sind wir verloren«, flüsterte Mary tonlos.

»Nein«, erwiderte Jeb fest. »Das kann nicht sein. Nicht nach allem, was wir durchgemacht haben. So kann es nicht enden. Es gibt einen Ausweg, eine Chance, die gab es bisher immer.« Er schaute Mary und die sich noch erholende Jenna eindringlich und, wie er hoffte, ermutigend an.

Er sah, wie Jenna sich umblickte. »Dann zeig sie mir, diese Chance.«

»Der Stern«, sagte Jeb. »Um Mitternacht wird er aufgehen. Bis dahin müssen wir durchhalten. Er wird uns den Weg weisen.«

»Aber wohin, Jeb? Wohin soll er uns führen. Da ist nichts. Nur Wasser und Leere.«

Mary wandte sich an Jenna. »Kannst du schwimmen?«

Sie nickte.

»Dann lasse ich dich jetzt los.«

Sie tat es und Jenna begann, Wasser zu treten.

»León ist tot«, sagte Mary nun leise. »Ich hätte bei ihm bleiben sollen. Besser mit ihm sterben als das hier.«

Keiner sagte etwas darauf. Jeb fragte sich: War es besser, in einer ausweglosen Umgebung am Leben zu bleiben und ums Überleben zu kämpfen? Warum überhaupt kämpfte er noch, rationierte seine Kräfte – Mary hatte recht: wofür?

Weil der Überlebenswille in dir steckt. Du kannst ihn nicht abstellen, dein Körper hält sich von ganz allein aufrecht. Er lässt dich mit Adrenalin Schmerzen vergessen, damit du weitermachst. Er hält das Blut in deiner Körpermitte zusammen, damit deine Organe dich am Leben halten. Er drängt dich an die Oberfläche, damit du atmen kannst. Selbst wenn du nicht mehr leben willst, dein Körper wird dich so lange am Leben halten, wie er nur kann.

Ein leichter Wind war aufgekommen. Das Wasser begann, sich zu kräuseln, dann kamen leichte Wellen auf, die auf- und abstiegen. Ihre Körper schaukelten willenlos mit ihnen. Vom Himmel brannte die Sonne auf sie herab, das Wasser glitzerte, sodass Jeb die Augen zusammenkneifen musste, um etwas zu sehen. Immer wieder drehte er sich um die eigene Achse, hob den Oberkörper aus dem Wasser und starrte ins spiegelnde Nichts.

Nirgends war der vage Umriss von Land zu sehen.

Wenn es kein Land gibt, werden wir sterben. Mary hat nicht unrecht, in der letzten Welt hätten wir kämpfen können, aber hier? Irgendwann geht uns die Kraft aus und wir können uns nicht mehr an der Oberfläche halten, dann beginnt der letzte Kampf.

Jeb hörte, wie Jenna leise mit Mary sprach. Die beiden waren einige Meter von ihm fortgetrieben und er verstand die Worte nicht. Wahrscheinlich sprach Jenna Mary Trost zu.

Um sie herum war so viel Wasser und seine Kehle brannte vor Durst. Das Wasser schmeckte salzig und es wäre sicher nicht klug, es zu trinken. Jebs Schädel glühte in der Sonne, sein schwarzes Haar lud sich in der Hitze förmlich auf. Jeb tauchte ihn kurz unter, um sich abzukühlen.

Da.

Ein diffuser Schatten von vielleicht vier Metern Länge, der schwerelos unter ihm vorüberglitt.

Haie!, kreischte es in ihm auf. Er wollte schon panisch losstrampeln und davonschwimmen, als ihm bewusst wurde, wie sinnlos das war. Wohin sollte er fliehen?

Und würde er das Tier nicht so noch mehr auf ihn aufmerksam machen?

Jeb hielt die Luft an und versuchte, einen klaren Kopf zu bewahren.

Es musste kein Hai gewesen sein, versuchte er sich einzureden, es konnte auch irgendein anderer großer Fisch unter ihm in die Tiefe gezogen sein.

Behalt die Nerven. Dreh nicht durch.

Sollte er den Mädchen von seiner Beobachtung erzählen? Wenn das Tier ungefährlich war, würde er sie nur in Panik versetzen, und wenn nicht, änderte es auch nichts an ihrer Situation, wenn sie um die Gefahr wussten. Sie würden immerhin keine Angst haben. Sich ruhig verhalten und nicht panisch strampeln wie er. So oder so waren sie ihrem Schicksal hilflos ausgeliefert.

Jeb steckte den Kopf erneut unter Wasser und blickte sich um.

Doch nichts war zu sehen. Nur Sonnenstrahlen, die das Wasser durchbrachen und alles in unwirklichem Blau zum Leuchten brachten, bis es von der undurchdringlichen Schwärze darunter verschluckt wurde.

Jenna sah, dass Jeb mehrmals untergetaucht war und sich immer wieder suchend im Kreis drehte. Sie wollte ihn gerade fragen, was los war, als sie etwas am Bein berührte.

Etwas Glattes, Festes.

Unwillkürlich stieß sie einen leisen Schrei aus. Sofort schaute Mary, die es mittlerweile vorgezogen hatte zu schweigen, zu ihr herüber. »Was ist?«

»Etwas ... etwas hat mich am Bein berührt.«

Auch Jeb war nach ihrem Schrei zögerlich zu ihnen geschwommen. Jenna blickte fragend zu Mary. Vielleicht hatte sie sie versehentlich am Bein ...

»Ich war es nicht, aber ich habe es auch gespürt – unter uns.« Jenna hörte, wie Marys Stimme zitterte, und sah, wie sie innehielt, sodass das blasse Mädchen für einen kurzen Moment fast ganz unter Wasser tauchte.

Jennas riss erschrocken ihre Augen auf, vor Angst, etwas könnte sie nach unten gezogen haben. Doch dann erkannte sie, dass Mary vor Schreck nur einen Moment die Schwimmbewegungen ausgesetzt hatte. Ihr Mund stand sprachlos offen, dann fragte sie: »Jeb, was war das?«

Sollte er lügen? Ihnen verheimlichen, was er gesehen hatte? Oder besser: glaubte, gesehen zu haben? Er war sich sicher, dass sie die Wahrheit in seinen Augen erkennen konnten. Es kam jetzt nur darauf an, dass niemand in Panik ausbrach und irgendetwas tat, was die Aufmerksamkeit des Hais auf sich zog.

»Es ist ein großer Fisch in der Nähe. Ich habe ihn schon vor einer ganzen Weile bemerkt.« Er versuchte, ruhig zu klingen, als sei das nichts Besonderes.

Jennas Augen wurden noch größer und Mary starrte ihn nun ebenfalls an.

»Es ist ein Hai«, sagte Jenna sofort. »Stimmt's?«

Jeb versuchte, seine Mimik unter Kontrolle zu halten. Tatsächlich wusste er es ja nicht genau. »Ich weiß es nicht. Mehr als einen Schatten konnte ich nicht ausmachen. Er schwamm unter mir vorbei. Seitdem habe ich den Fisch nicht mehr ...«

»Sag nicht ›Fisch‹, Jeb!«, unterbrach ihn Jenna ungewohnt heftig. »Wir wissen beide, was das ist. Ein großer ›Fisch‹ bedeutet: Hai. Da er uns jetzt schon so nahe gekommen ist, da er uns sogar berührt hat, dürfte auch klar sein, dass wir seine Neugierde geweckt haben. Das ist nicht gut, gar nicht gut!«

»Dann lasst uns dichter zusammen schwimmen«, sagte Jeb. Er wusste nicht, wie er sich verhalten sollte. Bisher hatte er Jenna als ruhig und besonnen kennengelernt. Aber hier, im Wasser, das so offensichtlich nicht ihre Welt war, überschlugen sich ihre Gedanken vor Angst.

»Wenn wir größer als er wirken, vielleicht schreckt ihn das ab.«

Selbst in seinen eigenen Ohren klang es kläglich. Wenn wirklich ein Hai von dieser Größe seine Kreise um sie zog, war klar, dass sie leichte Beute waren. Wehrlos und geschwächt würde das Raubtier mit ihnen kurzen Prozess machen.

»Ich sehe etwas«, rief Mary plötzlich.

Jeb wandte sich ruckartig im Wasser um, obwohl er sich vorgenommen hatte, hastige Bewegungen zu vermeiden. Er dachte, Mary habe den Hai entdeckt, der mit sichtbarer Rückenflosse auf sie zuschwamm – ein Bild, das aus unerfindlichen Gründen deutlich vor seinen Augen stand, als habe er es schon tausendmal gesehen -, aber ihre Hand war aus dem Wasser gestreckt und deutete zum völlig leeren Horizont.

»Seht ihr das?« In Marys Stimme lag Aufregung, aber keine Angst. Jeb kniff die Augen zusammen. Das verdammte Wasser spiegelte und die auf und nieder gehenden Wellen machten es schwer, etwas zu entdecken.

Aber Mary hatte recht. Der Horizont war nicht länger leer.

Dort war ein tanzender Punkt, der sich immer wieder hob und senkte.

»Was ist das?«, fragte Jeb atemlos.

Mary kniff die Augen zusammen. »Ich glaube, es ist ein Boot.«

»Ein Boot?« Für ihn sah es nicht danach aus, vielleicht ein auf den Wellen treibender Baumstamm, aber keinesfalls ein Boot, die Form stimmte einfach nicht.

»Es liegt verkehrt herum im Wasser«, stellte Mary nun fest.

Noch einmal versuchte Jeb, etwas zu erkennen. Da sagte nun auch Jenna: »Mary hat recht. Es ist ein Boot.«

Ein Schauer durchströmte Jeb. Ja, jetzt konnte auch er es erkennen. Ein Boot, das mit dem Kiel nach oben auf dem endlosen Ozean vor sich hin trieb.

Ein Boot bedeutete, nicht mehr schwimmen zu müssen. Es bedeutete Sicherheit vor dem Hai.

In diesem Moment spürte Jeb eine Bewegung. Das Wasser unter ihm zog an seinen Füßen, als wäre es von etwas bewegt worden. Bevor er den Mund öffnen konnte, gellte Marys Schrei in seinen Ohren.

Jenna erschrak, als Mary neben ihr aufkreischte. »Er ist wieder da!«

»Ich habe es auch gespürt! Hast du ihn gesehen?«, fragte Jeb aufgeregt.

»Nein, aber ich spüre ihn. Immer noch. Das Wasser verschiebt sich unter meinem Körper. Es zieht an mir ...« Mary fing an zu wimmern, da tauchte Jeb unter. Jennas Herz setzte einen Schlag aus, doch da erschien er wieder an der Wasseroberfläche. »Nichts! Da ist nichts zu sehen!«

»Ich habe ihn gespürt«, beharrte Mary.

Jenna schluckte. Die beiden mussten nun durchhalten, sie mussten ruhig auf das Boot zuschwimmen, ihre Kräfte einteilen. Die beiden anderen waren deutlich bessere Schwimmer als sie, das hatte Jenna sofort erkannt. Und genau deshalb durften die anderen beiden jetzt nicht durchdrehen, schlappmachen oder aufgeben. Sie legte Festigkeit in ihre Stimme und sagte: »Das Boot ist nicht mehr weit. Los, schwimmt.«

Langsam, mit gleichmäßigen Zügen, schwamm Jenna nun voraus. Bald darauf hörte sie hinter sich die anderen beiden regelmäßige Schwimmzüge machen. Stetig schoben sie sich durch das Wasser. Je länger sie schwammen, desto mehr schien das Boot sich von ihnen zu entfernen, aber Jenna spürte, dass sie sich trotzdem näherten.

Der Hai war nicht wieder aufgetaucht. Möglicherweise lauerte er in der Tiefe, bereit zum Angriff, aber noch hielt er Abstand und Jenna schöpfte neue Hoffnung. Erst das Wasser, dann der Hai.

Beides hatte blankes Entsetzen in ihr wachgerufen. Sie wusste nicht, warum das so war, aber sie spürte, dass es nur wenig auf der Welt gab, vor dem sie sich mehr fürchtete.

Die nächsten Minuten vergingen quälend langsam. Mary erwartete jeden Moment, dass der Hai auftauchte, aber er blieb unsichtbar. Inzwischen klopfte ihr Herz so heftig, dass sie sich sicher war, auch der Raubfisch könne es wahrnehmen.

Keiner sprach. Stumm schwammen sie durch das Auf und Ab der sanften Wellen. Die Sonne brannte auf sie hinab, Mary spürte einen Anflug von Kopfschmerzen. Sie hatte Durst, und wenn sie an León dachte, der letzte Blick, den er ihr zugeworfen hatte ... dann war Mary kurz davor, die Arme ruhen zu lassen, die Beine stillzuhalten und sich treiben und dann vom Wasser einnehmen zu lassen. Einfach ausruhen, eine Minute nicht mehr kämpfen, sich nicht mehr abstrampeln müssen.

Doch das kam nicht infrage. Sie hatte noch Kraft, sie sah das Boot deutlich vor sich, auch wenn es immer wieder von den Wellen verdeckt wurde.

Sie hatte ein Ziel und sie würde es erreichen. Leóns Tod wäre umsonst gewesen, wenn sie nun aufgab.

Das Wasser unter ihr war ruhig, kein Schatten zog seine Kreise unter ihnen. Marys Herz machte einen Sprung, denn langsam kamen sie dem Boot tatsächlich näher.

Einige schmerzhafte Armzüge und unzählige Wellen später, die immer wieder Wasser in ihren Mund schwappten, sodass sie husten musste, hatten sie es erreicht. Es trieb kieloben im Wasser, war ungefähr sechs Meter lang, anderthalb Meter hoch und aus braunem, hartem Kunststoff, dessen Rand weiß gefärbt war.

Mary legte ihre Hand an das Boot und das Gefühl, einen festen Gegenstand zu berühren, gab ihr Hoffnung.

»Wir sind da«, keuchte Jeb neben ihr.

Ja, dachte Mary. Doch wie schaffen wir es, an Bord zu kommen?

Neben ihr im Wasser strampelte Jenna. Sie sah so aus, als würde sie über demselben Problem grübeln. »Es ist größer, als ich dachte.«

»Helft mir.« Jeb schwamm zur Längsseite des Bootes. Dort legte er seine Hände unter den Bootsrand und versuchte, es anzuheben. Er schaffte es einen halben Meter weit, dann gewann die Schwerkraft und das Boot fiel wieder in seine alte Position.

»Alle zusammen«, sagte Mary.

Jenna bezog neben Jeb Stellung, Mary nahm den Bug des Bootes in Angriff. Auf ein Kommando hoben sie das Boot an, aber sie benötigten drei kraftraubende Versuche, bevor das Boot sich drehte. Marys Arme schmerzten, aber eine Welle der Erleichterung überrollte sie. Sie lächelte.

Dann begriff Mary, dass sie noch lange nicht *im* Boot saßen. Und der Rand lag nun knapp einen Meter über ihnen. Wie zum Teufel sollten sie da hineinkommen?

Jeb stemmte sich bereits am Bootsrand hoch, er nahm Schwung – und stürzte zurück ins Wasser. Jenna und sie waren zu schwach, als dass sie es hätten probieren können. Jeb war ihre einzige Chance, das wusste Mary.

Jebs Anstrengungen kosteten ihn immense Kraft, das sah Jenna. Bei jedem Versuch stemmte sich Jeb etwas weniger kräftig aus dem Wasser. Und bei jedem Versuch fluchte er leise. Doch auch das half nicht.

Jenna wollte ihn antreiben, aber sie war zu erschöpft, um etwas zu sagen.

Dann, unglaublicherweise, schaffte Jeb es schließlich, seinen

Oberkörper über den Bootsrand zu legen und sich wenig elegant ins das Boot plumpsen zu lassen. Anschließend zog er Jenna und Mary hoch.

Sie hockten alle im schwankenden Boot und zitterten vor Erschöpfung. Keiner sprach, sie alle versuchten, wieder Luft zu bekommen. Jenna sah sich um.

Das Boot hatte drei Querverstrebungen, die als Ruderbänke gedacht waren. Die Befestigungen für die Ruder waren ebenfalls vorhanden, die Ruder selbst allerdings fehlten. Am Heck des Bootes gab es eine Sitzbank, daneben Vertiefungen, an denen man einen Außenbordmotor aufhängen konnte. Jenna war mit diesen Dingen vertraut, aber sie spürte, dass sie noch nie zuvor in einem solchen Boot gesessen hatte. Sie fühlte sich unwohl in dem schaukelnden Gefährt, obwohl es wahrscheinlich ihre Rettung war. Vorerst zumindest.

Eine Klappe an der hinteren Sitzbank erweckte Jennas Aufmerksamkeit. Sie erhob sich und stieg über die anderen hinweg. Da war kein Schloss, nur ein Hebel, sie bewegte ihn und die Klappe sprang auf.

Jenna stieß einen überraschten Schrei aus.

»Was ist?«, fragte Jeb erschrocken.

»Hier ist ... Essen. Wasserflaschen. Plastikbeutel.« Sie wühlte die Sachen hervor. »Eine große Plastikplane, und ich ... ich habe ...« Sie zögerte. »... das ist ein Medizinbeutel mit Medikamenten und Salben. Ein ... Dings.« Ihr fiel das Wort nicht ein. Mary stand auf und kletterte über die Ruderbänke hinweg zu ihr.

»Kompass«, vervollständigte sie den Satz. »Damit kann man die Himmelsrichtung bestimmen.«

Sie entdeckten noch Taschenlampen, Verbandszeug und eine Leuchtpistole, deren Zweck sie erst nach einigen Momenten entschlüsselten.

Es war ein Schatz. All das war ein Schatz, denn er bedeutete Leben. Überleben.

Doch plötzlich hielt Jenna inne. Sie hatte das Verbandpäckchen umgedreht und starrte auf den Schriftzug, der darauf prangte.

Mary.

Stumm hielt sie Mary und Jeb, der nun ebenfalls neben ihr stand, das Päckchen hin und beobachtete, wie sich die Augen der beiden weiteten.

Ihr Blick wanderte zu Mary, die ebenso verblüfft aussah und dann mit der Hand nach hinten, zur Bugwand, deutete. »Hier steht etwas«, sagte sie leise. »Hier steht auch Mary. Mein Name. Was hat das zu bedeuten?«

Jenna dachte nach, das Wasser plätscherte leise gegen die Bordwand, und doch war es dieses Geräusch, das etwas in Mary zu wecken schien.

Jenna sah Marys Augen aufleuchten. »Ich ... da ist ein Bild in meinem Kopf. Der Schriftzug, ich glaube, ich habe ihn schon mal gesehen.«

Jeb starrte zu Mary hinüber, die sich in den Bug des Bootes gelegt hatte. Seit einer Stunde war sie dort und blickte ins Nichts. Sie hatte gesagt, dass sie noch nicht wisse, warum sie das Boot zu kennen glaube. Sie müsse nachdenken, hatte sie noch nachgeschoben und sich seitdem geweigert, von den gefundenen Rationen zu essen, sondern nur eine kleine Flasche Wasser leer getrunken.

Jenna und er hatten sich erst noch bemüht, mit ihr zu reden, immerhin bestand die Möglichkeit, dass die Namensgleichheit ein Zufall war, aber Mary blieb stumm. Mit ausdruckslosem Gesicht und leerem Blick starrte sie schweigend vor sich hin.

Jeb kaute nachdenklich auf einem Hartkeks herum. Neben ihm

saß Jenna und schmierte sich das Gesicht mit der gefundenen Sonnenschutzcreme ein. Eine dicke weiße Schicht bedeckte ihre Haut.

Es ist, als hätte jemand dieses Boot für uns bereitgestellt und an alles gedacht, was wir brauchen.

Das Ruderboot schaukelte im Wasser. Ob sie vorantrieben, konnte Jeb nicht sagen. Um sie herum gab es keine Orientierungspunkte und so ließ sich schwer feststellen, ob sie sich überhaupt bewegten. Jeb schluckte das letzte Stück Keks herunter, dann wandte er sich an Jenna. »Was machen wir mit ihr?«

Jenna hielt inne. »Sie braucht Zeit, dann wird sie sich erinnern – vielleicht wissen wir dann mehr über diese Welt.«

»Sie hat nichts gegessen.«

Jeb erntete einen kalten Blick von Jenna. »Verstehst du das nicht?«

Der harte Ton in ihrer Stimme verwunderte ihn. Natürlich verstand er. León war tot und der Schock über die Entdeckung ihres Namens auf dem Boot hatte sie verstummen lassen, aber es gab doch Hoffnung. Oder? Sie hatten Vorräte, Wasser, Medizin, sie konnten eine Weile durchhalten. Vielleicht würde ein Schiff am Horizont auftauchen und sie retten.

Die anderen sind gestorben, aber wir sind noch da. Wir haben es verdient zu leben.

Und dennoch war da der harte Klang in Jennas Stimme. Auch sie hatte sich verändert. Das Labyrinth hatte sie verändert. Jeb sah den bitteren Zug um ihre Mundwinkel, aber wie konnte es auch anders sein. Das Labyrinth hatte niemanden verschont und all die Strapazen, die Ängste gruben sich in ihr Innerstes ein und brachten alles Extreme in ihnen zum Vorschein.

Bald würde sich der glühende Tag dem Ende neigen und die Sonne langsam am Horizont im Meer versinken. Jeb hoffte, dass die Nacht ihnen wieder den Stern zeigen würde, dann würde ihre Reise weitergehen. Immer dem Stern entgegen.

Jeb schloss einen Pakt mit sich. Niemals dürften sie aufgeben, denn dann hätte das Labyrinth gesiegt. Einer von ihnen würde das letzte Tor durchschreiten und in sein wahres Leben zurückkehren. Und wenn er dieser Letzte von ihnen war, würde er herausfinden, wer ihnen allen das angetan hatte.

Und dann werde ich Rache nehmen.

Lies weiter in: *Das Labyrinth ist ohne Gnade.* Erscheinungstermin: Sommer 2014

Danksagung

An dieser Stelle möchte ich dir, lieber Leser, Danke sagen. Danke dafür, dass du Jeb, Jenna, León, Mary, Kathy, Mischa und Tian auf dieser Reise begleitet hast, die noch immer nicht zu Ende ist. Es war ein langer Weg bis hierher und ich hoffe, du bleibst ihnen und mir auch auf dem letzten Teil der Reise treu.

Ein besonderer Dank geht an Sandra Budde, Stefanie und Kai Hasse, Jan Frewert, Aygen Ekici, Alexandra Zylenas und Claudia Heeschen, die den ersten Band »Das Labyrinth erwacht« so wundervoll unterstützt haben.

Nicht vergessen möchte ich all die wundervollen Menschen im Arena Verlag, ohne deren Einsatz und Arbeit es dieses Buch gar nicht geben würde.

Persönlicher Dank geht wie immer an meine Familie und meine Freunde. Ihr unterstützt mich und helft mir, meinen Traum zu leben.

Rainer Wekwerth 2013

Infos zum Autor und zum Buch:

www.wekwerth.com
www.kreatives-schreiben.net
www.wekwerth-labyrinth.de
Facebook: Rainer Wekwerth – Das Labyrinth

Rainer Wekwerth

Das Labyrinth erwacht

Es sind 7 Jugendliche, aber nur 6 Tore führen in die Freiheit. Und das Labyrinth, das sie gefangen hält, denkt. Es ist bösartig. Sie wissen nicht, wer sie einmal waren. Aber das Labyrinth kennt sie. Jagt sie. Es gibt nur eine einzige Botschaft: Sie haben zweiundsiebzig Stunden Zeit, das nächste Tor zu erreichen, oder sie sterben. Ein tödlicher Kampf um die Tore entbrennt - aber sie sind dort nicht allein.

Arena

408 Seiten • Gebunden
ISBN 978-3-401-06788-9
www.arena-verlag.de

Rainer Wekwerth
Damian

Die Stadt der gefallenen Engel

Lara will ein paar aufregende Tage in Berlin verbringen. Doch hinter der Fassade der Großstadt verbirgt sich eine Welt, in der dunkle Kreaturen einen verbitterten Kampf austragen. Als Lara Damian kennenlernt, weiß sie nicht, dass sich durch ihn eine alte Prophezeiung erfüllen soll. Ein düsteres Familiengeheimnis legt sich wie ein Schatten über die beiden und bedroht ihre Liebe und ihr Leben.

424 Seiten • Arena Taschenbuch
ISBN 978-3-401-50463-6

Die Wiederkehr des gefallenen Engels

Damian ist wieder auf die Erde gekommen. Aus Liebe zu Lara, die er um jeden Preis beschützen möchte. Er steht ihr bei gegen die Dämonen, die Lara verfolgen, weil sie die finstere Prophezeiung endlich erfüllt sehen wollen: Lara muss sich ihrem dunklen Vater stellen, der mit ihrer Hilfe seine Allmachtsfantasien ausleben will. Doch dank ihrer unendlichen Liebe zu Damian weiß Lara, wie sie handeln muss.

400 Seiten • Klappenbroschur
ISBN 978-3-401-06591-5
www.arena-verlag.de

Arena

Rainer Wekwerth

Das Labyrinth ist ohne Gnade

Sie sind nur noch zu dritt und sie sind geschwächt. Aber sie wollen überleben – um jeden Preis. Zweifel überschatten den Kampf gegen das Labyrinth, das mit immer neuen Mysterien für die Jugendlichen aufwartet. Ihr mühsam erworbener Teamgeist scheint nicht zu brechen, doch lohnt sich für Jeb, Jenna und Mary der gemeinsame Kampf, wenn nur einer von ihnen überleben kann? Die entscheidende Frage aber wagt niemand zu stellen: Was erwartet den letzten Überlebenden hinter dem sechsten Tor?

Arena

344 Seiten • Gebunden
ISBN 978-3-401-06790-2
Auch als E-Book erhältlich
www.arena-verlag.de

Cassandra Clare

Chroniken der Unterwelt

City of Bones

Gut aussehend, düster und sexy: Das ist Jace. Verwirrt, verletzlich und vollkommen ahnungslos – so fühlt sich Clary, als sie in Jaces' Welt hineingezogen wird. Doch Jace ist ein Dämonenjäger. Und als Clary mitten in New York City von den Kreaturen der Unterwelt angegriffen wird, muss sie schleunigst ein paar Antworten auf ihre Fragen finden. Denn sonst wird die Geschichte ein tödliches Ende nehmen! Der erste Band der Bestsellertrilogie »Chroniken der Unterwelt« - der Originalroman mit vierfarbiger exklusiver Fotostrecke!

Arena

536 Seiten • Klappenbroschur
ISBN 978-3-401-06908-1
www.chroniken-der-unterwelt.de

Cassandra Clare

Chroniken der Unterwelt

Klappenbroschur
978-3-401-50261-8

Klappenbroschur
978-3-401-50262-5

Gebunden
978-3-401-06559-5

Gebunden
978-3-401-06667-7

Arena

Als Hörbücher
bei Lübbe audio

www.chroniken-der-unterwelt.de
www.arena-verlag.de

Cassandra Clare

Chroniken der Schattenjäger

Clockwork Angel

Die sechzehnjährige Tessa sollte sich eigentlich darauf konzentrieren, ihren verschwundenen Bruder zu suchen – und nicht, sich in zwei Jungen gleichzeitig zu verlieben. Während in Londons Straßen nach Einbruch der Dunkelheit finstere Kreaturen umherschleichen, verstrickt Tessa sich immer tiefer in ein gefährliches Liebesgeflecht. Und schon bald braucht sie all ihre Kräfte, um nicht nur ihren Bruder zu retten, sondern auch ihr eigenes Leben. Durchgehend illustriert von Hyekyung Baek.